CRISTIANO HALLE

DANÇA COM DEMÔNIOS

A RAINHA DA NOITE

CRISTIANO HALLE

DANÇA COM DEMÔNIOS

A RAINHA DA NOITE

São Paulo, 2022

Dança com demônios – A rainha da noite
Copyright © 2022 by Cristiano Halle
Copyright © 2022 by Novo Século Editora Ltda.

EDITOR: Luiz Vasconcelos
COORDENAÇÃO EDITORIAL: Stéfano Stella
PREPARAÇÃO: Thiago Fraga
REVISÃO: Fabrícia Carpinelli
CAPA: Marcela Lois
PROJETO GRÁFICO: Stéfano Stella e Manoela Dourado
DIAGRAMAÇÃO: Manoela Dourado

Texto de acordo com as normas do Novo Acordo Ortográfico
da Língua Portuguesa (1990), em vigor desde 1º de janeiro de 2009.

Dados Internacionais de Catalogação na Publicação (CIP)
Angélica Ilacqua CRB-8/7057

Halle, Cristiano
Dança com demônios: a rainha da noite / Cristiano Halle. – Barueri, SP:
Novo Século Editora, 2022.
400 p. (Vol 2)

1. Ficção brasileira 2. Terror - Literatura I. Título

22-1521   CDD B869.3

Índice para catálogo sistemático:
1. Ficção: Literatura brasileira

Alameda Araguaia, 2190 – Bloco A – 11º andar – Conjunto 1111
CEP 06455-000 – Alphaville Industrial, Barueri – SP – Brasil
Tel.: (11) 3699-7107 | E-mail: atendimento@gruponovoseculo.com.br
www.gruponovoseculo.com.br

PRÓLOGO

Alguns anos antes do incidente de Cafelândia...

Durante a semana, a noite na pacata cidade de Cafelândia era mais do que desesperadora para quem esperava o mínimo possível de um agito. Nenhum carro passava pela rua, exceto por alguma rara emergência ocasional, como alguém passando mal e precisando de atendimento médico. A polícia não precisava se preocupar em fazer ronda, pois nem mesmo os bandidos saíam de suas casas. Todos os estabelecimentos fechavam cedo, pois não havia clientes que justificassem ficar abertos. Cafelândia ficava tão deserta nas noites de semana que não seria exagero nenhum chamá-la de cidade-fantasma.

A própria Santa Casa, um velho prédio térreo de pé-direito alto, ficava deserta de pacientes. As poucas cadeiras da ampla sala de espera estavam todas vazias. Como os leitos também estavam sem doentes, as luzes do corredor de acesso aos inúmeros quartos ficavam apagadas, fazendo da recepção e da pequena área técnica os únicos ambientes iluminados do local.

O movimento era tão fraco que apenas um enfermeiro trabalhava toda a noite. Ou fingia trabalhar. Sem ter o que fazer, geralmente ficava na frente da televisão. Às vezes, até dormia em sua desconfortável cadeira.

E, justamente por isso, naquela noite, o enfermeiro de plantão levou um susto e quase caiu de seu assento quando as portas duplas da entrada se abriram com violência e um homem maltrapilho, alto e magro, com longos cabelos escuros desgrenhados ao redor de seu rosto fino, entrou cambaleando na área de atendimento. Ele estava pálido. Suas roupas estavam rasgadas. A cada passo que dava, deixava um rastro de sangue. Até que caiu de bruços, com o braço esticado na direção do plantonista, pedindo desesperadamente por ajuda.

O enfermeiro, um jovem negro de estatura mediana e fora de forma, rapidamente saiu de sua zona de conforto quando viu o homem maltrapilho cair. Ao contornar, apressado, o balcão para prestar os primeiros atendimentos, ele se ajoelhou ao lado do corpo e o virou. Sua surpresa foi imediata. Aquele homem sangrava de múltiplas lacerações provocadas por algum tipo de objeto cortante. De acordo com sua experiência, não pareciam ter sido causadas por facas. Estavam mais para cortes de espadas.

– Mas que diabos! – exclamou o enfermeiro, tentando compreender quem poderia ter feito aquilo com aquele pobre homem.

A resposta não tardou a vir. Pouco depois de a porta ter se fechado às costas do homem maltrapilho, foi empurrada novamente, e duas figuras – uma masculina, de ombros largos e cabelos curtos, escuros como a noite, e outra feminina, de estatura mediana, magra e atlética, de longos cabelos loiros – entraram no saguão da Santa Casa. Vestidas com sobretudos pretos e carregando, cada uma, uma espada curta de lâmina larga, caminharam com determinação excessiva na direção do farroupilha caído. A expressão em seus rostos era neutra.

– Afaste-se dele, agora! – O homem ordenou com frieza e autoridade.

– Quem são vocês? – O enfermeiro levantou a cabeça na direção deles, deixando de prestar atendimento ao homem caído aos seus pés.

A pergunta fora retórica, reflexo de alguém que se assustou ao ver entrar pelas portas da Santa Casa duas figuras carregando espadas. Ele não se importava em saber quem eram. Tudo o que lhe interessava era salvar a vida daquele homem. Voltou sua atenção a ele, ignorando a ordem.

Mal sabia ele que, realmente, seria capaz de salvá-lo. Somente não sabia do que teria de abrir mão para isso.

Com um movimento rápido e inesperado para quem estava à beira da morte, o homem abriu a boca, expondo dois enormes caninos em sua arcada superior, e mordeu a jugular do enfermeiro. A roupa branca do plantonista logo se tingiu de vermelho. Os olhos da vítima reviraram para o alto numa mistura de terror e prazer.

À medida que o homem bebia o sangue quente do enfermeiro, suas energias se renovavam. As feridas de seu corpo foram se fechando enquanto ele se colocava em pé, levando o humano consigo, mantendo a vítima à frente para terminar sua refeição revigorante.

Satisfeito, o vampiro afastou a boca do pescoço da vítima, inerte em seus braços, e olhou para cima, deleitando-se. Sangue escorria por todo o queixo e manchava mais ainda suas roupas enquanto ele sentia a vida pulsando dentro de si. Aquele enfermeiro realmente salvara sua vida – mas não da maneira como fora treinado para fazer. Mas isso não importava. Ele cumprira seu juramento.

Renovado, o vampiro dirigiu seus olhos castanho-escuros até o casal bem à frente. Com um sorriso malicioso escapando de sua boca suja com o sangue do enfermeiro, perguntou:

– Round 2?

Sem esperar resposta, o vampiro arremessou o corpo sem vida do enfermeiro contra o casal. A mulher adiantou um passo e levantou a espada à frente de seu corpo, usando-a como defesa. A lâmina afiada atravessou o coração do enfermeiro. Ao sair por suas costas, estava ensanguentada. O grito de agonia, quase gutural[1], daquele homem não a surpreendeu. A transformação já havia começado, e matá-lo antes de completá-la era a forma mais segura de impedir que retornasse à vida, sedento por sangue.

Com a ameaça inicial neutralizada, seu parceiro avançou contra o vampiro. Usando uma das cadeiras vazias do saguão para tomar impulso, ele saltou, com a espada firme entre as duas mãos unidas acima de sua cabeça, pronto para desferir o golpe mortal. Quando seus pés tocaram o piso, a lâmina desceu com muita violência, procurando rasgar carne e jorrar mais sangue por todos os lados. Porém, ela apenas se chocou contra o chão, provocando um estalo.

Seu colega estava em perigo e, se não fizesse nada, ele morreria. Com um movimento rápido, a mulher apoiou a sola da bota negra contra o peito do enfermeiro preso em sua espada e o empurrou com toda a força, liberando a lâmina enquanto o cadáver era arremessado contra o vampiro.

---

1 Som rouco, grave ou profundo, que provém da garganta.

Ao perceber a ameaça, ele desistiu do ataque ao caçador e recuou alguns passos, deixando o corpo sem vida do plantonista cair aos seus pés com um baque surdo.

Aproveitando-se da distração, o misterioso homem girou a espada em um ataque mortal contra o tronco de seu inimigo. Com seus reflexos apurados, o vampiro conseguiu inclinar a tempo o corpo para trás. A lâmina passou de raspão por sua guarda exposta, abrindo mais um rasgo em sua roupa.

Seu movimento, no entanto, foi muito mais do que uma simples ação defensiva. Tendo escapado, o vampiro se aproveitou do impulso para virar um mortal de costas. Quando as mãos espalmadas encontraram o chão, ele levantou as pernas com violência. Seu pé acertou com uma precisão incrível o braço do caçador, fazendo a espada escapar de sua mão. A arma, girando sobre si mesma, atingiu seu ápice e começou a descer.

Tudo aconteceu muito rápido. Pelo canto dos olhos, o jovem viu o vampiro terminando o seu giro de costas. Ao levantar o olhar, ele se concentrou no movimento de rotação da espada, caindo em sua direção. Quando ela estava praticamente ao seu alcance, o caçador desferiu um chute, que acertou o cabo da arma, lançando-a contra o inimigo; a ponta afiada voltada para seu coração.

Quando o vampiro se endireitou, a lâmina o alcançou. No mesmo instante, ele girou o tronco de lado em uma tentativa desesperada de se livrar do perigo. Um gemido grave e curto escapou de sua boca quando a espada desapareceu de vista, escondida por seu corpo arqueado. Sangue começou a pingar ao redor dele, sujando mais ainda o chão da Santa Casa.

– Acabou! – Vitor endireitou o corpo e caminhou em direção ao vampiro.

– Não, Vitor, não se aproxime! – gritou sua parceira.

Tarde demais. Não houve tempo para que ele fizesse nada. Muito menos ela. O vampiro havia girado o corpo de lado a tempo de conseguir segurar a espada. O sangue que escorria não era de onde perfurara seu corpo, mas dos cortes abertos em suas mãos ao segurar a lâmina. Com um movimento rápido, o imortal endireitou o corpo, com seu braço fazendo um arco ameaçador. A espada refletiu por um breve segundo a luz de uma das luminárias enquanto seguia sua trajetória em direção a Vitor.

Prólogo

A espada abriu um corte profundo no pescoço de Vitor, ficando preso a ele, quase o decapitando. Incrédulo, o caçador colocou as mãos no pescoço enquanto caía de joelhos. Sangue escorria do corte por entre seus dedos e manchava suas roupas. Vitor tirou os olhos do vampiro em pé à sua frente, levando-os até sua parceira, à esquerda, não muito distante dele. Sua expressão era de medo.

– Larissa, me ajude – Vitor conseguiu sussurrar antes de cair de lado. A espada permaneceu nas mãos do vampiro, abrindo ainda mais o corte no pescoço de Vitor. O sangue escorreu livremente, aumentando a poça avermelhada ao redor de um cadáver cujos olhos sem vida miravam o nada.

Os olhos azuis de Larissa marejaram, mas ela não podia fazer nada por Vitor. A ameaça ainda estava bem à frente, e ela não podia se dar ao luxo de se entregar às suas emoções. Larissa passara por um árduo treinamento para aprender a controlá-las. Até mesmo o terrível pesar da perda de um parceiro. Não seria agora que se entregaria.

Larissa lutou para não se deixar levar pelo ódio e se manter concentrada. Preparando-se para a batalha, apontou sua espada na direção do inimigo. O vampiro, no entanto, não repetiu seu gesto. Pelo contrário, simplesmente endireitou o corpo e deixou os braços caírem de lado. Por fim, soltou a espada. O som dela batendo contra o chão reverberou por todo o ambiente, até a lâmina ficar imóvel.

– Já tivemos mortes de mais por uma noite, você não acha? – perguntou o vampiro, aparentemente desinteressado na luta.

Antes que Larissa pudesse responder, ou até mesmo atacar, o vampiro continuou:

– Essa luta somente vai enfraquecer a nós dois. Então vamos deixar tudo como está. Pelo menos, por enquanto. Eu vou embora e você pode prestar as homenagens fúnebres ao seu parceiro. Continuaremos nossa batalha em outro momento.

O vampiro virou-se de costas para Larissa, deixando-a sem opções de reação, pois o código de batalha proíbe atacar um inimigo pelas costas. Implorar para que ele a encarasse estava fora de cogitação. Por mais que fosse difícil controlar o instinto de vingança, ela não se daria ao luxo de apelar ao inimigo, deixando-o em vantagens sobre suas emoções.

Não havendo escolha, ela abaixou, a contragosto, a espada ao lado do corpo.

— Erick? — ela o chamou.

O vampiro parou a meio passo do corredor escuro que levava aos leitos vazios, mas não se virou.

— Nós vamos nos encontrar de novo — completou Larissa.

— Estou contando com isso — respondeu ele. — Quando estiver pronta, você sabe onde me encontrar.

Dito isso, o vampiro desapareceu na escuridão do corredor.

Ao ficar sozinha com dois cadáveres no saguão da Santa Casa, Larissa pegou o celular no bolso de sua calça e digitou o número destinado exclusivamente a emergências. Quando uma voz masculina atendeu, ela falou:

— Temos um problema.

— O jantar está servido! — Marcela de Ávila, uma mulher de 43 anos, magra, alta, de cabelos escuros e corpo atlético, gritou da porta da cozinha. A voz firme atravessou o curto corredor até a sala de estar, onde seu marido lia o jornal do dia, chegando ao ouvido de suas filhas no segundo andar da casa.

Jéssica e Janaína desceram correndo as escadas estreitas, disputando amigavelmente quem chegaria primeiro para provar o delicioso ensopado de sua mãe. Bastou colocarem os pés na sala de estar para acabar a alegria das duas:

— Jéssica! — ralhou Felipe de Ávila, homem rude, de 45 anos, grisalho, alto e de corpo atlético. — Eu já não lhe falei que não quero correria na escada?! Quantas vezes vou ter de repetir?!

Por mais estranho que pudesse parecer, a bronca fora direcionada somente a Jéssica. Janaína passou ilesa — mais uma vez —, embora também tivesse participado da brincadeira. Por mais que sentisse pena da irmã mais nova pela maneira como sempre era tratada pelo pai, ela nada podia fazer para aliviar seu sofrimento além de consolá-la.

Jéssica abaixou os olhos para o chão, deixou as mãos caírem ao lado do corpo, desanimada, e respondeu com a voz baixa e insegura:

— Desculpa, senhor!

Felipe dobrou seu jornal ruidosamente e o colocou sobre o comprido sofá onde estava sentado. Com movimentos ríspidos, levantou-se e encurtou a distância até a filha com passos rápidos.

Prólogo

Quando parou na frente de Jéssica, forçou-a a levantar a cabeça com o dedo indicador dobrado sob o queixo dela. Tamanha era a força que Felipe fazia que ela não teve como resistir.

Quando os olhos de Jéssica encontraram os castanhos do pai, ele falou com toda a firmeza de um general:

– Você não quer dormir mais uma noite sem jantar, quer? – Seus lábios esboçavam um sorriso irônico em meio à barba.

– Não, senhor – respondeu ela, insegura e amedrontada.

– Acho bom! – disse. E, com um empurrão nada delicado em Jéssica, completou: – Agora vai comer!

Jéssica quase caiu com a força do empurrão do pai, mas recuperou o equilíbrio e atravessou o pequeno corredor a passos lentos e com a cabeça baixa.

Quando entrou na cozinha, Janaína já estava comendo na companhia da mãe. Jéssica aproximou-se de seu lugar à mesa e aguardou em pé até o pai assumir a costumeira posição na cabeceira. Somente quando Felipe se sentou e se serviu, ela se acomodou. Naquela casa, era proibido à caçula assentar-se à mesa ou iniciar as refeições antes do patriarca.

Quando Jéssica acomodou-se, cabisbaixa, Marcela pegou um prato e serviu o ensopado com uma incrível má vontade. Quando o prato foi preenchido pela metade, ela o jogou sobre a mesa à frente da caçula, quase o quebrando.

– Coma tudo! Depois lave toda a louça! – Disse, com sua voz autoritária, sem ao menos olhar para ela.

Sem coragem de sequer levantar os olhos do prato, Jéssica pegou um pouco do ensopado com a colher. Estava quase experimentando o jantar quando o som de um carro freando violentamente foi ouvido da cozinha. Menos de um minuto depois, um homem negro, alto, atlético e careca, vestido todo de preto e com uma jaqueta de couro, entrou na cozinha, parando ao lado da porta.

– Desculpe, senhor, mas temos um problema – começou o homem.

Ao vê-lo, Felipe levantou a mão e lhe estendeu o dedo indicador, pedindo-lhe um minuto. Colocou-se em pé e dirigiu sua palavra a Jéssica:

– Para seu quarto! Agora!

– Mas, pai, eu ainda... – Jéssica tentou responder.

Com um movimento ágil, Felipe agarrou-a pelos cabelos e a fez ficar de pé, quase derrubando a cadeira no chão da cozinha. Ele

ignorou os protestos de Jéssica e levou-a para fora, passando pelo homem parado à porta. Soltou-a violentamente aos pés da escadaria e ordenou:
— Não quero mais ver você hoje!
— Mas, pai, o que eu fiz? – Jéssica virou-se para perguntar.
A resposta foi um tapa na cara, que foi ouvido da cozinha. Envergonhada e chorando, Jéssica subiu as escadas correndo e bateu a porta do quarto com violência. Jogou-se de bruços na cama, cobriu o rosto e deixou todas as suas emoções aflorarem em forma de choro descontrolado.
Assim que a filha subiu as escadas, Felipe retornou para a cozinha e sentou-se no mesmo lugar em que estivera apenas alguns minutos antes. Apoiou os cotovelos sobre a mesa e perguntou àquele homem:
— O que houve, Alexandre?
— Um ataque de Erick – Alexandre respondeu. – Perdemos Vitor.
Felipe bateu na mesa com o punho cerrado, fazendo os pratos pularem com um estalo. Por pouco não se quebraram.
— Merda!
— Como Larissa está? – Marcela perguntou, com o olhar fixo nos olhos de Alexandre.
— Estou surpreso com como ela está lidando bem com as emoções – Alexandre respondeu. – Ela foi bem treinada.
Marcela não conseguiu deixar de sorrir com o elogio. Havia muitos anos que ela assumira a responsabilidade de treinar novos caçadores para a Ordem de Ettore. Larissa, entre todas, fora a aluna mais dedicada até o momento. Como instrutora, lhe orgulhava dizer que a jovem era uma das melhores caçadoras que a Ordem já tivera.
Mas a morte de um de seus membros não podia ficar impune. Erick passara dos limites. A Ordem de Ettore precisava agir o quanto antes. Ou melhor, naquele momento. O vampiro nunca esperaria um ataque de retaliação tão rápido. Ele estaria de guarda baixa e seria pego de surpresa.
Determinado, Felipe levantou-se com um pulo da cadeira e conduziu Alexandre até a sala de estar. Enquanto abria o painel escondido na decoração de madeira da parede, onde as armas eram guardadas, ele deu suas ordens:
— Temos que atacar agora.

Prólogo

— Agora? — Marcela perguntou, alarmada. — E quanto ao protocolo da Ordem? Nós vamos simplesmente quebrá-lo?
— Erick já foi longe demais! — Felipe virou-se para a esposa, respondendo firmemente.

Passando o olhar de Marcela para Alexandre e depois de volta para a esposa, ele perguntou:
— Vocês estão comigo ou não?

A resposta de ambos foi se aproximar do painel exposto e escolher as armas para a missão. Com extrema agilidade, Marcela pegou a aljava[2] cheia de flechas e colocou-a nas costas. Em seguida, testou a corda de seu famoso arco, verificando a tensão. Após dobrá-lo, ela o mergulhou no interior do estojo, junto às setas. Aquela arma, sua preferida, era primordial para combate a distância. Porém, em um espaço como aquele, ela precisaria de algo mais prático, mas não menos letal. Com a experiência de anos como membro da Ordem de Ettore, Marcela pegou uma espada comprida, de lâmina fina e resistente, e passou a tira da bainha pela cabeça e por um dos braços, de modo a deixá-la atravessada em diagonal às suas costas; o cabo da lâmina sobre o ombro direito.

Alexandre pegou uma balestra[3] com muitas flechas atadas sobre a arma, enquanto Felipe tirava do painel um colete com duas pistolas no coldre e o vestia. Aquelas seriam as armas para um ataque a inimigos a grandes distâncias, caso fosse necessário. As que ele estava mais treinado para usar vieram logo na sequência: duas espadas curtas de lâminas grossas, que ele repousou em bainhas atadas horizontalmente em seu cinto, na base das costas.

Quando os três estavam prontos para a batalha, Janaína perguntou:
— Posso ir também?

Felipe parou em frente à filha e a segurou pelos ombros com certa delicadeza. Olhando-a com toda a ternura que um homem rude pode olhar para sua filha, respondeu:
— Hoje não. Prefiro que fique aqui e cuide de sua irmã. Ela tem estado rebelde demais.
— Sim, senhor! — Janaína respondeu, triste.

---

2 Bolsa ou estojo onde se guardavam e transportavam as flechas.
3 Arma antiga, composta por um arco e por um cabo muito tenso, com que se arremessam setas e pelouros. Também é conhecida como "besta".

Por mais que não quisesse contrariar o pai, ela se sentia preparada para lutar. Já fazia anos que vinha treinando com sua mãe. Mas nunca fora para missões em campo. Ela se perguntava quando teria a oportunidade.

Ao perceber a tristeza da filha e o respeito por não insistir, Felipe deu um beijo na testa dela e respondeu:

— Essa batalha está além da sua capacidade no momento. Erick é muito perigoso. Não quero você em risco desnecessário.

— Eu compreendo – respondeu Janaína. – Boa sorte.

Marcela também deu um beijo na testa de Janaína e seguiu o marido. Quando o casal estava quase saindo da casa, Jéssica surgiu na base da escada. Felipe estava prestes a repreendê-la mais uma vez, porém não teve oportunidade. Com os olhos inchados, ainda cheios de lágrimas, e os cabelos desarrumados, ela correu até os pais e os abraçou com força.

— Eu amo vocês! – disse.

Aquelas palavras inibiram qualquer intenção rude de seus pais. Sem saber o que fazer, Felipe apenas beijou a cabeça da filha e saiu. Marcela fez o mesmo, porém deixou escapar algumas palavras:

— Cuide-se! – Foi o mais próximo que conseguiu de demonstração de amor pela caçula.

Por fim, o casal saiu de casa e entrou na caminhonete preta e blindada, com Alexandre ao volante. Pela janela traseira do veículo, Marcela olhou uma última vez para sua residência, a tempo de ver as duas filhas lado a lado, paradas à porta, abraçadas. Jéssica ainda chorava. A expressão de Janaína era mais neutra, controlada. Porém, havia nela traços quase imperceptíveis de profunda tristeza.

Ver as filhas naquela situação provocou certo incômodo em Marcela. Sem saber explicar esse sentimento estranho, teve de se contentar em apenas colocar a mão aberta no vidro da janela da caminhonete, como se estivesse se despedindo, mesmo a distância, de suas duas meninas.

Mas o momento da despedida durou pouco. Em questão de segundos, o carro estava em movimento. As luzes dos postes passavam apressadas pelas janelas conforme o veículo percorria em alta velocidade as ruas desertas de Cafelândia em direção à rodovia e, posteriormente, ao possível covil de Erick.

Prólogo

— Uau! — Alexandre não resistiu em expressar sua surpresa ao ver a mansão.

Era luxuosa, um resquício da era colonial, cercada por modernos muros altos de pedra. Ficava em um lugar bem afastado da cidade, em uma região isolada, cujas estradas de terra ao redor foram propositalmente construídas para desorientar qualquer pessoa que se aventurasse. Como um labirinto, as rotas cruzavam-se várias vezes, muitas delas terminando em riachos, penhascos ou baixos montes. Dependendo do caminho que fosse escolhido, os visitantes inesperados no mínimo retornavam para a estrada intermunicipal. Ou ficavam andando em círculos até encontrar a morte por inanição ou sede. Em casos mais graves, até se tornarem alimento mais do que apetitoso dos vampiros que ali residiam.

Alexandre e os caçadores também ficariam perdidos naquele labirinto de estradas de terra se Felipe não tivesse, sem querer, se deparado, alguns anos antes, em uma de suas pesquisas nos antigos livros na biblioteca da Ordem de Ettore, com a rota exata para se chegar àquela região inóspita. Dotado de memória fotográfica, ele precisara apenas de alguns segundos para memorizar cada encruzilhada, cada mudança de direção que deveriam fazer para alcançar a mansão. Seguir a rota, mesmo à noite e sem nunca ter trafegado por aquele pedaço de terra, não foi difícil para ele.

Quando desceu da caminhonete, Felipe caminhou na escuridão da rua até o largo portão de grade, com a mão segurando o cabo de uma das espadas às costas. Seus olhos experientes varriam tudo ao redor, à procura de sentinelas ou qualquer tipo de movimentação suspeita. Nada, porém, chamou-lhe a atenção. Não fossem as luzes acesas, que atravessavam pelos vidros das enormes janelas, iluminando parcamente o gramado em torno da mansão e o jardim bem cuidado, ele poderia dizer que o local estava abandonado.

Com um aceno de mão para os dois caçadores às suas costas, Felipe deu a ordem para a invasão. Com movimentos ágeis, Marcela escalou o muro de um dos lados do portão. Quando seus pés tocaram o gramado, seu arco, até o momento dobrado e acondicionado na aljava junto às flechas, já estava aberto em suas mãos, com uma seta com ponta triangular de metal atada à corda, pronta para disparar ao menor sinal de movimento.

Alexandre, praticamente ao mesmo tempo que Marcela, escalou com agilidade o muro pelo outro lado do portão. Assim como sua colega, ele logo alcançou o chão, com a balestra apontada para a escuridão à frente, pronto para disparar. Felipe, confiante pela ação dos dois batedores, pulou pelas grades do portão sem ao menos considerar pegar suas armas.

Seguros por não terem alertado os vampiros residentes, os três seguiram lado a lado pelo caminho de pedra que levava até uma enorme fonte circular, em frente à escadaria de acesso à porta principal da mansão. Marcela e Alexandre, no entanto, não soltaram suas armas e mantiveram os olhos atentos aos flancos. Felipe, entre os dois, caminhava determinado, segurando o cabo das duas espadas curtas às suas costas, pronto para entrar em ação ao primeiro sinal de terem sido descobertos.

À medida que se aproximavam, a mansão crescia à frente deles. Uma larga escadaria levava ao hall, um amplo espaço com pé-direito alto, onde uma enorme porta de madeira escura, trabalhada à mão, fechada naquele momento, dava acesso ao interior da enorme casa. Ao redor do salão, onde a escada terminava, duas pilastras circulares sobre uma base quadrada erguiam-se majestosas até um pórtico triangular, dando uma aparência ainda mais assustadora àquele local. Da metade das pilastras para os dois lados além do hall, sacadas ocupavam toda a fachada frontal da mansão. No centro de cada uma delas, portas de vidro davam acesso ao seu interior.

Ao alcançar a escadaria sem grandes problemas, Felipe fez um gesto rápido para sua equipe com a cabeça. Treinados como eram, eles se colocaram em ação. Alexandre e Marcela afastaram-se do líder, subindo as escadas com a experiência de anos de treinamento. Com uma agilidade incrível, usaram a base quadrada das pilastras para dar impulso, os braços esticados em direção à balaustrada[4] das sacadas. No momento seguinte, seus pés já tocavam o chão do pavimento superior, um de cada lado do hall, e eles espiavam, pelas portas de vidro, o interior da mansão. Logo depois, com as armas apontadas, eles entraram.

---

4 Qualquer parapeito, corrimão, grade de apoio ou proteção.

Prólogo

Felipe chegou ao hall ao mesmo tempo em que seus parceiros invadiam a mansão pelo piso superior. Sua mão foi direto à porta, empurrando-a. Esperando não a encontrar destrancada, surpreendeu-se quando as dobradiças rangeram conforme abria-se para dentro, revelando um enorme saguão mal iluminado, onde duas escadas, dispostas uma de cada lado do amplo espaço, levavam para uma plataforma superior que contornava todo o recinto, repleta de portas fechadas para diversos aposentos, formando, assim, um enorme vão central onde o agente se encontrava. Na outra extremidade do piso inferior, em frente à alta porta de entrada, porém em proporções convencionais, havia outra porta, que conduzia aos inúmeros aposentos térreos.

O cheiro de sangue e morte chegou até Felipe antes mesmo que ele pudesse ver qualquer coisa. Ainda segurando os cabos de suas espadas nas costas, ele lutou contra a ânsia enquanto seus olhos perscrutavam o local à procura de seu inimigo. O que encontrou foi bem mais assustador. Pendurados por cordas às grossas vigas de sustentação do telhado, diversos cadáveres de homens e mulheres pendiam de ponta-cabeça, com os braços inertes, esticados em direção ao chão. Alguns já estavam em estado de decomposição. Outros ainda sangravam a partir de diversos ferimentos recentes, formando, abaixo deles, poças de sangue.

– Vejo que você já encontrou minha coleção particular! – A voz calma e ao mesmo tempo assustadora quebrou o silêncio, ecoando pelo amplo saguão, impossível de se determinar a origem.

Em resposta à ameaça, Felipe sacou as duas espadas. Olhando ao redor, à procura de Erick, ele gritou:

– Apareça, covarde!

Erick apareceu na plataforma superior entre as duas escadarias. Vestido com um sobretudo preto, fechado por botões dourados na frente, e os longos cabelos presos, caindo pelas costas, o vampiro aproximou-se da balaustrada. Segurando um cálice dourado na mão, ele o estendeu na direção de Felipe:

– Um brinde à sua presença – disse e bebeu todo o conteúdo do cálice.

Quando Erick abaixou a taça, um filete de sangue escorria pelo canto de sua boca. Ao baixar o olhar até Felipe, o vampiro limpou o rosto com as costas da mão e falou:

– Devo admitir: o sangue de Vitor é um dos melhores que já tomei.
– Seu tom de voz era calmo e controlado. – Você realmente sabe recrutar membros saborosos.

Os olhos de Felipe, fixos em Erick, estreitaram-se. Suas mãos apertaram o cabo das espadas com mais força.

– Vamos acabar logo com isso! – Felipe o convidou para a batalha.

– Achei que nunca fosse pedir – respondeu Erick, deixando a taça vazia cair aos seus pés.

Com a graciosidade de muitos séculos de experiência, Erick pulou por cima da balaustrada e desapareceu na penumbra entre os corpos pendurados. O silêncio voltou a reinar no saguão da mansão. Parado no mesmo lugar, protegido pela porta aberta às suas costas para não ser pego de surpresa, Felipe varreu o salão com o olhar. Não havia nenhum sinal do vampiro. Seus passos eram silenciosos demais. Ele simplesmente desaparecera. E, parado ali, o líder da Ordem de Ettore nunca teria sucesso em sua missão. Se quisesse acabar com aquela ameaça, teria de se arriscar.

Atento a qualquer sinal de movimento, Felipe abandonou sua zona de segurança. Bastou apenas um passo adiante, e a porta às suas costas bateu com força, assustando-o e fazendo-o virar-se, pronto para atacar. Não havia, porém, nem sinal do vampiro. Direcionou sua atenção novamente para o amplo saguão à sua frente, voltando a caminhar por entre os corpos pendurados, com os olhos treinados, atentos a qualquer sinal da presença de seu inimigo.

Um movimento chamou a atenção à sua direita, fazendo Felipe virar-se e levantar a espada. Não havia nada ali. Pelo canto dos olhos, ele viu algo novamente se mexer à sua esquerda. Ao virar-se, pronto para desferir um golpe mortal, também não encontrou nada. Erick estava brincando com ele, desconcentrando-o para baixar sua guarda e, assim, torná-lo um alvo mais vulnerável. Felipe precisava sair o quanto antes do meio daqueles corpos.

Um corpo pendurado não muito distante de Felipe balançou, encostando no cadáver suspenso ao seu lado antes de oscilar para o lado oposto. Com um movimento rápido, o agente virou-se e atacou. A lâmina rasgou carne morta.

Outro cadáver não muito afastado de Felipe mexeu-se. Depois outro, mais além. Assustado, ele girou nos calcanhares, apontando a espada. Não havia sinal do vampiro. Erick, porém, era o menor de seus problemas naquele momento. Uma ameaça muito maior retornava à vida em meio ao labirinto de corpos pendurados.

Um rosnado chegou ao ouvido de Felipe segundos antes de braços finos, porém fortes, agarrarem-no pela perna; as unhas arrancavam sangue e o faziam sentir uma dor insuportável. Ao virar-se, viu que uma mulher, pendurada de cabeça para baixo, tentava mordê-lo com seus caninos pontiagudos e afiados. Um rosnado gutural, sedento por sangue, saía de sua boca aberta.

Com um movimento rápido, Felipe cortou os pulsos da vampira com sua espada. O grito dela se transformou em dor e agonia. Ao recuar um passo, o líder da Ordem de Ettore estava preparado para dar o golpe final em seu coração quando outras mãos o agarraram pelas pernas. Mais cadáveres agora retornavam à vida como vampiros sedentos por sangue; suas bocas abertas tentavam morder aquela vítima humana a qualquer custo.

O desespero tomou conta de Felipe. A cada movimento que ele fazia para escapar das mãos que o agarravam e rasgavam sua pele, arrancando sangue de suas pernas e costas enquanto tentavam mordê-lo, ele caía no meio de mais braços fortes de outros vampiros pendurados, todos sedentos por se alimentarem pela primeira vez após a transformação.

Em meio à luta pela própria vida, atacando com as duas espadas a ameaça ao redor enquanto movimentava habilmente seu corpo, Felipe não percebeu o perigo que se aproximava por trás. Quando estava prestes a atacar um dos vampiros pendurados, mãos fortes o atacaram pelas costas com incrível velocidade, derrubando suas duas espadas antes de o agarrar. Com um chute forte na parte posterior da perna, ele caiu de joelhos, com o rosto a poucos centímetros da vampira que tentara matar há apenas alguns segundos.

Antes mesmo que pudesse reagir, mãos fortes o agarraram pelos cabelos e empurraram seu pescoço exposto na direção da boca sedenta por sangue da vampira pendurada. Felipe tentou lutar, mas estava cansado demais, dolorido e sem suas armas para contra-atacar. Aquele parecia ser seu fim.

Atrás dele, segurando-o com força, Erick falou:

– Alimente-se, minha criança! Não há nada mais saboroso que o sangue dos membros da Ordem de Ettore.

Em um último ato de desespero, Felipe tentou girar o corpo, forçando seu pescoço para o mais longe possível daquela boca aberta. Em vão. Mesmo com todo o esforço, já podia sentir os lábios dela agraciando seu pescoço. Mais alguns centímetros e ele estaria condenado.

Então veio a dor. Sangue escorreu de Felipe. E um grito. Depois outro.

Uma flecha disparada do alto atravessou o pescoço da vampira pendurada de ponta-cabeça e passou raspando o rosto de Felipe, abrindo um corte profundo, por onde mais sangue escorreu, até se cravar no ombro de Erick, o que o fez soltar sua vítima e cair de costas no chão. Através dos corpos pendurados, balançando de leve de um lado para o outro, a imagem de Marcela no segundo andar da mansão surgia e desaparecia, com um braço esticado segurando o arco enquanto o outro ainda estava dobrado após ter soltado a seta.

Com um grito de agonia, Erick levantou-se e partiu para o ataque contra Felipe ainda ajoelhado. As mãos do vampiro estavam quase o agarrando pela nuca quando mais uma flecha o atravessou de forma não letal pelas costas, fazendo-o levantar a cabeça e gritar de dor, com seus caninos afiados à mostra. Atrás dele, do outro lado da plataforma do segundo andar, Alexandre segurava a balestra apontada.

Recuperando-se a tempo de reagir, Felipe se jogou para a frente, virando uma cambalhota enquanto recuperava as suas duas espadas caídas no chão. Quando ficou em pé, ele virou-se e as apontou na direção do vampiro ajoelhado, debruçado sobre si mesmo, com duas flechas atravessadas no corpo.

— Acabou! — falou Felipe, enquanto desviava dos corpos pendurados para se aproximar do vampiro, com uma espada apontada na direção dele enquanto a outra descansava sobre seu ombro. Sua respiração estava pesada.

Felipe colocou a ponta da espada abaixo do queixo de Erick, forçando-o a levantar a cabeça. Apesar da adversidade do momento, o vampiro trazia um olhar desafiador e um sorriso malicioso nos lábios.

Ainda não havia acabado. Ao redor de Felipe e de Erick, os vampiros pendurados lutavam contra as cordas que os aprisionavam, balançando de um lado para o outro em sua fúria para se livrar delas. Uma a uma, elas começaram a se romper. Com o baque surdo de seus corpos caindo contra o piso da mansão, eles estavam livres para se alimentar. O alvo humano mais perto deles: o líder da Ordem de Ettore.

Prólogo

— Merda! — exclamou Felipe com os dentes cerrados quando uma vampira o agarrou pelos ombros, com os longos caninos aproximando-se de sua jugular exposta.

Com um movimento rápido, Felipe virou-se e atacou-a com uma das espadas, ceifando aquela pós-vida. Aproveitando-se da distração, Erick colocou-se em pé e, cambaleante, correu para a porta dos fundos, fugindo em direção aos outros aposentos do piso inferior da mansão. Do alto, Marcela percebeu a tentativa de fuga e começou a disparar uma flecha atrás da outra com velocidade incrível. As setas foram acertando chão, mobília e parede ao redor do vampiro, menos o alvo.

— Merda! — Marcela praguejou quando Erick atravessou a porta e fechou-a segundos antes de algumas flechas cravarem-se nela.

— Eu vou atrás dele! — gritou Alexandre, fazendo menção de pular por cima da balaustrada da plataforma do segundo andar.

— Deixe-o fugir! Temos de impedir que esses vampiros sedentos cheguem à cidade! — gritou Felipe, que lutava com ferocidade contra os vampiros que se soltavam e o atacavam. Ele estocou, girou o corpo, cortando-os e aumentando, assim, a pilha de mortos aos seus pés.

Os dois membros que estavam no piso superior alteraram seus alvos para os vampiros abaixo deles e começaram a disparar uma flecha atrás da outra, ajudando o líder na matança. Quando as setas de Marcela acabaram, ela largou seu arco, tirou sua espada da bainha e saltou por cima da balaustrada. Sua queda foi amortecida ao rolar por cima de um de seus ombros. Ao levantar-se do rolamento, a lâmina em suas mãos já ceifava as primeiras pós-vidas.

Uma vampira ruiva, no entanto, aproximava-se pelas costas de Marcela, usando a escuridão como proteção. A mulher somente se deu conta quando estava tarde demais para se virar. Não fosse pela flecha que passou raspando por seu ombro direito, antes de se cravar na cabeça da vampira, agora ela estaria morta. Marcela levantou o olhar para Alexandre depois de degolar a mulher e agradeceu com um leve movimento de cabeça antes de voltar para a batalha, cortando e estocando.

Marcela e Felipe eram máquinas de guerra. Com o apoio de Alexandre no piso elevado, nenhum vampiro conseguiu escapar. Onde antes diversos corpos estiveram pendurados, agora restavam cordas vazias, muitos cadáveres e dois membros da Ordem de Ettore entre eles, de costas um para o outro, respirando ofegantes de cansaço. Mantinham, porém, as espadas manchadas de vermelho ainda levantadas de forma ameaçadora, como se esperassem mais algum inimigo sair das sombras para atacá-los.

Apesar de cansada, Marcela estava bem. Diferentemente de seu marido, às suas costas. Além da respiração pesada, ele suava frio. Seu corpo todo tremia. Seus músculos enfraqueceram e suas espadas caíram no chão, tilintando até ficarem inertes. A visão dele escureceu, e ele começou a cambalear de um lado para o outro, prestes a tombar.

Ao perceber que algo não estava certo com o marido, Marcela virou-se na direção dele a tempo de segurá-lo com dificuldade quando caiu duro no chão. O corpo dele era mais pesado do que imaginava, derrubando-a junto entre alguns cadáveres de vampiros.

– Felipe, você está bem? O que aconteceu? – perguntou Marcela, ajoelhando-se com urgência ao lado do marido.

Os dentes de Felipe estavam cerrados, todo o seu corpo tremia e suava. Como ele não tinha condições de responder, Marcela começou a examinar todo o corpo dele à procura de algum ferimento grave. Quando encontrou, seus olhos cheios de medo dirigiram-se para Alexandre, que já descia as escadas com toda a agilidade adquirida nos treinamentos da Ordem de Ettore.

Alexandre ajoelhou-se ao lado de Marcela e olhou para aquelas duas marcas de dente no pescoço de Felipe, por onde muito sangue escorria. Ele havia sido mordido durante a batalha. Aqueles tremores, por mais que parecessem normais, estavam acontecendo rápido demais. Não havia tanto tempo assim que ele tinha sido mordido para já dar início aos efeitos da transformação. Por algum motivo, o processo estava mais acelerado do que os agentes da Ordem de Ettore conheciam e consideravam normal.

Os membros da Ordem ali presentes poderiam fazer somente uma coisa para tentar reverter aquela situação devastadora. Alexandre levantou Felipe com firmeza, colocou-o sobre um dos ombros e levou-o às pressas de volta para o carro, passando, de imediato, as instruções para Marcela:

– Só há uma coisa a fazer! – A voz de Alexandre era grave, urgente.
– Leve-o o mais rápido possível até a Ordem das Rosas Negras. Somente a sacerdotisa pode reverter o que está acontecendo.

Prólogo

Alexandre colocou Felipe deitado no banco de trás da caminhonete enquanto Marcela assumia sua posição ao volante. Antes de ela sair, no entanto, o membro da Ordem de Ettore colocou uma faca na mão dela e falou, sério:

— Espero que ainda dê tempo de fazer algo. Se não for possível fazer mais nada, espero que use isto.

Marcela balançou a cabeça em sinal de confirmação e saiu às pressas com a caminhonete, levantando poeira da estrada de terra. Assim que as lanternas vermelhas desapareceram da visão de Alexandre, ele pegou o celular em seu bolso e digitou o número de emergência da Ordem de Ettore:

— É Alexandre Duarte. Mande uma equipe de limpeza para o endereço que vou te encaminhar!

Com rápidos movimentos no aparelho celular, Alexandre enviou sua localização. Depois, retornou para o interior da mansão. A batalha havia se encerrado, mas ainda havia muito o que fazer naquele lugar.

Marcela dirigia como louca pela estrada de terra, levantando muita poeira atrás dela. Quando finalmente chegou ao asfalto e seguiu em direção à sede da Ordem das Rosas Negras, seu marido gemeu no banco de trás, tremendo ainda mais.

— *Não vai dar tempo!* — exclamou Marcela para si mesma.

A sede da Ordem das Rosas Negras, onde a sacerdotisa praticamente fixava residência, estava a horas de viagem de carro. Não havia como chegar a tempo. O templo mais próximo de onde ela estava também não era tão perto assim. Seu marido não tinha tanto tempo. Ele não sobreviveria até lá. Pior, ele poderia se transformar antes disso.

A não ser que... — pensou.

Tirando os olhos da estrada enquanto dirigia em alta velocidade, Marcela procurou seu celular no bolso. Ao encontrá-lo, logo começou a discar o número da sacerdotisa da Ordem das Rosas Negras. *Se ela pudesse abrir um portal e nos levar diretamente para um de seus estabelecimentos, daria tempo!* — Marcela completou seu pensamento.

Marcela estava tão distraída com o celular que não percebeu a caminhonete sair de sua faixa e invadir lentamente a pista contrária. Ela somente se deu conta do que estava acontecendo quando as luzes fortes de um caminhão, também em alta velocidade, entraram pelo vidro dianteiro da caminhonete, acompanhadas de uma buzina estridente. Desesperada, Marcela largou o celular e tentou sair da rota de colisão.

A rápida manobra evitou a colisão frontal. Porém, ela não conseguiu se livrar do impacto. Quando o caminhão se chocou contra a carroceria da caminhonete, Marcela perdeu o controle e derrapou na estrada. Depois, capotou. Ela estava dirigindo tão rápido que seu veículo deu várias voltas sobre si mesmo, deixando pedaços pelo caminho, antes de cair pela ribanceira que margeava a rodovia e mergulhar de ponta-cabeça em um lago. Em questão de segundos, a caminhonete estava completamente submersa.

A última coisa que Marcela viu, ou pensou ter visto antes de tudo escurecer, enquanto a caminhonete girava pela ribanceira, foi Felipe se sentar no banco traseiro; suas mãos agarravam os encostos de cabeça dos assentos dianteiros.

No funeral de Felipe e Marcela de Ávila, as duas filhas eram os únicos membros da família. Devido ao seu trabalho secreto na Ordem de Ettore, os falecidos optaram por se afastar totalmente do restante de seus familiares. Por mais que Jéssica e Janaína tivessem tios e primos de segundo grau, elas nunca os conheceram.

O cemitério exclusivo da Ordem de Ettore, um amplo gramado verde muito bem cuidado, com túmulos em mármore, não estava, em contrapartida, vazio. Quase todos os seus membros, das diversas sedes espalhadas pelo país, estavam lá, prestando suas últimas homenagens a Felipe e Marcela.

Quando os caixões foram baixados para o túmulo, levando Felipe e Marcela para o descanso eterno, junto de suas preferidas armas de combate (uma tradição da Ordem de Ettore), Jéssica não se aguentou e se entregou a um choro descontrolado no ombro da irmã, parada ao seu lado. Janaína, por sua vez, tentava ser firme, mas não conseguiu segurar uma única lágrima, que escapou involuntariamente pelo canto de um de seus olhos.

Quando menos esperavam, mãos carinhosas pousaram sobre os ombros das duas meninas vestidas de preto, um sinal do luto pela

morte dos pais. Antes que elas se virassem, Alexandre, vestido com um belo terno negro, falou baixo nos ouvidos das duas:
– Seus pais foram uns dos melhores membros da Ordem. É minha obrigação, como sucessor de Felipe, cuidar de vocês.
Janaína e Jéssica viraram-se para encarar o homem parado à sua frente:
– Eu quero vingança! – Janaína falou entre os dentes cerrados.
– Eu compreendo sua dor. Mas infelizmente vou ter que negar isso a você.
A expressão séria de Janaína fechou-se ainda mais:
– Eu sou membro da Ordem. Mereço essa oportunidade.
– Minha querida – Alexandre respondeu com calma, abrindo um sorriso discreto –, você não está preparada. Colocá-la nessa missão é o mesmo que decretar a sua ordem de execução. Controle sua raiva e depois conversamos a respeito.
Janaína abriu a boca para protestar, mas Alexandre foi mais rápido:
– Para o que vocês precisarem, a Ordem estará à disposição. Mas não posso atender ao seu pedido. Desculpe!
Alexandre se afastou, levando consigo todos os membros da Ordem de Ettore. As duas meninas ficaram sozinhas na frente do túmulo de seus pais. Olhando para a foto de Felipe e Marcela ao lado de seus respectivos nomes na lápide, Jéssica perguntou:
– O que vai ser de nós agora?
– Nós vamos seguir em frente. Eu vou cuidar de você – respondeu Janaína, abraçando a irmã e repousando a cabeça dela em seu ombro. – Eu prometo – completou, virando-a de frente para olhá-la nos olhos e secar suas lágrimas com os dedos.
As duas se abraçaram. Jéssica fechou os olhos inchados de tanto chorar. Por cima da cabeça da irmã, Janaína olhou fixamente para o túmulo de seus pais. Havia algo de muito estranho no que Alexandre lhe contara sobre o acidente. Existiam muitas lacunas no relato de como Felipe e Marcela morreram. Ela sentia em seu mais profundo ser que nem tudo havia sido contado a elas. E duvidava que um dia toda a verdade fosse revelada.
Infelizmente, Janaína estava certa sobre haver mais coisas do que fora contado. Porém, estava enganada sobre esse segredo permanecer oculto por toda a eternidade. Um dia, a verdade por trás do acidente seria revelada.
Esse dia, porém, estava muito distante...

1

Cafelândia. Dias atuais.

A batalha em Cafelândia fora violenta. Quando tudo parecia estar chegando ao fim, um novo inimigo, até então à espreita nas sombras, apenas esperando o momento certo de tomar seu lugar no palco sangrento, surgiu. Nem mesmo a ocupante de uma caminhonete amassada, seguindo por ruas desertas em direção à saída da cidade, estaria livre de um futuro muito mais aterrorizante.

No meio da madrugada, essa caminhonete seguia devagar pela estrada deserta, seus faróis mal iluminando o caminho, enquanto as luzes da cidade se tornavam cada vez menores em seus espelhos retrovisores. Por fim, desapareceram por completo. Dentro do veículo, a determinação de antes da jovem motorista, quando tomara sua decisão de sair da cidade e se despedira de Raquel, já não era mais tão forte. Aos poucos, essa força impulsiva transformava-se em dúvida sobre ter feito a escolha certa. Depois, em remorso.

O som de um tiro reverberava sem parar na mente de Jéssica. A imagem de sua irmã caindo da torre da catedral repetia-se diversas vezes, fazendo-a se sentir pior. A culpa por não ter feito nada para salvá-la a consumia. Lágrimas irromperam pelo canto de seus olhos. O que a jovem mais gostaria naquele momento era de uma nova oportunidade de mudar tudo.

Por fim, uma tristeza avassaladora a invadiu. Mergulhada em seus próprios devaneios, Jéssica mal conseguia manter o veículo em sua faixa na rodovia. Os feixes de luz corriam de um lado para o outro sobre o asfalto à medida que ela ziguezagueava. Quase invadiu uma fazenda de um dos lados da estrada ou caiu em uma enorme vala do outro. Por sorte, com uma guinada, conseguiu controlar a tempo, evitando o acidente... para quase entrar em outro. Repentinamente, intensas luzes ganharam vida na estrada escura às suas costas ao mesmo tempo em que uma buzina ensurdecedora chegou aos seus ouvidos. No segundo seguinte, o som de uma freada brusca. Por pouco, muito pouco, o outro carro não batera na traseira da caminhonete.

Jéssica assustou-se com a buzina, o som da freada brusca às suas costas e as fortes luzes em seu espelho retrovisor, cegando-a. Tudo o que ela conseguia ver era o clarão emanado do veículo atrás dela. A claridade contra os seus espelhos retrovisores era tão intensa que ela nem sequer conseguia enxergar muito da rodovia à frente. Se a estrada fizesse curva, Jéssica não conseguiria ver com clareza. Se ela estivesse andando em linha reta ou dirigindo lentamente para um dos lados da estrada, também não saberia, tamanha a desorientação provocada pelas luzes.

Recuperando-se do choque, Jéssica reclamou para si mesma, em voz alta:

– Está bem, eu já entendi! Agora pode apagar essa luz.

Para se livrar do desconforto das luzes, Jéssica desacelerou a caminhonete, esperando que o outro carro desviasse e, por fim, passasse por ela.

Se fosse assim tão fácil...

Em vez de desviar, o carro bateu de leve na traseira da caminhonete; o som de ferro arranhando ferro soou estridente em meio ao ruído dos dois motores conforme a empurrava. Jéssica sentiu a trepidação do impacto. O volante girou sozinho entre suas mãos, desgovernando o veículo enquanto ela era empurrada por um desconhecido.

O que ele queria, Jéssica não sabia. Mas tinha certeza de que coisa boa não era.

Capítulo 1

Lutando para se manter no pouco que conseguia enxergar da estrada, Jéssica estreitou o olhar e acelerou, determinada a se livrar daquela ameaça, fosse lá quem fosse. À medida que ia ganhando velocidade, o contato entre os dois veículos tornou-se inexistente. Jéssica recuperou o controle da caminhonete e acelerou ainda mais. Aos poucos, as luzes se afastavam, porém não o suficiente para que ela se visse livre de quem a perseguia.

Um pouco mais distante, Jéssica conseguiu identificar, pelo espelho retrovisor central, quatro holofotes colocados sobre a capota do que parecia ser uma caminhonete. Para seu alívio, eles estavam ficando cada vez mais distantes. Aos poucos, ela estava conseguindo se afastar de seu perseguidor. Porém, não como gostaria. Sua vantagem crescia muito vagarosamente. Naquele ritmo, seriam necessários muitos quilômetros para conseguir se livrar dele. A não ser que ele desistisse, o que não parecia estar acontecendo, por mais que aumentasse a distância entre os dois veículos.

Jéssica precisava fazer algo. *Entrar em alguma cidade, talvez*, ela pensou. *Ou em alguma estrada de fazenda.* Havia muitas saídas de acesso ao setor rural. Bastaria fazer uma curva brusca e provavelmente seu perseguidor não teria tempo de reação para fazer o mesmo.

Para sua infelicidade, porém, a caminhonete começou a perder velocidade. O motor, antes gritando em sua potência máxima, tornava-se menos ruidoso. O terreno, até o momento plano, começava a se elevar. O veículo não conseguia mais manter o ritmo de antes. As luzes cresciam novamente em sua traseira. Se ela fosse fazer alguma coisa, teria de ser agora.

Todos os seus planos, porém, ficaram apenas em pensamento. Ela não teve tempo de fazer nada além de segurar firme no volante e tentar controlar a caminhonete quando seu perseguidor mais uma vez bateu contra sua traseira, com mais força. Seu veículo dançava de um lado para o outro conforme era empurrado morro acima.

Jéssica tentou frear. Fumaça começou a sair das rodas à medida que ela tentava segurar o veículo de trás. O pedal tremia sob seus pés. A dança da caminhonete tornou-se mais intensa. O volante em suas mãos suadas forçava virar de um lado para o outro, acompanhando o movimento do veículo de trás. Como não era uma boa ideia continuar freando, Jéssica soltou o pedal, deixando-se mais uma vez levar pela força que a impulsionava. Tudo o que podia fazer no momento era se manter firme na estrada enquanto pensava em outro plano.

Desesperada, Jéssica sentia que estava perdendo o controle. As rodas começavam a derrapar de leve sobre o asfalto, com a caminhonete inclinando-se para um dos lados. Se continuasse assim, ela rodaria. E se isso acontecesse, estando naquela velocidade, com toda certeza, capotaria e teria pouca chance de sobreviver. *Mas o que fazer?* – Jéssica se perguntou, com os dentes cerrados enquanto tentava a todo custo manter a aderência.

Quase no final do aclive, a surpresa: as luzes atrás dela se apagaram. A pressão contra a traseira de sua caminhonete cessou. Livre de seu perseguidor, Jéssica pôde recuperar o controle. Só não conseguia entender o porquê de ele simplesmente tê-la deixado ir.

A resposta veio no momento em que o terreno ficou plano. À frente, vários carros de diversas cores e modelos bloqueavam a rodovia, todos batidos. Alguns pegavam fogo, as chamas tremeluzentes iluminando boa parte da estrada. Outros estavam capotados. Sobre o asfalto, corpos de homens, mulheres e crianças jaziam, ensanguentados; seus olhares sem vida fitando a calmaria das estrelas a céu aberto. Um deles, em particular, chamou a atenção de Jéssica nos poucos segundos em que seus olhos caíram sobre ele. Ajoelhado no asfalto, ao lado de um veículo todo amassado, com a porta aberta, estava um homem com quase dois metros de altura. Ele era troncudo e estava com seus musculosos braços desnudos a partir de cortes na altura dos ombros da jaqueta de couro que usava. Ele se debruçava sem nenhuma preocupação sobre o cadáver de uma jovem morena.

Assustada, Jéssica pisou forte no freio. Suas mãos seguravam firmemente o volante, tentando controlar o veículo. A traseira de sua caminhonete dançou na rodovia, os pneus deixando marcas no asfalto. O cheiro de borracha contaminou o ar ao redor. O som da freada foi ouvido a distância. O homenzarrão levantou o olhar do cadáver em seus braços e virou o rosto a tempo de mirar a frente da caminhonete a poucos metros. De sua boca aberta, sangue fresco escorria por seu queixo e pescoço até manchar a gola da jaqueta de couro. Duas presas pontiagudas, fixas à arcada superior daquele homem, reluziam contra as luzes dos faróis. Um rugido gutural saiu de sua garganta, sobrepujando todo o som da freada, segundos antes do veículo se chocar contra ele.

Capítulo 1

Com o impacto, a frente da caminhonete dobrou-se em torno do homenzarrão, abraçando-o. Fragmentos de peças de metal, plástico e vidro dos faróis espalharam-se pela rodovia. Uma nuvem branca irrompeu para o ar a partir do que outrora fora o radiador. A traseira da caminhonete levantou alguns metros. A arma, até então sobre o banco, caiu no assoalho. Jéssica foi jogada contra o volante, onde bateu a cabeça com força, abrindo um corte profundo em sua testa. Sangue começou a escorrer do ferimento.

Conforme a traseira da caminhonete caía em direção ao asfalto, Jéssica era jogada contra o encosto do banco, antes de escorregar de lado até o assento; um de seus braços pendia até o assoalho. Sangue escorria pelo ferimento aberto em sua testa, manchando o estofamento do banco antes de pingar no carpete do veículo.

Apesar da gravidade do ferimento, o peito de Jéssica subia e descia, acompanhando o ritmo nervoso de sua respiração. O coração batia acelerado. Os olhos arregalados miravam o teto da caminhonete. A cabeça doía. Por instinto, ela levou uma das mãos ao ferimento. Seus dedos se encheram de sangue, mas, ao tocar o corte, não sentiu ser tão sério assim.

Estou viva! – pensou, não acreditando em como conseguira sair praticamente ilesa de um acidente tão grave.

A imagem daquele homenzarrão com sangue em torno da boca e duas presas pontiagudas não saía de sua cabeça. Um pensamento invadiu sua mente contra sua própria vontade: *vampiro!*

As histórias vampirescas que sua irmã tanto lhe contava antes de dormir pareciam ficção. Jéssica nunca acreditara em nada do que fora dito por Janaína, pois sabia que se tratava apenas de entretenimento, um momento agradável entre irmãs. Mas, depois de ver aquele homem e sua expressão, a jovem não tinha mais tanta certeza se as histórias eram apenas fictícias. Havia, naquela figura atropelada por ela, algo muito parecido com tudo o que sua irmã outrora lhe contara.

Com a mente dividida entre a imagem ameaçadora do homenzarrão e as lembranças antigas, Jéssica se recordou da noite em que, sem ser vista, ouvira uma conversa de seu pai com a mãe e a irmã. Termos como "vampiros" e "Ordem de Ettore" foram ditos várias vezes. Na época, ela acreditara se tratar apenas da discussão sobre um filme barato a que os três teriam assistido na televisão. Mas, depois do que acabara de passar e das recordações das histórias contadas por Janaína, Jéssica tinha fortes argumentos para deixar sua mente vagar pela possibilidade de uma nova realidade: a da existência de vampiros.

Um ruído próximo, vindo de algum lugar à frente da caminhonete destruída, tirou Jéssica de seus devaneios. Com a respiração densa e os olhos ainda arregalados pela adrenalina do acidente, ela se ergueu do banco, ignorando a dor na cabeça, apenas o suficiente para conseguir enxergar na direção de onde desconfiava ter tido origem o barulho. Colocando apenas os olhos por cima do painel todo destruído da caminhonete, a jovem apenas viu a água do radiador arrebentado fluindo com pressão para o alto.

Você está imaginando coisas, Jéssica – ela pensou, tentando ao máximo se manter na realidade e não se deixar levar pelas histórias de sua irmã ou pela conversa ouvida. *Não tem como aquele homem ter sobrevivido. Além do mais, tudo aconteceu muito rápido. O que eu vi segundos antes do acidente pode ter sido apenas fruto da minha imaginação.*

Jéssica estava prestes a deixar o alívio tomar conta de si quando um braço desnudo irrompeu pelo meio da água jorrando e bateu sobre os destroços do capô da caminhonete. Um gemido grave chegou aos seus ouvidos logo na sequência, como o de alguém se esforçando para ficar em pé. Lentamente, à medida que o homenzarrão se levantava, um vulto negro ganhava forma por trás da cortina de água: alto, troncudo, musculoso.

Como ele ainda está vivo? – Jéssica pensou. E o mais importante: *como ele conseguira parar a caminhonete em alta velocidade, fazer esse estrago todo e sair ileso?* A palavra "vampiro" mais uma vez lhe invadiu a mente, contra sua vontade, fazendo-a pensar. Aquela figura, nos poucos minutos que se passaram, tinha demonstrado habilidades inatas às de um vampiro: força, desejo por sangue, autocura e, consequentemente, imortalidade. Mais do que nunca, Jéssica estava inclinada a acreditar que sua família sabia muito mais do que havia lhe contado. Ela, a contragosto, estava inclinada a acreditar que não foram apenas histórias inventadas, afinal de contas.

Repentinamente, o homenzarrão virou a cabeça para a esquerda, como se olhasse através da cortina de água para uma assustada Jéssica dentro da caminhonete. Um grito gutural, carregado de ódio e sede de vingança, saiu de sua boca. Assustada, Jéssica abaixou a

Capítulo 1

cabeça dentro da cabine, se escondendo. Ela esperava que aquele homem não a tivesse visto. Torcia para que ele acreditasse em sua morte e a deixasse em paz.

Alguns segundos se passaram sem qualquer sinal de ameaça. Tomando coragem, Jéssica levantou a cabeça por cima do painel apenas o suficiente para ver se aquela figura ainda estava lá. Para seu alívio, o homenzarrão havia desaparecido, colocando novamente em xeque os pensamentos da jovem sobre vampirismo.

Deixando-se cair mais uma vez contra o banco estofado da caminhonete, Jéssica se permitiu sorrir, aliviada, acreditando ter sido tudo coisa de sua cabeça.

Mas ela estava enganada...

Com um barulho ensurdecedor, a porta do lado do motorista foi arrancada com violência e jogada de forma displicente contra a estrada. Mãos enormes e fortes irromperam da escuridão ao redor e a agarraram pelos tornozelos. Jéssica tentou lutar, chutando desesperadamente, mas seus ataques não faziam nem cócegas no agressor. Ela sabia disso. Seu objetivo não era mesmo se livrar da ameaça. Ela estava apenas causando uma distração enquanto virava o tronco de lado e suas mãos tateavam a escuridão do assoalho.

Quando as mãos fortes largaram seus tornozelos e a agarraram pelos joelhos, prontas para puxá-la para fora, Jéssica endireitou-se no banco e disparou uma, duas, três vezes. Não se viu nenhum clarão característico. Nenhum som de disparo ecoou. Apenas o fraco *tic tic tic* de uma arma descarregada, enquanto o gatilho era apertado diversas vezes por uma jovem nervosa. Jéssica havia pegado de sua irmã morta uma arma sem balas.

A tentativa de matá-lo apenas deixou o algoz mais irritado. Dobrando-se um pouco para a frente, enquanto ainda segurava com firmeza os joelhos de sua próxima vítima, o rosto do homenzarrão saiu da escuridão completa, permitindo a Jéssica vê-lo com mais clareza. Seu rosto estava vermelho de ódio. De seu largo nariz, o ar exalado emanava um ruído, entrecortado pelas bufadas do homem. As veias e artérias pulsavam em sua cabeça, visíveis principalmente na porção inferior, onde os cabelos eram mais curtos, no estilo militar. Um grito gutural saiu de sua boca; os dois caninos à mostra reluziam na pouca claridade da cabine. Os enormes músculos de um pescoço troncudo moviam-se enquanto o vampiro gritava.

Sem ter mais como se defender, Jéssica, em um ato de desespero, atirou a arma sem balas na direção da cabeça do homenzarrão. Com reflexo apurado, ele apenas desviou. Irritado, apertou com mais força os joelhos dela e a puxou com violência. O corpo de Jéssica deslizou pelo banco; seu grito de desespero sendo o último som a ecoar pelo interior da cabine antes de se perder na noite estrelada.

2

Enquanto Jéssica se deparava com seu cruel destino, cinco figuras vestidas com mantos negros, os rostos escondidos pelo capuz jogado sobre as cabeças, entravam em Cafelândia pelo leste da cidade. Despreocupados com qualquer ameaça que ainda pudesse existir, eles caminhavam com displicência, seguindo o líder, a figura mais baixa de todas elas.

– Por aqui! – Uma poderosa voz feminina, carregada de sabedoria, quebrou o silêncio. – Ela não está tão distante de nós.

A mulher tomou a dianteira, seguida de perto pelas quatro enormes figuras que a acompanhavam na empreitada. O silêncio mais uma vez reinou entre eles. Apenas seus passos eram ouvidos à medida que desviavam dos cadáveres espalhados pelas ruas. Em alguns pontos ao longo da travessia da cidade em direção a seu alvo, chamas de incêndios localizados, resistentes em se extinguir, os iluminavam por breves momentos.

O calor que temporariamente os alcançava conforme contornavam os inúmeros resquícios de chamas também não os afetava. Eles eram mais fortes e resistentes do que aquela insignificante ameaça. Nem mesmo a fenda aberta na rua por alguma arma poderosa foi suficiente para impedi-los de prosseguir em sua jornada.

Ao se depararem com o obstáculo, a mulher à frente chamou um dos homens que a seguiam:

– Mickail, aproxime-se.

Inocente, o homem encapuzado deixou a formação e aproximou-se da mulher. Ajoelhando-se em reverência, ele respondeu:

– Senhora.

A mulher curvou-se na direção do homem ajoelhado e falou baixo em seu ouvido:

– Eu sinto muito. – Sua voz não trazia mais a força feminina de antes, mas uma falsa compaixão.

Uma lâmina reluziu as chamas próximas quando a mulher retirou a adaga de seu cinto. Com um movimento rápido e preciso, ela a passou pelo pescoço de Mickail. O corte foi profundo. De imediato, ele colocou a mão na garganta. Sangue escorreu pela ferida, passando por entre seus dedos, sujando sua túnica antes de escorrer para o chão e mergulhar na fenda que bloqueava o caminho de todos.

O corte, no entanto, não fora o suficiente para matá-lo. No olhar de Mickail estava nítida a dúvida sobre os motivos de ela ter feito aquilo. Havia tantas coisas que ele não compreendia! Ele, no entanto, não teria essa oportunidade. Com mais um movimento tão rápido quanto o anterior, a mulher o chutou no peito. Seu corpo tombou para trás, mergulhando no interior da fenda até desaparecer na escuridão. Segundos depois, o som do impacto de Mickail contra as pedras no fundo chegou fraco aos ouvidos dos sobreviventes na superfície.

Ela sabia que Mickail não estava morto, mas isso não importava. Seu sangue maculava as paredes da fenda até seu fundo. Tudo ocorrera como ela esperava.

Fazendo valer o sacrifício de um de seus aliados, palavras estranhas começaram a ser sussurradas pela misteriosa mulher. Seus braços se levantaram; os punhos e as mãos espalmadas para cima, saindo pelas mangas da túnica. Protegidos pelas sombras do capuz sobre a cabeça, seus olhos ficaram negros como a noite. Um enorme poder emanava dela naquele momento.

Em resposta a esse poder, a terra começou a tremer. O ruído chegou aos ouvidos de todos. Alguns prédios, principalmente ao redor, frágeis depois de tudo que se passara em Cafelândia, não resistiram ao tremor. Destroços foram jogados nas ruas e avenidas ao longo de toda a cidade. As laterais da fenda aos poucos se aproximavam, fechando-se.

No fundo da fenda, Mickail, ferido e sangrando, sentiu o tremor e as paredes se fechando ao seu redor. Ele tentou se movimentar, mas seu corpo não respondia aos comandos. A mulher fizera mais do que simplesmente cortar sua garganta ou jogá-lo para baixo. Ela, de alguma maneira desconhecida por ele, o imobilizara. Para Mickail, não restava mais nada a não ser gritar insultos contra a mulher enquanto as paredes se aproximavam.

Segundos antes de a fenda se fechar, o grito desesperado de Mickail ganhou a superfície, acompanhado do som de ossos se esmigalhando. Quando as duas extremidades se encostaram de maneira irregular, possibilitando ao grupo seguir em frente, o tremor cessou. Cafelândia voltou a ser uma cidade pacata e silenciosa.

Ao perceber que os três homens atrás dela, cujo temperamento instável poderia lhe causar problemas, estavam incomodados, a mulher rapidamente impôs sua autoridade:

– Nem uma palavra! – disse e seguiu em frente, passando por cima de um pequeno desnível do que antes fora uma enorme fenda.

Não muito distante do local onde a mulher fechara a fenda, destroços de casas tombadas para o centro da rua bloqueavam a passagem. Esse obstáculo, comparado com aquele com que se deparara havia apenas alguns minutos, era insignificante perante seu poder. Com um movimento displicente de mão e novas palavras sussurradas, os resíduos das construções caídas foram arrastados para os lados, sem oferecer resistência.

Conforme o caminho se abria, a praça matriz da cidade ganhava forma. A catedral, outrora imponente, estava parcialmente destruída. A torre do sino não existia mais. Dela, restava apenas uma pequena base quadrada sobre um telhado frágil, cuja sustentação estava abalada.

– Vão! – A mulher quebrou o silêncio quando o caminho se abriu. – O que vocês procuram jaz ao lado da torre destruída, sob os escombros.

Um rosnado escapou da boca de um daqueles seres misteriosos enquanto, acompanhado de seus dois colegas, seguia, ganancioso, em direção aos escombros da catedral. Por mais que tivesse de escavar alguns destroços para alcançar seu alvo, ele não conseguia segurar o leve sorriso que se abria em sua boca torta. O mestre ficaria satisfeito com sua eficiência em ter resgatado aquele corpo.

3

Do outro lado da cidade, não tão distante da praça matriz, três figuras com os rostos cobertos por balaclavas[5] negras, vestidas de preto, movimentavam-se de maneira ordenada por uma rua tranquila. Sob o comando do mais adiantado, parcialmente escondido atrás de um carro estacionado, com a balestra em suas mãos apontando para o caminho livre, duas pessoas avançaram pela rua. Como mandava o protocolo de missões em campo, um deles apoiou-se de lado contra um poste de luz, sua arma apontada para a frente. O outro dirigiu-se ao portão de uma casa e, segurando a besta com apenas uma das mãos, apontada para o interior através da grade, colocou a outra sobre a maçaneta.

Mas não a girou de imediato. Apenas aguardou seus dois parceiros terminarem de averiguar se a rua era segura. Somente quando todos estavam juntos, ele abriu o portão e, dando passagem, deixou seus companheiros tomarem a dianteira, cada um segurando a balestra apontada para o caminho escuro e desconhecido. Por fim, a pessoa que abrira o portão adentrou a garagem.

Uma caminhonete um pouco antiga estava estacionada. Sinal de que os alvos da missão estavam dentro da casa,

---

5 Gorro justo em malha de lã, em forma de elmo, que cobre a cabeça, o pescoço e os ombros, usado por alpinistas, esquiadores, soldados em serviço e pilotos de corrida.

apesar de estar toda escura. Os agentes contornaram com cuidado o veículo até a porta principal. O líder, tomando a dianteira, abriu-a e seus dois subordinados adentraram; as balestras apontadas para a escuridão.

Uma vez dentro da casa, eles se dividiram. O líder seguiu pelo piso inferior, a balestra erguida. A sala à esquerda estava vazia. A cozinha, para além do pequeno corredor à direita, também, apesar dos indícios de que alguém estivera ali não havia muito tempo. Pratos sujos com restos de comida estavam sobre a pia, indicando uma pequena possibilidade de, por algum motivo desconhecido, os moradores terem saído às pressas.

Enquanto o líder vasculhava o andar inferior, os outros dois agentes, sob suas ordens, subiram as escadas. Ao chegarem ao segundo andar, eles se dividiram, cada um se dirigindo para um dos lados do corredor. Com cautela, com as balestras sempre apontadas para a frente, abriram as portas de todos os aposentos. Nada. Apesar de terem encontrado algumas roupas espalhadas sobre as camas, não havia ninguém ali.

– Limpo! – gritou um deles do andar de cima.

– Limpo! – respondeu o outro da outra extremidade do corredor.

– Limpo! – completou o líder no andar inferior.

A casa estava deserta. Quem eles procuravam não estava ali. A missão falhara. O líder falhara.

Quando se reuniram novamente no piso inferior, em frente à escada, um dos agentes, uma mulher, falou:

– Elas não estão aqui!

– E agora? – outro agente, um homem, perguntou.

O líder não sabia o que responder. Ele tinha certeza de que encontraria as duas ali. Fazia muitos anos que não as via, mas recebia notícias regulares delas. De tempos em tempos, um de seus agentes passava pela casa, ora disfarçado de vendedor, ora de corretor de imóveis, ora de agente de saúde, para ter notícias. Nenhum deles, porém, havia relatado alguma intenção de mudança da parte delas. Além do mais, os indícios encontrados por todo o ambiente não indicavam que elas haviam saído em definitivo da casa.

No entanto, havia indícios de que elas haviam deixado a casa às pressas. Provavelmente pelo mesmo motivo que o trouxera ali, para aquela missão de resgate. Quando o líder soubera que Cafelândia

Capítulo 3

se tornara um ambiente hostil, sua primeira atitude fora organizar uma força-tarefa para adentrar a cidade e resgatar as duas meninas.

Para onde foram, porém, ele não conseguia sequer imaginar. Conhecendo-as, sabia muito bem que elas não tinham outro lugar para ir, fato que o deixava ainda mais intrigado em relação ao seu paradeiro.

– Onde vocês estão? – perguntou o líder em voz baixa, preocupado, mordendo, na sequência, o lábio sob a máscara negra.

Ele conhecia o potencial da mais velha, o que lhe dava um lampejo de esperança, mas também o deixava preocupado, principalmente depois da última vez que se viram, quando um desentendimento deixara o clima desagradável entre os dois. Ele sabia, mais do que ninguém, que ela nunca pediria sua ajuda, por mais que necessitasse. O orgulho e a desconfiança justificável por parte dela tornaram a relação entre eles frágil demais para que ela chegasse a esse ponto.

Da mais nova, ele tinha pena. E talvez fosse por causa dela que estivesse ali, arriscando-se tanto em uma missão de resgate. Sua maior preocupação era, inconscientemente, com a caçula. Se, por algum motivo, ela tivesse se afastado da irmã em meio àquele ambiente hostil, ele tinha quase certeza de que já estaria morta.

Mas as pessoas podem se enganar...

Alimentando seu âmago com essa vã esperança, o líder saiu da casa, seguido de seus dois agentes. Ele não se daria por vencido até vasculhar cada ínfimo buraco daquela cidade.

Mas isso não parecia ser necessário. Um forte tremor sob seus pés o fez perder o equilíbrio, assim como seus dois comandados. Eles tentaram se levantar, porém a intensidade da terra se mexendo era forte demais para que conseguissem ficar em pé por muito tempo. Os alarmes dos poucos carros estacionados dispararam, quebrando o silêncio enquanto suas luzes amarelas piscavam.

Para piorar, destroços das casas ao redor caíam para a rua. Um bloco de pedra quebrou-se em pedaços, próximo ao pé do líder.

– Corram para o centro da rua! – gritou ele.

Os três tiveram dificuldade para manter o equilíbrio enquanto se deslocavam, mas conseguiram alcançar o centro da rua, onde se encostaram de costas, um contra o outro, e aguardaram o tremor passar. Assim, conseguiram se sustentar em pé e manter os olhos em todos os lados. A qualquer sinal de perigo causado pelos destroços em queda, teriam tempo, por mais curto que fosse, para adotar uma medida de sobrevivência.

Com os dentes cerrados, olhos e ouvidos atentos, o líder não conseguia encontrar uma explicação plausível para aquele tremor. Nem mesmo com toda sua experiência e já tendo visto coisas com que nem mesmo seus comandados poderiam sonhar, ele não conseguia encontrar uma justificativa para o que estavam passando naquele momento. Mas algo lhe dizia que não era um evento natural. Alguém, em algum lugar na cidade, estava provocando aquilo. O porquê ele não sabia. Mas, independentemente de quem fosse e do motivo, parecia-lhe não estar tão distante. Quando tudo acabasse, seria sua missão, e de seus subordinados, encontrar o epicentro daquele tremor, sem deixar de lado o objetivo real de terem entrado ali: encontrar as garotas desaparecidas.

Mal sabiam eles que os destinos das garotas estavam diretamente entrelaçados com aqueles tremores. Ou, melhor, com seus responsáveis. Quem eles vieram resgatar também eram objetos de busca de outras pessoas. O palco de mais uma batalha sangrenta estava preparado. Faltava apenas que os atores se encontrassem em cena.

Quando o tremor cessou, o líder verificou se todos estavam bem. Com seus dois agentes em condições de prosseguir na missão, falou:

– O epicentro não foi tão longe daqui.

– Como sabe? – perguntou a mulher, integrante do grupo.

Virando-se na direção para onde deveriam seguir, o líder respondeu:

– É só um palpite.

Levantou a balestra à sua frente, com a flecha apontando para o caminho a seguir, ele ordenou:

– Vamos! Não temos tempo a perder!

Com as balestras apontadas sempre à frente e os olhos atentos a qualquer atividade hostil, a equipe de resgate seguiu por ruas escuras, desertas e cheias de destroços, dando a Cafelândia uma aparência de cidade-fantasma em seu período de pós-guerra. Seu destino: o que outrora fora o coração religioso da cidade.

O pensamento do líder, enquanto se deslocava, era apenas um: *aguentem firme! A ajuda está chegando!*

4

Jéssica caiu com violência no asfalto, sua cabeça quase batendo no estribo da caminhonete. O ar foi arrancado de seus pulmões com um gemido de dor. As mãos que a agarravam pelos joelhos já não os pressionavam mais. Ela estava livre, mesmo com o algoz em pé à sua frente, enraivecido.

Ainda deitada de costas contra o asfalto, com dor e dificuldade de respirar, Jéssica desferiu chutes contra o homenzarrão. O vampiro, deliciando-se com cada vã tentativa daquela frágil jovem de se livrar do perigo, apenas se desviava com agilidade incrível para seu tamanho. Fazia as investidas dela não passarem de inofensivos chutes. Às vezes, para puro prazer próprio em alimentar em sua vítima alguma falsa esperança, ele se deixava acertar; suas pernas amorteciam os fracos impactos sem que ele nada sentisse. Em seus lábios, um sorriso se abria a cada tentativa da mulher.

Nunca se deve, porém, brincar com seu alimento ou menosprezar um oponente, por mais fraco que possa parecer. Um dos chutes de Jéssica, despretensioso e inofensivo, acertou o joelho esquerdo do homem. Um estalo se ouviu. Inadvertidamente, ela acertara uma lesão antiga, que não fora fortalecida com sua transformação e muito menos com anos de consumo de sangue humano. O vampiro, que até aquele momento estava se divertindo, sentiu uma dor forte. Sua perna enfraqueceu, não o mantendo mais em pé. Ao cair de joelhos na estrada, suas enormes mãos abraçaram a área lesionada enquanto ele se debruçava sobre si mesmo. Ele já não trazia mais o sorriso malicioso no rosto. Com os dentes cerrados, sua expressão era um misto de dor e ódio.

– Eu vou acabar com você! – gritou entre dentes, com o olhar se estreitando de ódio.

Jéssica aproveitou a oportunidade para virar-se de bruços e arrastar-se para debaixo da caminhonete. Seu plano não era se esconder ali, mas, sim, atravessar para o outro lado para ganhar tempo e espaço para pensar e agir.

Se tudo fosse tão fácil assim...

Quando ela estava quase saindo do outro lado, mãos fortes a agarraram pelos pés. Olhando para trás, ofegante, com uma mecha de seus cabelos caindo sobre os olhos, ela viu o vampiro de bruços, com seus enormes braços esticados para debaixo da caminhonete, agarrando-a pelos pés. Gritou e se debateu, tentando se livrar. A cada investida, porém, seu corpo afundava mais alguns centímetros de volta para debaixo do veículo. Se não fizesse algo a mais do que somente se debater, e rápido, Jéssica logo voltaria a estar nas mãos daquele vampiro ainda mais sedento por seu sangue.

Com muito esforço, Jéssica conseguiu virar-se de costas contra o chão. Ainda chutando seu algoz do outro lado, sem causar nenhum dano grave, suas mãos tatearam a lateral da caminhonete acima dela, procurando por algum apoio que pudesse lhe oferecer mais resistência para conseguir se levantar. Jéssica esperava encontrar metal frio e duro, mas, em vez disso, sentiu algo macio, pegajoso e um pouco mais quente do que a lataria. Porém, não muito mais quente.

Surpreendeu-se ainda mais quando outra mão se fechou ao redor de seu punho, com os dedos pressionando para ter mais firmeza e assim puxá-la para o outro lado da caminhonete. Aos poucos, seu corpo começou a sair de baixo do veículo, suas costas arrastando no asfalto áspero.

Mas ela ainda não estava livre. À medida que era puxada pelos dois lados, o corpo de Jéssica se esticava todo. A dor de se transformar em um cabo de guerra humano a consumiu. Ela fechou os olhos, de onde lágrimas escorriam, e gritou. Mesmo assim, nenhum dos dois lados cedeu à pressão. Havia uma ganância excessiva por parte do

Capítulo 4

vampiro em não a deixar escapar. Havia também, do outro lado, um estranho desejo de seu possível salvador em não soltá-la.

Para sua sorte, as mãos do vampiro, sujas de sangue, não conseguiram mais segurá-la, e suas pernas escorregaram, livres. O grito raivoso de seu algoz rasgou a noite. Finalmente, ela foi puxada para o outro lado da caminhonete por aquela pessoa misteriosa, que aparecera do nada para salvá-la. Jéssica estava livre. O alívio tomou conta dela quando se recostou na porta do passageiro.

Seu salvador, no entanto, não demonstrara ser quem realmente era. Agarrando-a pelo pescoço, como se ela não fosse nada, levantou-a e girou-a no ar, jogando-a de costas contra o capô do carro batido ao seu lado. Com o impacto, todo o veículo balançou. O barulho do corpo batendo contra o metal se perdeu na noite. Suas pernas estavam penduradas do outro lado enquanto sua cabeça ficava próxima da pessoa que a salvara. Pela segunda vez desde quando saíra de sua cidade natal, o ar escapou dos pulmões de Jéssica.

Olhando, assustada, para o céu enquanto mãos fortes a seguravam pelos ombros contra o capô do carro, o rosto de seu suposto salvador apareceu em seu campo de visão. Era um homem. Sangue seco manchava um dos lados de seu pescoço, ao redor de duas marcas arredondadas e profundas. Seus olhos sedentos por sangue miravam os dela, trazendo-lhe o mesmo medo que ela sentira apenas alguns segundos atrás, enquanto tentava fugir do homenzarrão. Quando ele abriu a boca, duas presas pontiagudas saíram, ameaçadoras, de sua arcada superior.

Outro vampiro – Jéssica pensou. Fora salva por outro ser maldito, vítima do próprio homenzarrão que tentava pegá-la. Já não bastasse um, ela agora teria de enfrentar duas daquelas criaturas sedentas por sangue.

Seus rápidos pensamentos foram interrompidos quando o vampiro que a salvara se debruçou sobre ela, pressionando-a pelos ombros contra o capô enquanto suas presas miravam seu pescoço exposto. Mais por instinto do que por qualquer outra manifestação voluntária, Jéssica cruzou os braços na frente do rosto, a tempo de conseguir segurar a investida dele, ganhando algum tempo. A questão era: tempo para quê? Ela estava sozinha.

Seu novo agressor, no entanto, continuava forçando. Aos poucos, suas forças sobrepujavam as dela e os dentes pontiagudos se aproximavam cada vez mais de sua jugular. Se não fizesse algo rápido, ela se tornaria alimento dele, se transformaria em um deles e, consequentemente, passaria o restante de sua longa e eterna vida se alimentando de sangue, como uma escrava de seus desejos mais primordiais.

Jéssica não podia deixar isso acontecer. Não estava disposta a se transformar em uma daquelas criaturas da noite. Muito menos ser alimento delas. Se fosse necessário, as mataria. A questão era como. Ela estava desarmada e em desvantagem.

Jéssica, porém, não precisou fazer nada. Um grito carregado de ódio chegou aos seus ouvidos, emanado pelo vampiro grandalhão do outro lado da caminhonete:

– Ela é minha!

De repente, a caminhonete foi tombada de lado e arremessada contra a lateral do carro batido. O som de metal batendo contra metal ecoou pela noite. Os dois veículos se arrastaram alguns metros pela estrada, em decorrência da força do impacto. O vampiro que tentava morder Jéssica ficou prensado entre as latarias. Livre das mãos fortes que a seguravam, Jéssica jogou-se para o outro lado do carro e recostou-se no pneu. Mas não por muito tempo. Com um vampiro preso entre dois veículos e o outro a certa distância, a jovem correu.

Porém, não foi muito longe. Aventurava-se em meio a carros batidos e em chamas quando se deparou com mais um perigo inesperado. Alguns cadáveres de homens e mulheres, com marcas de mordida em seus pescoços manchados de vermelho, começavam a se levantar, retornando à vida como vampiros, sedentos por sangue. Somente os poucos corpos de crianças permaneciam inertes, mortos.

Jéssica precisava encontrar algum lugar para se esconder antes que os olhos famintos dos vampiros recaíssem sobre ela – a única pessoa ainda viva naquele local.

Com muito medo, Jéssica entrou em uma SUV batida e fechou a porta. Deixando seu corpo escorregar pelo banco do motorista, ela mergulhou na escuridão, na esperança de que os vampiros que começavam a se levantar não a tivessem visto, muito menos sentissem sua presença. Apenas seus olhos ficaram expostos enquanto olhava pelo para-brisa para a destruição na rodovia.

O que viu, naquele momento, ela nunca mais iria esquecer.

O homenzarrão aproximou-se do vampiro prensado e colocou suas enormes mãos ao redor da cabeça dele. Ele parecia olhar de relance

Capítulo 4

para o veículo onde Jéssica estava escondida. Com um sorriso malicioso no rosto, ele puxou, lentamente, a cabeça do outro vampiro para cima. Um grito gutural rasgou a noite enquanto pele, músculos e órgãos eram rasgados. Sangue jorrou no executor, manchando ainda mais seu rosto, braços e roupas. Por fim, a cabeça se soltou do corpo e o silêncio voltou a reinar.

Ainda com um olhar provocativo na direção de onde Jéssica estava escondida, o homenzarrão segurou pelos cabelos a cabeça arrancada e a elevou no ar. Mais sangue escorreu. Levantou a sua própria cabeça, colocou a língua de fora, bebendo um pouco daquele líquido vermelho e viscoso. Quando se deu por satisfeito, virou-se com incrível velocidade e arremessou a cabeça contra o para-brisa do veículo no qual a jovem estava escondida.

O som do impacto ecoou dentro do carro. O vidro ficou todo manchado de sangue. A cabeça decepada escorregou pelo para-brisa e ficou acomodada sobre o capô, os olhos frios e sem vida virados para dentro do veículo, como se olhasse para a escuridão em seu interior à procura da jovem.

Com o susto, Jéssica soltou um grito agudo e curto. Quando se deu conta do que havia feito, colocou a mão aberta sobre a boca, temendo ter chamado atenção de mais. Deixou-se escorregar pelo banco do motorista, mergulhando ainda mais na escuridão. Assustada, sem conseguir controlar a respiração, manteve os ouvidos atentos enquanto, involuntariamente, seus dedos tateavam na escuridão à procura das chaves do automóvel. Rezava em silêncio para estarem na ignição.

Para seu azar, não estavam. *Mas que droga!* – pensou. Ela precisaria traçar um novo plano para se afastar daquele ambiente hostil.

Jéssica estava tão perdida em pensamentos que se assustou quando o homenzarrão apareceu bem à frente do carro, olhando de forma ameaçadora pelo para-brisa para a escuridão em seu interior. Se ele a via ou não, Jéssica não sabia. Mas não se arriscaria. Desviando por alguns segundos o olhar para a porta ao seu lado, ela trancou o veículo, dando-lhe uma falsa sensação de segurança. Quando voltou a olhar para a frente, seu algoz não estava mais lá.

Leves batidas no vidro fechado da porta do motorista a assustaram. Virou o rosto naquela direção e viu o homenzarrão parado do lado de fora, seu corpo inclinado o suficiente para poder olhar para dentro do veículo. Em sua mão ensanguentada, as chaves do veículo tilintavam ao balançar de um lado para o outro. Em seu rosto, havia um sorriso sarcástico. Ele estava se divertindo com a caçada.

Da mesma forma que aparecera, o vampiro sumiu na noite. Mas não deu um segundo sequer para Jéssica poder pensar em alguma coisa. Um *bip bip* chegou aos ouvidos dela junto com o piscar de algumas luzes no painel. Quase no mesmo instante, o som das portas se destrancando a alcançou.

Assustada, Jéssica trancou as portas novamente. Nas circunstâncias, ficar ali dentro seria suicídio. Ela precisava fugir. Mas também era arriscado abandonar o carro. O homenzarrão poderia estar em qualquer lugar ao redor, aterrorizando-a para forçá-la a sair e pegá-la do lado de fora, em que seria um alvo tão fácil quanto ali dentro. Ela não sabia o que fazer.

Com um clique, a porta do lado do passageiro se destrancou. Assustando-se, porém não se deixando levar, Jéssica se debruçou sobre os bancos e a trancou. Mas não respirou mais aliviada por causa disso. O homenzarrão ainda tinha a chave e estava brincando com ela, para seu próprio prazer. E ela, sem ter o que fazer, estava entrando no jogo.

Com sua atenção desviada, Jéssica não percebeu o porta-malas se abrindo em silêncio. Somente quando se endireitou no banco, ela percebeu, pelo espelho retrovisor central, a verdadeira ameaça. *Ele está aqui dentro!* – pensou, aflita. Aterrorizada, sua reação instintiva foi abrir a porta do motorista e sair correndo do carro.

Era tudo o que seu algoz queria.

Jéssica saiu do carro, e mãos fortes a empurraram de costas contra a lateral da SUV. Com agilidade, seu algoz manteve pressão com o braço atravessado contra o peito da jovem, impedindo-a de sair daquela posição incômoda, enquanto ele agarrava os cabelos dela com a mão livre e puxava sua cabeça de lado, expondo a jugular.

O sangue fresco circulava rápido, deixando o vampiro ainda mais sedento. Ele precisava prová-lo.

Em pânico e temendo pelo pior, Jéssica implorou:

– Não, por favor, não! Eu não quero ser como você!

O homenzarrão a ignorou. Abrindo bem a boca, com suas presas afiadas refletindo por alguns segundos as chamas dos carros ao redor, ele a mordeu.

5

Os três agentes percorreram ruas ora desertas, ora com escombros das casas ao redor, que não resistiram ao tremor de terra. Por causa dos detritos no caminho, a equipe de resgate atrasou mais do que seu líder gostaria. Os destroços, porém, não foram as únicas adversidades que encontraram. Em algumas ruas, corpos jaziam; a maioria com múltiplas perfurações de balas ou totalmente queimada, ao lado de automóveis ou casas ainda em chamas.

— Mas o que aconteceu aqui? — Um dos agentes perguntou, surpreso, mais para si mesmo do que para algum de seus companheiros.

— Tenho suspeitas — respondeu o líder, sem sequer se virar em direção ao homem, enquanto caminhava atento, com a balestra apontada para a frente.

Dois carros, mais adiante, estavam atravessados em diagonal pela rua, ambos em chamas. Um deles, capotado, com as portas abertas. O espaço para atravessar era ínfimo, porém possível. Não seria grande problema para aquela equipe treinada. Ao tomar a dianteira, o líder foi seguido de imediato pela mulher. Por último, veio o outro homem, de vez em quando virando-se na direção do caminho por onde vieram para verificar a retaguarda.

Sem grandes dificuldades, o líder passou e afastou-se dos carros em chamas sem olhar para trás, convicto de que sua equipe também teria uma passagem tranquila. Mas, quando se está em um ambiente desconhecido e hostil, nem tudo acontece conforme o planejado. Ainda mais quando o inimigo não é deste mundo. Muito menos quando sua *expertise* sobre esse inimigo é quase nula.

A única mulher da equipe estava entre os dois carros quando mãos fortes agarraram seus pés, fazendo-a cair de bruços no chão. Um grito curto de susto escapou de sua boca. A balestra escapou de sua mão, deslizando pelo asfalto ruidosamente até parar próximo ao líder.

– Jennifer! – O líder a chamou, já se virando, com a balestra apontada.

Atrás dela, o terceiro membro também apontou a balestra em sua direção. Seus olhos captaram mãos negras saindo de baixo do carro, totalmente queimadas, agarrando as pernas de sua colega, fazendo-a gritar, agora de dor, quando unhas cumpridas rasgaram roupa, pele, músculos e vasos sanguíneos. Sangue escorreu pelo chão.

Com uma linha de tiro melhor que a de seu líder, o homem não hesitou e preparou a mira. Ele estava pronto para disparar, quando uma figura quase toda queimada irrompeu pela porta aberta do veículo capotado e cravou cumpridas unhas em suas costelas. Conforme o sangue escorria, o agente cerrou os dentes em dor, mas não se deu por vencido. Tentando se livrar, ele girou sobre si mesmo e apontou a balestra. Seu dedo, porém, não chegou a apertar o gatilho. Seu algoz foi mais rápido em afundar as unhas no peito dele e o empurrar contra o carro capotado. Quando bateu as costas contra o veículo em chamas, soltou um grito de dor e agonia. Um cheiro de pele queimada ganhou o ar.

– Andreas! – gritou o líder.

Seus dois agentes estavam em situação crítica. As costas de Andreas queimavam na lataria quente do carro em chamas. No chão, entre os dois veículos, Jennifer se virava e segurava fortes braços enegrecidos enquanto a boca de seu algoz tentava, a todo custo, morder alguma parte de seu corpo.

O líder não sabia o que eram aquelas figuras, muito menos como matá-las. Não ficaria, no entanto, parado ali enquanto seus dois agentes eram massacrados. Colocou-se em movimento e subiu no capô do carro. Ao ficar em uma posição mais elevada, efetuou apenas dois disparos: um contra a cabeça do inimigo que estava sobre Jennifer e outro contra o algoz de Andreas, que permanecia com as unhas cravadas no peito dele, mantendo-o pressionado contra a lateral do carro.

O algoz de Jennifer ficou imóvel quando a flecha atravessou sua cabeça. O de Andreas, atingido na lateral da barriga, continuava sua investida agressiva contra o agente. Apesar de não ter sido letal, o disparo do líder fora uma distração mais do que eficiente para que o agente conseguisse sacar sua espada curta pela porção inferior das costas e cravá-la atravessada no crânio de seu inimigo, de baixo para cima.

Jennifer colocou-se em pé, ajudada pelo braço esticado de seu líder, agachado no capô do carro. De imediato, ela levantou a barra da calça negra e olhou para o ferimento. Sangue escorria, mas aquilo não era empecilho para continuar sua missão. Em algumas semanas, tudo o que restaria no lugar seriam manchas escuras, cicatrizes comuns de uma batalha vencida.

Andreas, ainda encostado no carro em chamas, tirou a espada do crânio de seu algoz, deixando-o cair sem vida no chão. Sentiu uma dor moderada quando as unhas dele deixaram feridas abertas em seu peito, por onde mais sangue escorria. Nada letal, no entanto, para um agente preparado como ele. Naquele momento, o que mais o incomodava eram as queimaduras em suas costas. Elas ardiam demais quando ele se mexia. Mas não se daria por vencido. Aquelas duas garotas também dependiam dele.

Embainhando a espada, Andreas se reuniu ao seu líder, já sobre o asfalto, e Jennifer.

– O que eram eles?

– Provavelmente resquícios de uma batalha antiga – respondeu o líder. – Nada a ver com nossa missão.

Colocando a mão firme sobre o ombro do comandado, perguntou:

– Está em condições de seguir?

A pergunta fora direcionada a Andreas, quem mais sofrera na batalha, mas foi respondida pelos dois agentes ao afirmarem com a cabeça e erguerem suas balestras, prontos para seguir adiante.

– Ótimo.

6

O restante do caminho percorrido pelos agentes até o que outrora fora o coração religioso da cidade foi livre de ameaças. Porém, não de corpos. Alguém ou alguma coisa poderosa havia extinguido a vida de todos aqueles seres estranhos, desconhecidos para a equipe, deixando ali apenas cadáveres espalhados por todas as ruas. Independentemente de quem tivesse sido, fora muito eficiente em neutralizar a ameaça. Talvez tal feito tivesse até salvado inúmeras vidas dos inocentes moradores da cidade. Mas não respondia à pergunta que martelava sem parar na cabeça do líder enquanto olhava de relance para alguns dos corpos: *Jéssica, Janaína, onde vocês estão?*

Ao alcançarem a praça matriz da cidade pelo lado onde, apenas algumas horas antes, existia uma catedral, os olhos do líder caíram sobre uma nova atividade hostil. Uma que ele não esperava encontrar ali, mas que, diferentemente dos moribundos pelo caminho, conhecia muito bem. Durante toda sua vida treinara para enfrentar aquele tipo de inimigo. Pelo menos, a maioria deles. Havia um membro no meio das quatro figuras encapuzadas que ele não conseguia reconhecer.

Com um rápido sinal, ele ordenou à sua equipe a procurar algum abrigo. Em resposta, os três se dividiram. Com agilidade, Andreas subiu na carroceria de uma caminhonete estacionada junto ao meio-fio e agachou-se atrás da capota, tendo visão dos inimigos através dos vidros traseiro e dianteiro do veículo. Jennifer mergulhou nas sombras de um poste de luz apagado, próximo ao final da rua. O líder, por sua vez, encostou-se na parede de uma casa de esquina, misturando-se também à escuridão.

Ao olhar, curioso, para as três figuras encapuzadas vasculhando em meio aos escombros da catedral, como se procurassem alguém ou alguma coisa, sob a supervisão de uma quarta pessoa, mais baixa, com o rosto também coberto, o líder tentava entender o que estava acontecendo. Ele não arriscaria um ataque sem antes compreender o real motivo de seus inimigos estarem ali. Parecia haver muito mais em jogo do que ele, ou sua equipe, seria capaz de saber naquele momento.

– *O que vocês estão fazendo?* – perguntou baixo, para si mesmo.

Um dos enormes homens encapuzados, um pouco irritado por não ter encontrado nada em seu setor de busca, jogou uma viga de madeira de lado e afastou-se a passos rápidos dos escombros. Parou em frente à figura que apenas supervisionava e questionou:

– Você tem certeza de que ela está aqui?

O líder escondido na escuridão sentiu o clima tenso no ar. Havia naquela atitude um sinal de insubordinação que lhe mostrou, a princípio, um elo fraco a ser explorado no momento do ataque.

A mais baixa das figuras encapuzadas não era, no entanto, de aceitar esse tipo de insubordinação. Sua resposta imediata deveria ser ríspida, até violenta. Havia, porém, uma peça-chave em todo aquele quebra-cabeça, a qual ela gostaria de explorar, motivo pelo qual tomou uma atitude diferente:

– Janaína de Ávila? – A voz feminina saiu propositalmente mais alta, como se quisesse ser ouvida. – Tenho certeza de que você encontrará o corpo dela debaixo desses escombros.

Antes que a figura encapuzada à sua frente pudesse dizer alguma coisa, ela continuou:

– Não é irônico ela ter morrido no lugar onde, de acordo com suas próprias crenças, ela deveria ter sido salva? – Sua voz continuava alta e trazia certo tom de escárnio.

Aquelas palavras atingiram o líder como um soco no estômago. Ele não conseguia acreditar que Janaína estava morta. A culpa pelas ações que tomara quando os pais dela morreram o consumia por dentro, afetando seu senso de liderança. Ele estava perdido.

Capítulo 6

E Jéssica? – ele se perguntou, já esperando pelo pior. Para ele, se Janaína, a mais preparada das duas, não sobrevivera, com toda certeza a irmã mais nova estaria morta também.

Atônito, ele não conseguia se perdoar por suas próprias falhas. O desejo de vingança o consumia internamente. Apontando a balestra contra as duas figuras encapuzadas paradas frente a frente, seu dedo tremia no gatilho. A vontade era de disparar, para descontar toda sua instabilidade emocional daquele momento. Ele não se importava mais com o elemento surpresa. Não se importava mais com a vida de Andreas e de Jennifer. Ele nem se importava mais com sua própria vida. Tudo o que queria era atacar, atacar e atacar. Seu maior desejo era matar todos eles.

O líder estava preparado para apertar o gatilho quando uma atitude inesperada da mulher o forçou a retomar sua sanidade. Perante mais um questionamento do homem encapuzado, ela o agarrou pelo pescoço, fazendo-o cair de joelhos em sua frente. A voz dela mais uma vez foi ouvida, agora dotada de um enorme poder, que estremeceu o âmago dos três agentes escondidos:

– Você está duvidando da minha capacidade?

O homem, com muita dificuldade, respondeu baixo:

– Não, senhora. Eu só...

O homem foi interrompido quando outra figura encapuzada quebrou o silêncio:

– Nós encontramos!

Mudando o foco de sua atenção, o líder viu duas figuras encapuzadas arrastando de forma displicente um corpo feminino. O cadáver estava coberto de sangue. O rosto estava desfigurado. As roupas, rasgadas. Mesmo assim, era nítido se tratar de uma mulher.

A mulher largou o homem ajoelhado e se aproximou do cadáver. Agachando-se ao lado dele, passou a ponta de seus dedos pelos cabelos dela.

– Tão jovem. Tão linda. É uma pena que tenha acabado assim.

O homem encapuzado que estivera ajoelhado perante o poder daquela mulher se aproximou pelas costas dela e perguntou:

– Ainda é possível reverter isso?

Virando o rosto de lado apenas o suficiente para olhar o homem em pé às suas costas, ela respondeu:

— Não cabe a mim responder essa pergunta. — Colocando-se em pé, ela continuou: — Mas não temos tempo a perder. Vamos logo, rapazes.

Quando recuperou sua sanidade, o líder não deixaria seus inimigos levarem o cadáver de Janaína. Ela merecia um descanso digno ao lado de sua família. Se pudesse ao menos recuperar seu corpo, ele o faria. Nem que isso lhe custasse a vida.

O líder virou-se para Jennifer e Andreas e, por meio de sinais, passou sua estratégia de ataque. Ao receber a confirmação com um leve aceno de cabeça, ele ergueu a balestra, fez sua mira e disparou. Os outros dois fizeram o mesmo.

As flechas rasgaram o ar, cada uma buscando um dos três homens encapuzados ao redor do cadáver. Seria um tiro certeiro no coração dos alvos. Não haveria chance de sobreviverem.

A mulher, ainda agachada ao lado do cadáver de Janaína, sentiu a ameaça e se levantou. Ao virar na direção de onde as flechas haviam sido disparadas, ela flexionou os joelhos e levantou as mãos espalmadas. Um brilho intenso quebrou a escuridão ao redor quando as três setas foram detidas por uma barreira invisível, caindo inertes aos pés de suas supostas vítimas, incandescentes.

— Mas que merda! — O líder deixou escapar, perplexo.

Os olhares dos três agentes se cruzaram por alguns segundos, não acreditando no que tinham visto. Jennifer e Andreas nunca haviam se deparado com nada igual. O líder, sim, mas não conseguia compreender o porquê de um dos membros da Ordem aliada estar do lado de seus inimigos. Tal fato era algo que ele deveria investigar quando a missão terminasse.

Mas no momento eles teriam de lidar com a ameaça. Refazendo a mira, os três dispararam todas as flechas. Inúmeras setas rasgaram o ar até se chocarem novamente contra a barreira e, mais uma vez, caírem incandescentes aos pés de suas supostas vítimas.

Perplexo mais uma vez com a ineficiência de seu ataque, o líder largou sua balestra no chão, sacou uma espada fina e longa pela porção superior de suas costas e avançou pelo flanco esquerdo. No flanco direito, Jennifer sacou uma espada fina, de lâmina longa, da bainha à esquerda de sua cintura e abandonou as sombras. No centro, Andreas pisou sobre a capota da caminhonete e saltou. Ao cair na rua, rolou sobre os ombros. Quando terminou o movimento,

Capítulo 6

ele já segurava duas espadas curtas de lâminas grossas, sacadas de bainhas na porção inferior de suas costas.

Vendo os três agentes se aproximando, com as espadas em riste, a mulher girou o tronco e apontou uma das mãos para um lugar atrás dos homens encapuzados. Conforme seus lábios se moviam, silenciosos, uma ventania os alcançou. No mesmo instante, um portal se abriu.

– Vão! – gritou ela. – Eu cuido deles.

Mas suas palavras morreram em meio à ventania. Os três homens encapuzados, em vez de obedecer à sua ordem, deixaram-se levar por seus instintos mais primitivos e correram ao encontro dos agentes que avançavam. Os capuzes, até o momento escondendo seus rostos, caíram de suas cabeças, revelando seus olhos vermelhos. Um grito gutural escapava de suas bocas, as presas pontiagudas saindo da arcada superior. Vampiros.

Para a mulher, a única que permanecia com o capuz escondendo sua identidade, sobrara apenas uma opção. Não era o que planejara, mas serviria. Aproveitando a distração causada pelo ataque dos vampiros, que manteriam os agentes ocupados pelo tempo necessário, ela desfez a barreira de proteção e voltou a mão livre na direção do cadáver aos seus pés; os lábios se moviam em silêncio. Para sua surpresa, nada aconteceu. Sua intenção não foi atendida, uma vez que toda a sua energia estava direcionada para manter o portal aberto.

O que era preciso fazer teria de ser feito da maneira antiga. Bufando de ódio por suas próprias limitações, ela agarrou o cadáver pela gola e, com muita dificuldade, começou a arrastá-lo em direção ao portal aberto.

O encontro violento entre os vampiros e seus inimigos era inevitável. Confrontos com aqueles seres eram comuns para os agentes. Eles já haviam participado e vencido inúmeras batalhas iguais àquela. Seus inimigos do momento não seriam nada mais do que um dia de treinamento em campo. A verdadeira ameaça estava, na verdade, além dos vampiros correndo de forma desordenada: na mulher misteriosa arrastando o cadáver, cada vez mais perto do portal aberto e muito próxima de concluir sua missão daquela noite.

Quando as duas tríades se encontraram em meio à rua, um dos vampiros esticou os braços fortes na tentativa de agarrar Andreas.

Com toda sua agilidade, ele se esquivou para um lado e, com um movimento ascendente de espada, decepou as duas mãos de seu inimigo. Um grito gutural rasgou a noite e sangue espirrou no asfalto. Sem piedade, o agente levantou a espada ensanguentada, levando-a até o pescoço exposto. Segundos mais tarde, uma cabeça rolava pelo chão enquanto o corpo sem vida caía, primeiro de joelhos, depois de bruços.

Jennifer, com treinamento e agilidade similar ao de Andreas, escorregou pelo chão, girando sobre seus joelhos pelo lado do enorme vampiro, quando ele desferiu um soco contra ela. Ao ganhar as costas desprotegidas do inimigo, ela subiu a lâmina da espada por entre as pernas dele e rasgou seu corpo conforme ascendia, até sair, ensanguentada, por sua cabeça. Ao terminar o movimento em pé atrás de seu algoz, de costas para ele, ela apenas girou a espada até sua ponta encostar de leve contra o asfalto. Sorriu, satisfeita, quando o som das duas metades caindo no chão chegou aos seus ouvidos.

O líder, no entanto, não teve tanta facilidade para vencer seu algoz. Primeiro, porque fazia muitos anos que não ia a campo. Segundo, porque estava enfrentando o mais forte, inteligente e preparado dentre os vampiros presentes naquela noite. O inimigo, apesar de grande, era tão ágil quanto ele e desviava com facilidade das investidas de sua espada.

O líder tentou algo diferente: interrompeu o ataque e girou a espada por outro lado, esperando surpreender o vampiro. No entanto, o surpreendido foi ele quando seu inimigo conseguiu segurar a lâmina com as mãos livres. Sangue escorreu pelo metal afiado. Abrindo a guarda do agente, o algoz bateu a mão espalmada contra o peito dele. Por causa da força do impacto, seus pés perderam o contato com o chão. O cabo da espada escapou de sua mão. O ar fugiu de seus pulmões quando suas costas bateram contra o asfalto.

O vampiro aproveitou-se da vantagem, girou a espada e a desceu de forma rápida contra o agente caído. Sem tempo de reagir, a lâmina cravou no pé do líder, atravessando-o sem oferecer nenhuma resistência. O grito de dor do homem irrompeu pela noite.

O humano não teve tempo, no entanto, de fazer quase nada. Com mais vantagem, o vampiro jogou-se contra seu corpo caído, sentando-se sobre ele; suas mãos já segurando a cabeça dele de lado, enquanto seus caninos expostos procuravam sua jugular. Ele sempre sonhara em sugar o sangue de agentes daquela Ordem e,

Capítulo 6

para sua sorte, seria logo o do líder deles. Tudo estava acontecendo melhor do que havia planejado.

Lutando por sua vida, o agente colocou o braço atravessado no pescoço do vampiro, na tentativa de oferecer resistência às investidas dele para mordê-lo. Debaixo daquele enorme corpo, ele se debatia, tentando se livrar. Com a mão livre, o líder tateou seu próprio corpo à procura de alguma das armas reservas que carregava consigo para situações emergenciais. Seus dedos fecharam ao redor do cabo de uma faca. Retirando-a da bainha em sua cintura, ele a cravou na barriga do homem em ângulo ascendente, esperando que sua ponta alcançasse o coração.

O vampiro endireitou-se sobre o líder e soltou um grito de dor para a noite. Aproveitando-se da oportunidade, o agente arrancou a faca da barriga de seu algoz e a enfiou várias vezes em seu peito. Sangue escorreu pelas feridas. A cada investida, o grito do vampiro se tornava ainda mais intenso. Mas relutava em morrer. Em vez de se entregar, ele levantou os braços, juntou as mãos espalmadas e entrelaçou os dedos. Seu próximo movimento seria descer os punhos unidos contra o rosto do homem abaixo dele.

O que nunca aconteceu. No derradeiro momento, três espadas perfuraram o vampiro pelas costas, atravessando seu coração. Uma delas, mais comprida, bateu contra o chão do outro lado, passando de raspão pelas costelas do líder, onde um corte se abriu e sangue começou a jorrar. Os dedos do vampiro se desentrelaçaram, e seus braços penderam inertes ao lado de seu corpo. Logo depois, ele tombou de lado, sem vida, levando consigo as espadas encravadas em seu cadáver.

Parados em frente ao homem caído, estavam Jennifer e Andreas. Ele estendeu a mão para seu líder, oferecendo ajuda para se levantar. Já a mulher, preocupada, caiu de joelhos, segurando o cabo da lâmina cravada no pé de seu superior. Antes mesmo que ele pudesse pegar a mão estendida de Andreas, Jennifer falou:

– Isso vai doer.

Jennifer puxou a espada cravada no pé de seu líder. Como ela havia prometido, a dor foi lancinante, fazendo-o gritar e debater-se no chão. Seus punhos cerrados batiam contra o asfalto. Apertava com força os dentes por baixo da balaclava. Os olhos apertados, também eram indícios de seu sofrimento.

Ele estava todo dolorido e sangrando. Porém vivo. Ainda havia um inimigo a enfrentar e um corpo a resgatar. A batalha não havia acabado.

Agarrando o braço estendido em sua direção, o líder se deixou levantar. Apoiou o pé bom no chão e ajoelhou-se sobre a perna ferida. Seus olhos voltaram-se para a mulher encapuzada, enquanto seus dois agentes, em pé, um de cada lado de seu superior, também se viravam na direção dela. No momento em que os olhos dos agentes caíram sobre ela, a mulher estava a apenas um passo de conseguir escapar pelo portal.

Os agentes, porém, não estavam dispostos a perder. Mas não teriam como alcançá-la a tempo. Só havia uma coisa a fazer. Pelo instinto adquirido em horas de treinamento, cada um deles retirou de seu cinto uma faca de arremesso e as atirou na direção da mulher. As lâminas rasgaram o ar, girando sobre si mesmas enquanto se aproximavam de seu alvo. Ao pressentir o perigo, a mulher levantou os olhos. Ainda segurando com uma das mãos a gola do cadáver de Janaína, ao seu lado, ela espalmou a mão livre à sua frente. Seus lábios se moveram ao mesmo tempo em que seus dedos se fecharam.

No mesmo instante, a passagem se fechou, levando consigo a mulher e o corpo de Janaína. A ventania cessou. As facas passaram zunindo por onde outrora havia um portal, perdendo-se na noite, sem encontrar seu alvo. Um grito de puro ódio escapou do líder quando a figura encapuzada desapareceu. Não se contendo, ele arrancou a balaclava e a jogou com violência no chão. Careca, seu rosto negro ensanguentado depois da luta contra o vampiro demonstrava toda sua frustração. A Ordem de Ettore não fora capaz de proteger Janaína, morta, e Jéssica, ainda desaparecida. Seus membros nem mesmo haviam sido capazes de recuperar um cadáver.

Alexandre falhara mais uma vez.

7

A dor que Jéssica sentiu foi descomunal. Seu grito agudo ganhou a noite. Mas não durou muito. Segundos depois de ter sido mordida, um outro grito, grave, superou o seu. No momento seguinte, as presas do vampiro não estavam mais em seu pescoço. Suas mãos fortes não a agarravam mais. Libertando-a, o homenzarrão caiu de quatro, sua boca coberta por um líquido vermelho e ainda quente. Apoiando os braços trêmulos contra o chão, ele sentiu uma queimação incontrolável em sua garganta, esôfago e estômago. O gosto daquele sangue era horrível. Sem controle, tossiu algumas vezes. Depois, vomitou.

Livre, Jéssica colocou a mão sobre o ferimento no pescoço. Sangue ainda jorrava de sua jugular, escorrendo pelo espaço entre seus dedos antes de seguir seu fluxo natural, rumo ao chão. Dominada por uma dor insuportável, capaz de fazer sua visão oscilar entre a claridade das chamas ao redor e a escuridão total, ela lentamente deslizou com as costas ainda contra a lateral da SUV até cair de lado no asfalto, no espaço entre o veículo e seu algoz.

O terror dela era ainda maior do que a dor. Ela não queria se transformar em um deles. Lágrimas escorriam de seus olhos arregalados entre mechas meladas de seus cabelos desgrenhados, sua visão ainda oscilando entre claridade e escuridão. Sua respiração estava pesada, seu peito visivelmente subindo e descendo. Jéssica sabia, mesmo pela pouca experiência sobre o assunto, que logo se transformaria em um deles. Era tudo questão de tempo. Bastava, para ela, apenas esperar sua mente escurecer por completo e, logo depois, despertar como uma daquelas criaturas sedentas por sangue. Se ela tivesse uma arma, qualquer uma, teria acabado com a própria vida ali mesmo. Para ela, seria melhor morrer com dignidade do que se transformar em uma criatura da noite.

Ainda mais porque os vampiros recém-despertos do massacre ocorrido na rodovia um pouco antes de chegar já se aproximavam dela, sedentos por seu sangue. Aquela jovem, de aparência frágil, seria a primeira refeição deles após a transformação.

Jéssica não queria ser alimento de vampiro, por mais que, em suas crenças, estivesse fadada a se transformar em um deles. Lutaria pelo pouco tempo que lhe restava, agarrando-se a uma vã esperança de que alguma alma bondosa apareceria do nada e acabaria com seu sofrimento antes de a transformação começar. Como, para ela, isso era praticamente improvável, pelo menos tentaria encontrar alguma coisa, qualquer coisa, que lhe garantisse o suicídio. Olhando ao redor, o carro em chamas, não tão distante de onde estava, parecia a melhor solução.

Motivada por uma boa morte, Jéssica rastejou pela lateral da SUV em direção ao veículo em chamas. De vez em quando, olhava assustada para o lado, avaliando a distância dos vampiros até ela e a distância dela até as chamas ardentes à sua frente. Jéssica já podia sentir a temperatura aquecendo seu rosto e secando suas lágrimas. Estava tão próxima que toda sua face já se iluminava por completo.

Mas Jéssica não era a única próxima de seu objetivo. Rastejava com dificuldade e gemia de dor, quando a verdade se abateu sobre ela, deixando-a ainda mais aterrorizada. Não conseguiria chegar ao fogo libertador a tempo.

Um grito baixo escapou de sua boca quando pares de pernas a cercaram, deixando-a sem saída, enquanto diversas mãos a empurravam de bruços contra o chão, prendendo-a. Ela estava tão perto das chamas! Tentando se livrar, Jéssica juntou suas últimas energias e se debateu. Para sua infelicidade, todo seu esforço fora inútil.

Desesperada, esticou um dos braços por entre as pernas ao seu redor em direção às chamas que ardiam próximo, esperando que tal ato trouxesse o fogo até ela, enquanto vampiros recém-transformados,

Capítulo 7

homens e mulheres, de olhos vidrados, sedentos por sangue, caíam sobre ela. Um grito de desespero lhe escapou. Não havia, no entanto, uma única saída para Jéssica. Tudo o que lhe restava naquele momento seria aguentar a dor, que esperava ser temporária, até seu despertar em uma nova vida.

Sem ter mais o que fazer, Jéssica apenas cerrou os olhos, desejando que sua dor e seu sofrimento acabassem logo.

8

A dor e o sofrimento que Jéssica esperava sentir nunca a alcançaram. No momento derradeiro, enquanto ela apenas aguardava pela morte e um vampiro permanecia de quatro, ainda sentindo o mal-estar do sangue que sugara, embora sem vomitar mais, um carro em alta velocidade invadiu a cena. Derrapou intencionalmente de lado e parou atravessado no meio da rodovia. Pela porta do passageiro, Larissa, vestindo uma blusa regata, uma calça de vinil, presa por um cinto com bainhas para armas frias, e uma bota de cano curto com salto baixo, todos pretos, desceu apressada do veículo. Em suas costas, repousava uma aljava carregada de flechas.

Seus olhos treinados passaram apenas uma vez por todos naquela cena para assimilar os detalhes. O vampiro de quatro não parecia uma ameaça imediata. Poderia ser neutralizado posteriormente. O aglomerado, no entanto, tratava-se de um perigo mais sério. Pelas atitudes das criaturas, era nítido que havia alguém vivo naquele meio. Porém, não sobreviveria por muito tempo se ela não fizesse alguma coisa urgente.

Larissa largou a porta do carro aberta ao se afastar e ordenou ao parceiro:

– Yoto, a aglomeração!

Yoto Yamamura, um japonês de estatura mediana, magro e de cabelos negros bem lisos e curtos, vestindo roupas escuras, saiu do carro com a mesma agilidade que sua parceira. Carregando uma balestra, ele a apontou pelo espaço entre a porta aberta e o restante do veículo. Manuseava a arma com incrível perícia e disparou na direção do aglomerado. Duas flechas passaram zunindo por Larissa, uma de cada lado, antes de encontrar seus alvos.

Dois vampiros caíram sem vida em meio ao aglomerado; as flechas atravessadas em seus corações pelas costas. O restante das criaturas, tomando ciência do ataque, virou-se. Com um urro rasgando através de suas gargantas e os caninos pontiagudos expostos, elas extravasaram toda sua raiva. O próximo passo seria investir contra quem disparara.

Sem reduzir o ritmo de seus passos, Larissa sorriu. Os ataques de Yoto cumpriram seu objetivo de chamar a atenção dos vampiros. Agora era a vez dela de agir.

Ciente de que eles eram muitos para enfrentar em uma batalha direta, Larissa, sem reduzir o passo, atravessou o braço esquerdo à frente de seu corpo e retirou um bastão de uma bainha presa ao seu cinto, à direita. Ao esticá-lo à frente, as extremidades ganharam vida, se alongando em uma curvatura característica. Uma corda se tensionou, finalizando a abertura do arco. Ao mesmo tempo, sacou com a mão direita uma flecha da aljava em suas costas, prendeu-a na corda, tensionou-a e apontou para o alto. Por fim, soltou o projétil, fazendo-o ganhar altura sobre toda a confusão na estrada.

Não muito distante, o vampiro caído de quatro viu, pelo canto dos olhos, o projétil ganhando altura. Ele sabia muito bem do que aquela flecha era capaz. Tentando ignorar o mal-estar o corroendo por dentro, ele se esforçou para ficar em pé. Seus olhos varreram ao redor; a mente analisava com urgência as possibilidades. Se ele não encontrasse abrigo imediato, sua vida terminaria em um piscar de olhos. Era uma corrida contra o tempo, cujo prêmio seria sua própria sobrevivência. A flecha havia quase alcançado seu auge no céu escuro. Com o tempo se esvaindo mais rapidamente do que esperava, ele correu na direção de um carro capotado, cuja porta dianteira havia sido deixada aberta quando, pouco tempo atrás, ele arrancara sua vítima do interior e a mordera. Considerando o perigo

Capítulo 8

iminente da situação e as poucas possibilidades ao redor, aquele veículo seria a melhor oportunidade de se manter vivo.

Quando a flecha atingiu seu auge, uma claridade semelhante à luz do sol irrompeu dela. Tudo aconteceu muito rápido a partir daquele momento. A luz alaranjada mergulhou em direção à estrada, iluminando tudo e todos abaixo. Sem tempo, com a pele começando a queimar à medida que a escuridão ao redor se extinguia, o vampiro jogou-se para dentro do carro capotado. Deitou-se de lado, encolheu-se como podia sobre o forro do teto, com os braços envolvendo seus joelhos flexionados ao máximo e o corpo curvado sobre si mesmo. Tentou manter-se o mais distante possível das portas abertas ou das janelas, protegendo-se, assim, nas sombras.

Os vampiros aglomerados não tiveram a mesma sorte. Quando a luz os alcançou, os gritos de dor começaram. A pele deles queimava. O vapor que subia se misturava ao ar, levando consigo fragmentos superficiais de vampiros. Com suas vidas se esvaindo, eles caíram ao redor de uma jovem assustada e com muita dor. A vida, porém, ainda não havia os deixado. Contorcendo-se e gritando, eles lentamente se desintegravam em uma morte desagradável e sofrida para quem havia sido transformado pouco tempo antes. No final, somente sobrou fuligem, que, logo na primeira rajada suave de vento noturno, se dispersou pela atmosfera.

Jéssica estava salva. Estar coberta de fuligem de vampiro era um mero acaso, um pequeno preço a ser pago pela sobrevivência.

Quando a escuridão ganhou seu espaço novamente contra a luz solar artificial que invadira aquele trecho de estrada por um breve momento, Jéssica abriu os olhos, surpresa por ainda estar viva. Apesar do desconforto físico e de estar coberta de fuligem de vampiros mortos, o alívio tomou conta dela.

Buscando a mesma força e determinação de antes, Jéssica se segurou na lateral da SUV e se colocou em pé com muita dificuldade. A dor em seu pescoço, onde fora mordida, reavivou sua memória do que acontecera um pouco antes de ser cercada pelos vampiros sedentos. Todo o seu desespero pelo medo de se transformar em uma daquelas criaturas da noite a tomou novamente, junto ao antigo desejo de acabar com a própria vida. Quanto mais demorasse, menores seriam as chances de sucesso.

Jéssica levantou o olhar na direção das chamas à sua frente; elas continuavam convidativas. Apegou-se à única oportunidade que lhe restava e cambaleou na direção do fogo; a SUV ao lado servindo como apoio temporário. Cerrando os dentes, cada vez mais próxima de seu doce destino cruel, ela pensou: *vamos, Jéssica, você consegue. Falta pouco! Não desista agora!*

O destino, no entanto, havia planejado um futuro bem diferente para ela.

9

A poucos passos das chamas, Larissa se colocou no caminho de Jéssica; a corda do arco tensionada conforme uma seta apontava diretamente para a jovem, frustrando seus planos de se jogar nas chamas. Um sorriso, no entanto, surgiu em seu rosto. Suas preces para alguém aparecer e colocar fim ao seu sofrimento foram atendidas. Morrer com uma flecha atravessada no coração seria mais rápido e menos doloroso do que o fogo.

Encontrando forças em seu interior para se manter firme, sem se apoiar na SUV, Jéssica abriu os braços, expôs ainda mais o peito para um disparo certeiro e pediu:

– Por favor, acabe com meu sofrimento. – Sua voz não era mais do que um sussurro.

– Você foi mordida? – A voz de Larissa estava carregada de autoridade.

Jéssica não respondeu. Ela apenas abaixou o olhar em direção ao chão. Aquela atitude foi uma resposta mais que suficiente. Larissa já havia se deparado com algumas pessoas mordidas que buscavam, em atos desesperados, acabar com a própria vida antes de se transformarem. Com a jovem à sua frente não era diferente. Em tais situações, na maioria das vezes atendendo aos pedidos, Larissa acabava com o sofrimento das vítimas, trazendo a elas uma morte rápida. Se as circunstâncias fossem outras, ela o faria sem pestanejar. Porém, naquela noite específica, ela, assim como todos os agentes de campo da Ordem de Ettore, tinha uma missão específica. Ela não poderia sair matando todas as pessoas mordidas sem antes identificá-las.

Mantendo a flecha apontada contra o coração da jovem à sua frente, Larissa perguntou:

— Jéssica de Ávila?

A jovem arregalou os olhos, surpresa. *Como ela sabe quem eu sou?* – pensou. Antes de responder, Jéssica ponderou se deveria ou não dizer a verdade. Por fim, apenas balançou a cabeça em confirmação.

Diante da realidade, Larissa praguejou:

— Merda! – E mordeu o lábio inferior, pensativa.

Larissa fora instruída a encontrar e levar de volta ao centro de operações uma jovem de nome Jéssica de Ávila. Não haviam falado, no entanto, sobre o que fazer caso o alvo tivesse sido mordido. Aquela possibilidade não havia passado pela mente de nenhum dos envolvidos na operação. Mas acontecera. Caberia a Larissa decidir. Pela primeira vez em sua vida, ela se via em uma situação em que não sabia qual atitude tomar.

Indecisa, abaixou o arco. Em resposta, Jéssica, mesmo ferida, deu um passo à frente, protestando:

— Se não vai fazer isso, saia do meu caminho! Faço eu mesma!

Recuando alguns passos, Larissa voltou a levantar o arco. Com a flecha apontada em sua direção, Jéssica fechou os olhos, agradecendo mentalmente por aquela mulher loira atender ao seu pedido.

— Sinto muito! – As palavras de Larissa alcançaram os ouvidos de Jéssica.

E Larissa soltou a flecha.

10

A flecha passou zunindo ao lado do corpo de Jéssica. Seu alvo engatinhava para fora de um carro capotado na estrada. Percebendo a ameaça, o único vampiro sobrevivente, apesar das sérias queimaduras, ajoelhou-se e abriu a porta traseira do veículo, usando-a como escudo. A flecha cravou no anteparo à frente, sem oferecer nenhum risco ao alvo.

Cuidando da retaguarda de Larissa, Yoto viu o vampiro se safar do disparo de sua parceira e partiu para o ataque. Abandonou a segurança fornecida pelo carro e se aventurou em terreno aberto, com a balestra à frente, disparando uma seta atrás da outra. Seu inimigo, ao perceber a nova ameaça vindo pela lateral, fechou parcialmente a porta ao lado, usando-a também como escudo. Entrincheirado, sua mente fervilhava nas possibilidades estratégicas para se livrar dos dois agentes.

Larissa aproveitou o tempo dado por seu parceiro para pendurar seu arco em um dos ombros. Encurtando a distância até Jéssica com passos urgentes, ela a segurou pelos dois braços e falou:

— Fui enviada por Alexandre para te levar até ele! Ele está muito preocupado com você e sua irmã! Não desista!

Dito isso, Larissa a largou. Jéssica encostou-se contra a SUV às suas costas e deixou-se escorregar até se sentar no chão. *Alexandre!* – ela pensou, abraçando os joelhos. *Há quanto tempo não ouvia falar dele.* Depois da discussão de sua irmã com ele no enterro de seus pais, ela nunca mais o vira. Mas por que agora, exatamente agora, ele mandara alguém para procurá-la? O tempo passara, mas aquele homem continuava misterioso para ela.

Larissa nem sequer olhou para trás quando se afastou de Jéssica. Toda a sua atenção estava voltada para o vampiro entrincheirado à sua frente. Com o arco novamente em suas mãos, ela disparava em sequência; suas flechas se juntavam às setas de Yoto, à procura de um minúsculo espaço entre as portas para acertar o alvo.

– Darius! – Larissa gritou, sem parar de disparar. – Não esperava encontrá-lo de novo! Estou surpresa que ainda esteja vivo.

Alguns anos antes, quando Larissa ainda saía para campo com sua mentora, Marcela, seus caminhos se cruzaram pela primeira vez. Depois de um rápido conflito, o vampiro havia fugido com algumas flechas atravessadas pelo corpo. Como estava próximo do amanhecer, não o perseguiram, acreditando que a natureza daria conta do recado. Naquela noite, na estrada, Larissa descobriu como sua mentora havia julgado mal as capacidades de Darius.

Com mais dois disparos, a aljava de Larissa ficou vazia. Largando o arco no chão, ela sacou duas espadas curtas, de lâminas largas, de bainhas gêmeas presas em sua cintura, do lado esquerdo. Ao abaixar os braços, de modo que as pontas das lâminas praticamente raspassem o chão, ela continuou avançando com a mesma determinação de antes. As chamas refletidas em seus olhos iluminavam seu rosto e aqueciam sua pele. Uma leve brisa balançava seus cabelos loiros, exaltando as feições de uma guerreira nata.

Com os dois agentes se aproximando, Darius precisava tomar uma atitude urgente. Mantendo-se o máximo possível protegido pelos escudos improvisados, ele arrancou uma das portas com muita facilidade. Colocou-a à sua frente, mantendo-o protegido, e avançou. Um grito de ódio escapou de sua boca ao se aproximar do alvo escolhido em seu contra-ataque: Yoto.

Ao chegar perto de Yoto, Darius atirou a porta contra ele. O japonês tentou desviar, mas não foi tão rápido quanto deveria. Com o impacto do objeto contra seu corpo, a balestra escapou de suas mãos, escorregando ruidosamente pelo asfalto para longe dele. Desarmado e com pouco espaço para sacar a espada longa e fina da bainha em suas costas, recuou a passos rápidos; seus antebraços levantados amorteciam as investidas de punhos cerrados, desferidas por um vampiro praticamente curado das queimaduras de outrora.

Capítulo 10

Recuar não estava surtindo efeito para cansar o vampiro. Pelo contrário, a cada defesa do japonês, mais vigor Darius colocava no ataque seguinte. Por mais que Larissa estivesse quase os alcançando, Yoto mudou sua estratégia. Partindo da defesa para o ataque, ele se abaixou, desviando de um soco vindo em gancho pela lateral. Girando por baixo do braço esticado, ele se afastou de lado apenas o suficiente para sacar sua espada pelo alto das costas. Sem perder a vantagem de ter a guarda do vampiro aberta, ele desceu a lâmina com rapidez e ferocidade.

Para sua surpresa, Darius virou-se com uma agilidade incrível e agarrou a lâmina com a mão nua. Sangue escorreu de sua palma, um ferimento insignificante para alguém com a capacidade de se regenerar. O jogo havia virado. Apesar de Larissa já ter armado o golpe mortal pelas costas do vampiro, com a ponta da espada apontada para seu coração, era a guarda do japonês que estava aberta naquele momento.

Com mais um movimento rápido, Darius desviou o corpo de lado e agarrou o japonês pelo pescoço com a mão livre; seus dedos o apertavam com muita força, ao mesmo tempo em que descia a espada de Yoto. Para a infelicidade dos agentes, a lâmina encontrou um alvo. Um gemido de dor escapou da boca de Larissa. Os olhos arregalados dela não acreditavam no que estava acontecendo. Sangue escorria por ferimentos abertos na barriga e nas costas da jovem, por onde a espada a havia atravessado. O tilintar de metal batendo contra o asfalto ressoou por alguns segundos enquanto as espadas da agente batiam contra o chão, sem sequer terem encontrado um alvo naquela noite. As mãos dela imediatamente envolveram a lâmina atravessada em seu corpo.

Balançando a cabeça em desaprovação, Darius falou:

– Estou surpreso! – O tom jocoso estava refletido em seu sorriso. – Atacando pelas costas agora? Onde está a honra pregada tão seriamente pela Ordem à qual você pertence? – Curvando-se com um floreio exagerado na direção dela, empurrando ainda mais a espada para dentro do corpo de Larissa, que soltou um gemido de dor, continuou: – Espero que seu desejo de vingança pela morte de Vitor não tenha nublado seu julgamento.

Com o mesmo sorriso de satisfação, Darius girou a espada dentro do corpo dela, rasgando tecidos e órgãos. O gemido de outrora virou grito de dor quando escapou de Larissa. Muito mais sangue escorreu pelo corpo dela e pela lâmina. Por fim, quando o vampiro arrancou a espada de dentro dela com ferocidade excessiva, a agente caiu no chão. Por instinto, ela colocou as mãos sobrepostas sobre o ferimento na barriga. Em questão de segundos, seus dedos estavam manchados de vermelho. Um filete de sangue também escorria pelo canto de sua boca.

Inclinando-se com gentileza na direção da jovem ferida, fazendo uma reverência, Darius falou:

— Preste bem atenção. Agora vem a melhor parte.

Darius endireitou seu corpo, virou-se para o japonês se debatendo contra o aperto na garganta, tentando se livrar. O medo tomou conta de Yoto quando o vampiro abriu a boca, mostrando suas presas pontiagudas. Em desespero, ele pediu:

— Larissa, me ajuda! Eu não quero morrer!

Larissa tirou uma das mãos de cima da ferida e a estendeu na direção de Darius.

— Não, Darius, não faça isso! — implorou Larissa.

Sob o olhar arregalado de Yoto, o vampiro ignorou o pedido de Larissa e mordeu sua vítima. O grito dela irrompeu noite afora. Darius, no entanto, não consumiu todo o sangue do jovem. Ele apenas o sugou até o japonês perder a consciência e parar de se debater. Quando os braços caíram inertes ao lado do corpo e a cabeça tombou para a frente, o vampiro o jogou de maneira displicente no chão, como se ele não fosse nada.

Ao voltar toda a sua atenção para Larissa, Darius a agarrou por uma das pernas e começou a arrastá-la pela estrada. Em sua outra mão estava a espada de Yoto, sua ponta raspava no asfalto em um ruído estridente e constante. Atrás do corpo arrastado, um rastro de sangue manchava a estrada. O vampiro não havia percebido, mas, onde antes jaziam duas espadas curtas, apenas uma havia sido deixada para trás.

Lutando contra seus próprios ferimentos, Larissa tentou se manter consciente. Ela não conseguia entender o motivo pelo qual o vampiro ainda não a matara. Seria tão simples mordê-la ou cravar a espada de Yoto nela. *O que ele pretende?* — Larissa se perguntou.

Independentemente de quais fossem as intenções de Darius, Larissa teria de se livrar dele. Para tal tentativa, a espada escondida debaixo de seu corpo, trazida por ela quando seu algoz a agarrara pelas pernas e começara a arrastá-la, seria crucial. Ela só precisava esperar pelo momento certo de contra-atacar.

Ou morrer tentando.

11

Apesar de acreditar que se tornaria, em breve, uma criatura da noite, Jéssica se sentia segura pela primeira vez desde sua saída de Cafelândia. Larissa transmitira uma sensação de tranquilidade. Ela estava ali por causa de Alexandre. Parecia que ele nunca a havia abandonado, nem à sua irmã, no final das contas. Ela só não conseguia compreender por que o melhor amigo de seus pais nunca mais aparecera depois da discussão com Janaína.

A sensação de segurança, no entanto, logo a abandonou quando a espada atravessou Larissa e o vampiro mordeu Yoto. Do jeito que as coisas estavam indo, Jéssica logo estaria novamente nas mãos de Darius. Ela precisava fazer alguma coisa enquanto houvesse tempo. Acabar com a própria vida não era mais uma opção. As chamas ardentes, próximo a ela, não eram mais atraentes. Havia um fio de esperança em algum lugar, a princípio, não tão distante. Um fio de esperança com um nome: Alexandre.

Lutando contra a dor, Jéssica se levantou e cambaleou para longe da SUV e das chamas até o carro de onde Larissa e Yoto haviam descido. Se conseguisse se comunicar com Alexandre e informar sua localização, ele viria buscá-la. Mandaria reforços para salvar seus dois agentes. *Não mandaria?* – ela se perguntou. Se não o fizesse, se ele os abandonasse, ela iria ao encontro dele. Pelo menos, tentaria encontrá-lo. Somente quando não tivesse mais tempo, ela acabaria com a própria vida.

Jéssica alcançou o carro e sentou-se ao volante. De imediato, procurou por algum rádio para poder se comunicar com Alexandre e pedir socorro. Nada. Partindo para o plano B, ela tateou pelo painel à procura das chaves. Um sorriso surgiu em seus lábios quando os dedos passaram por cima delas. Sua alegria, no entanto, desapareceu no segundo seguinte, quando a ponta de uma longa espada foi colocada pelo lado sob seu queixo, abrindo um corte superficial em seu pescoço, de onde um filete de sangue começou a escorrer.

– Pretende ir a algum lugar? – perguntou Darius, parado ao seu lado, segurando a espada.

Sem dar a oportunidade de Jéssica responder, ele retirou a lâmina do pescoço dela, girou a espada com extrema agilidade e a acertou na cabeça com o cabo. O som do impacto ecoou dentro do carro. Na mesma hora, a visão da jovem escureceu. Seu corpo, inconsciente, tombou para a frente até a testa bater de leve contra a direção, acionando a buzina. Agarrando-a pelo braço, o vampiro a puxou para fora e a colocou sobre um de seus fortes ombros.

– Você tem sorte em ter despertado a minha curiosidade sobre o sangue que corre em suas veias – falou Darius para uma Jéssica inconsciente.

Agachando-se ao lado de Larissa, ele estava pronto para falar mais alguma coisa quando a jovem, com um esforço fenomenal, atacou-o com a espada, até o momento escondida sob si. Mesmo com um corpo inerte sobre o ombro, o vampiro foi mais rápido e, antes mesmo que ela levantasse o braço do chão, cravou a lâmina de Yoto no pulso dela, atravessando-o. Larissa gritou de dor, e sua arma tilintou no asfalto.

Quando Darius arrancou a lâmina do pulso, Larissa soltou mais um grito e se encolheu de dor, segurando o ferimento com os dedos da mão ilesa. Sangue escorria. Sem dar qualquer outra oportunidade de reação, o vampiro agarrou-a pelo pescoço, inclinou seu corpo até a altura da agente e aproximou o rosto dela do seu. Sua expressão estava carregada de ódio. Ela, em contrapartida, não se intimidou. Tentando manter um olhar de desafio em meio a tanta dor dos múltiplos ferimentos, Larissa esforçou-se para falar:

Capítulo 11

– O que foi? Não tem a coragem necessária para me matar logo? – Sua voz saiu estranha em meio ao aperto na garganta, mas havia nela um tom jocoso, agraciado com o alargar de seus lábios em um sádico sorriso.

Darius não se aguentou. Riu alto enquanto olhava para a carnificina que ele, sozinho, causara. Controlando-se depois de um tempo, satisfeito consigo mesmo pelo que tinha feito, respondeu:

– Por ora, um agente da Ordem de Ettore já me satisfez o suficiente.

Aproximando-se mais ainda dela, com os rostos quase colados, ele sussurrou:

– Mas um lanchinho daqui a algumas horas não vai fazer mal. – Um sorriso malicioso rasgou seus lábios antes de continuar: – Considere-se um bônus.

Com muito esforço, Larissa cuspiu no rosto dele. Irritado com tal atitude, Darius a empurrou pelo pescoço; as pernas de sua vítima se arrastaram sobre o asfalto, até as costas dela baterem contra a lateral do carro. Quando olhou de relance para o sangue derramado na estrada antes de aproximar mais uma vez o rosto do dela, ele continuou sua linha de raciocínio, sem sequer demonstrar incômodo:

– Que desperdício!

Com um forte empurrão, Darius soltou o pescoço. A cabeça de Larissa tombou para trás, batendo contra o carro às suas costas. O estrondo do impacto foi alto. Um hematoma se formou. Pontos laranja começaram a dançar por todos os lados, tornando quase impossível enxergar. A sensação de mal-estar e a ânsia a dominaram.

– Ops! – Darius exclamou. – Espero não ter causado um traumatismo craniano.

Assobiando uma música alegre, Darius agarrou-a pelo pé e puxou-a na direção do veículo incendiado. Não houve resistência da parte dela. Larissa estava tão ferida e fraca que não tinha força nem para mexer os braços, esticados acima de sua cabeça enquanto era arrastada. Sangue escorria de seu pulso perfurado, misturando-se ao líquido vermelho derramado do ferimento no abdômen e deixando um rastro ainda mais intenso na rodovia.

Darius soltou-a com violência, a ponto de seu rosto quase mergulhar nas chamas de um dos veículos. Com a agente sob controle, o vampiro colocou a ponta da espada no fogo. Enquanto aguardava, ele manteve o olhar no corpo imóvel de Larissa, com os braços ainda esticados por cima da cabeça. Um filete de sangue escorria pelo asfalto até desaparecer no carro incendiado.

Mexendo a espada em meio às chamas, Darius falou, com os olhos fixos em Larissa:

– Acho que tenho mais de um ferimento para cauterizar.

Quando o metal incandesceu, o vampiro foi rápido em colocá-lo sobre os ferimentos de Larissa. O cheiro de carne queimando chegou às narinas de ambos. Apesar de preferir carne crua, ele se comprouve com aquele odor. Já a jovem se sentiu ainda mais nauseada. Seu grito rasgou a noite. Seu corpo se contorceu todo. A dor foi tão intensa que ela não resistiu e perdeu a consciência.

Ao largar a espada no chão, com sua ponta lentamente perdendo a incandescência, Darius pegou um telefone celular no bolso da calça e discou um número. Quando alguém atendeu, o vampiro apenas mandou sua mensagem:

– Estou com ela. Mande o transporte.

12

Um forte vento bateu no rosto de Yoto, agitando seus cabelos contra o asfalto sob sua cabeça. O som de pás girando rapidamente alcançou seus ouvidos. Aos poucos, ele foi recuperando a consciência. A dor no pescoço tornou-se incômoda. Com um gesto involuntário, sua mão foi até o local, pressionando com força as duas marcas esféricas irregulares. Ao abrir os olhos, viu Darius colocando Larissa e mais uma jovem dentro de um helicóptero. O vampiro estava fugindo e levando sua parceira. Se ela ainda estivesse viva, não seria por muito tempo depois de o aparato deixar o solo.

Rastejando com dificuldade, Yoto esforçou-se para deixar de lado seu cruel destino. Haveria tempo de pelo menos salvar Larissa? Tinha de haver. Colocou-se de quatro e, engatinhando, tentou se aproximar do helicóptero. A cada passo adiante, ele recuperava mais o equilíbrio e sua visão clareava; as luzes vermelhas piscantes do aparato pousado no meio da estrada ficavam cada vez mais nítidas. Quando se colocou em pé, depois de pegar a espada de sua parceira no chão, ele se pôs a correr.

Quando estava na metade do caminho, o helicóptero deixou o chão. Yoto tentou correr ainda mais rápido para pelo menos alcançar as plataformas de pouso e pegar carona. Suas pernas, no entanto, não responderam. Ao chegar ao local onde o aparato estivera pousado, segundos antes, Yoto teve de se contentar em apenas observá-lo se distanciar no céu, levando, em seu interior, Larissa, Jéssica e Darius.

– Merda! – praguejou.

Apesar de não ter conseguido a carona, Yoto não se abateu. Tirou do bolso de sua calça um pequeno rádio e entrou em contato com os outros membros da Ordem de Ettore:

– Larissa conseguiu se infiltrar.

Após alguns segundos de estática, uma voz o alcançou:

– E nosso alvo?

– Foi uma excelente isca – respondeu Yoto.

– Até que enfim uma notícia boa nesta noite! – A voz estava carregada de alívio. – Entendido. Sabemos para onde vão. Junte-se à equipe de invasão nos arredores e aguarde pelo sinal. Eu o encontro em breve.

– Eu... – Yoto começou a responder, mas foi forçado a se interromper.

A estática voltou ao rádio. Um tremor tomou conta de seu corpo, e ele largou a espada. Suas pernas não o sustentaram mais, e o japonês caiu de joelhos. Seus braços abraçaram a barriga enquanto seu corpo todo se encurvava para a frente, tamanha a dor que lhe atravessava todos os membros e órgãos. Um grito de desespero escapou de sua boca. Quando não resistiu mais à dor, caiu de lado, flexionando os joelhos e os abraçando. Gotas de suor escorriam por sua testa. O som do rádio estava cada vez mais distante.

Seu corpo todo começou a tremer, e ele virou-se de modo a fitar o céu estrelado. Os pontos luminosos das estrelas desapareciam, um a um, conforme sua visão se escurecia, até não sobrar mais nada do que um véu negro. Debatendo-se com violência no asfalto, seus dentes cerrados corriam o risco de quebrar, tamanha a força dos tremores; seu coração batia acelerado; seu dedo, sobre o botão do intercomunicador do rádio, apertava-o de forma ritmada, fazendo a estática seguir seus comandos, intercalada a momentos de silêncio.

– Yoto... na... escuta... – A pessoa do outro lado tentava contato, suas palavras cortadas pelos movimentos involuntários do japonês.

– Você... está... bem...

Por fim, da mesma forma que os tremores começaram, seus músculos relaxaram e o coração deixou de pulsar. A mensagem finalmente chegou completa pelo rádio:

– O que está acontecendo? Yoto? Yoto?

Capítulo 12

A voz no rádio, chamando por Yoto, despertou-o. A luz das estrelas e o clarão do incêndio o incomodavam. A noite parecia estar muito barulhenta. O crepitar das chamas lhe atormentava os ouvidos, quase o ensurdecendo. O cheiro de queimado o deixava nauseado, porém era suportável. Sua pele era capaz de sentir as nuances de temperatura ao redor. Apesar de tudo, ele se sentia muito bem. Melhor até do que antes. Seus sentidos estavam mais apurados. A ferida em seu pescoço havia se fechado.

A voz no rádio, repetindo seu nome inúmeras vezes, não cessava. Ao levantar o braço, ele olhou para o aparelho. Apertou o botão e respondeu à ordem que lhe fora passada antes de os tremores começarem:

– Considere feito.

Um sorriso malicioso surgiu no rosto de Yoto enquanto se levantava. De sua boca, longas presas saíam da arcada superior. Ele iria se misturar à equipe de invasão, como fora ordenado. Mas seus objetivos eram outros. Assim como Larissa se infiltrara no covil dos vampiros, ele também agiria infiltrado entre os membros da Ordem de Ettore. Quando tivesse a oportunidade, iria se esgueirar para dentro do esconderijo de seus novos aliados naquela guerra. Se não fosse possível, permaneceria entre os membros da Ordem, destruindo a organização por dentro.

Mas, primeiro, Yoto teria de se alimentar.

⚔

Apesar de seu fracasso, Alexandre sorriu com o relato do japonês. Parte de seu plano havia funcionado. Jéssica fora uma excelente isca, como o próprio Yoto havia dito. Por meio dela, Larissa conseguira se infiltrar no covil do inimigo. No momento, eles não podiam fazer mais nada. Estava tudo nas mãos dela. Quando desse o sinal, a equipe de invasão estaria a postos e pronta para acabar de uma vez por todas com o mais poderoso e influente dos sete senhores vampirescos: Erick Ardelean.

Era tudo uma questão de tempo...

13

Os primeiros raios de sol de um novo dia começavam a aparecer no horizonte, caindo suavemente sobre as copas das árvores de uma densa floresta, no interior do estado de São Paulo, por onde um helicóptero sobrevoava baixo. À frente, não tão distante, uma torre circular de pedra erguia-se imponente em meio à imensidão verde. À medida que o aparato se aproximava, uma segunda torre circular ganhou forma, sob a primeira. Logo depois, surgiram as ameias[6] ao redor de dois terraços desnivelados de um castelo. O primeiro deles, mais elevado, ocupava toda a superfície do castelo. O outro, inferior, era uma extensão externa do segundo pavimento. Abaixo, a nível do solo, um fosso seco circundava toda a extensão da construção de pedra, uma imitação fiel de castelos medievais. Estando a fortificação no alto de uma pequena colina, um belo gramado em declive estendia-se para todos os lados além do fosso, até as altas muralhas externas, que circundavam a propriedade, onde, a intervalos regulares, guardas armados postavam-se, principalmente durante a noite, para vigiar a floresta ao redor.

---

6 Cada um dos parapeitos separados regularmente por partes salientes na porção superior das muralhas de fortalezas e castelos. Recorte no topo de muralha ou torre.

Uma oscilante iluminação atravessava pelas duas linhas de pequenas janelas com as arestas retangulares e de topo abobadado, dispostas regularmente ao longo da construção – a primeira delas quase no topo da parede e a segunda em sua porção mediana, referentes aos dois andares internos do castelo, indicando que o local estava habitado. Havia ainda uma terceira linha de janelas: nada mais do que um pequeno corte retangular um pouco acima da junção da parede de pedra com a terra batida que formava o fosso, onde ficava a masmorra[7], sendo essas aberturas o único contato com o mundo exterior. Pela característica do ambiente subterrâneo, essas janelas, diferentemente das duas linhas superiores, possuíam grades e quase não deixavam escapar a mesma intensidade de luz das aberturas acima – o que deixava aquele pedaço de castelo esquecido por todos, praticamente mergulhado em trevas.

A enorme ponte levadiça[8] de madeira, sustentada por grossas correntes, estava levantada, bloqueando o acesso ao interior do castelo. No alto, uma grade de metal era mantida suspensa. Da ponte levadiça, um caminho de pedra serpenteava pelo meio do gramado até um portão de madeira no centro da muralha.

Aproximando-se rapidamente do gramado raso entre o castelo e o alto muro de pedra, o helicóptero girou meia-volta e completou o processo de descida. Ao longe, o sol já despontava no horizonte, alongando a sombra da construção sobre o gramado donde o aparato se aproximava verticalmente, encobrindo-o. Ao mesmo tempo, a porta do castelo desceu, criando uma ponte sobre o fosso para liberar o acesso ao seu interior.

Mal as hastes de pouso haviam tocado o solo, Darius desceu do helicóptero e tirou as duas jovens. Apesar de estar nas sombras, havia certo desconforto pelos raios de sol que batiam na outra face do castelo. Apressado – com Jéssica carregada sobre um dos ombros e uma pobre Larissa sendo arrastada atrás do vampiro por um dos braços –, atravessou a ponte. Ao mergulhar de vez na segurança das sombras em seu interior, Darius ordenou:

– Fechem a passagem!

---

7 Celeiro subterrâneo que também servia de cárcere. Prisão subterrânea.
8 Ponte que se pode levantar ou baixar sobre um fosso ou um curso de água.

Capítulo 13

Em resposta à sua ordem, o som das correntes tracionando a ponte levadiça para sua posição vertical ecoou pelo interior do castelo, enquanto o helicóptero levantava voo. Um estrondo chegou aos ouvidos do vampiro quando ela se fechou. Logo em seguida, surgiu o ruído da grade descendo. Por fim, após o metal encostar na pedra com um estalo característico, fez-se silêncio. O lugar estava selado.

Com tudo fechado, todo o castelo, com um altíssimo pé-direito, deveria ter sido engolido pela escuridão, uma vez que as janelas altas não possuíam dimensão suficiente para deixar a luz solar entrar. Tampouco poderia, pois seria um atentado à vida dos vampiros residentes. Portanto, todo o local estaria praticamente mergulhado na escuridão se tochas não estivessem penduradas nas paredes, a vãos regulares. Para mantê-las acesas, havia, distribuídos a intervalos contínuos ao longo de cada corredor, baldes de madeira com fluido combustível.

Os corredores do castelo, alguns largos, outros estreitos, formavam um labirinto fácil de se perder, principalmente no subterrâneo, onde ficavam as celas. Do hall por onde o vampiro entrara com as duas jovens, adornado com algumas tapeçarias antigas penduradas nas paredes, três caminhos se abriam. À frente, jaziam fechadas portas duplas de madeira maciça, entalhadas com inúmeros símbolos de uma língua antiga, havia muito esquecida. À direita, o corredor guarnecia uma porta estreita de madeira lisa, até se encerrar em outra porta, de onde uma escadaria circular seguia seu percurso em declive até o emaranhado de túneis que formavam as masmorras. À esquerda, um segundo corredor também guarnecia uma porta de madeira lisa, até se encerrar em mais uma porta, através da qual uma escada em aclive levava ao segundo piso do castelo, ao terraço inferior, depois ao terraço superior, um pouco mais acima, para a primeira das torres mais ao alto, até terminar na pequena torre superior.

Conhecendo bem o castelo, Darius atravessou a porta à sua frente, chegando a um corredor curto, de onde outras duas portas lisas de madeira garantiam acesso a dois aposentos, um à direita e outro à esquerda. Caminhou apressado, o som de seus passos reverberando pelo espaço ao redor, até a passagem à sua direita. Com a mão livre, abriu a porta, e o som das dobradiças rangendo ecoou pelos dois ambientes. Ao atravessar, Darius fechou a passagem às suas costas. O baque se perdeu dentro do luxuoso aposento.

A sala de estar onde Darius entrara demonstrava toda a riqueza do lugar. Um caríssimo tapete persa decorava o piso à direita – sob uma mesa de centro, de madeira trabalhada à mão –, cercado por quatro poltronas confortáveis. À esquerda, sobre mais um finíssimo tapete, uma bela mesa de jantar, de seis lugares, elegantemente decorada com riquíssimos jogos de jantar ao redor de castiçais de prata, deixava o ambiente ainda mais atrativo. À frente, duas poltronas voltadas para a lareira encerravam a mobília do local. O crepitar da lenha ecoava pelo amplo espaço superaquecido. Do teto, um lustre de bronze com doze luminárias deixava a sala aconchegante e acolhedora. Nas paredes ao redor de uma sala sem janelas, quadros de tamanhos diversos, pintados por artistas famosos de várias épocas e estilos, finalizavam a decoração.

Darius jogou Larissa contra uma das poltronas em frente à lareira antes de repousar Jéssica com um pouco mais de cuidado no assento ao lado. Virando-se, caminhou até um balde encostado contra a parede mais próxima, repleto de objetos de tortura, mantido ali para a necessidade de conversas um pouco mais enérgicas com seus convidados. Retirando algumas grossas cordas de seu interior, retornou até as duas jovens ainda desacordadas e amarrou os pulsos e tornozelos de cada uma delas nos braços e pernas das cadeiras almofadadas. Reparou, durante o processo, que seus corpos, em resposta ao calor das chamas na lareira, suavam. Não conseguindo evitar, ele sorriu. Fazê-las passar calor fazia parte de seus planos.

– Hora de acordar, docinho! – Darius falou e deu um tapa no rosto de Jéssica.

Jéssica despertou, assustada, os olhos arregalados refletindo todo o seu medo de estar em um lugar desconhecido e na presença do algoz. Desesperada, ela tentou se mexer na poltrona. As cordas em torno de seus pulsos e tornozelos a apertavam, deixando marcas vermelhas em sua pele.

Darius colocou a mão sob o queixo dela, com os dedos apertando seu maxilar, e a forçou a virar o rosto até seus olhos encontrarem os dele. Dobrou-se um pouco para aproximar seu rosto do dela e falou:

– Bem-vinda ao seu novo lar.

Capítulo 13

Jéssica tentou se livrar do aperto no queixo, em vão. Não restando nenhuma alternativa, ela desviou o olhar, vendo, de relance, Larissa ainda desacordada na poltrona ao lado. Darius acompanhou com o olhar o local onde a jovem mirava e continuou:

– Ela não pode fazer nada por você. Contente-se com seu destino.

Darius riu alto e a soltou. Endireitando o corpo, ele se aproximou de Larissa. Estava na hora de avivá-la. Porém, diferentemente de como fizera com Jéssica, ele foi mais rude. Em vez de dar um tapa em seu rosto, deu um soco na boca de seu estômago. A jovem despertou ruidosamente, inspirando o ar com dificuldade. Seus olhos lacrimejaram. Sua reação imediata foi tentar colocar as mãos sobre a barriga. As amarras em seus pulsos a impediram, deixando marcas profundas em sua pele conforme ela, ignorando a dor e a falta de ar, remexia-se na poltrona, tentando se livrar.

Virando-se de costas para as duas jovens, Darius se aproximou do adorno de madeira sobre a lareira de pedra, onde uma bandeja de prata sustentava duas jarras de bronze e alguns copos de vidro negro. Após despejar um líquido límpido e incolor de uma das jarras em um dos copos, ele o bebeu, saboreando cada gole. Ao terminar, Darius começou a enchê-lo novamente.

– Está quente aqui dentro. Vocês devem estar com sede – falou, olhando-as de relance.

Darius virou-se para as duas, o copo na mão. Lançando um olhar de falsa compaixão pela situação de ambas, ele continuou:

– Se quiserem um pouco de água, é só pedir.

O olhar de Jéssica refletia toda a vontade de beber aquela água. Sua boca estava seca. Ao perceber o desespero da jovem, Darius voltou-se para ela, levantou o copo e perguntou:

– Servida?

Sedenta e com muito calor, Jéssica balançou a cabeça em afirmação. Demonstrando bom grado, Darius agachou-se na frente dela. Ele manteve o olhar fixo nela e lentamente aproximou o copo da boca da mulher. Jéssica já conseguia imaginar a sensação de prazer em sentir o líquido refrescante descendo por sua garganta. Sedenta, ela afastou os lábios. Eles estavam tão perto do copo, porém nunca chegaram a tocá-lo. Com uma risada de satisfação, Darius afastou-o da boca da jovem. Mas não se retirou. Ainda agachado, ele colocou o copo na mão dela.

— Se quiser beber, terá de merecer. — Darius lançou o desafio e se afastou, apoiando as costas contra o adorno sobre a lareira e cruzando os braços, apenas observando as reações de Jéssica.

— Você é doente! — exclamou Larissa, fulminando Darius com o olhar. Virou-se para Jéssica ao seu lado e continuou: — Não entre no jogo dele. É tudo o que ele quer.

Com muita sede, Jéssica a ignorou e levantou o braço o máximo que podia; as cordas abriam ainda mais as feridas em seu pulso, enquanto dobrava o corpo para tentar alcançar a borda do copo. A dor no punho era quase insuportável. Sua mão tremia de tanto esforço. A cada tremor, água transbordava sobre o ferimento, aumentando ainda mais a dor, refletida no olhar desesperado da jovem e, às vezes, nos gemidos que lhe escapavam.

Depois de muito esforço, com a mão ainda trêmula, Jéssica conseguiu alcançar a borda do copo com os lábios. Para sua infelicidade, suas tentativas derrubaram tanta água que ela não conseguiu beber. Nem mesmo esticando a língua para fora foi capaz de encontrar a superfície do líquido. Se quisesse beber, teria de levantar mais o braço ou se curvar mais.

Com gemidos involuntários que lhe escapavam, reflexo da dor ao tentar levantar ainda mais o pulso em carne viva, aumentando o tremor em sua mão, ela tentou beber a água. Ao pressionar de forma involuntária o copo, com mais força, o vidro não resistiu à tensão e se quebrou. Cacos pontiagudos de diversos tamanhos se fincaram na mão da jovem. A água misturou-se ao sangue dos novos ferimentos e escorreu pelo braço da poltrona até o chão. Por muito pouco, ela não cortara os lábios também. Seu corpo caiu para trás, batendo contra o encosto almofadado. O gemido de dor se transformou em um grito de agonia. Depois, um choro descontrolado tomou conta dela.

— Ufa! — Darius exclamou, sorrindo. — Por um momento, achei que você fosse conseguir!

Na poltrona ao lado, Larissa se remexeu, tentando se livrar. Tudo o que conseguiu, no entanto, foi machucar ainda mais os pulsos e tornozelos. Ela virou-se para o algoz, ignorando toda a dor dos ferimentos novos e antigos, cerrou os dentes e lhe lançou um olhar de raiva.

— Eu vou acabar com sua raça!

Darius descruzou os braços e respondeu:

Capítulo 13

– Primeiro você precisa sair dessa poltrona. O que acho pouco provável.

Virando-se mais uma vez para o adorno sobre a lareira, Darius pegou a outra jarra, até o momento intocada, e encheu um copo com o líquido viscoso e avermelhado. Voltando-se para Larissa, ele caminhou muito calmamente ao seu encontro.

– Mas fique tranquila – Darius falou, sorrindo. – Eu não me esqueci de você.

O jogo, dessa vez, era outro. Darius não daria a oportunidade de Larissa tentar beber o conteúdo do copo. Ela teria de beber. Puxando a cabeça dela para trás pelos cabelos, Darius levou a borda do copo até a boca da mulher. A jovem se debateu, girando a cabeça de um lado para o outro; os lábios bem apertados, recusando o líquido avermelhado e espesso.

– Não, não... – balbuciava entre um movimento de cabeça e outro.

Não conseguiu, porém, resistir por muito tempo. Agarrando-a com mais força pelos cabelos, a cabeça levantada, Darius pressionou o copo na boca de Larissa e virou. Uma parte do líquido escorreu pela lateral de sua boca até o pescoço, manchando sua pele de vermelho. O maior volume, no entanto, desceu pela garganta dela. O gosto era horrível. Engasgou-se e tentou cuspir tudo, em vão. Pela primeira vez em sua vida, ela estava bebendo sangue.

Quando virou todo o conteúdo goela abaixo, Darius jogou o copo longe, quebrando-o ao bater contra o chão. Mas não soltou os cabelos de Larissa. Pelo contrário, ele a agarrou pelo queixo com a mão livre, mantendo a cabeça da mulher erguida por mais tempo, uma maneira de garantir que ela engoliria tudo. Quando todo o sangue desceu por sua garganta, Larissa tossiu. A ânsia se abateu sobre ela. Depois o refluxo. Por fim, o vômito. Como sua cabeça continuava levantada contra a vontade, Larissa agora se engasgava com o próprio regurgito.

O vômito subia e descia, e ela não conseguia respirar. Seus braços e pernas, até o momento lutando contra as amarras, já não se mexiam com tanta ferocidade. Larissa estava próxima de perder os sentidos. *Engasgada com o próprio vômito*, ela pensou. *Nunca achei que minha vida chegaria ao fim dessa maneira.*

Porém, não chegaria.

Quando ela estava quase perdendo os sentidos, uma voz poderosa irrompeu pelo salão:

— É assim que você trata seus convidados de honra?

A porta por onde Darius havia entrado se abriu, e uma figura vestida com um fino robe vermelho adentrou a sala. Em sua mão, havia uma taça dourada com um líquido vermelho, docemente saboreado pelo homem que a segurava. Vendo-o aproximar-se, cada passo impondo ainda mais autoridade, o vampiro soltou Larissa e fez uma suave mesura:

— Erick.

Atrás das formalidades vampirescas, Larissa se virou de lado e vomitou. O chão de pedra clara ao redor da poltrona manchou-se de vermelho em poucos segundos. Darius olhou incomodado para a sujeira, disposto a repreender a jovem por isso. Somente não o fez por causa da presença de seu mestre. Ele sabia muito bem que Erick era contra violência desnecessária. Seus planos, em sua maioria eficientes, sempre abordavam a praticidade e o mínimo derramamento de sangue possível. Em outras palavras: gostava de mexer com a cabeça das pessoas e colocá-las para trabalhar para ele, fossem vampiras, humanas ou qualquer outro ser demoníaco.

— Você sabe que eu não aprovo esses seus métodos, Darius — Erick respondeu, colocando toda sua autoridade nas palavras.

— Mesmo assim, sou seu melhor homem — Darius o desafiou, valorizando-se.

Erick aproximou-se sem demonstrar ter se abalado com a resposta incisiva do vampiro, bateu de leve em seu ombro e lhe respondeu:

— Isso é verdade, meu amigo. Isso é verdade.

Afastando-se do vampiro, Erick bebeu o restante do sangue em sua taça e a colocou sobre a bandeja. Virou-se para as duas jovens e as cumprimentou com educação:

— Larissa. Faz tempo que não a vejo. Como tem passado?

Tentando se recompor depois de tudo o que passara nas mãos de Darius, Larissa respondeu, agressiva:

— Seu psicopata! Como acha que tenho passado?

Os dois vampiros riram. Eles gostavam quando suas vítimas lhes respondiam à altura. No momento em que se agachou na frente de Larissa, Erick passou os olhos de cima a baixo na garota, verificando seu estado.

— Bem, eu acho — respondeu, mantendo o sorriso no rosto.

Capítulo 13

Irritada, Larissa remexeu-se na poltrona, tentando se livrar. Seus movimentos, no entanto, somente foram suficientes para machucá-la ainda mais nos pulsos e tornozelos. Ignorando-a, Erick virou o rosto para o lado, pousando seus olhos em Jéssica:

– E você deve ser Jéssica. Estava ansioso para conhecê-la.

– Deixe-a em paz! – berrou Larissa, ainda tentando se soltar.

Erick levantou-se e aproximou-se de Jéssica. Ao parar em frente a ela, esticou-lhe a mão, como se fosse cumprimentá-la. Ao mesmo tempo, falou:

– É um prazer conhecê-la.

O vampiro sabia muito bem que ela estava amarrada e que nunca poderia responder ao gesto. Aquilo fazia parte de mais um jogo psicológico. Um jogo em que ele não aceitaria ser ignorado. Para não ficar no vácuo, Erick envolveu a mão ferida dela com as suas, afundando ainda mais os cacos de vidro. Um grito de dor escapou de Jéssica enquanto mais sangue escorria até o chão.

Erick soltou a mão dela e falou, sorridente:

– Vou considerar seu grito como uma resposta educada ao meu cumprimento.

Sem ter terminado com Jéssica, Erick contornou com passos lentos a poltrona onde ela estava amarrada; a ponta de seus dedos acariciavam sua pele conforme ascendia na direção de um dos ombros. O vampiro parou atrás dela, agarrou seus cabelos e puxou sua cabeça para o lado com extrema violência, expondo as marcas no pescoço, onde ela havia sido mordida por Darius. A expressão pacífica de Erick se transformou. Seus olhos ficaram vermelhos. Suas presas refletiram a luz bruxuleante da lareira.

– Senhor, acho que não deveria... – Darius se adiantou para alertar seu mestre.

Ao levantar o olhar ameaçador na direção de Darius, Erick respondeu:

– Eu senti o cheiro da magia colocada sobre ela muito antes de entrar nesta sala. Não é a primeira vez que me deparo com alguém assim. Eu sei muito bem o que estou fazendo.

Erick encostou os lábios no ouvido de uma Jéssica assustada e falou:

– Alguém deve gostar muito de você para te agraciar com um feitiço de proteção.

No momento em que passou o olhar pelas marcas de mordida no pescoço dela antes de encarar Darius, ele continuou:

– Mas, pelo jeito, você não sabia. Compartilho sua dor em ter descoberto isso da pior maneira.

Erick voltou-se para o pescoço exposto, abriu bem a boca e aproximou suas presas da jugular da vítima; seu olhar era fixo em Larissa se remexendo na poltrona, tentando se livrar das amarras. Para a felicidade dela, lentamente, uma de suas mãos escorregava sob a corda, libertando-se aos poucos. Com os dentes cerrados, tentando ignorar a dor da fricção da pele contra a amarra, ela continuou puxando. Faltava pouco para se libertar. Seu próximo passo seria sacar uma faca de seu cinto e arremessá-la na direção do vampiro prestes a morder Jéssica.

Sua felicidade, no entanto, durou pouco. Ao perceber o que estava acontecendo, Darius encurtou a distância até Larissa, sacando uma faca da bainha em seu cinto. A lâmina reluziu as labaredas da lareira, por alguns segundos, antes de atravessar a mão dela e se cravar no braço de madeira da poltrona, prendendo-a novamente. Seu grito ecoou pela sala enquanto ela se jogava para trás, fechando os olhos de tanta dor.

Não se contentando com o pouco sofrimento que causara a ela, Darius agarrou-a com uma das mãos pelos cabelos. Colocou seus dedos ao redor do queixo dela e forçou sua cabeça na direção de Erick e Jéssica. Agachando-se ao lado dela, ele falou em seu ouvido:

– Quero tanto que você veja isso!

Larissa lançou um olhar suplicante a Erick e implorou:

– Ela não tem nada a ver com isso. Deixe-a em paz, por favor.

Ignorando-a, ele aproximou ainda mais suas presas da jugular de Jéssica. As pontas afiadas tocaram de leve a pele, perfurando apenas o suficiente para dois filetes de sangue escorrerem. A jovem deixou escapar um gemido de dor. Seu corpo todo estremeceu. Mesmo assim, tanto fazia ser mordida de novo ou não. Por mais que não quisesse se transformar em uma daquelas criaturas da noite, ela sabia que em breve seria uma delas, independentemente do que Erick fizesse. A mordida de Darius seria suficiente para dar conta do recado.

– Não, por favor, não – Larissa continuou implorando.

Capítulo 13

Pela primeira vez em toda sua vida, Larissa deixava de lado o treinamento para controlar suas emoções e se entregava. Lágrimas escorriam de seus olhos. Era a primeira vez que ela chorava em campo depois de tantas missões, fossem elas bem ou malsucedidas.

Em vez de Erick aprofundar ainda mais suas presas e sugar o sangue, ele aproximou os lábios e apenas beijou o pescoço de Jéssica, fazendo-a se arrepiar com um estranho prazer provocado por aquele toque sensual. Erguendo-se, com a expressão pacífica voltando a tomar conta de suas feições, o vampiro olhou para Darius e ordenou:

– Leve Larissa daqui. Cuide de seus ferimentos. Ela tem de estar recuperada para o evento que se aproxima.

Obedecendo ao mestre, Darius arrancou a faca da mão dela. O grito de Larissa mais uma vez ecoou pela sala. Usando a lâmina ensanguentada, o vampiro cortou as amarras de seus pulsos e tornozelos e a empurrou no chão, fazendo-a cair de bruços. Antes mesmo que ela pudesse reunir forças para se levantar e reagir, ele a agarrou pelos pés e a arrastou para a porta disposta na parede adjacente por onde entrara, levando-a para o corredor à direita do hall de entrada e, depois, para as escadas circulares de acesso às masmorras.

Larissa gritou e debateu-se enquanto era arrastada, em vão. Em seu rosto, o desespero pelo desconhecido que a aguardava. Mesmo após ter atravessado a porta para o corredor, seu grito ainda foi ouvido por algum tempo. Depois, silêncio.

Na sala, Erick tirou uma adaga da bainha no interior de seu robe e se aproximou de Jéssica pelas costas. Sob o olhar amedrontado da jovem, ele se encurvou e colocou a lâmina debaixo do queixo dela. Bastava um fraco movimento de mão para rasgar sua garganta. O sorriso em seus lábios era um contraste evidente com a indiferença em seu olhar. O vampiro adorava ter a vida das pessoas nas mãos e decidir quem morreria, quem sobreviveria e, para seu maior prazer, quem vagaria eternamente entre a vida e a morte.

– Eu poderia acabar agora com o seu sofrimento! – Erick falou, com seu tom de voz carregado de um estranho prazer.

Mantendo o olhar fixo na amedrontada Jéssica, o vampiro deslizou a ponta da adaga por um dos ombros e depois pelo braço, fazendo pressão suficiente apenas para arranhar a pele, sem a perfurar. Terminou seu movimento gentil quando a lâmina quase tocava nas cordas que a prendiam.

— Mas que graça isso teria se acabasse logo?

O sorriso de Erick se abriu ainda mais quando pressionou com um pouco mais de força a lateral da lâmina contra o pulso de Jéssica. Com seus lábios colados no ouvido dela, sussurrou:

— Talvez eu comece pela mão!

Jéssica fechou os olhos, cerrou os dentes e se remexeu na poltrona. Por um lado, juntava suas últimas energias para se livrar do evidente destino. Por outro, esperava sentir uma dor forte quando sua mão fosse decepada. Não sentiu, no entanto, nenhuma dor. Pelo contrário, seu membro estava livre.

Depois de cortar as cordas que prendiam o outro braço e os pés de Jéssica, Erick guardou a adaga na bainha sob seu robe e gentilmente estendeu a mão para ela.

— Felizmente para você, querida Jéssica, tenho planos mais doces.

Ao abrir os olhos, com sua expressão oscilando entre o medo e a dúvida, ela estendeu a mão boa na direção dele e levantou-se. Deixando-se levar por um sorriso sedutor e por um toque carinhoso e genuíno, que lhe envolvia os ombros, Jéssica caminhou ao lado dele. Por mais que parecesse estranho, ela não sentia mais temor nenhum daquela figura. Parecia, depois de tudo o que havia passado, que Erick, apesar de ser um vampiro, só queria seu bem.

— Mas, primeiro, temos de cuidar desse seu estado deplorável — Erick completou e a conduziu para fora da sala de estar, pela mesma porta que, pouco antes, Darius e Larissa haviam cruzado.

14

Darius arrastou Larissa de bruços pelo chão de pedra em direção à porta no final do corredor. Apesar de ferida, ela o chutava, tentando se livrar de seu agressor. Quando conseguiu um ínfimo momento de liberdade, Larissa buscou uma das facas de arremesso no cinto. Ao girar o tronco, ela se preparou para lançar a lâmina na direção dele. Para sua surpresa, o vampiro foi mais rápido e, virando-se, segurou-a pelo pulso. Ao desarmá-la, ele arrancou o cinto dela com violência e o colocou sobre seu ombro esquerdo, lhe tirando a última oportunidade de defesa.

No final do corredor, Darius abriu a porta, revelando uma estreita escadaria circular, que levava para o nível inferior mal iluminado. Agarrou Larissa pelas alças da blusa regata e a jogou escada abaixo. O som de seu corpo rolando pelos degraus de metal ecoou pelo emaranhado de túneis abaixo, em meio a alguns gemidos de dor. Por pura sorte, ela não fraturou nenhum osso. Seu corpo, no entanto, estava coberto de hematomas quando caiu de costas contra a terra batida. Sangue escorria de cortes não tão superficiais quanto pareciam ser.

Diferentemente da escadaria, os túneis inferiores estavam iluminados por poucas tochas, distribuídas de forma irregular ao longo das paredes de pedra dos principais corredores, de modo a ter apenas pontos de claridade em meio a um universo de escuridão. Da mesma forma que nos andares superiores do castelo, baldes com combustíveis para manter as chamas acesas estavam espalhados pelo labirinto subterrâneo. Na parede do corredor de acesso à escadaria, janelas retangulares gradeadas deixavam entrar nesgas da luz matinal, iluminando-o um pouco mais do que o restante das masmorras.

– Vamos, Larissa, levante-se! – Ela buscou se encorajar, mesmo com o corpo todo dolorido.

Livre das mãos de seu algoz, Larissa levantou-se com dificuldade enquanto Darius descia as escadas com proposital lentidão, dando a ela uma pequena vantagem. Arqueada para a frente, a mão esquerda atravessada sobre a barriga enquanto a direita se apoiava contra a parede, mancou pelo corredor, tentando ao máximo se afastar do vampiro. Quando Darius chegou ao piso inferior, a jovem já havia mergulhado para o interior da masmorra, serpenteando pelo meio das minúsculas celas de pedra, algumas delas mal iluminadas, às vezes até mergulhadas na escuridão, por não possuírem tochas acesas por perto. A maioria delas estava com as grades abertas, vazia. Em algumas, havia pessoas, presas há um tempo considerável, uma vez que estavam magrelas, com os ossos salientes, enfraquecidas e pálidas por terem passado meses sem comer, ver a luz do sol e, quem sabe, até beber alguma coisa. Em outras, ainda, parecia que os prisioneiros estavam mortos. O odor concentrado no ambiente mal arejado, uma mistura de cadáveres em putrefação, urina e fezes, deixou Larissa nauseada. Nem mesmo as pequenas janelas altas gradeadas das celas das extremidades do complexo, por onde o sol adentrava, eram capazes de circular o ar fétido da masmorra.

Darius caminhou pelos mesmos corredores por onde Larissa passara, seguindo dois rastros principais: as pegadas marcadas na terra batida e o odor de sangue, que, para um vampiro, se sobressaía sobre os outros cheiros. Com as vantagens de conhecer o lugar como a palma de sua mão e de não estar ferido, Darius encurtava a distância até sua vítima em fuga divertida. Se ela não fizesse alguma coisa logo, em breve estaria novamente nas mãos do vampiro.

Caminhando com dificuldade, Larissa deixou o corredor em que estava ao virar à esquerda em uma das inúmeras bifurcações, ao mesmo tempo em que o vampiro entrava nele, a não mais que vinte

Capítulo 14

metros dela. Ela podia estar ferida e com dificuldade de locomoção, mas seu cérebro ainda funcionava com a mesma agilidade e competência de sempre. Formando um plano rápido, Larissa caminhou pelos corredores como se estivesse perdida e andasse em círculos, deixando marcas de sangue em alguns pontos estratégicos das paredes. Sua ideia consistia em gerar um rastro confuso, que o faria perder a referência de sua presa.

Divertindo-se com a caçada, a risada do vampiro ecoava pelos corredores estreitos, ora parecendo vir de algum ponto atrás dela, ora parecendo que estava aguardando nas sombras adiante, dentro de alguma cela aberta. Em alguns momentos, Larissa chegou a ver sombras alongadas de Darius em corredores adjacentes, conforme ele passava por alguma tocha. Apesar de temerosa, ela não desistiu. Quando completou a volta, não sabendo mais onde seu perseguidor estava, ela mergulhou para dentro da escuridão de uma das celas abertas, fechou os olhos e se concentrou em controlar a respiração. Imediatamente, o ritmo de seus batimentos cardíacos diminuiu. Depois de uma fuga alucinante, o silêncio voltava a reinar no labirinto subterrâneo.

Larissa se concentrou somente no som dos passos de Darius e, então, conseguiu saber a distância aproximada dele. O vampiro seguia suas marcas de sangue, andando em círculos pelos corredores, procurando por ela. Ao perceber ter sido enganado, o sorriso sumiu de seus lábios. A diversão havia acabado. Ele havia perdido o rastro dela. Um rosnado de fúria escapou de sua garganta enquanto andava pelos túneis.

– Larissa! Larissa! – ele a chamava. – Onde você está?

Ela não respondeu. Apenas manteve os olhos fechados, concentrada no som dos passos do vampiro, aguardando na escuridão.

Quando o som dos passos de Darius desapareceu, ela abriu os olhos. Para sua surpresa, ele havia parado bem em frente à cela, mirando a escuridão que a acobertava. Assustada, ela prendeu a respiração, esperando que ele não tivesse percebido sua presença ali. Sua vida dependia de que seu algoz seguisse seu caminho pelo corredor, qualquer que fosse o lado.

Para seu alívio, o vampiro seguiu em frente. A primeira parte do plano de Larissa havia sido um sucesso. Estava na hora de colocar em andamento a segunda fase, mais arriscada. Ignorando a dor, ela saiu o mais rápido que pôde das sombras. Agachando-se, pegou com as duas mãos o balde encostado contra uma das paredes do corredor.

– Ei! – chamou o vampiro pelas costas. – Procurando por mim?

Darius virou-se a tempo de receber um banho de combustível. Largando o balde, Larissa correu para longe dele, em direção ao corredor iluminado mais próximo. Com um grito de ódio, o vampiro se pôs a persegui-la pelo emaranhado de túneis. Quando entrou para a direita em uma encruzilhada, onde sua vítima havia virado, ele se deparou com a jovem parada no meio do caminho, segurando uma das tochas acesas na mão.

– Vai fogo aí? – ela perguntou.

Darius soltou um grito de ódio e correu em sua direção no momento em que a tocha acesa foi arremessada contra ele. O encontro do fogo com seu corpo coberto de combustível não foi agradável para o vampiro. Em questão de segundos, ele irrompeu em chamas. O cheiro desagradável de pele queimando se dispersou pelos túneis, carregando junto os gritos agoniantes de Darius.

– Eu vou matar você! – Darius gritou em meio às chamas, agitando os braços no ar e avançando contra ela.

Larissa ficou surpresa com o fato de o vampiro não se entregar facilmente. Apesar da dor em todo o corpo, ela girou no próprio eixo e levantou o pé, chutando-o no peito. Desequilibrado pelo golpe, ele caiu de costas dentro de uma das celas abertas, onde ficou se debatendo contra a terra.

Larissa aproximou-se da entrada da cela e fechou seus dedos ao redor de uma das barras da grade de ferro. Olhando para o vampiro se debatendo, ela o desafiou:

– Fim da linha para você! – E bateu a grade com violência, trancando-o para dentro.

Larissa havia vencido uma batalha importante nos túneis subterrâneos, mas ainda não havia acabado. Precisava sair dali. Caminhando pelos corredores semelhantes, ela mesma acabou se perdendo e começou a andar em círculos. A cada curva, a cada volta, a preocupação aumentava. Ela sabia que logo Darius iria se regenerar do fogo e voltaria a persegui-la. Seu tempo se esvaía muito mais rápido do que havia imaginado. Se não encontrasse as escadas logo...

Capítulo 14

No momento em que dobrou mais uma esquina no labirinto, ela sorriu. A escadaria circular estava bem à sua frente, seus primeiros degraus iluminados pelas tochas do corredor. Ela finalmente encontrara a saída. Ao acelerar o passo o máximo que podia, Larissa se dirigiu a ela. Faltava pouco agora. Seu próximo ato seria resgatar Jéssica. Depois, ela iria se esgueirar pelo castelo para coletar informações, mesmo que isso significasse ir de encontro ao plano original de lançar o sinal para a sua equipe, postada na floresta ao redor. Ela precisava saber que evento era aquele de que Erick falara. Parecia ser algo grandioso. Se realmente fosse, ela, por si só, alteraria o objetivo da missão, atrasando ao máximo o envio do alerta para garantir resultados melhores. Mesmo assim, Larissa teria de ser rápida. Havia um limite de tempo para a emissão do sinal e, se ela não o fizesse até o vencimento desse prazo, seus colegas invadiriam o local.

Mas, primeiro, ela teria de chegar à escadaria.

Para sua infelicidade, um vampiro todo queimado, se regenerando, surgiu de um dos corredores adjacentes bem à sua frente e a agarrou pelo pescoço. Imediatamente, ela sentiu a pele ao redor do aperto arder, como se também queimasse, enquanto era levantada no ar. Seus pés se debatiam. Um rosto enegrecido aproximou-se de sua face. A arcada dentária estava toda exposta, por mais que os dentes estivessem cerrados. Os olhos fundos a fulminavam, transparecendo a raiva que Darius sentia naquele momento.

– Vou me deliciar muito quando Erick me der permissão de matar você! – Darius falou entre dentes, com sua voz soando estranha.

Com muita força, ele jogou Larissa de costas contra a grade de uma das inúmeras celas cujas portas estavam fechadas. O barulho de seu corpo batendo contra o metal ecoou pelo corredor antes de a passagem se abrir e ela cair de joelhos no chão. De quatro, Larissa massageou a garganta, tentando aliviar a dor do aperto e a ardência da queimadura. Ao mesmo tempo, tossia. A batalha não havia se encerrado, como ela havia previsto. O jogo, até o momento favorável a ela, havia dado uma guinada brusca. Agora, era ela quem estava em desvantagem. Agindo por instinto, levou a mão à cintura, procurando uma das facas que sempre carregava. Sem encontrá-las, lembrou-se de que Darius havia retirado seu cinto durante o combate no andar superior.

— Merda! — praguejou ela. As coisas não poderiam ficar piores.
Larissa olhou ao redor à procura de algo com que pudesse se defender. Para sua infelicidade, não havia nada para usar como arma. Teria de lutar com as mãos nuas.

Levantou-se com dificuldade, cambaleou por alguns segundos antes de recuperar seu equilíbrio e se colocar em posição de luta. Viu Darius se aproximando a passos velozes, então preparou o golpe. Quando ele chegou perto, ela o atacou. Primeiro foi um soco, depois um chute, ambos defendidos com agilidade impressionante para quem acabara de ser queimado vivo.

Com a mesma rapidez, Darius contra-atacou com dois socos. Larissa não os defendeu com seus punhos, pois não seria capaz de amortecer a força do impacto. Em vez disso, ela se abaixou. Antes que o vampiro pudesse refazer a guarda, Larissa atacou com os membros com que mais se sentia confortável para lutar: as pernas. Subindo uma delas com incrível velocidade para quem também estava ferida, ela desferiu uma série de golpes, a maioria defendido por seu inimigo. Somente o último, um giro com chute na altura do estômago, atravessou a guarda e o jogou de costas contra a parede, abaixo de uma das altas janelas.

Ao terminar o movimento de frente para ele, com os punhos levantados na posição defensiva, Larissa aproveitou a oportunidade de Darius estar encurralado contra a parede — uma séria desvantagem para um combate corporal — e atacou. Para sua surpresa, ele defendeu o golpe, agarrando sua perna com a mão cruzada. Com movimentos rápidos para o seu tamanho, Darius deu uma cotovelada na coxa de Larissa. O grito de dor da jovem ecoou pelos corredores. O vampiro aproveitou-se do momento para entrelaçar a perna de apoio dela com a sua e a empurrar com força pelo peito.

Larissa tropeçou na perna do vampiro e cambaleou para trás, tentando recuperar seu equilíbrio. Caiu de costas no chão, mas usou todo seu instinto adquirido em treinamento para virar uma cambalhota e terminar seu movimento agachada; o tronco ereto, o joelho esquerdo flexionado e a perna direita esticada para o lado. Com as mãos espalmadas no chão entre suas duas pernas, ela estava pronta para dar impulso e partir para um novo ataque contra o inimigo à frente.

Capítulo 14

E assim o fez, ganhando velocidade: o punho cerrado para desferir um forte soco. Porém, não chegou a completar o ataque. No meio do caminho, uma grade de metal surgiu; o som estridente dela se batendo contra o fecho e sendo trancada pelo vampiro ecoou pela masmorra. Larissa não havia percebido, mas, ao virar a cambalhota de costas, sem querer adentrara em uma das celas.

Larissa deteve seu ataque a tempo de se chocar contra a grade, deixando um rastro no chão de terra enquanto seus pés deslizavam, freando. Um grito de ódio lhe escapou. Ela estava presa. À frente dela, surgiu o rosto do vampiro, já terminando de se regenerar. Ele sorria.

– Fim da linha para você – ele calmamente repetiu a frase de Larissa, de alguns minutos atrás, saboreando cada palavra que saía de sua boca.

Dito isso, Darius afastou-se, deixando para trás uma Larissa gritando por seu nome e chacoalhando a grade com violência na tentativa de se livrar. Por mais que Erick tivesse exigido que seus ferimentos fossem cuidados para um evento que se aproximava, Larissa desconfiava que fora abandonada ali. Acreditava que isso também acontecera com os outros presos que vira ao longo de sua excursão apressada pelos corredores da carceragem.

Ela suspeitava que fora deixada ali para morrer.

15

— Peço desculpas pelo comportamento de Darius – Erick falou enquanto conduzia Jéssica em direção ao corredor que levava às escadas para o nível superior. – Ele às vezes exagera na interpretação de minhas ordens.

Jéssica, caminhando ao lado dele, apenas afirmou com a cabeça. Um conflito se passava em sua mente. Primeiro, fora torturada por Darius. Depois, salva por Erick, um homem que, apesar de também ter lhe causado dor, parecia ser um lorde, educado. E que, por mais que tentasse negar, parecia preocupado com seu bem-estar. Jéssica queria acreditar que havia algo muito errado ali, mas bastava seu anfitrião abrir a boca para que se deixasse levar pelas doces palavras que lhe escapavam:

— Mas agora tudo acabou. Você está sob meus cuidados. Nada de mau irá acontecer com você.

Depois de tudo o que passara, Jéssica ansiava por ser tratada assim. Apesar de se sentir bem e querer acreditar nas palavras de Erick, quase como um transe, algo a incomodava, instigando-a a manter-se em alerta:

— O que é você, afinal? Um bom samaritano à procura da redenção final?

Erick riu. Ele nunca ouvira alguém dizer algo do tipo sobre ele. Escolhendo suas palavras com cuidado, no intuito de ganhar a confiança dela, sem dizer mais que o necessário, respondeu:

— Um dia, eu já fui isso. Um dia, eu encontrei minha redenção final, como diz. Agora, eu só desfruto de todo o bem-estar que a vida eterna me proporciona.

— Como vampiro? — A pergunta de Jéssica foi direta. Antes mesmo que ele pudesse demonstrar sua surpresa ou responder, ela indagou:

— Não vejo como a vida eterna possa ser valiosa quando se perde o direito de caminhar livremente. De que vale a riqueza material ou o poder se, para isso, você perde sua alma e deixa de ser quem realmente é? Não creio que você já tenha alcançado tudo o que almejava.

Erick riu ainda mais alto. Seu riso ecoava pelo corredor à medida que alcançavam a porta que levava de volta ao hall. Ele estava simpatizando com Jéssica. Gostava da forma dela de pensar e falar.

Ele abriu a porta do final do corredor e conduziu Jéssica ao hall, seguindo-a logo depois. Quando a passagem se fechou às suas costas, ele parou à frente dela. Segurando-a pelos braços com delicadeza, respondeu:

— Eu tenho, sim, minhas ambições. Ser um vampiro foi só o primeiro passo para começar a alcançá-las.

Erick olhou-a nos olhos com ternura e compaixão e passou a mão pelos cabelos sujos dela. Depois, pelo rosto, terminando no pescoço. Deslizando os dedos em círculos ao redor das feridas de mordida, ele continuou:

— Eu posso te dar tudo isso, se quiser.

— Não precisa se preocupar. Por mais que não queira, em breve vou me transformar em uma de vocês — Jéssica respondeu, não escondendo em sua voz o leve preconceito e decepção ao terminar a frase.

Erick abriu um sorriso, demonstrando a mesma ternura de seu toque, e perguntou:

— É nisso que acredita? Que você será uma de nós somente por ter sido mordida?

— Sim — Jéssica respondeu.

A pergunta de Erick havia, no entanto, plantado uma semente de dúvida. Uma semente que germinou logo. Com um novo questionamento se formando, Jéssica o extravasou:

— Não é assim que funciona?

Capítulo 15

Erick riu mais uma vez. Envolvendo-a novamente pelos ombros, ele a conduziu para a outra porta do hall, que os levaria para a outra metade do corredor e, ao fim dele, à escadaria de acesso ao segundo piso. Enquanto atravessavam o pequeno arco de pedra, ele a olhou de lado e lhe respondeu a pergunta:

– É muito mais complexo do que isso. – Seu tom de voz trazia uma mistura de mistério e ressentimento.

Sentindo a explosão de felicidade em seu íntimo, Jéssica se desvencilhou do braço que envolvia seus ombros. Colocou-se de frente para o vampiro, fazendo-o parar. Com um olhar penetrante e um enorme sorriso no rosto, perguntou:

– Quer dizer que não vou me transformar em uma de vocês?

Erick suspirou, decepcionado. Inclinando o rosto para baixo, ele olhou para suas mãos. Odiava confessar, mas Jéssica tinha razão. Se ele quisesse a confiança dela, independentemente de qualquer coisa, deveria dizer a verdade. Ao buscar mais uma vez o olhar alegre de Jéssica, brilhando de esperança, porém um pouco apreensivo com a resposta vindoura, o vampiro lhe respondeu:

– Não, minha cara, não vai!

Jéssica encheu-se ainda mais de alegria, extravasando-a em pulos típicos de adolescentes. Em meio ao seu êxtase, ela nem sequer percebeu que a frase ficara incompleta. Erick, no entanto, não deixou isso passar impune em seus pensamentos: *a não ser que você escolha se transformar em uma de nós!*

Fingindo seus próprios sentimentos, Erick compartilhou com Jéssica sua alegria. Pela primeira vez desde o início de todo o terror, na noite anterior, ela começou a tagarelar, não o deixando se expressar, enquanto atravessavam mais uma porta e subiam a escadaria metálica circular para o segundo nível do castelo. Quando irromperam no longo corredor iluminado pela parca claridade que adentrava as pequenas janelas no alto, ou vinha das tochas espalhadas ao longo de sua extensão, Erick a conduziu em silêncio, deixando-a falar:

– Eu devo ser chata, falando ininterruptamente desse jeito.

– Não, minha querida! – Erick respondeu, esboçando um sorriso.

O vampiro adotou uma expressão séria enquanto caminhavam pelo corredor principal, passando em frente a algumas pequenas portas de madeira fechadas, intercaladas por outros corredores, onde mais portas de madeira levavam a aposentos antes de terminar em enormes portas duplas de madeira, que levavam ao terraço inferior.

– Tenho dó de você – ele continuou. – Ontem você vivia sua patética vida na pacata cidade de Cafelândia. Hoje, você está no meio de uma guerra entre o bem e o mal. Infelizmente, mais cedo ou mais tarde, você terá de escolher um lado.

– E vocês estão do lado do bem, devo supor, apesar de serem vampiros? – disse, adotando o mesmo tom sério.

– Bem ou mal são palavras superficiais, criadas propositalmente para esconder toda uma verdade, sutilmente introduzidas em culturas com base nas histórias contadas pelo lado vencedor.

– Que verdade seria essa? – Jéssica perguntou, olhando-o pelo canto dos olhos.

– A de que "há mais mistérios entre o céu e a terra do que sonha a nossa vã filosofia".

– Que mistérios seriam esses? – perguntou Jéssica, tendo a curiosidade despertada pelas palavras de Erick.

– Isso, minha querida, você terá de descobrir por si só – Erick respondeu.

Ele sabia muito bem que, se desse toda a informação, suas palavras poderiam ter o efeito contrário ao que desejava. Jéssica precisava descobrir por conta própria, sem indução direta de ninguém. Isso não o impediria, no entanto, de lançar pequenas doses de informação para despertar a curiosidade dela e, assim, conduzi-la para onde queria, mas de forma tão sutil a ponto de parecer à jovem que ela mesma teria chegado a tais conclusões e, consequentemente, à escolha imperceptível imposta pelo vampiro. Jéssica acharia que fizera a escolha por livre-arbítrio, quando, na verdade, fora induzida a tal alternativa.

No entanto, Jéssica mantinha-se na defensiva. Em meio a dúvidas sobre "como alguém que tortura pessoas pode estar do lado do bem?" e sua réplica, "será que a tortura pela qual Larissa e eu passamos não é justificável quando duas forças opostas estão em conflito?", ela não sabia no que acreditar. Se fosse isso mesmo, ela se sentia feliz por ter passado no teste enquanto a loira não. *Mas será que Larissa realmente estava do lado errado? Ela me salvou na estrada, apenas algumas horas atrás. Alertou-me para não entrar no jogo deles. Por que ela agiria assim se, no fim das contas, não desejasse meu bem?*

Capítulo 15

Será que sou eu quem está adentrando cada vez mais no covil do inimigo, enquanto Larissa só lutava pela paz e pela justiça? – pensou.

Sem saber no que acreditar e qual partido tomar, ela resolveu testar seu anfitrião:

– Se eu escolher o outro lado, ou quem sabe até me abster de decidir qualquer coisa, eu posso ir embora?

Erick sabia exatamente aonde ela queria chegar e estava preparado para isso:

– Olhe para você! Toda suja e ferida! Peço que pelo menos desfrute de minha hospedagem por esta noite. Tome um banho, deixe meus funcionários tratarem seus ferimentos, descanse. Se amanhã ainda desejar partir, não vou impedir.

Erick calou-se por alguns segundos, fazendo um suspense. Sabendo que ele ainda diria mais alguma coisa, Jéssica apenas aguardou, fitando-o. Depois de uma breve espera, ele lançou uma pergunta que a deixou ainda mais confusa:

– Você tem para onde ir?

Jéssica mordeu o lábio, pensativa. Não havia outro lugar para ir. Além disso, havia muita coisa desconhecida. Ela estava perdida entre duas visões conflitantes de uma verdade aparentemente única. Uma verdade que somente seria revelada se passasse a noite ali, como o anfitrião lhe havia sugerido. Se, num futuro próximo, ela fosse obrigada a escolher um lado, como Erick lhe havia dito, a informação seria crucial. Sem hesitar, ela perguntou, já deixando implícita sua escolha de momento:

– Quem é Larissa, afinal? O que vai acontecer com ela?

Erick sorriu, contente pela escolha dela. Era tudo o que ele queria. Parando em frente a uma porta, ele a indicou com a mão. Olhando para Jéssica ao mesmo tempo, respondeu:

– Essa é uma história para outro momento. Por enquanto, quero que conheça seu quarto. Espero que seja de seu agrado.

Erick abriu a porta do quarto, revelando um espaço amplo, com uma bela cama *king size* cercada por adornos de madeira entalhados à mão, que ascendiam de suas extremidades em pequenas colunas até o teto. Deles pendiam cortinados de seda, amarrados em elegantes laços bem-feitos. Sobre a cama, os mais finos lençóis cobriam o confortável colchão. Ao redor, uma bela penteadeira com um enorme espelho, repleta de adornos femininos sobre o tampo de mármore. Junto dela, havia uma escrivaninha. Mais ao lado, um armário com gavetas acondicionava roupas chiques, para momentos de gala, e roupas comuns, para o dia a dia. Um lustre antigo e caríssimo pendia do teto por meio de grossas correntes, com suas luzes apagadas, uma vez que todo o quarto estava iluminado pela claridade do sol, que adentrava pelas portas duplas de vidro com acesso à varanda inferior do castelo. De cada lado dessas portas, grossas cortinas escuras estavam amarradas por delicadas fitas claras, combinando com a decoração.

Jéssica ficou deslumbrada com toda a riqueza e o conforto do lugar. Aquilo tudo era, no entanto, supérfluo para ela. Tudo o que ela queria era um bom banho quente, livrar-se daquela fuligem grudada em seu corpo e um pouco de sono, além de ser bem tratada. Para sua felicidade, ela poderia encontrar tudo isso naquele quarto graças a Erick.

Jéssica entrou no quarto e caminhou até a porta de vidro, por onde olhou para a bela varanda com vista para a floresta ao redor de todo o castelo. Fechou os olhos por alguns segundos e deixou a luz do sol banhar seu corpo. Depois da última noite, ela achara que nunca mais veria aquele brilho. Estava feliz em poder sentir sua pele se aquecer na claridade matinal. Virando-se para seu anfitrião, ela lhe estendeu o braço, a palma virada para cima, como se procurasse pelo toque carinhoso da mão do vampiro, e o convidou:

— Por que não entra? — Havia em seu tom de voz uma mistura de agradecimento e desafio.

Erick percebeu a jogada dela e se manteve estático à porta do quarto, parcialmente nas sombras. Abrindo um sorriso alegre, capaz de esconder toda a sua desconfiança sobre o motivo de tê-lo convidado a entrar, ele respondeu:

— Agradeço o convite, mas tenho assuntos urgentes para resolver.

— Espero que não seja por causa da luz do sol? — desafiou-o, encarando-o, enquanto se aproximava a passos lentos dele, o braço ainda estendido.

A pergunta era retórica. Jéssica sabia muito bem que se tratava disso. Fazendo valer seu ponto de vista anterior, ela gesticulou de modo a mostrar todo seu corpo, tentando adotar uma postura sensual ao continuar:

— Viu? Não dá para alcançar tudo o que deseja.

Capítulo 15

Erick adentrou o quarto o máximo possível e parou onde as sombras terminavam. Olhando na direção da jovem com o braço estendido, ele respondeu:

– E quem disse que você faz parte das minhas ambições?

Desapontada com a resposta à altura de sua provocação, Jéssica deixou a sensualidade de lado e mudou de assunto:

– Quando você vai responder à minha pergunta sobre o destino de Larissa e o papel dela nisso tudo?

Erick abriu um sorriso e determinou o rumo da conversa:

– Primeiro, eu quero que tome um banho e se recomponha. Depois, alguém virá aqui para cuidar de seus ferimentos. É uma pessoa de minha total confiança, e, acredite, você ficará feliz em vê-la.

– Por quê? Eu a conheço? – Jéssica perguntou, curiosa, aproximando-se mais um pouco de Erick.

O vampiro preferiu deixar a jovem na expectativa, mas não ficou quieto. Retornando à pergunta anterior dela, respondeu:

– Posso contar tudo sobre Larissa hoje à noite. Que tal um jantar?

Jéssica foi pega de surpresa com mais uma mudança repentina de rumo na conversa, que terminou com o convite. *Depois de falar que não pertenço às suas ambições, ele está me convidando para jantar! Quem é esse Erick, afinal?* – pensou. Ela sabia, apesar de todas as tentativas de cativá-la, que não se tratava de alguém confiável. Recompondo-se depois de alguns segundos de hesitação, somente havia um jeito de descobrir:

– Aceito – respondeu.

16

Alexandre e seus dois comandados da missão em Cafelândia adentraram a floresta ao redor do castelo. Mancando, ele seguiu pela trilha entre árvores até o caminho se abrir para uma pequena clareira. No centro dela, alguns de seus agentes preparavam suas armas para o combate que estava por vir. Outros repassavam a estratégia para tomar o local em um esboço criado com pedras, folhas e montes de terra.

Quando o líder irrompeu na clareira, Ricardo Albertini, o agente encarregado do sítio e da invasão ao castelo, interrompeu sua explicação e o cumprimentou. Enquanto Andreas e Jennifer, apesar de seus ferimentos, misturavam-se ao restante da equipe para serem instruídos sobre a estratégia de invasão, Alexandre perguntou:

— Já temos o sinal?

— Ainda não – Ricardo se apressou em responder. – Até o momento, um helicóptero pousou no meio da propriedade e Darius levou Larissa e Jéssica para o interior do castelo. Depois disso, as grades desceram sobre a ponte levadiça. Não houve nenhuma outra movimentação até o momento. O lugar parece adormecido. Nem mesmo os vampiros de guarda sobre a muralha ou no alto da torre estão visíveis. Mas tenho certeza de que estão em seus postos, escondidos da luz do sol, monitorando tudo ao redor.

Alexandre ouviu com atenção, balançando a cabeça afirmativamente a cada informação relevante. Quando Ricardo terminou o relato, ele perguntou:

— E Erick?

— Provavelmente ainda está lá dentro. Desde quando iniciamos o monitoramento, há alguns dias, ele entrou no castelo e não saiu mais.

Sem dar tempo para seu superior tirar conclusões precipitadas, Ricardo continuou:

— Senhor, notificamos ao longo de nossa vigilância a chegada de diversos caminhões com suprimentos de todos os tipos, desde bolsas de sangue até carga humana viva. Se me permite expor minha opinião, tem algo muito grandioso perto de acontecer.

Alexandre concordou com Ricardo. Ele sabia que Erick não era de ficar muito tempo enfurnado em seu castelo. No máximo a cada duas noites, o vampiro deixava o local, voltando próximo do amanhecer. Se ele ainda não saíra, havia algo muito errado. Ou ele desconfiava ser monitorado, o que era pouco provável, considerando que sua equipe era eficiente em se camuflar e que Darius havia chegado com reféns, ou realmente estava tramando algo importante.

Tirando-o de seus pensamentos preocupados, Ricardo continuou a linha de raciocínio:

— Estamos montando um plano de contingência caso o sinal não seja emitido até o prazo limite.

— Perfeito! — respondeu Alexandre. — Mas não o coloque em prática sem minha autorização. Apenas continue monitorando. Vamos dar tempo para Larissa agir. Se algo grandioso estiver para acontecer, talvez ela opte por prolongar sua estada e nos proporcionar um resultado mais satisfatório de sua missão. Quem sabe até colocar um ponto-final nessa guerra.

Ricardo se sobressaltou. Um pensamento repentino o invadiu: *ou talvez ela nem esteja mais viva*. Ele não queria desconfiar da eficiência de Larissa, mas precisava estar preparado para tudo. Toda informação adicional seria de suma importância no momento decisivo.

— Mesmo se levar mais tempo do que o planejado? — perguntou Ricardo, precisando saber de tudo.

Capítulo 16

– Conversaremos sobre as possibilidades quando o prazo estiver acabando – respondeu Alexandre, olhando pelo meio das árvores para a não tão distante torre do castelo. – Por enquanto, vamos deixar Larissa agir – continuou, tirando o olhar da torre e voltando a encarar Ricardo.

Antes de encerrar o assunto, Alexandre deu mais uma ordem:

– Não sabemos o que está acontecendo lá dentro. Dependendo das circunstâncias, ela pode usar diversos meios para nos alertar. Mantenham os olhos bem abertos. Qualquer coisa pode ser o sinal de Larissa.

– Sim, senhor.

No momento em que olhou ao redor, Alexandre percebeu que um membro da Ordem ainda não havia se integrado à equipe. Voltando sua atenção para o agente encarregado, ele perguntou:

– E Yoto?

– Ainda não retornou.

Alexandre suspirou e bateu de leve algumas vezes no ombro de seu agente, dispensando-o para retornar a seus afazeres. Sozinho, caminhou pela clareira até uma árvore ao redor, onde se encostou de ombro, olhando novamente para a torre do castelo. Pegou o rádio. Chamou por Yoto algumas vezes, mas só recebeu estática como resposta. Havia algo de muito errado acontecendo com o japonês. Impossível descobrir o que era sem conversar com ele.

– Droga, moleque! – Alexandre falou para si mesmo, preocupado. – Onde você se meteu?

Alexandre chegou a considerar a possibilidade de enviar alguns membros de sua equipe para procurá-lo. No entanto, renunciar a bons agentes poderia prejudicar a missão quando chegasse a hora de invadir o castelo.

Nada poderia ser feito no momento. Para Alexandre, bastava esperar Yoto chegar.

17

Acreditando ter sido largada à própria sorte, insistir na conversa com o eco de seus gritos não a tiraria daquela cela. Larissa precisava agir. Ela começou a trabalhar, fazendo bom uso da luz solar que adentrava pela janela gradeada no alto e atravessava incólume por entre as grades da cela, iluminando todo o seu pequeno interior. Ali havia apenas uma frágil cama encostada contra uma das paredes de pedra e um buraco não tão fundo aberto no solo, onde o inquilino anterior havia deixado seus dejetos durante sua estada. Primeiro, tapando o nariz com as mãos, a jovem empurrou com os pés um pouco de terra solta do solo para dentro do buraco, esperando que abafasse o odor desagradável. Em seguida, agarrou duas das barras de metal que a prendiam e as forçou, tentando deslocá-las para o lado ou até soltá-las por completo da grade. Um grito escapou de sua boca enquanto fazia o esforço descomunal.

Nada, porém, aconteceu. Desistindo, as mãos ardentes e vermelhas, tamanha a força que fizera, Larissa partiu para uma segunda tática. Aproximou-se das dobradiças da grade e tentou soltar os pinos que a prendiam. Santa inocência! Quem havia construído aquelas celas havia pensado nessa possibilidade. Caminhando em círculos pelo pequeno espaço, sua mente trabalhava em outra forma de abrir a porta. Como não conseguia chegar a nenhuma solução, ela chutou a grade algumas vezes, mais para extravasar sua fúria do que qualquer outra coisa.

Quando reconheceu, a contragosto, que não havia maneira de sair de sua prisão, Larissa teria de partir para a possibilidade de atacar quando alguém, por qualquer motivo, abrisse a porta de sua cela ou, no mínimo, se aproximasse o suficiente dela. Para seu plano funcionar, ela precisaria improvisar uma arma. Uma olhada ao redor, no entanto, não revelou nada que ela pudesse usar ou transformar em uma ferramenta mortífera.

A não ser que...

Jogando o precário colchão de lado, Larissa sorriu ao ver o fraco estrado de metal. Aquilo serviria. Arrancando com facilidade uma das estreitas e finas chapas de sustentação da cama, ela se voltou para as grades que a aprisionavam e esticou o braço por entre elas. Do lado de fora, na parede bem ao lado da entrada da cela, havia uma tocha acesa. Colando seu rosto contra as barras de ferro, ela encostou o pedaço de metal na chama e aguardou. Quando sua mão se aqueceu a ponto de ficar quase impossível segurar o objeto, ela recolheu o braço e apoiou a ponta incandescente na grade, onde começou a fricioná-la. O ruído de metal contra metal ecoou pelo espaço. Larissa, no entanto, não se importava. Ninguém a ouviria. Se ouvissem, seria melhor ainda. Quando alguém finalmente descesse à masmorra para vê-la, ela esperava que sua estaca estivesse pronta.

Aquela arma improvisada seria sua fuga.

18

A água quente caindo forte sobre o corpo nu de Jéssica lhe trazia uma sensação maravilhosa. Sujeira negra de fuligem e sangue escorriam por seus membros e desapareciam no ralo. Os cacos de vidro enfincados em sua mão se tornavam evidentes conforme ela limpava as feridas. Com todo o cuidado, Jéssica retirou os pedaços que conseguiu, alguns acompanhados de um gemido de dor. O toque aconchegante do banho, no entanto, tornava o desconforto tolerável.

Seu corpo estava limpo, porém sua alma não. Lembranças pesarosas de momentos de terror não se esvaíam pelo ralo como a água suja e ensanguentada. Pelo contrário. A tranquilidade do momento lhe trazia dor e sofrimento pela morte da irmã, pelo medo que sentira na estrada e pelo desespero perante a tortura. Nem mesmo o alívio por descobrir que não se transformaria em vampiro era forte o suficiente para apagar tais sentimentos. Esticando os dois braços na parede à sua frente, abaixou a cabeça sob o jato de água e se pôs a chorar.

Jéssica não sabia quanto tempo havia ficado debaixo do chuveiro, perdida em suas próprias emoções destrutivas. Não tardou para sua pele ficar vermelha. A ponta de seus dedos se enrugou. A névoa do banho quente aos poucos espalhou-se pelo amplo banheiro, nublando tudo à sua volta, um contraste mortífero com as lembranças bem vívidas de morte, dor e sofrimento.

– Jéssica! Jéssica! – A voz familiar de alguém sussurrando seu nome alcançou seus ouvidos em meio ao som da água caindo sobre seu corpo.

Ela levantou a cabeça, assustada, e olhou ao redor, vendo somente vapor de água. Antes mesmo que pudesse tomar qualquer atitude, a mesma voz, mais uma vez, alcançou seus ouvidos:

– Por que me deixou cair daquela torre? Por que me abandonou? Por que não me salvou?

– Janaína... – Jéssica sussurrou; a lembrança vívida do corpo ensanguentado e deformado dela, sobre o chão da praça, se repetindo inúmeras vezes em sua mente.

Um vulto enegrecido e disforme, em meio à névoa e gotículas de água no boxe do chuveiro, apareceu onde Jéssica sabia ser a porta do amplo banheiro. Ele se aproximava muito devagar, relutante e temeroso, como se também não fosse capaz de enxergar um palmo à sua frente.

– Jéssica... – A voz de sua irmã novamente chegou aos seus ouvidos.

Desconfiando de sua própria mente lhe pregando peças, Jéssica abaixou a cabeça e bateu os punhos cerrados contra ela. Quando olhou de novo para a porta, aquele vulto continuava se aproximando, ainda disforme.

– Por que me deixou nas mãos de Darius? Por que me deixou para sofrer nas mãos dele? Você não sabe que ele vai me matar?

A voz acusadora não parecia mais ser de Janaína. O tom era diferente, muito parecido com o da jovem loira que a salvara na estrada e fora torturada ao seu lado. *Larissa*, ela ouvira seus captores dizerem. A imagem dela sendo arrastada para fora da sala começou a atormentar Jéssica.

– Eu tentei te salvar e você não fez nada para me ajudar! – A voz de Larissa estava carregada de um tom acusador.

– Eu não consegui. – Jéssica se percebeu sussurrando em meio ao pranto.

Com a sensação de culpa se fortalecendo, Jéssica agarrou seus cabelos molhados com força e os puxou para baixo. Ao levantar a cabeça ao mesmo tempo, ela gritou para o alto. Não podia mais

Capítulo 18

acreditar em sua própria mente. Todo o seu ser estava sendo destruído por dentro. Sua alma se fragmentava em minúsculos pedaços. Se continuasse assim, ela se perderia em seu próprio ser e nada poderia ser feito para trazê-la de volta.

– Jéssica! Jéssica! – Uma voz masculina a alcançou, carregada de autoridade e ódio.

Darius! – ela pensou. Soltando seus cabelos, Jéssica abaixou a cabeça e focou mais uma vez no vulto se aproximando. Ele havia adotado uma forma corpulenta em meio à névoa, muito parecida com a de seu torturador. *Darius está aqui dentro!* – Jéssica completou seu pensamento; a visita inesperada a assustou por um breve momento. *Deve ter voltado para terminar o serviço que Erick interrompeu.*

Jéssica, porém, não sentia mais medo. Ela sentia ódio. Uma vibração intensa a dominou, impulsionando-a a abrir com cautela a porta do boxe do chuveiro para não fazer barulho. Colocando um pé à frente do outro sobre o piso do banheiro, com o som de seus passos encoberto pela água que caía, Jéssica preparou-se para atacar o vampiro que retornara. *Dessa vez, eu vou acabar com a vida dele!* – pensou, os dentes cerrados.

– Jéssica... Jéssica... – A voz feminina lhe era muito familiar.

Jéssica já ouvira aquele timbre antes, havia pouco tempo, mas não conseguia lembrar onde nem quando. Ela sabia que pertencia a alguém familiar, que estivera ao seu lado em algum momento de um passado próximo, mas não conseguia associar a voz a uma imagem.

– Não se entregue a essa emoção! É o que eles querem! Ela só vai destruir você! – continuou a misteriosa voz feminina, dessa vez dotada de autoridade.

Um conflito interno instalou-se no interior de Jéssica à medida que ela se preparava para atacar Darius em meio à fumaça. De um lado, o ódio. De outro, a manifestação de algo muito poderoso colocado sobre ela sem que soubesse. Qual se sobressairia? Aquele que a jovem alimentasse mais, fosse em seu consciente ou um reflexo de seu juízo inconsciente.

De súbito, ela teve um *insight* e reconheceu a voz. Sussurrou ao mesmo tempo em que a imagem de sua dona surgia em meio à névoa, com os braços cruzados, impedindo-a de prosseguir com sua intenção de ataque:

– Raquel!

Assustada, a jovem se desarmou, perdeu o equilíbrio e caiu sentada no chão. Tendo sua consciência despertada com um estalo, ela levantou o olhar para Raquel, em pé à sua frente, estendendo-lhe a mão para ajudá-la a se levantar.
— Não pode ser! — Jéssica estava atônita. — Como você chegou aqui?
Debruçando-se em sua direção, Raquel tocou de leve o peito de Jéssica e respondeu:
— Eu nunca saí daqui!
Jéssica fechou os olhos, sem acreditar no que via e ouvia. Quando os abriu, Raquel não estava mais à sua frente. Em seu lugar, o vulto de uma jovem, aparentando não ter mais que 25 anos, magra e de estatura mediana, ganhou forma. Ela usava um pobre vestido negro de mangas curtas, que lhe caía até a altura dos joelhos, e um lenço azul-marinho cobrindo seus cabelos escuros e compridos. Debruçada em sua direção, ela lhe estendia uma toalha de banho:
— Jéssica, Jéssica! — ela a chamou. — Você está bem?
Olhando-a com os olhos arregalados, Jéssica não sabia dizer se todas aquelas pessoas estiveram ali ou se tudo fora uma peça pregada por sua mente; se, na verdade, sempre fora somente aquela mulher, que agora lhe estendia a toalha. Irritada consigo mesma, sem conseguir confiar nem mesmo em sua própria consciência, ela agarrou a toalha com muita força e se colocou em pé.
Endireitando-se, a mulher fechou as torneiras do chuveiro enquanto Jéssica se enrolava na toalha. Ao retornar, conduziu-a com gentileza até uma cadeira colocada em frente ao enorme espelho sobre a pia, onde as luzes acesas ao longo de seu contorno refletiam o vapor que começava a se dissipar. Acomodando-a no assento com delicadeza, a mulher sentou-se no chão, bem à sua frente, e começou a tratar suas feridas. Primeiro, usou uma pinça para retirar o restante dos cacos de vidro cravados na mão de Jéssica, ignorando seus protestos enquanto cutucava fundo em sua pele. Quando terminou, limpou as feridas e enrolou uma atadura até o pulso de sua paciente. Depois, ficou em pé e cuidou das marcas circulares no pescoço de Jéssica. Por fim, desinfetou as outras escoriações.
Quando a mulher terminou de cuidar dos ferimentos de Jéssica, levantou-se e se afastou. Sem reduzir sua marcha rumo à porta do banheiro, falou:
— Quando estiver pronta, tem alguém te esperando no quarto.

Capítulo 18

Antes mesmo que Jéssica pudesse responder ou indagar se quem lhe esperava era a pessoa de que Erick havia falado, a jovem à sua frente continuou, com o rosto virado apenas o suficiente para olhá-la de relance:

– A propósito, meu nome é Eva.

Jéssica levantou-se e seguiu a passos inseguros para o quarto. Quando entrou, foi dominada pela surpresa. As grossas cortinas em torno das portas de vidro estavam fechadas, bloqueando a entrada da luz solar que, pouco antes, inundava todo o ambiente. *Não era para menos* – Jéssica pensou. *Ela deve ser um vampiro também.*

O quarto, no entanto, não estava totalmente escuro. As luzes acesas deixavam o ambiente claro o bastante para se enxergar, mas não eram potentes o suficiente para iluminar todo o espaço, criando sombras fantasmagóricas ao redor de algumas mobílias, enquanto os cantos do aposento permaneciam mergulhados na penumbra. Diferentemente do que a mulher havia dito, não havia mais ninguém ali, além dela e de Eva, caminhando despreocupada em direção à saída do aposento. *Se ela me disse que alguém estava me esperando, alguém que, segundo Erick, eu ficaria feliz em ver, onde está essa pessoa?* – Jéssica se perguntou, intrigada.

Eva saiu do quarto sem ao menos dar atenção para a convidada. Sozinha, Jéssica olhou ao redor. Sobre a cama, parcialmente escondida pelas sombras, uma roupa havia sido selecionada. A distância, ela lhe parecia familiar. Quando chegou mais perto, com muita cautela, Jéssica pôde ver os detalhes. Era seu pijama preferido, o que usara na noite anterior ao incidente em Cafelândia. Lembranças dela e da irmã conversando sobre assuntos adolescentes, horas antes de sua morte, a invadiram como uma locomotiva descontrolada. Ao pegar o pijama nas mãos, Jéssica o colocou sobre a boca. Lágrimas escorriam pelo canto de seus olhos.

Isso não deveria estar aqui! – Jéssica pensou, tentando controlar as próprias emoções. *Como Erick sabe o pijama que mais gosto? E como sabe que eu o usei na minha última noite normal?* Definitivamente, havia algo muito errado com aquele lugar, com aquelas pessoas. Elas estavam tentando destruir sua sanidade. Se passasse mais uma noite ali, enlouqueceria. Precisava sair urgente de lá.

Ela mal havia largado o pijama de forma displicente sobre o colchão, quando uma voz feminina, muito familiar, porém havia muito esquecida, a alcançou pelas costas:

– Não gostou da escolha que eu fiz?

Jéssica virou-se, surpresa. Imediatamente, colocou as duas mãos sobre a boca. À sua frente, escondida na penumbra de um dos cantos do quarto, uma mulher, vestida com uma túnica negra sobre o corpo alto, magro e atlético, a olhava com ternura controlada. Deixando de lado toda sua desconfiança de segundos atrás, ela não conseguiu mais segurar as lágrimas e correu, de braços abertos, na direção da mulher.

– Mãe!

Marcela abriu os braços e a envolveu no abraço. Os olhos da mulher, no entanto, permaneceram frios, mirando um canto vazio do quarto. Tentando encontrar um resquício de emoção de uma vida havia muito deixada para trás, ela abaixou a cabeça e deu um beijo rápido na cabeça da filha.

– Eu achei que você estava morta! – Jéssica falou, feliz.

– Minha querida – Marcela tentou disfarçar a frieza em sua voz –, há muita coisa que você nem sequer imagina. Temos muito o que conversar. Está na hora de você saber a verdade sobre sua família.

Ao afastar-se da mãe, Jéssica a olhou nos olhos. Alexandre havia dito a ela e sua irmã que seus pais estavam mortos. *Se estavam mortos, o que ela está fazendo aqui, na minha frente?* – pensou. Um minúsculo ponto de desconfiança pelo antigo amigo da família começou a incomodá-la, principalmente ao se recordar de que, depois do funeral, ele nunca mais aparecera sequer para ver se as duas garotas estavam bem.

Mas o que ela está fazendo no castelo de Erick? – Jéssica se perguntou, retornando à realidade do momento. Só havia uma explicação, mas ela temia pela resposta. Se sua suspeita se confirmasse, ela preferiria que a mãe estivesse morta. Jéssica teria preferido que ela nunca tivesse aparecido ali, naquele quarto. Sua vida já estava um caos. Não precisava lidar com mais um surto emocional.

Mas se tratava de sua mãe. Ela precisava saber. Por isso, perguntou:

– Mãe, o que aconteceu? Por que você se transformou em um deles? Por que nunca voltou para nós, mesmo tendo se transformado?

Jéssica abraçou-a mais uma vez e continuou:

– Senti tanto a sua falta!

Capítulo 18

Marcela a abraçou de novo, porém foi breve. Afastou-a e conduziu gentilmente a filha até a cama. Soltando a toalha que se prendia em volta do corpo dela, ela a deixou cair no chão. Pegou o pijama e a ajudou, pela primeira vez depois de anos, a colocar sua roupa de dormir. Ela sabia o quanto os eventos da última noite haviam sido estressantes e, mais do que nunca, o quanto Jéssica precisava descansar.

Marcela pegou uma escova na penteadeira, sentou-se atrás da filha e começou a pentear seus cabelos – hábito que ela gostaria de ter desfrutado mais em sua vida anterior, mas que se tornara praticamente impossível perante sua missão na Ordem de Ettore. Escolhendo as palavras com cuidado, ela falou:

– Minha filha, eu me arrependo muito por não termos tido tantos momentos como este. Por mais que me esforçasse, eu nunca consegui conciliar minhas obrigações entre a Ordem de Ettore e a missão de ser mãe.

Jéssica apenas balançou de leve a cabeça, assimilando cada palavra de Marcela. Antes que pudesse perguntar o que era a Ordem de Ettore, sua mãe se antecipou:

– Durante toda a minha vida, lutei, ao lado de seu pai, contra vampiros. Nós, como membros da Ordem de Ettore, tínhamos a obrigação de impedir que esse mal se espalhasse. Cada vez que eu saía para uma missão, ficava apreensiva de nunca mais voltar.

– Até que, um dia, você não voltou mais! – Jéssica foi rápida na resposta, demonstrando toda sua frustração.

Marcela deixou a escova de lado, tocou de leve o ombro da filha e a fez virar-se na cama. Ficou frente a frente com Jéssica, sentada de pernas cruzadas, e a olhou com ressentimento ao continuar, como se sua filha não tivesse falado nada:

– Por que você acha que eu me transformei? – A pergunta era retórica, e Marcela apressou-se em responder: – Era a única forma de conseguir estar com você e Janaína de novo. – Olhando para a cabeceira da cama por cima da cabeça de Jéssica, ela completou o raciocínio: – De conseguir estar com vocês por mais tempo.

– Por muito mais tempo, por assim dizer – Jéssica respondeu, um pouco irônica. Deixou a tristeza tomar conta de suas feições, abaixou a cabeça e continuou: – Mas, infelizmente, você chegou tarde demais.

Marcela sabia o que sua filha estava dizendo. Durante todo o tempo, ela havia monitorado, a distância, a vida das duas meninas. E, da mesma forma que a Ordem de Ettore havia enviado seus agentes para resgatá-las, ela também havia tomado providências para cuidar de suas filhas.

Deixando escapar um suspiro, Marcela levantou-se da cama, ficou de costas para Jéssica e, mesmo sem se virar, mudou de assunto:

– Você nunca deve confiar em nenhum dos membros da Ordem de Ettore. Se eles conseguirem colocar em você pelo menos uma única dúvida, seus caminhos estarão entrelaçados para sempre. Você nunca mais conseguirá se livrar do que sua vida se tornará.

Jéssica percebeu a mudança de assunto da mãe. Apesar de não ter demonstrado o mesmo carinho de quando era humana, ela se esforçava para compreender que ser vampiro podia afetar, de alguma maneira, as emoções. Falar sobre a morte de Janaína devia machucar Marcela tanto quanto a machucava.

Jéssica seguiu o rumo da conversa sem insistir em algo que trazia dor a ambas:

– Foi por isso que você sempre foi misteriosa em relação ao seu trabalho? Foi por isso que você me deixou de fora?

Marcela abriu um sorriso, virou-se e respondeu:

– Você está começando a compreender.

– Mas e quanto à Janaína? Por que ela participava das reuniões?

Marcela suspirou. Sabia com exatidão as vezes que Jéssica ouvira escondida as reuniões e nunca alertara seu marido, pois sabia das graves consequências para sua caçula. Antes de responder, ela pensou, em silêncio, a melhor maneira de dizer o que deveria ser dito:

– Pode parecer que seu pai tratava somente você daquela forma, mas não é verdade. Sua irmã passou pela mesma situação. Quando assumiu a Ordem de Ettore, seu pai se transformou naquele homem rude e grosseiro. A única forma que ela encontrou de se livrar dos abusos de seu pai foi entrar para a Ordem, mesmo contra a nossa vontade. Quando seu pai descobriu que ela fizera o juramento em segredo, já não podia fazer mais nada. Apesar de serem pai e filha, a relação entre eles, mesmo dentro do ambiente familiar, deveria ser respeitada, pois ambos eram membros da Ordem e descumprir as normas era o mesmo que desrespeitar a própria Ordem. Seu pai não tinha o que fazer e, por isso, intensificou a fúria sobre você.

Jéssica estava prestes a questionar o motivo de sua mãe não a ter iniciado na Ordem para se livrar dos abusos de seu pai quando, adotando um tom de arrependimento, Marcela a desarmou:

Capítulo 18

– Eu sinto muito.
O semblante de ressentimento, no entanto, durou pouco. Mudando sua expressão, Marcela sentou-se mais uma vez na cama. Colocou as duas mãos da filha entre as suas e implorou:
– Custe o que custar, nunca deixe a Ordem de Ettore mexer com sua cabeça. Nunca confie neles, principalmente em Alexandre. Eles só vão destruir sua vida, como destruíram a minha, a de seu pai e a de sua irmã.
Jéssica estava perdida em pensamentos. Era muita coisa para processar. Quando parecia que as sustentações de seu mundo já tinham desmoronado completamente, ali estavam elas ruindo de novo. Sua mãe estava viva. Alexandre, apesar de ter se mantido distante, sempre fora considerado por ela um membro da família. Agora, sua mãe dizia para deixar de lado todas as suas emoções e confianças construídas ao longo do tempo.
Preocupada, Jéssica tirou suas mãos do meio das de Marcela e agarrou de leve os próprios cabelos. Ao abaixar a cabeça para olhar o pequeno espaço de colchão entre suas pernas cruzadas, ela perguntou:
– O que vai ser de mim agora?
Marcela sorriu. Ela conseguira chegar exatamente aonde queria. Segurando sua filha com delicadeza pelos ombros, ela a conduziu até se deitar na cama. Cobriu-a, como fizera poucas vezes desde quando Jéssica nascera, e respondeu:
– Agora, minha querida, vamos recuperar o tempo perdido. Finalmente vamos poder desfrutar dessa relação entre mãe e filha.
Sem dar a oportunidade de Jéssica responder, Marcela lhe deu um beijo na testa e completou:
– Agora durma um pouco, minha filha. Muita coisa aconteceu com você em pouco tempo. Você precisa descansar. Quando acordar, tudo estará mais claro nessa pequena cabecinha – disse e afagou os cabelos dela, fazendo-a sorrir como se não houvesse mais preocupação.
Sem deixar espaço para réplicas da filha, Marcela começou a cantar uma cantiga de ninar, como já fizera em um passado muito distante. Jéssica, deixando-se levar, fechou os olhos. Muito cansada, a vontade era a de se embalar naquela canção. Mas uma questão ainda a incomodava.
Mantendo os olhos fechados, ela perguntou:

– Mãe, como vai ser quando eu envelhecer e morrer?
Interrompendo sua canção, ela respondeu:
– Isso, minha querida, veremos quando chegar a hora.
Marcela retomou a canção, com os dedos frios passando de leve entre os cabelos de sua filha. Carente desse toque, Jéssica deixou-se levar. Em poucos minutos, estava dormindo pesado.

19

Larissa trabalhou sem descanso para afiar a barra de metal. Ao aquecer, bater e raspar contra as grades, a extremidade começou a ficar pontiaguda quando o sol já estava baixo no horizonte. A luminosidade entrava pela alta janela em frente à cela, iluminando seu pequeno espaço e deixando o ambiente muito mais quente do que no período da manhã. A jovem suava em seu esforço repetitivo. A boca estava seca. Os braços doíam. Mas ela não parava de afiar sua estaca improvisada. Quando terminasse, esperava estar enganada sobre ter sido deixada para morrer.

Ela não esperava, porém, que alguém a fosse visitar antes de sua estaca ficar pronta. Quando o som da porta da masmorra alcançou-a, seguido pelo eco dos passos descendo as escadas, Larissa praguejou e apressou-se em apagar os vestígios do que estava fazendo. Sem ter muito tempo para pensar, jogou o metal no chão, ao lado da cama, e chutou terra por cima, escondendo-o. Colocou o colchão de volta no lugar e deitou-se sobre ele; uma das mãos sob a cabeça enquanto a outra estava caída de lado, com a ponta dos dedos roçando de leve o solo e a estaca improvisada ao seu alcance.

O som dos passos desapareceu quando o visitante terminou a escadaria. Não demorou muito para sua silhueta estagnar ao lado da grade, seus pés a poucos centímetros da luz solar que banhava toda a cela. Ao olhar para a figura de aparência frágil, magra e de estatura mediana, segurando algo sobre as duas mãos estendidas à frente do corpo, Larissa lançou um desafio:

— Acho que você veio na hora errada.

No momento que respondeu ao desafio, a figura deu um passo à frente. O rosto de Eva iluminou-se ao adentrar a claridade e virar-se de frente para sua prisioneira. Sua pele não queimava. Ela não se desintegrava. A luz solar não era um incômodo para ela. Pelo contrário, ela se regozijava.

Intrigada, Larissa remexeu-se na cama, sem afastar muito a mão da estaca enterrada, e falou:

— Você não é...
— O quê? — Eva lhe perguntou. — Um vampiro?

Eva abriu a cela e caminhou despreocupada pelo minúsculo espaço, deixando a porta aberta às suas costas. Parou ao lado da cama, passou o olhar pela terra mexida, antes de encontrar os olhos de Larissa, e perguntou:

— Eu posso me sentar?

Eva sentou-se no pequeno espaço cedido por Larissa e apoiou a bandeja ao seu lado. Virou-se para a jovem deitada e continuou:

— Não desperdice suas energias mantendo a mão próxima do que você enterrou, seja lá o que for. Eu não sou uma ameaça para você.

Larissa arregalou os olhos, surpresa com como ela sabia. Antes que a agente pudesse julgar a jovem sentada ao seu lado na cama, ela se antecipou em dar explicações:

— Eu somente vim cuidar de suas feridas. Posso?

Desarmada, Larissa relaxou. Não sentindo nenhuma ameaça na mulher, ela recolheu o braço e o apoiou sobre o colchão, ao lado do corpo. Mirou o teto da cela, enquanto Eva começava os cuidados pela mão da prisioneira, e perguntou:

— Se você é humana, o que está fazendo em meio a vampiros? Por que trabalha para eles?

Eva mordeu o lábio, pensativa sobre dever ou não confiar na prisioneira, ao mesmo tempo em que desinfetava o corte que começava a infeccionar. Os gemidos de Larissa chegavam aos seus ouvidos, mesmo com todo o cuidado para minimizar sua dor. Não

Capítulo 19

havia, no entanto, como fazer isso sem lhe causar certo desconforto. Aquele era o infortúnio de um tratamento bem-sucedido.

Terminando a limpeza e desinfecção, Eva começou a enrolar uma faixa na mão dela. Decidida a confiar em sua paciente, respondeu à pergunta:

– Eu meio que... – Ela se interrompeu, abaixando mais a cabeça.

Larissa endireitou-se na cama para vê-la melhor e a encorajou:

– Está tudo bem. Pode me contar.

Eva respirou fundo. Sem tirar os olhos da faixa que enrolava na mão de Larissa, continuou:

– Eu sou forçada a trabalhar para eles. – Havia uma excessiva tristeza em sua voz.

O peso daquelas palavras incomodou Larissa. Ela nunca acreditara que vampiros escravizavam humanos. Aquilo era novidade para ela. Sentiu um peso dentro de si, uma sensação desconfortável que a fortaleceu ainda mais na decisão de ir a fundo no que acontecia ali. Quanto mais informações aquela jovem fosse capaz de lhe passar, mais assertivas seriam suas ações futuras.

Larissa mexeu-se na cama, apoiando-se sobre um dos cotovelos enquanto mantinha o braço esticado para Eva continuar a enfaixar sua mão. Olhando-a com o máximo de ternura que conseguiu encontrar em meio ao ódio pelos vampiros, Larissa falou:

– Eu posso te ajudar a se livrar deles. – Havia um tom de *mas* nessas palavras, que Larissa apressou-se em dizer: – Mas eu preciso saber tudo o que sabe sobre esses vampiros.

– Não sei muita coisa – Eva respondeu. – Uma sala está sendo preparada para algo muito especial. Não sei dizer o que é, nem quando vai ser, mas deve ser algo grandioso.

– Você conseguiria investigar e me informar?

Eva sabia do risco que iria correr. Ela e os outros escravos humanos não podiam conversar entre si e muito menos com os vampiros, a menos que seus senhores lhes dirigissem a palavra. Transitar livremente pelo castelo poderia ser um trunfo, uma vez que eram poucas as restrições, e a sala que parecia ser preparada para o grande evento não era um espaço proibido.

– Vou tentar – Eva respondeu, terminando de enrolar a faixa na mão de Larissa –, mas não posso prometer.

Eva apoiou de leve o braço de Larissa sobre a cama e, à procura de mais alguma ferida que necessitasse de seus cuidados, percorreu com os olhos todo o corpo da jovem deitada. Havia uma marca característica na blusa negra de sua paciente. Sem se preocupar em pedir permissão, uma vez que as duas já haviam passado a linha da confiança, ela puxou o tecido para cima, expondo uma ferida cauterizada.

Eva levantou o olhar até o rosto de Larissa e perguntou:

– Quando foi isso?

– Na noite passada, quando lutei com Darius – Larissa respondeu.

– Quem cauterizou a ferida? – Eva carregava um tom sério na voz.

– O próprio Darius, aquele sádico, filho da... – O xingamento morreu em sua garganta.

Eva examinou a ferida um pouco mais de perto. Virou Larissa de lado para observar a lesão nas costas, por onde a espada saíra. Passando a ponta dos dedos com o máximo de delicadeza, ela perguntou:

– Dói?

– Nem um pouco! – Larissa respondeu, com a expressão serena confirmando a veracidade de sua afirmação. – Por quê? Deveria?

– Sim – Eva respondeu. – A cicatrização está em estágio bem avançado. Não me parece que a ferida tem menos de um dia.

Não tendo o que fazer, uma vez que o próprio corpo de Larissa estava se encarregando da cicatrização acelerada, Eva levantou-se. Pensativa, os braços cruzados e uma das mãos sob o queixo, ela caminhou de um lado para o outro no pequeno espaço. Não havia indícios de ela ter sido mordida, pois o pulso ferido também estaria em estágio avançado de cicatrização, se já não tivesse desaparecido. Em sua análise geral, quando passara o olhar de cima a baixo por Larissa, à procura de ferimentos, não percebera nenhuma marca no pescoço dela. Definitivamente, ela não havia sido mordida.

Em seus anos de escravidão, Eva tratara de uma única vítima com cicatrização acelerada sem ter sido mordida, assim como estava acontecendo com Larissa. Aquela pessoa, porém, não estava mais entre os vivos. Nem entre os vampiros. Na época, ela fora curada apenas para ser servida como o prato principal do banquete oferecido por Erick para os anciões, que se reuniram ali mesmo, naquele castelo. Em troca, ele conseguira se tornar o vampiro de maior influência entre eles. Seu mestre se tornara o líder de todos eles. Quem mandava em tudo e em todos, agora, era ele.

Capítulo 19

Com Larissa, Eva desconfiava que seguiam o mesmo caminho. E isso justificava toda a preparação do salão e os caminhões de entrega com sangue e carga viva que ela, por acaso, vira chegando, algumas noites antes.

Para ter certeza, porém, ela somente precisaria saber de uma coisa. Virando-se para a jovem deitada, preocupada com sua mudança repentina de comportamento, ela perguntou:

– Você bebeu sangue?

O terror que sentira quando Darius a forçara a beber todo o sangue daquele copo, fazendo-a se engasgar, era vívido dentro dela. Durante todo o momento, Larissa acreditara que tal ato não passava de uma tortura prazerosa para o vampiro, mas a preocupação no olhar de Eva parecia lhe alertar que aquilo havia sido feito com um propósito. Um propósito que ela desconhecia, mas que não devia estar passando despercebido pela escrava.

– Darius me forçou a beber sangue! – respondeu, optando por contar a verdade.

– Merda! – praguejou Eva, caminhando novamente de um lado para o outro, pensativa.

A informação foi fundamental para tudo se encaixar na cabeça da escrava. Agora ela sabia por que a sala estava sendo preparada. Sabia o que estava acontecendo. Já vira aquilo ocorrer. Sua dúvida, consistia em decidir se contaria ou não para Larissa e, se optasse por fazê-lo, em como deveria contar a ela.

Eva agachou-se ao lado de Larissa, pegou sua mão e falou:

– Seu tempo é mais curto do que pensava. Seu sofrimento, maior do que sequer imaginou em toda sua vida. O que passou nas mãos de Darius não é nada comparado ao que está por vir.

Eva colocou-se em pé e ordenou:

– Levante-se! Você tem que fugir daqui! Agora!

Larissa ficou em pé, mas não se mexeu um centímetro sequer enquanto Eva se aproximava da porta da cela. Ao perceber que a prisioneira não a seguia, ela virou-se. Gesticulando em sua direção, a escrava cuspiu as palavras:

– Está esperando o quê? Você quer virar comida de vampiro?

Larissa aproximou-se dela e perguntou:

– O que você está dizendo?

Eva suspirou e revirou os olhos por um momento. *Ótimo!* – pensou. *Se ela quer todos os detalhes do que a aguarda, não vou poupá-la.* Falando rápido, ela lhe contou:

– Eu não sei o motivo de você ser tão importante para Erick, a ponto de ele querer oferecê-la como prato principal no banquete para os anciões.

Larissa arregalou os olhos, com surpresa e determinação, quando os anciões foram citados.

– Tampouco sei o que ele ganharia com isso, uma vez que já se tornou o líder supremo entre eles.

Eva fez uma breve pausa para respirar, dando tempo para Larissa elaborar um único pensamento: *eu sei o motivo. Sou membro da Ordem de Ettore!*

A escrava, então, continuou:

– Mas não importa. Tenho de tirar você daqui o quanto antes! Venha comigo! – disse e a agarrou pelo pulso intacto, tentando puxá-la pela porta aberta da cela.

Larissa ofereceu resistência. Um sorriso se abriu. Ela finalmente teria a oportunidade de entregar todo o conselho de vampiros de uma única vez. Não lhe importava ter sido escolhida para ser o prato principal deles. Ela nunca chegaria a tal ponto. Quando todos estivessem reunidos, ela daria um jeito de escapar e emitir o sinal. Sua equipe invadiria o local e acabaria com a festa de uma vez por todas.

Eva percebeu que Larissa não a acompanhava, motivo pelo qual retornou para o interior da cela, reclamando:

– O que há de errado com você? Até parece que anseia por seu destino!

Larissa agarrou a mão dela, tentando transmitir tranquilidade, e explicou:

– Eu tenho um plano. Confie em mim!

Eva a fulminava com os olhos.

– Você é mais louca que aquela garota que estava com você.

Larissa arregalou os olhos quando ouviu falar de Jéssica e disparou uma série de perguntas:

– Você a viu? Como ela está? Ela está presa em algum lugar? Está sendo torturada?

– Ela está melhor do que nós duas. É tudo o que sei – Eva respondeu.

Fez-se silêncio entre as duas, cada uma perdida em seus próprios pensamentos. Larissa se indagava sobre o destino de Jéssica. Eva,

Capítulo 19

por sua vez, queria saber mais sobre a prisioneira à sua frente. *Quem é ela? De onde vem essa coragem?* – ela se perguntava, parte dela a achando louca. A outra parte, no entanto, a venerava. Havia algo mais, naquela jovem loira, do que ela mesma podia enxergar.

– Quem é você, afinal? – perguntou, curiosa.

Larissa estava pronta para contar seu segredo quando o som da porta da masmorra se abrindo ecoou pelo espaço. Do alto da escada, a voz de Darius as alcançou:

– Sua vagabunda! – Ele se dirigia a Eva. – Por que está demorando tanto? Não me faça ter de descer para buscá-la! Você irá se arrepender se eu tiver de fazer isso!

Ao virar o rosto na direção da porta aberta da cela, Eva gritou de volta:

– Já estou terminando, senhor!

Aparentemente Darius não acreditou, pois seus passos ecoaram pelo ambiente à medida que ia descendo as escadas. Temendo ser ouvida, ela abraçou Larissa e falou baixo em seu ouvido:

– Se é isso que você quer, confie em mim! Quando chegar a hora, não crie resistência. Deixe-se levar da masmorra. Você vai entender.

Larissa balançou a cabeça afirmativamente enquanto Eva a soltava. Permanecendo parada no meio de sua cela, ficou observando a escrava recolher tudo o que levara antes de se afastar. Quando estava no meio da porta aberta, ela parou e virou o rosto de lado, dizendo:

– A propósito, meu nome é Eva.

– Larissa – ela sussurrou de volta.

– Eu sei.

Eva fechou a porta da cela e a trancou. No segundo seguinte, ela havia desaparecido da visão de Larissa, mas não dos ouvidos da agente. O primeiro som que chegou foi o de um tapa no rosto. Depois, o da bandeja caindo contra o chão. Um gemido de dor quando Darius puxou os cabelos dela para trás. Por fim, o baque do corpo dela contra o chão de terra ao ser empurrada com violência.

Larissa aproximou-se da grade e pressionou o rosto contra ela, tentando ver o que acontecia. Sua vontade era a de gritar ofensas para Darius, pedindo para deixá-la em paz. Mas foi forçada a se conter. Se quisesse que seu plano tivesse êxito, não poderia demonstrar haver quaisquer vínculos entre ela e a escrava. Para tudo dar certo, teria de manter a imagem de que pouco se importava com ela. E Eva teria de suportar aquilo por mais um pouco de tempo.

Mas, quando ouviu o som de um chute na barriga e o grito de dor de Eva ao cair de bruços no chão, não conseguiu deixar de pensar: *essa é a última vez que você sofre nas mãos dele!* Para fortalecer esse pensamento, ela sussurrou para si mesma:

– Eu prometo!

20

A hora perigosa, mais uma vez, chegou: o anoitecer. O castelo, até o momento aparentando estar deserto, começou a ganhar vida. Vampiros--sentinelas, todos armados, subiam aos bastiões e faziam suas rondas pelo alto das muralhas, atentos a qualquer presença hostil em meio à floresta ao redor. Outros ainda caminhavam pelos terraços superior e inferior da construção, guarnecendo o acesso ao interior do castelo. Na escuridão da mata, os membros da Ordem de Ettore começavam a ficar apreensivos. O tempo estava se esgotando.

Para complicar ainda mais a situação, uma figura vestida com roupas negras caminhava apressada por entre as árvores, seguindo por uma trilha improvisada na direção do acampamento da Ordem. Seus movimentos eram ágeis, desviando com facilidade dos galhos finos no meio do caminho enquanto encurtava a distância. Seus passos eram silenciosos, capazes de passar despercebidos por pessoas desavisadas.

Mas não para a agente postada sobre uma das árvores, responsável por proteger o acampamento. Ao menor ruído de movimento da folhagem, ela apontou sua balestra para a trilha; a flecha posicionada e o dedo encostado no gatilho. A mira a laser deixou sua marca circular vermelha no peito da pessoa misteriosa que se aproximava, fazendo-a parar, com o rosto ainda encoberto pelas sombras da ramagem em volta.

— Identifique-se! — ordenou a mulher, sua voz grave e séria mostrando que ela puxaria o gatilho sem hesitar.

Levantando os braços em sinal de rendição, o homem, ainda com o rosto encoberto pela escuridão, respondeu:

— Melina, sou eu!

O homem deu um passo à frente, deixando o rosto à vista na parca iluminação entre as árvores.

— Yoto! — completou ele, identificando-se.

Com um suspiro de alívio, Melina retirou o dedo do gatilho, e a mira a laser desapareceu de seu alvo. Deixando a arma pender para o lado do corpo, permanecendo pendurada apenas pela tira transversal em seu peito, ela pulou do galho com muita agilidade e aproximou-se de seu colega da Ordem.

— Por onde andou? — perguntou ela, com a voz trazendo uma mistura de desconfiança, curiosidade e simpatia por vê-lo de novo. — Estávamos todos preocupados com você! Chegamos a pensar que você tinha morrido.

Yoto riu, contente em perceber que os membros da Ordem o consideravam importante e gostavam de sua presença:

— Não vou negar que tive alguns contratempos na missão, mas nada grave a ponto de torná-la um fracasso — respondeu Yoto.

Ele voltou a ficar sério e perguntou, apreensivo:

— Larissa já nos deu o sinal? — Ele estava ansioso para participar da equipe de ataque.

— Ainda não. Ricardo e Alexandre estão ficando preocupados. Ouvi dizer que eles estão montando um plano de contingência para invadir o local, caso seja necessário.

Yoto relaxou para responder:

— Talvez eu tenha tempo de participar do grupo de assalto.

— Se você se apressar — respondeu Melina.

Yoto passou ao lado dela, com seus olhos fixos no pescoço da agente, parcialmente encoberto pelos longos cabelos negros e lisos. A artéria pulsando o deixava com um desejo insaciável de pular sobre ela e se alimentar daquele sangue. A ideia não parecia ser ruim. Eles estavam sozinhos em meio à floresta, a certa distância do grupo. Ninguém ouviria nada.

Algo, no entanto, impediu-o de atacá-la. Talvez fosse o olhar firme dela sobre ele. Ou talvez alguma outra coisa que ele mesmo não sabia identificar. Fosse qual fosse a causa, Yoto apenas passou ao lado dela, com os ombros quase se tocando.

Capítulo 20

Yoto, porém, não havia dado dois passos para longe dela quando Melina o chamou:
– Yoto! – Ela estava virada na direção dele.
Interrompendo sua caminhada, Yoto virou-se. Seus olhos caíram sobre a balestra na mão dela, apontada para o chão. O dedo estava no gatilho, projetando a mira a laser na terra batida.
– Sim? – respondeu ele.
Com a mão livre, Melina passou o dedo sobre o canto de sua própria boca, dizendo ao mesmo tempo:
– Tem um pouco de sangue aqui.
Yoto surpreendeu-se com o poder de observação de Melina. Era algo que poucos agentes tinham. O que era uma pena. Ele havia sido descoberto e não poderia deixar isso passar. Se os outros membros da Ordem de Ettore descobrissem quem ele era agora, seus planos seriam arruinados.
Com um movimento rápido, Yoto avançou contra Melina, os dentes de vampiro à mostra. Com os olhos arregalados, a agente tentou recuar um passo e apontar sua balestra, mas foi lenta demais. O japonês desviou a arma de seu caminho com um dos braços, cobriu a boca dela com a mão livre, ao mesmo tempo inclinando a cabeça dela para o lado, e a mordeu no pescoço.
Melina tentou gritar, mas o som foi abafado pela mão dele enquanto os dois caíam no chão, ela por baixo de Yoto. Sem tirar suas presas do pescoço, o japonês passou uma das pernas por cima do corpo da agente e debruçou-se sobre ela, impedindo-a de se levantar. Desesperada, com os olhos arregalados de terror mirando apenas a copa das árvores acima, Melina se debateu na tentativa de se livrar. Ela tentou apontar a balestra para o vampiro, mas seu forte braço a segurava, impedindo-a de mirar nele.
Aos poucos, Melina foi perdendo as forças. O grito abafado transformou-se em gemidos estranhos. Seu rosto ficou pálido. Os movimentos para tentar escapar se tornaram mais espaçados, cada vez menos efetivos, incapazes de perturbar a investida do vampiro. Por fim, ela ficou imóvel, os olhos arregalados olhando para o nada acima dela.
Melina estava morta.
Mesmo assim, Yoto não a soltou até não haver mais sangue nas veias de Melina. Ela havia sido drenada quase por completo.
Colocando-se em pé, Yoto lançou um olhar para o cadáver aos seus pés:
– Eu gostaria de transformar você, mas infelizmente não posso deixar ninguém estragar meus planos. Nem mesmo outro vampiro infiltrado.

Com um remorso fingido, ele continuou:
— Sinto muito.

Não podendo correr riscos de o corpo dela ser encontrado, Yoto o arrastou para longe e o jogou em um vale próximo, onde um pequeno rio serpenteava por entre as árvores. Ele sabia que, em breve, seu cadáver poderia ser descoberto. Isso não importava. Quando a encontrassem, ele já teria impedido os membros da Ordem de atender ao chamado de Larissa. Se tivesse sorte, até aniquilaria todos eles, abrindo caminho para as ambições de seus novos aliados, por mais que eles ainda não soubessem de sua existência. Somente depois, ele se juntaria aos seus novos colegas e ao seu criador no interior do castelo.

Ao olhar para baixo uma última vez, Yoto limpou a boca nas costas da mão e falou:
— Obrigado, Melina. Se não tivesse me alertado, quem eu sou teria sido revelado.

Dito isso, Yoto afastou-se. Caminhou pela floresta escura até fracas luzes o alcançarem, vindo de uma clareira adiante. Quando adentrou o espaço aberto, primeiro foi recebido por agentes apontando suas balestras. Levantou as mãos, como fizera minutos antes, e falou:
— Calma, gente! Sou eu, Yoto. — Abriu um sorriso malicioso e continuou: — Melina não passou um rádio informando que eu estava me aproximando?

Andreas, Jennifer e outros agentes aproximaram-se dele e, um a um, o abraçaram, aliviados. O desaparecimento de Yoto havia sido um fardo para todos eles. Mas, agora, o japonês estava de volta, pronto para oferecer seus serviços à Ordem. Ou, pelo menos, fingir oferecer.

Ricardo aproximou-se de Yoto com uma expressão séria no rosto, típica de um comandante. Sem demonstrar qualquer emoção, apenas disse:
— Venha comigo. Você tem muito o que explicar.

Transmitida sua ordem, Ricardo virou as costas e caminhou para uma barraca simples, montada nos arredores da clareira e usada como centro de comando. Yoto o seguiu, despreocupado. Durante todo o dia, entre uma alimentação e outra, ele pensara exaustivamente em uma boa explicação, capaz de ludibriar seus superiores sobre o motivo de sua longa ausência. Agora era hora de colocar todo o seu preparo em prática.

Ao adentrar a cabana iluminada — repleta de equipamentos eletrônicos movidos a bateria ou alimentados pelo pequeno gerador portátil, posicionado em um dos cantos —, seus olhos caíram sobre Alexandre, sentado atrás de uma mesa, olhando alguns monitores. Ao lado dele, Ricardo permanecia em pé, com os braços cruzados enquanto

Capítulo 20

fulminava o convidado com o olhar. Uma de suas mãos segurava uma pistola ainda dentro do coldre do colete. Sacar e disparar não levaria mais do que um segundo. Qualquer movimento hostil do japonês seria como assinar seu atestado de óbito.

– Yoto, meu companheiro. – Alexandre colocou-se em pé e indicou com a mão a cadeira livre em frente à mesa. – Por favor, queira se sentar.

Yoto assumiu uma expressão de interrogação, ao caminhar com passos inseguros, e se sentou. Sem saber o que estava havendo, lançou um olhar nervoso de seu superior para o homem armado e de volta para seu superior. Encenando um gaguejo preocupado, perguntou:

– O que... O que está acontecendo?

Alexandre voltou a se sentar de maneira confortável em sua cadeira e falou:

– Direto ao assunto, como eu gosto. – Inclinando-se para frente e apoiando os antebraços sobre a mesa, Alexandre ordenou: – Quero saber tudo o que aconteceu.

Yoto disfarçou o nervosismo e relatou o ocorrido na estrada, mudando um pouco os fatos para não dizer que fora mordido. Em vez disso, contou que recebera uma forte pancada na cabeça e que, por mais que tentasse se manter consciente, perdera a batalha com seu próprio organismo depois de entrar em contato por rádio com seu superior.

– Quando recobrei a consciência, já era dia – Yoto continuou sua explicação. – Os carros ainda estavam em chamas na estrada. Em torno deles, muitos cadáveres. Não havia, no entanto, mais ninguém vivo ali. Nem semivivo. Eu estava sozinho. Sem ter mais o que fazer ali, porém contente por ter ajudado a infiltrar Larissa no meio dos vampiros, roubei um dos carros batidos, ainda em condições de rodar, e vim o mais rápido que pude para cá. – Yoto abriu um sorriso e terminou: – Vejo que cheguei a tempo de participar da invasão ao castelo.

– Veremos! – A resposta de Alexandre foi direta.

O interrogatório, no entanto, ainda não havia se encerrado. Olhando firme para Yoto, Ricardo foi inquisidor em sua pergunta:

– Por que não pediu ajuda pelo rádio?

– Eu tentei. – Yoto já esperava ser indagado sobre isso e foi rápido em responder: – Mas vocês estavam fora de alcance. Deduzo que estavam a caminho deste acampamento ou que já tivessem chegado.

Ricardo e Alexandre entreolharam-se por alguns segundos. Por mais que a história fizesse sentido, ambos sentiam que havia mentiras. Ou, no mínimo, a omissão de alguns fatos. Principalmente quando Yoto enfatizava demais, elevando o tom de voz em alguns momentos da narrativa. Quando voltaram a atenção para o jovem sentado à frente deles, o líder ordenou:

— Vá cuidar de seus ferimentos. Fique de prontidão, pois poderemos precisar de você a qualquer momento.

— Sim, senhor!

Yoto colocou as duas mãos sobre os braços da cadeira, como se buscasse um apoio para se levantar. Antes de ficar em pé, no entanto, Ricardo o deteve:

— Só mais uma coisa.

Quase ao mesmo tempo em que proferiu suas palavras, Ricardo sacou a pistola do coldre e a apontou na direção de Yoto. Sem hesitar, ele apertou o gatilho três vezes.

Yoto arregalou os olhos, temeroso, e jogou a cadeira para trás, caindo de costas no chão ao mesmo tempo em que o som dos disparos chegava aos seus ouvidos: *click, click, click*. Acreditando lutar por sua vida, ele virou uma cambalhota de costas, terminando o movimento de frente para seus líderes. Agachado, alheio ao fato de que nenhum projétil saíra da arma quando fora disparada, ele olhou ao redor, à procura de um abrigo. Para sua infelicidade, porém, não havia nenhum. Somente lhe restava encarar a pistola ainda apontada e esperar por mais um disparo.

O que nunca aconteceu. Em vez disso, Ricardo guardou a pistola no coldre e voltou a cruzar os braços.

— Você está dispensado, Yoto — ordenou Alexandre.

Quando Yoto saiu da cabana, surpreso por seus líderes terem desconfiado dele ao criar a farsa, mas contente pela forma como reagira perante a situação, Alexandre levantou o olhar para um agora relaxado Ricardo e falou:

— Ele demonstrou temor pela vida quando você disparou. Talvez nossa desconfiança tenha sido em vão. Mesmo assim, algo ainda me incomoda. Tenho a sensação de que Yoto não nos disse tudo. Fique de olho nele. Mantenha-o longe das principais operações até termos concluído nossas investigações.

— Sim, senhor.

Ricardo respondeu e dirigiu-se à saída da cabana. Ele estava quase atravessando a passagem para o exterior quando Alexandre o chamou mais uma vez:

— Mantenha sigilo sobre nossa suspeita.

— Será mantido — Ricardo respondeu e saiu da cabana, deixando Alexandre sozinho e perdido nos próprios pensamentos.

21

Jéssica entrou na sala de jantar no horário combinado com seu anfitrião. Usava um vestido ombro a ombro vermelho, longo e com duas fendas que deixavam suas pernas à mostra, além de scarpins negros e elegantes. Seus cabelos lisos e soltos caíam sobre os ombros. A maquiagem era suave, realçando toda a sua beleza. Os brincos longos com rubis deixavam-na ainda mais deslumbrante. Ela nem parecia a mesma Jéssica que entrara no castelo pela manhã. Aquela mulher arrumada era outra pessoa.

O aposento estava preparado e decorado à altura de receber toda aquela beleza. No centro da sala, a comprida mesa de madeira maciça, coberta por uma toalha de linho branca, estava muito bem decorada com pratarias finíssimas e copos de cristal entre castiçais. O riquíssimo lustre de bronze pintado emitia apenas uma meia-luz, realçando ainda mais a iluminação das velas acesas. No canto do aposento, bém distante da mesa e próximo às cortinas abertas, por onde as portas duplas de vidro de acesso ao terraço inferior deixavam entrar a fraca claridade da lua, dando um ar ainda maior de romantismo, um pianista vestido de fraque negro, de costas para todo o aposento, tocava clássicos de Chopin e Beethoven, entre outros famosos compositores.

Erick estava com seus longos cabelos presos por um elástico, caindo em suas costas por cima do belo terno cor de chumbo sobre uma camisa branca, gravata lisa escura e sapatos negros brilhantes de tão polidos que estavam. Mantinha-se em pé ao lado da confortável cadeira na cabeceira da mesa e olhava Jéssica com especial interesse. Ele nunca acreditara que sua convidada fosse capaz de se colocar tão bela quanto se apresentava naquela noite. Surpreso, caminhou na direção dela, com o olhar carregado de paixão e ternura pousado sobre ela. Não resistiu e lançou seu elogio:

– Minha querida Jéssica, permita-me elogiar toda sua beleza. Você está linda! Simplesmente deslumbrante!

Envergonhada, Jéssica desviou o olhar daqueles olhos penetrantes. Mas logo se deixou levar. Abrindo um sorriso, ela voltou a olhar seu anfitrião, agora estendendo sua mão na direção dela, convidando-a para conduzi-la até seu lugar à mesa. Ela chegou a ter a impressão de que Erick fazia uma suave mesura, mas não teve certeza. Independentemente, ela se deixou levar e colocou com delicadeza sua mão sobre a palma formalmente estendida.

Assim que se tocaram, Erick não hesitou em se dobrar e beijar com suavidade as costas da mão dela, sem perder o contato visual com Jéssica. De imediato, todo o corpo dela se aqueceu. Uma estranha sensação de prazer a dominou, fazendo-a estremecer de leve. Se o anfitrião havia percebido sua reação, ela nunca saberia, pois em nenhum momento ele deixou isso transparecer.

Endireitando-se, Erick colocou-se ao lado dela, as mãos ainda se tocando, e a conduziu até a cabeceira da mesa. Puxou a pesada cadeira de madeira, cujos assento e encosto eram de estofado decorado com veludo vermelho, para ela se acomodar. Assim que ela se sentou, Erick a empurrou de volta até uma posição confortável para sua convidada.

– Obrigada – Jéssica respondeu, lançando um rápido olhar envergonhado em direção a ele.

– É um prazer, minha donzela! – Erick respondeu, enaltecendo-a e fazendo-a corar mais uma vez.

Antes que ela pudesse reagir a tal elogio, Erick adiantou-se:

– Creio que um excelente vinho seja apropriado para o momento.

Erick afastou-se dela, caminhou até o centro da mesa, pegou uma jarra de prata e serviu o vinho tinto nas duas elegantes taças dispostas sobre

Capítulo 21

a mesa. Pegando-as, ele retornou com passos lentos até a jovem e estendeu uma delas na direção de Jéssica.
– Por favor, minha querida, brinde comigo um novo começo. – Depois de uma pausa para trazer um pouco de suspense, ele se inclinou de leve na direção dela e completou seu raciocínio: – O seu novo começo.
Hesitante, Jéssica pegou a taça. Ignorando o braço estendido em sua direção, aguardando o brinde, ela girou o líquido dentro do cálice. Ele parecia um pouco mais viscoso do que ela conhecia. Desconfiada, aproximou de seu nariz e cheirou de leve o conteúdo. Não conseguiu, porém, identificar o que foi servido a ela. Levantando o olhar na direção de seu anfitrião, Jéssica estava prestes a perguntar o que era aquilo quando Erick, ao perceber a dúvida nos olhos dela, antecipou-se:
– Fique tranquila. Não é sangue. Eu não faria isso com você.
Jéssica mirou o conteúdo vermelho na taça, desconfiada. Havia um motivo para isso. Algumas horas antes, ela e Larissa haviam sido torturadas em uma das salas daquele castelo com um líquido viscoso semelhante àquele, servido de uma jarra semelhante à que estava sobre a mesa. Havia também um jogo implícito naquelas ações de Erick. Ele a estava desafiando. Testando sua coragem. Ela sabia muito bem disso. Somente não sabia qual reação era esperada por seu anfitrião. Muito menos qual ação ela queria tomar.
Jéssica permaneceu alguns segundos olhando fixamente para o líquido girando em sua taça, conforme fazia leves movimentos circulares com a mão. Depois de avaliar as possibilidades, ela levantou o olhar na direção de seu anfitrião, com o braço ainda estendido, aguardando o brinde:
– Que se dane! – respondeu.
Batendo de leve a taça na dele, com os olhos fixos em seu anfitrião, ela a levou à boca. Não para um único gole, educado como fora o dele. Se aquele era um desafio, ela iria até o fim. Beberia todo o conteúdo de uma vez só. Ela provaria, com tal ato, que não tinha medo dos jogos psicológicos de Erick.
Ao terminar, Jéssica colocou a taça sobre a mesa e exclamou toda sua satisfação:
– Este vinho é delicioso!

Satisfeito por Jéssica ter bebido tudo e gostado, Erick pegou a jarra novamente e a serviu mais uma vez. Enquanto o líquido escorria para o interior da taça, ele falou:
— Sua mãe também gosta deste vinho. Vocês duas têm um paladar muito apurado para o que é bom. Não é mesmo?
Jéssica não respondeu à pergunta dele. Havia algo mais importante a ser discutido. Desde quando fora surpreendida com o fato de sua mãe estar viva e, mais intrigante ainda, estar habitando aquele castelo, em meio a vampiros, ela esperava pela oportunidade de conversar com Erick. Os fatos necessitavam de esclarecimentos. Já que Marcela fora mencionada na conversa, aquela era a melhor hora para as cartas serem colocadas na mesa.
— Eu pensei que minha mãe estivesse morta! Foi você quem a transformou?
Erick lançou um suspiro fingido. Afastando-se dela, sentou-se de forma confortável em sua cadeira na outra extremidade da mesa e bateu palma duas vezes. Enquanto os serviçais entravam e serviam o jantar para Jéssica, ele falou:
— Você deve estar com fome. Vamos discutir isso enquanto você janta.
Jéssica estava faminta. Mas também queria saber logo a verdade sobre o envolvimento entre Erick e sua mãe. Não havia, porém, outra escolha além de seguir as exigências sutis de seu anfitrião. A única forma de continuar a conversa seria entrar ainda mais no jogo dele.
Enquanto ela cortava um pedaço de seu bife muito malpassado com uma chique faca específica para carnes e levava um pedaço à boca, Erick respondeu com um tom de falsa tristeza:
— Não fui eu quem a transformou. Quando ela chegou a mim, já havia sido mordida.
Jéssica largou de forma displicente os talheres sobre o prato e perguntou:
— Quem a transformou? — Havia raiva em sua voz.
Controlando suas emoções, o que deixava Jéssica ainda com mais raiva, Erick respondeu:
— Não vamos partir para esse lado. Isso só vai fazer mal a você.
Curvando-se para a frente e apoiando os dois antebraços na lateral da mesa, ele a olhou com compaixão e continuou:
— O importante é que sua mãe está viva e bem. Se ela é vampira ou não, não importa. Muito menos quem a transformou. Tudo o que

Capítulo 21

importa, no momento, é que sua mãe está aqui e vocês finalmente podem ficar juntas, sob os meus cuidados.

Jéssica não acreditava no que estava ouvindo. Um vampiro, alguém inclinado para o mal por natureza, estava oferecendo a ela uma moradia permanente, em meio a eles. Havia algo de muito errado naquilo. Devia haver algo em troca. Ninguém faz nada de graça, principalmente quando se trata da relação entre vampiros e humanos.

Desconfiada, ela questionou as intenções de Erick:

– O que você quer em troca?

Erick já esperava pelo questionamento e foi rápido na resposta:

– Nada. Apenas que você seja feliz ao lado de sua mãe. – Recostando-se na poltrona, continuou: – Essa é uma oportunidade única. Não a desperdice com uma caça às bruxas desnecessária.

Tudo o que Jéssica mais queria era estar de novo com sua mãe. Mas tudo estava perfeito demais. Devia haver segundas intenções, que logo seriam colocadas à prova.

– Está bem – Jéssica respondeu, com o olhar fixo em Erick. – Se você se preocupa tanto assim com minha felicidade e a de minha mãe, vai deixá-la ir embora comigo antes do amanhecer. Não precisamos ficar aqui, em seu castelo, sob seus cuidados.

Adotando um tom desafiador, Jéssica perguntou:

– Ou precisamos?

Erick suspirou. A conversa estava tomando um rumo que ele não gostaria, mas cuja possibilidade já fora considerada por ele.

– Se for a vontade de Marcela, não posso me opor – respondeu Erick.

Jéssica foi pega de surpresa pela concessão de Erick. Não esperava que ele concordasse com ela. Muito menos de uma maneira tão fácil. Baixou a guarda e começou a montar um novo conceito sobre os vampiros. Um conceito que fazia sentido com o que sua mãe lhe dissera sobre a Ordem de Ettore havia apenas algumas horas. Talvez nem todos os vampiros fossem tão maus assim e os antigos membros da Ordem a que sua mãe, seu pai e até sua irmã faziam parte eram os verdadeiros culpados da história toda. Talvez Alexandre e aquela mulher levada por Darius fossem os verdadeiros culpados.

Para selar a paz e fortalecer a confiança de Jéssica nele, Erick levantou-se de sua poltrona e aproximou-se dela, com a mão estendida em sua direção.

— Já que vai embora antes do amanhecer, pelo menos me permita uma dança com a filha de Marcela.

Não vendo motivo para recusar, Jéssica lhe estendeu a mão. Enquanto era conduzida com delicadeza por seu anfitrião para o amplo espaço entre o piano e a mesa de jantar, Erick pediu ao pianista:

— Uma valsa, por favor.

O pianista interrompeu a melodia que tocava e iniciou uma valsa animada. Ao som da música, Erick segurou com gentil firmeza nas costas de Jéssica enquanto ela colocava a mão livre em seu ombro. Deixando-se levar pelo experiente vampiro, ela se entregou a ele. Naquele momento, não havia vampiros. Não havia Marcela. Não havia Ordem de Ettore. Nem mesmo resquícios do terror vivido pela manhã. Havia apenas um casal dançando com alegria ao som da valsa.

Em meio a giros e movimentos perfeitos da música, Erick percebeu o sorriso no rosto de Jéssica. Pela primeira vez em sua vida, ela estava à vontade e se divertindo. Aproveitando a oportunidade, sem parar de conduzi-la pelo amplo espaço usado como pista de dança, ele sussurrou no ouvido dela:

— Poderemos ter isso toda noite, se quiser. Não precisa ir embora.

Voltando a si, contra a vontade, Jéssica respondeu:

— Eu já tomei minha decisão. Espero que não tenha se arrependido da concessão que fez.

Erick suspirou antes de responder:

— Eu realmente esperava que você mudasse de ideia, que escolhesse ficar. Eu realmente esperava que você escolhesse ser uma de nós.

Com um movimento rápido, como se fosse realizar um passo diferente de valsa, Erick girou Jéssica até os braços de ambos se esticarem, ficando apenas as suas mãos se tocando com graciosidade. Ele, no entanto, não a segurou, deixando-a cair de propósito no chão.

A música parou no mesmo momento. Sentada no chão, Jéssica olhou com raiva para Erick enquanto ele se aproximava e se agachava ao seu lado.

— Criança! Você achou mesmo que eu a deixaria ir?

Agarrando-a pelos cabelos e pela nuca com apenas uma das mãos, ele continuou:

— Eu só esperei que sua estada aqui fosse pacífica. Mas você escolheu o caminho mais duro.

Capítulo 21

Em um movimento ágil, ele agarrou um dos brincos com a mão que estava livre e o arrancou sem demonstrar nenhum escrúpulo. Jéssica gritou de dor. Sua mão foi direto à orelha, cobrindo-a. A agonia era tanta que ela nem sequer considerou tentar se afastar de seu algoz. Tão rápido quanto arrancara o brinco, Erick soltou sua nuca, agarrando-a agora pelo pescoço, aproximando seu rosto do dela. Entre dentes, falou:

– Você me disse que gostaria de conhecer a pessoa que transformou sua mãe.

Sem dar a chance para Jéssica responder, ele virou o rosto para o músico e elevou a voz, pronunciando cada sílaba com prazer incomum:

– Pi-a-nis-ta!

O homem, trajando um fraque negro sobre uma camisa branca e uma gravata borboleta, lentamente se colocou em pé, empurrando para trás com as próprias pernas o banco onde estivera sentado. Ele era grisalho, alto e atlético. Alguém que Jéssica conhecia muito bem. Alguém que fizera Jéssica sofrer. Alguém que fora um alívio para ela quando sua morte fora anunciada.

Ele, porém, não estava morto.

– Ou, devo dizer, Felipe! – Erick gritou na sala, olhando para o homem de costas.

Felipe virou-se, a tão conhecida expressão rude em seu rosto. No momento em que o viu, o corpo de Jéssica tremeu de medo. Pior do que ter um pai violento, era estar na presença de um pai vampiro, com tendências de ser ainda mais agressivo do que de costume.

Apontando para Felipe com a mão livre, Erick gritou:

– Eis o vampiro que transformou sua mãe!

Mesmo sufocada pelo aperto de Erick em sua garganta, Jéssica deixou escapar:

– Não! Não pode ser! – Lágrimas escorriam por seu rosto, borrando sua maquiagem.

Seu pai, além de ser um vampiro, fora o responsável por transformar sua mãe. Aquilo não podia ser verdade. Quando tudo estava melhorando, quando Jéssica finalmente poderia ser feliz ao lado de sua mãe, depois de uma vida sofrida, o pesadelo continuava.

Pesadelo! Era isso. Ela estava sonhando e, quando acordasse, tudo estaria normal e em segurança, na presença de sua mãe naquele quarto do castelo. Apegando-se a isso, ela fechou os olhos com força, fazendo mais lágrimas escorrerem por seu rosto. Contou mentalmente até três e os abriu.

Com exceção de Felipe estar agachado ao lado de Erick, nada mais havia mudado. Encarando essa nova realidade, Jéssica foi forçada a controlar as próprias emoções para sobreviver. Tomou uma atitude inesperada para seus algozes, batendo no braço do vampiro que a segurava pelo pescoço. Livre do aperto, ela se levantou o mais rápido que pôde e tentou correr na direção da mesa. Ela precisava de uma arma.

Erguendo-se enquanto os pés da jovem patinavam no chão liso, tentando se levantar enquanto se afastava o máximo possível dos vampiros, Erick apontou na direção dela e falou:

— Ela é toda sua.

Felipe levantou-se e caminhou a passos rápidos atrás de uma jovem em fuga, já em pé, porém ainda desequilibrada. Quando o vampiro a alcançou a meio caminho da mesa, não mediu esforços em empurrá-la com força contra a mobília, fazendo-a se debruçar sobre o tampo de madeira, onde alguns itens bem organizados foram arrastados para os lados. A jarra de vinho tombou, derramando o líquido e manchando a toalha de vermelho. As taças se quebraram quando também caíram sobre a mesa. Por pouco, os castiçais não foram derrubados e iniciaram um incêndio.

Antes mesmo que Jéssica pudesse virar-se, Felipe a agarrou pela nuca e a empurrou contra a mesa, mantendo-a presa com o peso de seu próprio corpo. Espalmando a mão contra a lateral do rosto dela, ele pressionou a cabeça dela contra a madeira. Mechas de cabelo caíram sobre sua face e dançavam a cada expiração dolorida que escapava pelo meio dos seus dentes cerrados.

Debruçando-se ainda mais, sem aliviar a pressão, o vampiro aproximou o rosto do dela, entrando no campo de visão de sua filha.

— Eu esperei tanto tempo por isso. Não sei nem por onde começar para compensar todos esses anos sem poder te dar um tapa sequer.

Com os dentes cerrados, Jéssica implorou:

— Pai, não, por favor!

Mas ele não era mais seu pai. Jéssica sabia muito bem disso. Ele era um vampiro que ameaçava sua vida. Implorar não surtiria nenhum efeito. Jéssica precisava reagir. Não haveria mal em lutar por sua vida. Seu pai, ou o que sobrara dele, iria aprender da pior

Capítulo 21

maneira que sua filha não era mais a mesma. Pela primeira vez, depois de muitos anos, ela iria se defender.

Tateando a mesa, as mãos desesperadas de Jéssica esbarraram nos castiçais, quase os derrubando, e jogaram pratos no chão, alguns deles se quebrando com um estrondo, até seus dedos se fecharem ao redor do cabo de uma faca. Com um movimento rápido, Jéssica cravou a ponta afiada na perna de Felipe. Não contente com o grito de dor que escapou da boca dele, ela ainda girou a lâmina, fazendo um estrago ainda maior e causando mais sofrimento ao seu algoz. Por fim, arrancou a faca, fazendo-o urrar de dor enquanto sangue jorrava pela ferida.

Jéssica sabia, porém, que seu ataque não fora suficiente para matá-lo. Afinal, Felipe era um vampiro. Mas causara o efeito desejado quando ele, sentindo a forte dor, soltou-a e recuou um passo, mancando.

– Sua vadia! – gritou, com os dentes cerrados.

Jéssica ignorou o insulto, endireitou o corpo e virou-se com ferocidade. A lâmina manchada de sangue rasgou o ar para encontrar a lateral do pescoço de Felipe, cortando sua jugular conforme afundava até o cabo. Sangue pulsou pela ferida, escorreu pela faca e, mesmo com algumas gotas pingando no chão, começou a manchar de vermelho a mão da jovem.

Demonstrando toda a sua raiva, Jéssica apertou ainda mais o cabo da faca enfincada e a moveu pelo pescoço do vampiro, rasgando sua garganta praticamente de orelha a orelha. Mais sangue escorreu da ferida para a mão já manchada de vermelho e para o chão. Quando a lâmina saiu do outro lado, toda ensanguentada, Felipe, com os olhos arregalados, caiu de joelhos à frente da filha, com os braços tentando, desesperadamente, abraçar a cintura dela.

– Minha filha... – balbuciou com dificuldade, sua voz não sendo mais do que um sussurro afogado em tanto sangue. – O que você fez?

Sem ter extravasado toda a sua raiva, Jéssica agarrou Felipe pelos cabelos e puxou sua cabeça para trás. Mais sangue escorreu pela ferida, manchando o belo fraque. Com lágrimas de ódio escorrendo pelo canto dos olhos, ela cravou a faca no coração do vampiro. Um gemido de dor escapou dele, quase inaudível sob o ruído de prazer que saía da boca de seu carrasco.

Não havia, porém, terminado. Tão logo havia enfiado a faca no coração do vampiro, Jéssica a arrancou. Só para atacar mais uma vez. E mais uma vez. E mais uma. Em sua fúria contra o pai transformado, ela estocou o coração dele inúmeras vezes, fazendo do peito de sua vítima uma peneira, por onde mais sangue jorrava.

– Morre, seu merda, morre! – gritou ela para o vampiro agonizante.

Ao encontro da morte, Felipe, com um último esforço, conseguiu abraçar Jéssica pela cintura e puxá-la sobre ele quando seu corpo caiu para trás. Reagindo ao inofensivo ataque do vampiro, Jéssica não criou resistência à investida desesperada dele em puxá-la junto para o chão e se sentou sobre o corpo agonizando pelos múltiplos ferimentos no coração. Com a mesma violência de seus ataques anteriores, Jéssica continuou desferindo golpes contra o peito de Felipe, perfurando-o com ferocidade, extravasando a raiva ainda contida ao colocar, de uma vez por todas, um fim na segunda vida de seu pai.

Mesmo depois de os braços do vampiro terem caído de lado, inertes, Jéssica continuou golpeando seu coração parado. Ela chorava de ódio, descontando, a cada estocada no vampiro morto, tudo o que havia passado, todos aqueles anos, nas mãos dele. Nem mesmo o sangue manchando a mão já tingida de vermelho a fez parar.

Jéssica somente voltou a si quando aplausos chegaram aos seus ouvidos. Ao parar de perfurar o peito de Felipe, ela ergueu o olhar para ver, entre lágrimas de ódio, Erick se aproximando dela a passos lentos, aplaudindo seu feito:

– Muito bem, minha querida! – Ele trazia um sorriso divertido no rosto.

Erick parou de bater palmas, desviou por alguns segundos o olhar para o vampiro morto e continuou:

– Como se sente por se livrar de tantos anos de opressão?

Jéssica ficou em pé, apontou a faca para Erick e gritou sua resposta:

– Fique longe de mim! Eu já matei um! Matar você não será problema para mim!

Ainda caminhando na direção dela, ele continuou seu raciocínio, sem se abalar:

– Não foi libertador poder extravasar toda a sua fúria? O que você fez hoje foi extraordinário. Foi o primeiro passo para apaziguar seu

Capítulo 21

coração de todo o ódio que sente. Agora, por que não se une de vez a mim e vamos, juntos, liquidar a Ordem de Ettore?

Parando a poucos passos dela, ele encerrou seu pensamento:
– Não se esqueça de que a Ordem de Ettore começou tudo isso. Seu pai era somente um membro contaminado por antigas mentiras.

Estendendo o braço de forma amigável para ela, Erick a convidou:
– O que me diz?

Jéssica, até o momento apontando a faca na direção do vampiro, abaixou o braço. Pensativa, ela desviou o olhar para o corpo de seu pai no chão. Erick tinha razão. Seu pai era somente o começo do problema. A Ordem de Ettore ainda existia. Aquele mal também precisava ser extinto. Assim como os vampiros. Assim como Erick. Ela não podia se aliar a nenhum deles.

Naquele momento, ao dar sua resposta, Jéssica dava o primeiro passo para se tornar quem estava destinada a ser:
– Eu vou trilhar meu próprio caminho nessa guerra.

Mas não seria quem Erick gostaria que ela se tornasse, nem em quem ele vinha tentando transformá-la, usando sua sabedoria por meio de suas palavras e seus atos.

Suspirando em decepção, olhando para as próprias mãos sobrepostas na altura de seu peito, enquanto o polegar da mão direita friccionava de leve a palma da mão esquerda, ambas voltadas para cima, Erick respondeu de forma controlada:
– Eu temia que dissesse isso.

Com um movimento rápido, Erick desarmou Jéssica e jogou-a de bruços no chão, ao lado do cadáver. Uma das poças de sangue manchou tanto a roupa quanto os ombros expostos e o rosto da jovem. Antes que ela pudesse se levantar, o vampiro colocou um dos joelhos sobre suas costas e agarrou um dos braços, torcendo-o o suficiente para deixá-la apenas imobilizada. Presa, Jéssica debateu-se algumas vezes, gritando ofensas para o vampiro.
– Me solta, seu filho da puta! Eu vou acabar com sua raça!

Balançando a cabeça de um lado para o outro, ele respondeu:
– Que linguajar mais obsceno. Tenho certeza de que não aprendeu isso com sua mãe. Nem com sua irmã. Com seu pai, talvez. Ele costumava usar esse tipo de jargão ofensivo com frequência.

Ao debruçar-se, ele colocou seu rosto no campo de visão dela antes de continuar o pensamento:

– Ah, Janaína... Sua tão amada irmã. Ela deve estar tão decepcionada pelas atitudes que você tomou esta noite. – Havia um tom fingido de decepção em sua voz.

Ao ouvir o vampiro mencionar o nome de sua irmã, Jéssica se remexeu de ódio, ignorando a dor no braço torcido por seu algoz. Se ela conseguisse se livrar, usaria toda a fúria contra Erick. A morte dele seria lenta e dolorosa.

Incapaz de escapar, apesar das tentativas, Jéssica foi forçada a se contentar apenas em demonstrar todo o seu ódio por meio de palavras:

– Você não é digno de sequer dizer o nome da minha irmã – Jéssica protestou, entre dentes.

Temendo que ela escapasse, Erick endireitou seu corpo para conseguir segurá-la com um pouco mais de força e abriu um sorriso de satisfação. Sua provocação havia surtido efeito.

– Eu poderia acabar com sua vida agora mesmo – falou com um tom de voz controlado. – Seria tão fácil. Mas sou um homem generoso e acredito que você realmente possa impulsionar toda a sua raiva para o verdadeiro inimigo. Portanto, vou te dar a última oportunidade de pensar sobre seus atos. Quem sabe, assim, você faça a escolha certa e se junte a mim.

– Nunca! – Jéssica gritou em resposta.

Erick não respondeu ao protesto dela. Não adiantava tentar convencê-la agora. Seu estado de fúria a deixava surda para as palavras intencionais que lhe escapavam. Forçado a aguardar por um momento melhor, o vampiro a agarrou pelos cabelos e, com força controlada, empurrou a cabeça dela contra o chão, fazendo-a bater a testa. Consciente, porém um pouco tonta, Jéssica deixou de ser um desafio. Foi fácil agarrá-la pelas costas do vestido e arrastá-la naquele estado pelos corredores do castelo. Ele somente a colocou nos ombros quando chegaram às escadas circulares de acesso ao segundo piso.

Erick subiu um lance de escadas, chegando à porta do segundo andar, onde estava localizado o aposento de Jéssica. O vampiro, porém, continuou subindo pela escadaria circular, iluminada por tochas dispostas a intervalos regulares. Passou por mais uma porta, de acesso ao segundo terraço, e continuou subindo. Passou por mais uma porta, que levava para a área externa, ao redor da primeira torre circular, e continuou indo mais para cima. Somente parou quando

Capítulo 21

as escadas terminaram em uma pequena plataforma iluminada pela última das tochas penduradas à parede. Diante dele, no ponto mais alto da torre, uma grade de ferro bloqueava seu caminho. Além dela, apenas escuridão.

Tendo planejado levar Jéssica até aquele aposento, no alto da segunda torre circular, caso as circunstâncias do jantar não seguissem o rumo desejado, Erick tirou do bolso de seu terno uma chave e a colocou no ferrolho. O som da fechadura se abrindo ecoou escada abaixo. Com a mão livre, o vampiro abriu a grade e deu apenas um passo para o interior do aposento. Sem qualquer preocupação com o bem-estar da vítima em seus ombros, ele a soltou de forma displicente no chão. Um gemido escapou da boca de Jéssica quando caiu de costas sobre o tapete, um estranho enfeite para um lugar que mais parecia uma prisão, mas que provou ter uma utilidade extra ao amortecer o impacto da queda.

– Erick... Erick... – ela chamou, tentando se levantar, mas caindo sentada após cambalear alguns passos.

Com o quarto girando ao seu redor, Jéssica esticou o braço na direção dele. De sua boca, uma súplica estava prestes a sair:

– Erick...

Mas foi interrompida pelo seu algoz:

– Quando você estiver disposta a ser uma de nós, você terá sua liberdade.

Ignorando uma Jéssica que rastejava com dificuldade na direção da plataforma iluminada, Erick fechou a grade e a trancou. Nem mesmo quando a jovem esticou um dos braços por entre as barras de metal em sua direção, com a mão aberta e um olhar suplicante, o vampiro se comoveu. Ele apenas se virou e desceu as escadas, deixando-a ali, sozinha na escuridão, gritando em vão pelo nome de seu carcereiro.

22

Desapontado com os acontecimentos do jantar, Erick entrou em seu aposento, o maior do segundo andar do castelo, soltando o nó da gravata com ferocidade controlada. Apesar da fraca iluminação da lua, que adentrava o quarto pelas portas duplas de vidro de acesso ao terraço, deixando-o mergulhado na penumbra, o vampiro aproximou-se com facilidade do cabideiro de piso à sua direita. A escuridão não era problema para ele. Por ser um vampiro, conseguia enxergar muito bem em ambientes com pouca luminosidade. Além do mais, ele conhecia seu quarto como a palma da mão.

Erick tirou o paletó e o pendurou. Voltando a atenção para os botões de seu colete sobre a camisa, o vampiro se concentrou em soltá-los. Ele estava tão disperso em suas atividades, com seus pensamentos presos em um passado não tão distante, que não percebeu um pequeno movimento em uma das cortinas escuras abertas ao lado das portas de vidro. Muito menos tomou conhecimento da figura vestida com um manto negro, o capuz jogado sobre a cabeça, escondendo o rosto na escuridão.

Havia um poder sobrenatural emanando daquele ser, capaz de colocar medo em qualquer um. Erick, no entanto, nem sequer se preocupava com a figura parada ali enquanto pendurava o colete de seu terno. Muito menos se sobressaltou quando a voz feminina e poderosa chegou aos seus ouvidos:

— Você está atrasado. — Havia um perigoso tom de cobrança na forma como ela dizia tais palavras. — Estou me arriscando muito vindo aqui. Não posso me ausentar muito de minhas funções. Você, mais do que ninguém, sabe disso.

Distraído com os botões de sua camisa, Erick nem sequer se virou para a mulher ao responder:

— Tive um pequeno probleminha no jantar com uma de minhas convidadas de honra.

A mulher nada respondeu de imediato. Adiantando-se quarto adentro, ela se aproximou do vampiro e parou bem à sua frente. Com movimentos controlados, ela afastou as mãos de Erick e começou a desabotoar a camisa dele, a partir de onde ele havia parado.

— Talvez você esteja perdendo seu poder de persuasão — falou a mulher, sem tirar os olhos do que fazia.

Antes mesmo que Erick pudesse responder à delicada verdade lançada ao ar, a mulher continuou:

— Espero que você não tenha perdido o controle da situação.

Lançando um olhar sério para o rosto encapuzado à sua frente, Erick falou:

— Você está julgando meus atos? Se estiver, muito cuidado! É um caminho perigoso a ser trilhado.

Houve momentos de tensão entre os dois, logo quebrado pela mulher ao levantar a cabeça após terminar o que fazia e esboçar um sorriso para o vampiro.

— Eu me pergunto se você tem certeza do que está fazendo. Você, mais do que ninguém, sabe que, depois de feito o que me pediu para fazer, não terá mais volta.

Erick foi rápido na resposta:

— É esse seu tipo de desconfiança que me fortalece na decisão que tomei.

— Está bem — ela respondeu, virando-se de costas ao desabotoar o último botão e afastando-se alguns passos dele. — A vida é sua. Tire sua camisa e deite-se na cama!

Enquanto Erick obedecia às ordens de quem o estava ajudando a realizar seus planos, a mulher sussurrou algumas palavras. De imediato, como se respondessem a um chamado, figuras encapuzadas,

Capítulo 22

cada uma delas segurando diferentes artefatos – desde velas, pequenas estátuas, amuletos e uma vasilha com sangue humano, até um pequeno baú de madeira trabalhada à mão –, saíram de todos os cantos escuros do aposento e se colocaram ao redor da cama.

Aproximando-se da cama, a mulher parou ao lado do peito desnudo do vampiro. Ela abaixou o olhar para Erick e falou:

– Estamos prontos para começar.

Erick olhou diretamente para a sombra sob o capuz e fez um gesto afirmativo com a cabeça, autorizando o início do ritual. Seguro de estar fazendo a coisa certa, ele endireitou sua cabeça sobre o travesseiro e mirou o teto por alguns segundos antes de fechar os olhos. A partir daquele momento, sua vida, sua eternidade, estava nas mãos daquela mulher encapuzada.

Ao levantar o olhar, de Erick para seus aliados encapuzados ao redor da cama, a mulher fez um sutil gesto com a cabeça e iniciou um cântico em uma língua estranha. Respondendo ao poder de sua voz, as velas se acenderam. Linhas em um tom de vermelho ganharam vida no chão do quarto. Crescendo conforme a canção chegava em seu auge, os traços sob a cama e os pés das figuras encapuzadas ganhavam a forma de um pentagrama, entrecortado nas pontas angulosas por uma circunferência perfeita, envolvendo cada um dos praticantes do ritual. Bem no centro do poderoso desenho, a imagem de um rosto de bode com grandes chifres ganhou forma: o próprio Lúcifer em sua forma animalesca.

A mulher encerrou seu cântico quando o desenho no chão estava completo. O quarto, porém, não ficou em silêncio. Tão logo ela havia terminado, seus súditos ao redor iniciaram um novo cântico na mesma língua, enaltecendo o poder naquele ambiente mergulhado na penumbra. Energizada pela força demoníaca ao redor, a líder do ritual esticou o braço na direção da figura encapuzada ao seu lado, umedeceu a ponta de seus dedos com o sangue humano da vasilha e começou a fazer desenhos sobre o corpo de Erick. Primeiro, ela fez um círculo sobre o peito, onde estaria o coração do vampiro. Depois, traçou diversas linhas curvas no interior da circunferência. Por fim, criou novas linhas a partir do círculo desenhado sobre o peito, fortalecendo e energizando o corpo de Erick para a próxima fase do ritual.

Terminados seus desenhos sobre o peito e o rosto de Erick, a mulher deixou os braços caírem ao lado do corpo, recuou alguns passos e se juntou à cantoria na língua estranha. Ao mesmo tempo, as figuras ao redor depositavam todos os itens que seguravam em lugares específicos no interior do pentagrama desenhado no chão. Ao se levantarem, todas elas uniram as mãos ao redor da linha vermelha que delimitava o círculo e levantaram a cabeça, requisitando mentalmente a presença do Senhor das Trevas naquele ritual.

O vento que adentrou o aposento, abrindo com violência as portas duplas de acesso ao terraço inferior, começou a rodopiar em torno das figuras de mãos dadas, balançando suas vestes com severidade. O ambiente tornou-se mais quente. As linhas no chão e sobre Erick ganharam um brilho intenso.

Sabendo que seu pedido fora atendido e que o Senhor das Trevas agraciava aquele momento, a mulher soltou as mãos das figuras ao lado e deu um passo para o interior da circunferência. O sigilo, no entanto, não permaneceu aberto. Tão logo ela se aproximou da cama, as duas pessoas atrás dela deram as mãos, não deixando o círculo aberto por mais tempo do que o necessário.

A mulher parou ao lado da cama e levantou seu olhar para o teto do castelo. Nele, centralizado sobre o corpo sem expressão de Erick, estava projetada a imagem do Senhor das Trevas, um reflexo perfeito do desenho outrora feito no centro do pentagrama.

– Ele atendeu ao nosso chamado! – sussurrou a mulher para si mesma, sorrindo.

Pronta para executar a principal parte do ritual, a mulher sacou da manga de sua túnica uma adaga cerimonial, cujo cabo trazia a imagem animalesca do próprio Senhor das Trevas. No lugar onde deveriam estar seus olhos, duas pedras preciosas vermelhas brilhavam, carregadas de energia ao serem consagradas pela figura demoníaca invocada. A lâmina, até o momento inerte em sua coloração prateada, adotou o mesmo brilho avermelhado das pedras cravejadas.

Confiante, sentindo-se energizada pelo cântico das figuras encapuzadas ao redor e agraciada pelo próprio Senhor das Trevas, a mulher colocou a ponta da adaga em ângulo em uma das extremidades da circunferência desenhada no peito de Erick. Com precisão cirúrgica, desceu pelo peito do vampiro até a outra extremidade do círculo, cortando toda a sua carne. Um gemido lhe escapou. Sangue escorreu da ferida para todos os lados, manchando

Capítulo 22

seu corpo e encobrindo parte das linhas desenhadas antes de escorrer para os lençóis abaixo dele.

Terminada a incisão, a mulher colocou a adaga ao lado do corpo. A próxima parte teria de ser feita com as próprias mãos. Ela mergulhou seus dedos na incisão, abriu o ferimento, deslocando para o lado pele, tecidos, músculos e costelas, até o coração do vampiro estar exposto, batendo de forma lenta e controlada, como se nada estivesse acontecendo.

Naquele momento, a mulher sentiu-se ainda mais poderosa. A vida de Erick estava em suas mãos. Se ela quisesse matá-lo, aquela seria a melhor oportunidade. Ele não ofereceria resistência. Muito menos seus súditos, pois, ela acreditava, nenhum deles sabia o que estava acontecendo ali, naquele momento. Para ela, o vampiro havia confiado esse segredo apenas às pessoas que estavam ao redor de sua cama e, claro, ao Senhor das Trevas.

Mas ela não faria isso. O que estava fazendo, por mais que considerasse loucura, era com o intuito de proteger Erick. Quando terminasse, nenhuma lâmina, nenhuma magia, nada seria capaz de acabar com a vida daquele vampiro. Quando ele acordasse, seria mais poderoso do que nunca. Ele realmente seria imortal, no sentido mais completo que se possa imaginar... se ela fosse capaz de executar com eficiência o procedimento mais delicado de todo aquele ritual. Mergulhando com muito cuidado as mãos no meio do ferimento aberto, ignorando o sangue que as manchava de vermelho, ela envolveu o coração pulsante com seus dedos. Com a mão livre, desconectou cada artéria que prendia o órgão ao corpo, embalada pelo cântico poderoso ao redor. Com o coração livre dos tubos que sustentavam a vida, ela conectou as artérias e veias umas às outras e as selou com magia. Quando terminou, retirou o coração pulsante da cavidade torácica.

Tão logo o coração estava fora do corpo, uma das figuras ao seu lado já havia abandonado o círculo e segurava o baú de madeira aberto nas mãos, a nova morada do coração de Erick. Aquele pequeno espaço escuro em seu interior não era, no entanto, um simples invólucro forrado com um tecido macio e arroxeado. Aquilo era um buraco negro, um portal para um universo paralelo, uma outra dimensão, através do qual o coração do vampiro seria enviado e a mulher, somente ela, saberia para onde o órgão vital havia sido mandado. Mais do que isso. A magia colocada sobre o fecho do baú, depois que o coração foi mandado para outro universo, somente poderia ser desfeita por alguém muito poderoso, com controle total da magia.

Para a mulher encapuzada, somente havia uma pessoa além dela que seria poderosa o suficiente, que teria conhecimento suficiente, para abrir aquele baú. Um alguém que, em breve, muito em breve, quando seus planos estivessem concluídos, não teria mais condições de fazer nada sozinho.

Em outras palavras, o coração de Erick estava seguro naquele universo paralelo.

Mesmo com o coração seguro em outra dimensão, ela ainda não havia acabado. Colocando a palma das mãos unidas e sobrepostas sobre o ferimento aberto de Erick enquanto uma das figuras encapuzadas afastava-se com o baú, a mulher iniciou a última magia do ritual: reestabelecer o corpo do vampiro. Tão logo começou, a ferida se fechou, ficando apenas uma cicatriz, uma marca que, aos poucos, reduzia de tamanho com o poder regenerativo do próprio vampiro.

Após encerrar a magia, agradecendo ao Senhor das Trevas pelas bênçãos, a mulher pegou a vasilha com sangue das mãos da figura encapuzada ao seu lado e dispensou todas elas. Uma a uma, levando consigo os artefatos restantes, elas desapareceram nos cantos escuros do aposento. A ventania cessou. A marca no chão se apagou, assim como a imagem refletida no teto. Com exceção da cicatriz reduzindo sua extensão no peito do vampiro e as linhas desenhadas sobre seu corpo, não havia mais nenhum indício do ritual.

Sendo a última pessoa presente na sala, além de Erick, a mulher abriu um portal no espaço aberto entre a cama e o terraço. Ela sabia que o vampiro precisaria de sangue para reestabelecer suas energias, então deixou a vasilha sobre os lençóis, ao lado do corpo dele, e afastou-se. Antes de atravessar, parou e olhou por cima dos ombros para Erick.

– Está feito – sussurrou ela.

Quando a mulher atravessou o portal, o fechando na sequência, o corte no peito de Erick terminava de cicatrizar. As linhas desenhadas sobre seu corpo desapareceram logo na sequência, absorvidas pela própria pele do vampiro, extinguindo a última marca do ritual realizado.

Tão logo a mulher havia fechado o portal, Erick abriu os olhos.

23

— Erick. — A voz de Jéssica não passava de um sussurro.

Jéssica estava sentada de lado, seu ombro apoiado contra a grade. Ficar chamando pelo vampiro não resolveria os problemas. Ela havia sido deixada ali com uma escolha importante a fazer: resistir até o final e fazer daquela cela no alto da torre o seu túmulo, ou ceder e escolher se transformar em alguém como eles.

Nenhuma das duas opções lhe era viável. Havia uma terceira: encontrar a mesma força que usara para matar seu pai e descobrir uma maneira de escapar daquela prisão. Determinada a não se render, Jéssica agarrou as barras da grade e arrastou-se contra elas até ficar em pé. As chamas da tocha pendurada em seu suporte, na parede do lado de fora da cela, iluminavam suas costas e uma pequena porção do lugar. A maioria da prisão estava mergulhada na escuridão.

Também não havia muito o que ver. A torre superior não passava de um ambiente circular com paredes de pedra, sem janela. Sobre o piso, com exceção do tapete onde Jéssica poderia se sentar e pensar, não havia nenhuma mobília que pudesse deixar a estada mais confortável. Mas não estava completamente vazio. Alguns cadáveres estavam jogados de forma displicente contra as paredes frias da prisão, todos eles em estado inicial de decomposição, indicando não estarem mortos havia muito tempo.

Assustada, Jéssica levou a mão à boca quando seus olhos, mais acostumados com a escuridão no interior de sua nova morada, caíram sobre os cadáveres. A respiração se tornou acelerada. A sensação de não estar sozinha a invadiu. *Se existem cadáveres aqui, existe também um assassino!* – ela pensou, temerosa por sua vida.

Ficar ali, em pé contra a grade, estática, não resolveria seu problema. Dominando o medo, Jéssica deu alguns passos cautelosos na direção do cadáver mais próximo, com seus olhos e ouvidos atentos a qualquer som ou movimento que pudesse denunciar a posição do outro prisioneiro, escondido nas sombras, olhando-a, apenas esperando a melhor oportunidade para atacar. Nada, porém, havia chamado sua atenção até o momento.

Jéssica agachou-se ao lado do cadáver e viu algo que fez o medo em seu interior lutar contra seu autocontrole: aquele homem estava pálido. Sabendo quem eram seus anfitriões, somente havia uma explicação para aquele corpo estar daquele jeito. Por mais que os indícios a levassem à conclusão mais plausível, ela precisava ter certeza. E somente havia um jeito para isso.

Prendendo a respiração, Jéssica colocou a ponta de dois de seus dedos no pescoço do homem. No mesmo instante, ela arregalou os olhos ao sentir o que já sabia que encontraria. Havia naquele cadáver dois furos, por onde todo o sangue fora drenado.

Um vampiro! Jéssica estava presa com um vampiro! No mesmo momento, um ruído selvagem chegou aos seus ouvidos, vindo de algum lugar em meio à escuridão às suas costas. Seu sangue gelou. A sensação de que fora observada todo aquele tempo a consumiu. Tal descoberta macabra a fazia acreditar com veemência que Erick a havia deixado ali para alimentar o prisioneiro, contrariando sua última frase antes de deixá-la ali: "Quando você estiver disposta a ser uma de nós, você terá sua liberdade".

De que liberdade Erick estava falando, Jéssica não sabia. Mas um pensamento perturbador martelava em sua mente: *Será que a tal liberdade de Erick reside naquele vampiro imerso na escuridão?* – pensou. Erick queria, mais do que tudo, que ela escolhesse estar ao seu lado, uma escolha negada por Jéssica desde o momento em que chegara ao castelo. O papel daquela figura escondida nos

Capítulo 23

cantos escuros da prisão ainda era um mistério. Quem era? Qual era o seu propósito?

Jéssica estava decidida a não ser marionete nas mãos de ninguém, muito menos alimento para o vampiro preso com ela. Manteve o olhar no canto de onde acreditava ter vindo o ruído enquanto tateava o cadáver à sua frente, em busca de qualquer objeto que pudesse ser usado como arma. Para sua felicidade, o homem morrera segurando uma faca, usada, em vão, na tentativa de se defender da ameaça.

Com movimentos lentos e silenciosos para não chamar a atenção do vampiro, uma vez que nada fizera contra ela até o momento, Jéssica pegou a faca. Mais uma vez, um som chegou aos seus ouvidos, vindo do mesmo lugar de antes. Parecia que aquela figura não estava se importando tanto assim com sua presença ali.

– Por quê? – Jéssica sussurrou sua pergunta, intrigada em ser ignorada pelo vampiro.

A resposta, na verdade, não lhe interessava. O que realmente importava era que Erick lhe dera a oportunidade de escolha. Naquele momento, colocando-se em pé, com seus dedos apertando com força o cabo da faca, Jéssica fez a sua. Ela não se transformaria em um vampiro. Ela não se juntaria ao bando de Erick. Pelo contrário. Ela acabaria com todos os vampiros que cruzassem seu caminho. Assim como Larissa, ela pretendia ser uma caçadora.

A começar pelo vampiro no canto da cela. Aquela figura seria sua primeira vítima como caçadora. Nada mais seria capaz de mudar essa determinação que inflamava Jéssica.

Ou quase nada.

Jéssica levantou a cabeça, mirou a escuridão de onde os ruídos chegavam aos seus ouvidos – denunciando a posição do vampiro –, virou-se e avançou, preparando o golpe fatal. Aquela figura, que ganhava forma na escuridão à medida que ela se aproximava, estava agachada, de cabeça baixa, com seus longos cabelos sujos caídos ao redor do rosto, escondendo sua face, mas não o que estava fazendo, motivo pelo qual havia ignorado Jéssica: o vampiro se alimentava do sangue de um rato que caçara.

– Meu Deus! – Jéssica deixou escapar.

O som de sua voz chegou aos ouvidos do vampiro agachado, e ele largou o rato. Lentamente, girou o corpo e levantou o rosto imundo. Os olhares se encontraram em meio à escuridão da cela. A impressão de que conhecia aquele olhar a invadiu. Por estar diferente, transparecendo um estado de loucura, Jéssica não conseguia se lembrar de onde, muito menos identificar seu dono.

Dominada por uma estranha compaixão – um sentimento contraditório à explosão momentânea de se transformar em uma caçadora –, Jéssica não conseguiu se tornar uma ameaça para aquele vampiro. A figura à sua frente era apenas mais uma vítima das maldades de Erick, o verdadeiro responsável pela situação degradante.

Jéssica abaixou a mão que segurava a faca, abriu um sorriso e ficou surpresa quando a figura aos seus pés o retribuiu, mostrando os dentes podres e manchados de vermelho dentro de uma boca desfigurada. Os caninos pontiagudos pressionavam de leve o lábio inferior. Pelos cantos da boca, sangue escorria.

Havia, entre Jéssica e o vampiro aos seus pés, uma estranha sensação de harmonia.

Mas era somente sensação. O vampiro, impulsivo por natureza, avançou de forma brusca contra Jéssica, levantando-se com agilidade sobrenatural, com os braços estendidos à frente, tentando pegá-la. A jovem, assustada, recuou a passos rápidos para a entrada, até suas costas baterem contra a grade. Encurralada, não havia compaixão que superasse o instinto de sobrevivência. Era ela ou seu algoz. Lamentando-se, ela levantou o braço com a faca, a lâmina apontada para o coração do vampiro avançando contra ela, seus braços ainda estendidos na direção de sua vítima.

A lâmina, porém, não encontrou o alvo. Nem mesmo os braços estendidos do vampiro encontraram o que buscavam. Muito menos os seus caninos expostos. Correntes presas aos punhos e pernas do vampiro detiveram sua investida a poucos metros de Jéssica. Mesmo assim, a criatura continuou forçando seu avanço, com os grilhões[9] de aço ferindo os pulsos já em carne viva.

Segura, Jéssica olhou para a figura enlouquecida à sua frente. Aquilo não era vida. Fortalecendo sua compaixão, a jovem tomou a decisão de acabar com o sofrimento de seu companheiro de cela. Uma morte rápida seria melhor do que viver daquele jeito, até mesmo para um vampiro. Movendo-se de lado para uma melhor investida contra o coração da figura em sofrimento, ela preparou o ataque.

---

9 Algemas usadas nos tornozelos ou pulsos de uma pessoa para permitir apenas movimentos restritos e para evitar corrida e resistência física efetiva.

Capítulo 23

Mas nunca atacou. Quando a bruxuleante luz das chamas às suas costas iluminou o rosto todo deformado do vampiro, Jéssica reconheceu a pessoa por baixo de tanta sujeira. Sua determinação desvaneceu. Soltou a faca, levou as duas mãos à boca e se jogou para trás, com o som de suas costas batendo contra a grade ecoando pelo interior da torre. Lentamente, começou a escorregar para o chão. Lágrimas escorriam pelo canto de seus olhos.

– Não, não... – Ela tentava encontrar as palavras em meio a tanto sofrimento.

Jéssica sentou-se no chão, abraçou os joelhos e abaixou a cabeça entre eles. Ela não conseguia acreditar no que estava acontecendo. O sofrimento por ter visto aquela pessoa morrer quase a levara à loucura. A culpa por não ter feito nada que pudesse salvá-la a consumia todos os dias. Porém, agora, aquela pessoa estava de volta. Nem viva, nem morta. Ela apenas vagava entre a vida e a morte, perdida em sua própria insanidade por ter sido mordida depois de ter morrido. Não houve, para ela, o direito de escolha entre continuar morta ou a vida eterna. Para ela, havia sido compulsório. O que a levara a um estado de insanidade quando despertara em sua nova vida, toda deformada após o acidente que a levara a óbito, deixando claro que o poder regenerativo inerente aos vampiros aplicava-se apenas a lesões pós-transformação.

A vampira à sua frente era Janaína.

24

Após o término do ritual, Erick permaneceu deitado em sua cama. Fraco, a tigela com sangue humano fora de fundamental importância para reestabelecer suas energias. Renovado, ele se endireitou na cama e pegou o telefone celular no bolso de sua calça. A primeira coisa que fez foi verificar o horário. Percebendo ainda haver tempo para o próximo compromisso, ele enviou uma mensagem rápida para um de seus escravos e abriu seus e-mails. A maioria das correspondências virtuais recebidas era desnecessária, trazendo fatos havia muito conhecidos por ele.

Uma mensagem, no entanto, chamou sua atenção. Apesar de estar sinalizada como "URGENTE" e trazer em seu título "Aos cuidados especiais do sr. Erick Ardelean", ele não se recordava de conhecer o remetente: Rodrigo Marques. Intrigado, hesitou, decidindo se deveria ou não ler o conteúdo. Por fim, decidiu clicar no título. Uma tela se abriu sobre a anterior, revelando o conteúdo da mensagem:

> *Sr. Erick, boa noite.*
> *É com tremenda satisfação que entro em contato com o senhor. Venho acompanhando seus movimentos com imenso deleite e gostaria de lhe fazer uma proposta, creio eu, irrecusável.*

> Conto com a presença do senhor para uma reunião em meu escritório. A data e o endereço lhe serão informados mediante a sua confirmação de presença.
> Aguardo ansioso o seu retorno.
>
> Atenciosamente,
>
> Rodrigo Marques.

Erick levantou os olhos da tela por alguns segundos, mordeu o lábio, pensativo, com os dedos passeando entre os ícones "Responder" e "Apagar". Havia ali um convite formal para uma reunião com uma pessoa desconhecida, em um endereço também desconhecido e em uma data, até o momento, não revelada. A mensagem era misteriosa demais, desagradando o vampiro. Ele não gostava de ser mantido no escuro. Por outro lado, o conteúdo havia despertado sua curiosidade.

Com um estalo de desdém saindo de seus lábios, Erick respondeu ao e-mail, confirmando sua presença. Tão logo sua mensagem fora enviada, ele recebeu a resposta o parabenizando pela escolha feita e informando a data, a hora e o local da reunião. Lançou um olhar atento sobre o dia agendado, e relaxou. Havia tempo. Aquele compromisso firmado não atrapalharia seus planos em andamento.

O som de batidas leves à porta chegou aos seus ouvidos, acompanhado de uma voz feminina:

– Sr. Erick, posso entrar?

Levantando-se da cama, ainda semidesnudo, Erick caminhou até o cabideiro e vestiu a camisa. Enquanto a abotoava, respondeu de forma seca:

– Pode.

Eva abriu a porta e adentrou o aposento escuro. Fechando-a, logo em seguida, ela parou apenas um passo para o interior do quarto e perguntou:

– O senhor mandou me chamar?

– Sim – Erick respondeu, sem levantar os olhos dos botões de sua camisa. – Por favor, queira se sentar.

Eva arregalou os olhos. Seu mestre estava sendo cordial. Ela o conhecia muito bem para desconfiar que algo estava muito errado. Por outro lado, se não fizesse o que ele mandava, ela sabia que receberia toda a ira do vampiro sobre si. Suspirando da forma mais

Capítulo 24

silenciosa possível, a escrava, com passos incertos, aproximou-se da escrivaninha encostada à parede ao lado da porta. Puxou a cadeira e sentou-se, mantendo-se de costas para o mestre, apenas aguardando.

A demora para que ele chegasse até ela a consumia. Eva não sabia o que estava acontecendo às suas costas. Naquele mesmo momento, Erick podia estar preparando sua morte. Ou sua tortura. Ou, sorriu quando o pensamento lhe passou pela cabeça, estava se preparando para transformá-la. Se fosse isso mesmo, aquele seria o fim de todo o seu sofrimento. Eva sabia que o processo seria doloroso, que ela perderia a consciência por um tempo. Mas, quando retornasse, seria uma vampira, como sempre sonhara.

Eva estremeceu de susto quando a mão do vampiro tocou com delicadeza o seu ombro. Percebendo a tensão refletida em sua musculatura, Erick iniciou uma massagem.

– Você está tensa demais, minha querida – Erick falou. – Tem certeza de que está tudo bem?

Eva fechou os olhos e deixou-se levar pela prazerosa sensação relaxante que o toque dele lhe trazia:

– Sim – conseguiu responder.

– Isso é ótimo.

Sem deixar de massagear a tensa musculatura de sua escrava, Erick conduziu as mãos na direção do pescoço dela, onde continuou movimentando seus dedos, aliviando toda a tensão dela. Eva, ainda de olhos fechados, deixou sua mente vagar. Aquele parecia ser o momento que ela tanto aguardara desde quando escolhera se submeter aos infortúnios da escravidão no castelo. Eva acreditava que chegara a hora de deixar a vida sofrida para trás. Principalmente quando Erick se debruçou sobre ela, com o peito encostando de leve em suas costas conforme aproximava os lábios em direção ao seu pescoço.

Ansiosa pelo momento, aguardando a prazerosa dor da mordida, ela virou a cabeça um pouco para o lado, expondo ainda mais o pescoço ao vampiro. No entanto, o que chegou a ela foi a voz de Erick em seu ouvido:

– Soube que você permaneceu tempo de mais na masmorra.

Agarrando-a pelos cabelos e puxando sua cabeça para trás com violência controlada, Erick continuou por entre os dentes cerrados:

– Espero que você não tenha falado mais do que devia. – Havia um tom de raiva em sua voz.

Tendo aberto os olhos tão logo sua cabeça fora puxada para trás, Eva agora tentava, em vão, agarrar as mãos de Erick com as suas e, assim, aliviar um pouco a pressão. Ao mesmo tempo, com lágrimas escorrendo pelo canto de um dos olhos e os dentes cerrados por causa da dor, ela se esforçou para responder, gritando:

– Nunca! Pelo contrário! Eu tirei informações dela!

Puxando a cabeça de Eva com um pouco mais de força para trás, a ponto de as pernas frontais da cadeira perderem o contato com o chão, Erick a contornou, entrando pela primeira vez no campo de visão da escrava. Aproximando o rosto do dela, ele afirmou, nervoso:

– Mesmo assim, decidiu esconder isso de mim.

– Não, senhor, nunca! – Eva respondeu com um grito desesperado. – Somente não tive a oportunidade de lhe contar o ocorrido!

Erick pensou sobre a resposta dela e a soltou com um empurrão na cabeça, que a fez cair de joelhos no chão. Sentada sobre os pés e encurvada sobre si mesma, ela chorava. Afastando a cadeira vazia, o vampiro sentou-se. Ao olhar a mulher com especial interesse, ele retirou um lenço do bolso da calça de seu terno. Debruçou-se de leve na direção dela e lhe entregou o fino tecido.

– Obrigada. – Eva pegou o lenço e começou a limpar suas lágrimas enquanto se sentava no piso frio.

Endireitando o corpo até as costas se acomodarem no encosto, Erick apoiou os dois cotovelos sobre os braços da cadeira e entrelaçou os dedos na frente do rosto. Alcançando-a com um olhar penetrante, mas transparecendo uma calmaria controlada, como se ele nunca a tivesse machucado, o vampiro falou:

– Agora você está tendo a oportunidade.

Eva levantou o olhar até o vampiro e cuspiu as palavras entre soluços chorosos:

– Ela está infiltrada em seu castelo. É tudo o que sei. Eu juro.

Ao endireitar seu corpo e levantar as mãos unidas na direção do vampiro, ela continuou:

– Por favor, não me machuque mais!

Erick pensou a respeito. Se Larissa estivesse apenas infiltrada, cumprindo uma missão designada pela Ordem de Ettore, ela estava fadada ao fracasso. Muito em breve, sua vida terminaria, junto de sua missão. Não havia com o que se preocupar.

Mantendo um tom sério e inquisidor, Erick indagou:

– O que você disse a ela?

Capítulo 24

— Apenas que não criasse resistência quando a fossem buscar na masmorra e se deixasse levar.

Erick abaixou os braços e debruçou seu corpo na direção de Eva. Seu olhar inquisidor a fulminava quando perguntou:

— Isso me parece apenas parte de um plano mais elaborado. O que você pretendia fazer quando a fosse preparar para os anciões? Esconder uma faca em suas roupas, talvez?

Os olhos de Eva se arregalaram. Recuperando-se da surpresa, respondeu:

— Não, senhor, nunca! Eu nunca colocaria os anciões em risco!

Erick havia percebido o tom de surpresa em Eva e sabia muito bem o que aquilo significava. Acusá-la, machucá-la, matá-la, no entanto, estavam fora de cogitação para o momento. Sem querer, aquela mulher desesperada aos seus pés acabara de se tornar o maior trunfo em seu plano. Bastava apenas receber um incentivo.

Recostando-se na cadeira, Erick levantou apenas um dos braços e o colocou sob o queixo. Seu dedo indicador, esticado, tamborilava na lateral do rosto enquanto ele fingia pensar. Seu olhar, no entanto, nunca saiu da escrava aos seus pés.

— Minha doce Eva, quando você veio a mim, quais eram seus maiores desejos?

— Ser uma de vocês. — Eva foi rápida na resposta.

— E o que mudou?

— Nada.

Erick balançou a cabeça em confirmação. Ele colocou-se em pé e lhe estendeu a mão aberta, um convite generoso para se levantar. Sem hesitar, Eva estendeu seu braço na direção dele, aceitando a ajuda. Quando as mãos se tocaram, Erick lhe lançou um olhar carregado de ternura. Após ajudá-la a se erguer, o vampiro prometeu:

— Arrume Larissa da forma que somente você sabe fazer. Quando a noite terminar, você será transformada em uma de nós.

Com um sorriso cativante no rosto, Erick abriu os braços, convidando-a. Quando ela o abraçou, aninhando sua cabeça no peito onde um coração não mais batia, ele a envolveu com os braços. Aproximando seus lábios do ouvido dela pela última vez, o vampiro fortaleceu sua promessa:

— Eu prometo.

Após envolver com carinho a cabeça dela aninhada em seu peito, Erick afastou-a do abraço com gentileza. Mas não a deixou ir.

Envolveu-a pela cintura, mantendo o corpo dela colado ao seu. Em seguida, olhou-a nos olhos e, com ternura, passou a ponta dos dedos pelo rosto da escrava, contornando seus belos traços molhados pelas lágrimas, fazendo-a estremecer com o toque.

Eva, envolvida, explodia de emoção por dentro. Ela, uma mera escrava, mas com ambições sombrias, estava nos braços carinhosos de seu mestre. Por mais que aquele momento fosse muito além do que ela havia imaginado, a jovem se entregou. Levantou a cabeça enquanto os lábios de Erick aproximavam-se dos seus, e fechou os olhos. Quando as bocas se tocaram em um longo beijo, Eva foi invadida pela sensação de que aquele era seu lugar. Quando a noite acabasse, Eva não seria somente uma vampira sob os comandos de Erick. Ela seria sua amante eterna.

Quando as bocas se afastaram, Eva sorriu. As noites de tortura e agonia logo acabariam. Finalmente, ela se tornaria membro da grande família de Erick e poderia estar por toda a eternidade ao lado daquele maravilhoso homem. Ansiosa, Eva não via a hora da noite acabar. Depois de tanto tempo aguardando, a hora para ser transformada havia sido marcada. Os ponteiros do relógio estavam girando. Quando os primeiros raios de sol surgissem no horizonte, ela esperava sentir o doce toque das presas de Erick em seu pescoço. Quando a próxima noite caísse, ela esperava despertar em sua nova vida, eterna, feliz e, indo além de suas ambições, amada.

Quanto a Larissa? *Bom* – Eva pensou –, *ela terá de se virar sozinha!*

Afastando-se a contragosto dos braços de Erick, Eva limpou com o lenço as últimas lágrimas que escorriam pelo canto de seus olhos e estendeu a mão na direção do vampiro, devolvendo-lhe o fino tecido.

– Fique com ele – Erick falou e abriu um sorriso.

Eva sorriu de volta e agradeceu. Ela sentia-se especial. Além da promessa de Erick, além de ele ter lhe dado seu lenço de uso pessoal, ele a beijara. A noite no castelo não poderia ter começado melhor para uma escrava.

Quando deixou o aposento após pedir licença, um velho hábito com tendências de em breve cair no esquecimento, Eva estava determinada. Fechando a expressão, mas ainda sentindo a alegria fervilhando em seu íntimo, ela gritou pelo corredor:

Capítulo 24

— Darius! Traga imediatamente a nossa convidada da masmorra. Temos muito trabalho a fazer! A hora da chegada dos anciões se aproxima!

O vampiro não respondeu ao seu chamado, motivo pelo qual ela caminhou pelo corredor, chamando seu nome a intervalos regulares. Quando Darius apareceu, saindo de um dos aposentos próximos ao quarto de Erick, Eva se aproximou dele, repetindo sua ordem:

— Darius! Que bom que te encontrei. Traga imediatamente a nossa convidada da masmorra. Os anciões estão chegando, e tenho muito trabalho a fazer para deixá-la maravilhosa.

Darius era um vampiro rude, com tendências violentas, e não aceitava receber ordens de escravos. Ainda mais se fossem mulheres. Apesar de ter ficado surpreso pela petulância de Eva, ele fechou a expressão, deixando a raiva transparecer em seu olhar. Quando ela chegou ao seu lado, repetindo a mesma ordem, batendo palmas para enfatizar que ele deveria se apressar, o vampiro agarrou-a pelo pescoço e a empurrou de costas contra a parede.

A pancada fez Eva arfar quando o ar foi expulso de forma repentina de seus pulmões. Seus olhos arregalados ergueram-se até o braço livre de Darius, levantado, com a mão aberta, pronto para desferir um tapa contra o rosto da escrava. Em outros momentos, Eva se encolheria de medo. Mas não agora. Ela fora beijada por Erick. Seu mestre lhe prometera vida eterna. Ao seu lado. Não havia mais motivos para ter medo daquele brutamontes. Quando ela fosse transformada, Eva mandaria em todos os subordinados de Erick. Inclusive em Darius.

Eva não se deixou intimidar, levantou o olhar e o encarou, sem qualquer sinal de medo. De seus lábios, lançou o desafio:

— Vá em frente! Termine o que começou. Dê o tapa. Tenho certeza de que Erick não vai ficar feliz quando você machucar este lindo rosto.

Percebendo a hesitação de Darius, Eva levantou a voz e gritou suas próximas palavras, fortalecendo o desafio:

— Vamos lá! Está esperando o quê?

Darius, porém, não bateu nela. Não porque ele temia o desafio, mas porque, pelo canto dos olhos, viu Erick parado à porta de seu aposento particular, a alguns metros, terminando de abotoar o terno. Seu mestre olhava-o de forma inexpressiva, mas balançava a cabeça de um lado para o outro, uma ordem silenciosa de que Darius não deveria machucar mais aquela mulher.

Bufando de ódio, Darius abaixou o braço e soltou Eva. Ela endireitou-se e o olhou com firmeza. Seu pescoço doía. A vontade era a de passar a mão sobre ele em uma vã esperança de aliviar a dor. Mas ela não daria essa sensação de prazer ao vampiro à sua frente. Eva agora era uma nova mulher, fortalecida pelas promessas de Erick.

Mantendo o olhar firme nos olhos de Darius, Eva repetiu sua ordem, agora sem gritar, mas adotando um tom cheio de autoridade:

– Traga imediatamente a nossa convidada da masmorra.

Sem poder desrespeitar aquela ordem, Darius bufou antes de marchar, descontando sua raiva a cada passo dado para longe da mulher.

– E, Darius! – Eva o chamou. Sem que ele parasse ou se virasse para ouvir, ela ordenou: – Não a machuque mais. Eu preciso dela apresentável para agradar os anciões.

Darius apenas gesticulou de forma displicente, dando a entender ter compreendido, antes de abrir a porta no fim do corredor e desaparecer na escadaria de acesso ao primeiro piso do castelo.

Eva manteve um olhar arrogante até ele descer a escadaria. Orgulhosa de si mesma, respirou fundo. A partir daquele momento, Eva seria uma nova mulher.

A partir daquele momento, Eva daria as ordens naquele castelo.

25

O som da porta se abrindo ecoou pela masmorra, chegando aos ouvidos de Larissa. Até o momento, ela se mantivera deitada na cama de sua cela, pensando no que Eva havia lhe dito, ponderando se poderia ou não confiar nela. Parecia que a escrava nutria o interesse de escapar daquela vida degradante. Larissa, por sua vez, o de entregar Erick para a Ordem de Ettore, junto de todos os anciões. Para isso, teria de confiar nela e não reagir, como fora instruída. Mal sabia que a fuga planejada por Eva era a de se entregar à vida eterna.

O plano de Eva, porém, terminava quando Larissa fosse levada da masmorra. Depois disso, a agente estaria por si só. O que, a partir daquele momento, teria de ser muito bem planejado. Presa a esse pensamento enquanto as horas passavam muito lentamente em seu calabouço, ela arquitetou diversas possibilidades de ação, mesmo sabendo que, na prática, nem sempre as coisas aconteciam como o planejado e o improviso, muitas vezes, era necessário.

Larissa sentou-se com dificuldade na cama, uma vez que os ferimentos, mesmo em estágio avançado de cicatrização, ainda estavam um pouco doloridos. À medida que os passos ecoavam pela escadaria, ela repassou seu plano mais uma vez. O momento de espera e planejamento havia acabado. Chegara a hora de colocá-lo em prática.

Seu início, porém, já foi com improviso. Larissa esperava que Eva a fosse buscar, como havia compreendido quando conversaram. Para sua surpresa, foi Darius quem desceu à masmorra para pegá-la.

Darius abriu a porta da cela e ordenou:

– Anda! Saia!

Larissa colocou-se em pé, fingindo uma dificuldade dolorosa muito maior do que realmente sentia. Se Darius acreditasse nisso, ele manteria a guarda baixa e talvez, somente talvez, não descarregasse toda a sua violência inata sobre ela.

Como Larissa estava demorando demais, Darius adentrou a cela e a empurrou pelas costas com força controlada. Ela chegou a tropeçar, mas não caiu. Apesar desse infortúnio, Larissa conseguiu perceber algo de estranho com o vampiro. Não havia nele a mesma violência de antes. Darius estava diferente. Algo devia ter acontecido a ele, algo que transcendia uma simples ordem de levá-la para fora da masmorra. Por mais que não quisesse demonstrar, seus olhos denunciavam certa decepção. Bastava uma rápida olhada experiente em seu rosto para perceber isso.

Talvez sua decepção seja por estar de mãos atadas a uma determinada ordem recebida, uma ordem que atente contra sua natureza violenta, até assassina – o pensamento invadiu Larissa. Independentemente, aquele era um ponto a ser explorado.

Deixando-se levar, Larissa o provocou:

– O que foi, Darius? Cadê toda a sua fúria? Onde você deixou toda a sua raiva? Espero que não tenha ficado nas mãos de Erick.

Larissa esperava um grito de "cale a boca!" ou mais um empurrão nas costas. Talvez até um tapa no rosto. Em vez disso, Darius apenas bufou e respondeu sem determinação:

– Continue andando!

Aquela resposta disse muito sobre o estado emocional de Darius. Ao perceber uma oportunidade, Larissa o provocou ainda mais enquanto subia as escadas com o vampiro às suas costas:

– Os anciões não gostam de receber oferendas machucadas?

Darius não respondeu. Nem precisava. Seu silêncio já dizia tudo. *Então é isso!* – Larissa pensou. Darius recebera a ordem de não machucar a prisioneira. Aquela era a melhor oportunidade de se

Capítulo 25

livrar do vampiro. A decepção o deixara fraco e descuidado. Darius não se preocupara em amarrar suas mãos antes de tirá-la da cela. Ele não se preocupara em vendar seus olhos para não enxergar detalhes do castelo. Darius a colocara para subir a escadaria na frente dele, deixando-a em terreno mais elevado. Bastava um único golpe para jogá-lo escada abaixo, subir correndo o restante dos degraus e trancá--lo na masmorra. Se fizesse isso, no entanto, Larissa nunca chegaria aos anciões. Ela nunca entregaria os vampiros mais influentes à Ordem de Ettore. Se o fizesse, ela nunca colocaria um fim à guerra.

Forçada a se conter, Larissa terminou de subir a escadaria e adentrou o piso inferior do castelo, com Darius às suas costas. Diferentemente dele, porém, Larissa prestava atenção em tudo: quantos vampiros estavam ali, quantos escravos, o número de aposentos, as características da ponte levadiça. Nada escapou de seus olhos treinados à medida que se dirigia à escadaria circular do outro lado do corredor, nem mesmo a decepção cada vez mais evidente de Darius, conforme ela o desafiava:

— Creio que os anciões não vão gostar se eu for sacrificada assim, suja e fedida.

Virando-se para ele quando chegaram ao pavimento superior do castelo, mas sem deixar de caminhar, Larissa abriu os braços e perguntou:

— Quem, então, vai me preparar para tal oferenda?

Antes que ele pudesse responder, Larissa expôs sua opinião:

— Espero que não seja você. — Então, em seguida, se explicou: — Você sabe, sou mulher e tal. Não pegaria bem você me ver sem roupa.

Alterando seu olhar para transmitir certa sensualidade e mexendo de leve em seus cabelos loiros, ela continuou:

— Se bem que eu gostaria de sua presença em meu quarto. Não quero ser sacrificada sem antes ter sentido prazer pela última vez.

Claro, tudo isso não passava de um truque. Larissa não estava se oferecendo a Darius. Nem havia disparado a falar daquele jeito por nervosismo com o que estava por vir. Havia ali um jogo mental. Um jogo em que, para sua felicidade, Darius caiu:

— Eva vai cuidar de todos os preparativos.

Pronto! Era o que Larissa queria. Agora ela sabia quem iria prepará-la. Mas ela pescou mais do que isso. Havia certo tom de revolta ressentida na voz de Darius quando o nome de Eva fora pronunciado. Decidindo puxar essa linha tênue, Larissa o provocou ainda mais. Dessa vez, no entanto, foi um pouco mais apelativa:

– Que pena! Eu pensei que meus últimos momentos seriam na sua companhia, apesar de tudo o que você fez para mim. – Seu olhar estava no chão, e suas expressões traziam sinais de tristeza.

Larissa levantou a cabeça, fingindo uma falsa motivação alegre, mas sem deixar de esconder a profunda decepção em sua voz, e falou:

– Mas tudo bem! Homem ou mulher, tanto faz. Vou estar morta mesmo ao amanhecer! Mas, pelo menos, terei tido meus últimos momentos de prazer.

Darius acelerou seu passo até alcançá-la e agarrou-a pelo braço com o mínimo de força possível, fazendo-a parar em frente a uma porta de madeira fechada.

– Nós chegamos – falou Darius, sério.

Antes de bater à porta, ele completou seu pensamento:

– Aproveite seus últimos momentos de prazer com Eva!

Mais uma vez, o tom ressentido ao falar de Eva transpareceu em sua voz. Larissa havia percebido novamente. Chegara o momento de dar sua última cartada. Jogando-se sobre ele, não para atacá-lo, mas para finalizar com maestria seu jogo psicológico, ela sussurrou ao ouvido do vampiro:

– Se bem que ter você e Eva seria melhor ainda.

Surpreso, mas ainda respondendo ao seu jeito inato de ser, Darius empurrou-a para longe no momento em que a porta se abriu e Eva saiu para o corredor. Desequilibrada, Larissa chocou suas costas contra a parede do castelo e bateu a cabeça. Ao mesmo tempo, soltou um gemido de dor. Tudo girava ao seu redor. Virando-se de lado com dificuldade, ela apoiou um dos braços na parede e olhou para baixo, seu estômago dando voltas enquanto tentava controlar a náusea.

– Darius! – Eva foi incisiva na repreensão. – Eu falei para você que não era para fazer nada contra ela!

Encurtando o espaço entre ela e o vampiro, Eva colocou o dedo em riste a poucos centímetros do rosto de Darius:

– O que devo dizer, agora, para os anciões? Que um subalterno descontrolado não se conteve perante a oferenda?

Eva aproximou-se ainda mais dele, abaixou o dedo e falou baixo:

– Você sabe que a pena para o que acabou de fazer é a morte. Creio que não queira isso para você. – Seu tom de voz era controlado,

Capítulo 25

trazendo nele uma ameaça muito mais séria que a gritaria anterior.
— Eu também não. Então, saia daqui antes que eu mude de ideia.

Bufando, Darius afastou-se dela e desapareceu em um dos corredores do castelo, retornando a qualquer atividade que Erick lhe havia passado antes de Eva tê-lo forçado a buscar Larissa no calabouço. Tão logo Darius desapareceu, a escrava virou-se para a jovem apoiada contra a parede e perguntou:
— Você está bem?
— Eu vou ficar — respondeu Larissa, deixando-se levar.
— Venha, temos muito o que fazer. Mas, quando terminarmos, você estará deslumbrante para os anciões.

Larissa sorriu. Tendo desconfiado de algum ressentimento enrustido da parte de Darius por Eva, ela havia manipulado a situação. Mas não sabia se havia sido eficiente ou não em seu plano improvisado, até fingir ter batido a cabeça contra a parede e, posteriormente, sua tontura e ânsia. Largada de canto por um momento, ela apenas colhera as informações. Seu plano dera certo. Ela conseguira jogar Darius contra Eva.

Porém, algo mais surgira. A maneira como Eva falara com Darius não era digna de uma simples escrava. Tal atitude somente seria aceita se a mulher ao seu lado — que a estava conduzindo para dentro do quarto e fechando a porta às suas costas — fosse alguém importante no castelo. Alguém importante para Erick, por mais que fosse humana. No fim das contas, Larissa, sem querer, descobrira que Eva não era confiável. E que tudo o que passaram juntas, na cela, não fora mais que um engodo, criado pela própria Eva, por Erick ou por ambos. Enfim, não importava quem era o criador da estratégia, mas, sim, a sua eficiência. Larissa não criara nenhuma resistência durante toda a sua estada.

E agora estava no coração do covil inimigo, sendo preparada para sua execução.

26

O som de passos ecoou pela torre enquanto alguém subia as escadas em direção à cela. Jéssica, em seu estado de torpor, chegou a ouvir, mas o ignorou. Ainda sentada contra a grade, abraçando as pernas, com o queixo apoiado nos joelhos flexionados, ela mantinha seu olhar carregado de tristeza para a vampira à sua frente. Janaína, depois de muito tentar agarrar a jovem, havia desistido de atacar, uma vez que as correntes não lhe permitiam alcançar seu alvo. Mas também não relaxara. Adotando uma postura vigilante, ela se mantinha atenta a qualquer movimento de sua presa. Se Jéssica entrasse em sua área de alcance, avançaria.

Erick chegou à plataforma superior e parou sob a iluminação da chama. Tão logo o viu, Janaína investiu contra as grades, as presas expostas e os dedos na forma de garras. De sua boca, escapou um rosnado raivoso. Mais uma vez, as correntes a seguraram, por mais que não devessem. Dessa vez, seu alvo era o vampiro. Parecia haver, para aquela vampira beirando a loucura, resquícios de memória de uma vida anterior, capaz de despertar um desejo subconsciente de vingança.

Despreocupado, Erick olhou com prazer para a situação no interior da cela. Com um ruído de desdém para a insignificante ameaça da vampira, ele agachou-se próximo das grades e, mantendo o olhar para a agressiva figura, falou nos ouvidos de Jéssica:

– Não é uma beleza essa minha criação?

Erick aguardou uma resposta de Jéssica. Como sua convidada o ignorou, não entrando no seu jogo, ele continuou:

– Eu fiquei surpreso quando ela retornou à vida como vampira. Eu não sabia se seria possível, pois sua irmã já estava morta havia um bom tempo quando resgatamos seu corpo. Mas não custava tentar.

Sem se mexer um centímetro sequer, Jéssica respondeu:

– Você é um monstro. – Havia uma forte convicção em seu tom de voz.

Erick riu. Ele realmente era. E daí? Não se deixando levar pelas palavras da prisioneira, ele continuou sua explicação, como se nunca tivesse sido interrompido:

– Eu só não esperava que seu retorno fosse assim, nesse estado de loucura. – Ele trazia certo tom de decepção na voz.

Um tom que não o abalou por mais de um segundo. Voltando a trazer um timbre animado, ele falou:

– Seja como for, a família está reunida novamente. Ou – Erick logo se corrigiu – quase reunida, se você não tivesse sido tão impulsiva a ponto de matar o próprio pai.

– Ele não era mais meu pai – Jéssica rebateu, quase sem se alterar. Transparecendo certa tristeza, continuou: – Acho que, na verdade, nunca foi.

Ignorando os comentários dela, pois Erick não viera ali para ouvi-la, e sim para falar, ele tomou a palavra para si:

– Não estou aqui para julgar seus atos. Pelo contrário. Seu comportamento impulsivo me agrada. Ele se aproxima muito do nosso jeito de ser. Do nosso jeito de viver. Se me deixasse transformá-la, se escolhesse ser uma de nós, se ficasse do meu lado nessa batalha, além de a família estar praticamente reunida, você seria uma máquina de guerra. Nada seria capaz de pará-la, minha querida.

Erick esticou os dedos pelo meio das grades e acariciou o cabelo dela enquanto dizia:

– Liberte suas ambições, querida. Pense nisso.

– Tire suas mãos asquerosas de mim! – gritou e se levantou, afastando-se da grade.

Em meio ao movimento de fuga, a faca, até o momento caída próximo aos seus pés, foi chutada para o outro lado da cela. A única arma que poderia ter sido usada para um ataque surpresa contra Erick

Capítulo 26

ou, se escolhesse, contra Janaína estava, agora, ao alcance da vampira no fundo da cela. Nada mais poderia ser feito a respeito. Com aquele movimento repentino, a prisioneira perdera sua melhor oportunidade.

Ainda sentindo o nojo por Erick percorrer todo o seu corpo, Jéssica virou-se de frente para as grades. Irritada, ela estava pronta para avançar contra ele, mesmo sabendo ser em vão, quando fortes mãos a agarraram pelas costas. Uma delas puxou sua cabeça de lado enquanto a outra a segurava pelo ombro. Tão logo seu pescoço estava exposto, Janaína pulou sobre ela, entrelaçando os dois pés à frente do corpo de sua vítima. Com a boca aberta, ela aproximou seus caninos da jugular pulsante.

Jéssica, em sua fuga de Erick, entrara no campo de ataque de Janaína. Mas não estava disposta a se entregar. Mesmo que fosse para a irmã. Lutando com afinco por sua vida, a jovem jogou-se para trás até o corpo da vampira pendurada em suas costas bater contra a parede. Um som de dor escapou de Janaína, mas não forte o suficiente para largar sua vítima. Seu desejo de sangue era maior e a fortalecia.

Jéssica, porém, não se entregou e continuou se jogando de costas contra a parede. A cada impacto, o som de dor escapava da vampira. As pernas dela começaram a escorregar, a alavanca, até o momento fechada como um cadeado, não a prendia com tanta força. A jovem estava quase escapando.

E escapou, correndo para a frente. Quando as correntes que prendiam Janaína esticaram, a vampira não conseguiu mais se segurar no corpo de sua vítima, libertando-a. Jéssica, na inércia de seu movimento desesperado, chocou-se contra a grade; o rosto ficando a poucos centímetros de um Erick parado do outro lado, apenas assistindo de camarote ao desenrolar da história.

– Viu! – Ele a exaltou. – Você é mais forte do que pensa.

– Me deixe em paz! – Jéssica gritou e girou para o lado, afastando-se do vampiro e ficando de costas contra a parede.

Invadida por uma mistura de ódio, alívio por estar viva e resquícios de sofrimento por aquilo em que Janaína se transformara, Jéssica deixou seu corpo escorregar pela parede e abraçou mais uma vez as pernas. Apoiando o queixo contra os joelhos flexionados, ela voltou sua atenção para a vampira à frente, ainda em frenesi, tentando a todo custo pegá-la. Ao seu lado, Erick continuou falando.

Jéssica não queria mais ouvi-lo. Ela queria se desligar de todo aquele universo de medo e terror. Mas, como aquele universo estava ao seu redor, a jovem partiu para a única possibilidade no momento: tapou os ouvidos com as mãos, fechou os olhos e começou a cantar uma música da infância, uma canção que sua irmã havia ensinado a ela e que as duas cantavam juntas todas as noites, antes de dormir, mesmo depois de terem entrado na adolescência. Aquela canção a acalmava e a levava para outro universo: o seu passado.

Ao perder-se em seu próprio universo interior, não existia mais um Erick tagarelando. Nem uma Janaína-vampira tentando acabar com sua vida, pressionando as correntes para alcançar a jovem encolhida contra a parede. Jéssica havia mergulhado nas profundezas de seu passado, relembrando-se com prazer nostálgico de cada momento ao lado da irmã.

Jéssica não foi a única transportada para o passado. A agressividade de Janaína também começou a perder entusiasmo. Aos poucos, a canção começou a incomodá-la. A vampira balançou a cabeça de um lado para o outro enquanto suas mãos cobriam os ouvidos em uma tentativa de não a ouvir mais. Para sua infelicidade, a música já estava gravada em seu cérebro desequilibrado e se repetia. Cobrir os ouvidos de nada adiantava.

Memórias de outra vida a invadiram, a maioria com ela e Jéssica juntas. Cada lembrança era uma tortura para a vampira. O demônio dentro dela se agitava, tentando recuperar o controle de uma mente insana. Levantando a cabeça para o teto escuro, um grito de agonia lhe escapou. No momento seguinte, ela caiu de joelhos, debruçada sobre si mesma. Os punhos cerrados batiam contra o chão como uma válvula de escape naquela guerra psicológica. Por fim, ela ficou imóvel.

Mas não por muito tempo. Quando endireitou seu corpo, Janaína olhou ao redor. Em seus olhos, varrendo o espaço circular, havia dúvida. Onde ela estava? Por que estava ali? O que estava acontecendo? Sua última lembrança era a de estar no alto da torre do sino da catedral, em Cafelândia. Depois, nada. Somente escuridão. Até aquele momento.

Seus olhos recaíram sobre a jovem encolhida. Tendo recobrado a consciência, a música que chegava aos seus ouvidos a embalava. Deixando-se levar pelo inconsciente, ela começou a cantarolar a mesma canção; sua voz rouca aos poucos sobrepujando a da garota conforme ela aumentava o tom.

Capítulo 26

A voz de Janaína chegou aos ouvidos de Jéssica, e ela levantou a cabeça. Não acreditando que a vampira estivesse naquele estado de consciência, a jovem encolhida no canto abriu os olhos. Para sua surpresa, a irmã não parecia mais demonstrar o mesmo estado de loucura anterior. Parecia que, de algum modo, a canção a despertara. Mas não poderia se arriscar. Podia ser apenas uma manipulação da vampira para, no final, alcançá-la. Somente havia um jeito de ter certeza.

Colocando-se em pé, ainda sentindo a parede fria às suas costas, Jéssica perguntou:

– Janaína?

Ver a irmã à sua frente encheu Janaína de alegria. Ela achava que nunca mais iria vê-la. Quando ouviu sua voz a chamando, ela correu em direção a Jéssica, com os braços esticados, sedentos por abraçá-la. Mas as correntes a seguraram. Um grito de dor lhe escapou quando os grilhões roçaram a pele já em carne viva.

Tentando ignorar a dor, ela perguntou:

– Jéssica? Por que eu estou acorrentada?

Jéssica não respondeu. Apenas correu e abraçou a irmã com força pela cintura. Sua cabeça encostou-se no ombro de Janaína enquanto chorava como uma criança. A jovem acorrentada retribuiu ao abraço, sentindo como era bom estar novamente na companhia de sua caçula.

– Janaína, eu senti tanto a sua falta! – Jéssica deixou escapar.

Tanta coisa passava pela cabeça de Janaína, tanta coisa que ela gostaria de saber, mas não sabia nem por onde começar. Ela tentou organizar seus pensamentos para iniciar os questionamentos pelos fatos mais importantes, mas uma força interna surgiu de forma repentina, tentando sobrepujar sua própria consciência. Em reflexo, seu corpo todo enrijeceu. Sua cabeça, até o momento apoiada sobre o ombro da irmã, virou-se de lado. Seus olhos piscaram algumas vezes enquanto ela tentava manter o controle sobre o demônio vampiresco em seu interior.

Recuperando o controle, mas incerta sobre conseguir mantê-lo quando o demônio tentasse dominar sua consciência uma segunda vez, Janaína segurou a irmã pelos dois ombros e a afastou. Inclinando-se o suficiente para olhar nos olhos de Jéssica, ela se apressou em dizer:

– Não sei quanto tempo eu tenho até perder o controle. Portanto, me escute com atenção.

Olhando pelo chão ao redor, ela viu a faca. Soltando a irmã por alguns segundos, Janaína agachou-se e a pegou. Quando se voltou na direção de Jéssica, suas duas mãos estavam unidas à frente do corpo, uma por cima da outra, as palmas viradas para o alto. Sobre elas, a faca. Apressada, conforme sentia o demônio crescendo dentro de si, ela deixou escapar uma careta e cuspiu as palavras:

— Eu não quero viver assim. Por favor, acabe com meu sofrimento. Não me deixe viver como um demônio.

Jéssica abaixou o olhar para a faca e, sem acreditar no que ouvia, balançou a cabeça de um lado para o outro. Ela já vira a irmã morrer uma vez. Ainda se sentia culpada por isso. Depois de todo o sofrimento vivido, depois da alegria de ver Janaína viva, consciente, sua irmã pedia para ser novamente enviada para a morte. Pior. Ela pedia para Jéssica fazer isso.

— Eu... — Jéssica tentou falar, a voz embargada pela emoção enquanto novas lágrimas escapavam pelo canto de seus olhos. — Eu não consigo.

Adotando um tom ainda mais sério, Janaína falou:

— Não há escolha! Você precisa fazer isso!

As palavras de Janaína não surtiam efeito em Jéssica. Ela continuava balançando a cabeça de um lado para o outro; seus olhos ainda fixos na faca. Não havendo escolha, a irmã mais velha foi mais incisiva:

— Se você realmente me ama como irmã, vai fazer isso!

— Não é justo! — Jéssica aumentou o tom de voz, levantando a cabeça para olhar nos olhos da irmã.

— Nem tudo é.

Balançando a cabeça em insegura compreensão, Jéssica pegou a faca com as mãos trêmulas. Tão logo o frio do metal escapou por entre seus dedos, Janaína deixou os braços caírem ao lado do corpo; as palmas voltadas na direção da irmã. Seu coração estava exposto, aguardando o golpe de misericórdia que acabaria de uma vez por todas com seu sofrimento.

Quando a ponta da lâmina encostou em seu peito, fazendo um fino rio de sangue escorrer, Janaína olhou para a irmã.

— Eu te amo.

Dito isso, Janaína fechou os olhos e levantou a cabeça, como se mirasse o teto escuro da cela.

— Eu também — Jéssica respondeu entre lágrimas desesperadas.

— Sinto muito.

Capítulo 26

Jéssica respirou fundo pela primeira vez: a sensação de dúvida sobre estar fazendo a coisa certa a invadiu. Segunda vez: a triste responsabilidade de ter de matar Janaína a consumiu. Terceira vez: ela expirou todo o ar dos pulmões e afundou a lâmina no coração da irmã. Sangue jorrou do ferimento. Um breve gemido de dor e alívio escapou de Janaína. Sua musculatura logo relaxou, não sustentando mais seu corpo em pé. Quando começou a tombar, foi Jéssica quem a segurou, com uma das mãos sob a cabeça enquanto a outra a envolvia pela cintura, e a desceu com todo o cuidado, ajoelhando-se ao lado, até o corpo da irmã estar estirado no chão.

Abrindo os olhos pela última vez, Janaína olhou para sua irmã e agradeceu:

– Obrigada.

O último suspiro escapou por suas narinas. Os olhos, abertos, miravam o nada. Janaína estava morta pela segunda vez. E, desta vez, era definitiva. Não havia mais como trazê-la de volta.

Tão logo viu sua irmã morrer em seus braços, Jéssica explodiu em um choro de agonia e desespero. Fechou os olhos de Janaína com muito carinho e debruçou-se sobre o corpo inerte, deixando toda a sua tristeza fluir.

Janaína era a segunda pessoa de sua família que ela matava naquela noite. Por mais que a jovem tivesse pedido por isso, ela, de certo modo, havia sido egoísta. No momento em que Jéssica cravara a faca em seu peito, parte dela se perdera para sempre. Ela mergulhara em profunda depressão.

Atrás delas, do outro lado das grades, um vampiro irritado com os acontecimentos adentrou a cela, agarrou Jéssica pela nuca com violência excessiva e perguntou:

– O que você fez?

Jéssica não respondeu. Mergulhada em sua profunda depressão, ela não ofereceu resistência para o vampiro quando ele a levou para fora da cela, arrastando-a escadas abaixo. Estava tão perdida, revivendo repetidas vezes o momento em que matara a irmã, que não se importou em saber para onde estava sendo levada. Muito menos o que o vampiro faria com ela.

Quando enfiara a faca em Janaína, a alma de Jéssica fora destroçada.

27

O tempo da estada agradável, na concepção de Erick, havia acabado. Ver Jéssica exterminar a vampira de forma egoísta e cruel o tirara de seu centro. A partir daquele momento, ele não seria mais bondoso. Sua verdadeira natureza vampiresca havia aflorado. Agora, a sua convidada de honra desfrutaria de toda a sua fúria.

A começar pelo local aonde ele a levou. O aposento cheirava a morte. Manchas irregulares de sangue seco no piso davam um tom de contemporaneidade à decoração, um contraste evidente ao estilo retrógrado do vampiro. Diversos instrumentos de tortura estavam jogados de forma desordenada sobre uma mesa de madeira apoiada contra uma das paredes laterais, a maioria deles com manchas similares às do chão. Do teto pendiam correntes com grossos grilhões de ferro, com lanças voltadas para sua face interna. Naquele lugar, muitas pessoas antes de Jéssica já haviam sido torturadas até a morte. Agora era a vez dela.

Erick esticou os braços de Jéssica para o alto e cerrou os grilhões ao redor dos pulsos, as lanças perfurando-os. Um grito de dor escapou da mulher. Sangue escorreu pelos braços e começou a pingar no chão, alimentando a mancha sob seus pés. O corpo dela não resistiu e cedeu. Inclinada para a frente, seu olhar se perdeu nas marcas vermelhas abaixo. Seus cabelos desgrenhados caíam ao redor de sua face, escondendo parte de seu rosto. Parecia que havia desmaiado quando, na verdade, ela se fechara em seu mundo, tanto para suportar o sofrimento pelo que fizera como para aguentar a tortura. Jéssica estava tão reclusa que nem mesmo as palavras do vampiro foram ouvidas por ela.

– Por que você fez aquilo? – Erick indagava com ferocidade. – Por que matou sua própria irmã?

Irritando-se ainda mais por ser ignorado, Erick aproximou-se dela com passos rápidos, carregados de energia, e a agarrou pelo pescoço.

– Olhe para mim quando eu falo com você! – gritou sua ordem.

Ainda sendo ignorado, Erick apertou com mais força. Ruídos desesperados escaparam pela boca de Jéssica na vã tentativa de respirar. Em reflexos inconscientes, ela se debatia. Primeiro, com mais intensidade. Depois, conforme seus lábios ficavam azuis, não passavam de meros movimentos involuntários.

Apesar do sofrimento, ela se sentia em paz. Em breve, a morte a alcançaria e tudo acabaria.

Erick, porém, não deixaria isso acontecer. Levando-a até o limite, ele a soltou e afastou-se, dando tempo para sua prisioneira se recuperar. Jéssica tossiu várias vezes. Em algumas delas, cuspindo saliva. O ar machucava quando passava pela traqueia. Seu pescoço, marcado com um vergão vermelho, estava todo dolorido. Ela, porém, continuava viva. Para sua infelicidade, sua vida estava nas mãos do vampiro. E não parecia que seus planos incluíam matá-la.

Tampouco havia alguma informação a ser arrancada dela. A tortura em Jéssica tinha apenas uma finalidade aparente: retaliação pelo que ela fizera.

Mas não era bem isso.

Mantendo-se de costas para a prisioneira, Erick remexia os instrumentos de tortura, escolhendo um que lhe agradasse e fosse capaz de atender às suas necessidades.

– Você deve estar se perguntando o porquê de não ter se transformado em uma de nós quando Darius a mordeu na rodovia.

A lembrança do vampiro mordendo-a na rodovia a invadiu, fazendo seu corpo estremecer. Seus pulsos doeram quando as hastes dos grilhões rasgaram um pouco mais de sua carne. Uma careta tomou conta do rosto de Jéssica, impedindo-a de responder.

Capítulo 27

Tampouco teria tempo. Erick não esperava ser interrompido e, virando-se para ela com um estranho instrumento nas mãos, continuou:
— Eu vou te dizer o porquê.
Aproximando-se dela com passos lentos, ele começou sua explicação:
— Você não teme a morte. Por que, então, teria o desejo pela vida eterna se você está em paz consigo mesma?
Erick não queria uma resposta, mas fez uma pausa proposital para causar mais impacto no que diria a seguir.
Erick parou na frente de Jéssica, levantou o garfo dos hereges na altura dos olhos dela – uma haste de metal com pontas duplas afiadas em cada extremidade, presa a uma tira de couro por uma fivela em seu centro –, no intuito de aterrorizá-la ainda mais, antes de continuar:
— Nem mesmo o reencontro com sua mãe, com seu pai ou com sua irmã a fez mudar de opinião.
Erick abriu um sorriso sincero e reconheceu a força dentro dela:
— Eu admiro isso em você.
O vampiro voltou a ficar sério e completou seus pensamentos, elevando um pouco mais a voz:
— Mas, ao mesmo tempo, é uma pena. Suas atitudes não me deixam outra escolha!
Jogando com ferocidade os cabelos dela para um dos lados, o vampiro posicionou o garfo dos hereges de forma que uma das extremidades pontiagudas estivesse voltada para a garganta enquanto a outra se voltava para o peito. Por fim, amarrou as duas pontas da tira de couro na nuca dela, apertada o suficiente para dar firmeza ao instrumento, mantendo-o firme na posição. Jéssica agora era forçada a manter a cabeça levantada. Caso a abaixasse por qualquer descuido, morreria com o peito e a garganta perfurados.
Controlando a raiva que fervilhava dentro dele, Erick contornou sua prisioneira. Parou bem de frente para Jéssica e falou:
— Agora você vai olhar para mim. – Sua voz estava carregada de autoridade.
Jéssica remexeu-se com raiva. De imediato, a dor no pulso intensificou-se. A pressão do garfo dos hereges também a machucou de leve. Se continuasse se debatendo, ela acabaria morrendo. Apesar do sofrimento depressivo por ter matado a irmã, Jéssica não se via pronta para morrer. Sem alternativas, ela parou de se mexer e deixou seus olhos, faiscando de raiva, recaírem sobre o vampiro.

Tendo conquistado a atenção dela, por mais que à força, Erick revelou o verdadeiro motivo de estar fazendo aquilo:
— Isso não precisava chegar a esse ponto. Eu tentei de todos os jeitos fazer você se juntar a nós. Mas você se negou.
Encurtando a distância até os dois corpos estarem praticamente colados, Erick continuou:
— Mesmo assim, pelo que vejo em seu olhar, você continua se negando.
— Vá para o inferno! — Jéssica falou entre dentes, com a voz saindo mais rouca do que o normal; a pressão do garfo dos hereges chegando a arrancar sangue ao penetrar um pouco mais fundo em sua pele.
Com um sorriso de escárnio, Erick respondeu:
— Ah, minha jovem. Isso não será possível. Eu vim de lá.
Movimentando-se para o lado, Erick fez uso de outro objeto de tortura, um tão pequeno que ficara o tempo todo escondido em sua mão: uma agulha com evidentes pontos de ferrugem. Segurando-a com firmeza entre os dedos, ele a enfiou debaixo da unha de Jéssica. A dor foi lancinante. O grito entre dentes dela ecoou pela sala e ganhou os corredores, sendo ouvido por vampiros e escravos que por ali passavam.
Quando o sangue escorreu do dedo ferido e se juntou ao rio vermelho que já escorria dos pulsos, Erick partiu para outro dedo e recomeçou seu trabalho. Mais uma vez, Jéssica gemeu de dor, mas se controlou para não se mexer. Se fizesse qualquer movimento brusco, o garfo dos hereges acabaria com sua vida. Porém, também não cedeu. Ela sabia que, cedo ou tarde, o vampiro iria se injuriar de sua tortura e colocaria um fim a tudo aquilo. Ela só precisava resistir à dor e ao cansaço.
Havia, entre eles, uma batalha silenciosa de resistência. Torturador *versus* torturada. Admirado com a resistência dela, Erick dirigiu-se até a mesa, deixando para trás dois dedos sangrando. Ao largar a agulha, ele remexeu mais uma vez nos objetos, escolhendo qual deles usaria para continuar a tortura. Havia muitas opções, e ele estava disposto a fazer uso de todas elas, caso fosse necessário. Jéssica demonstrara ser durona, mas Erick também era. Não iria desistir até ter alcançado seu objetivo.

Capítulo 27

Ao retornar com duas pesadas bolas de ferro presas por curtas correntes a grilhões lisos, Erick se ajoelhou aos pés dela e, após tirar os sapatos de salto de sua prisioneira, os prendeu ao redor dos tornozelos. Afastando-se até uma manivela presa à parede, ao lado da mesa, o vampiro começou a girá-la. A corrente, passando por uma argola fixada ao teto antes de chegar à manivela, retesou-se. O rangido ecoou pela enorme sala de tortura. Um gemido de dor escapou de Jéssica quando as lanças se movimentaram dentro de seus pulsos.

Primeira volta: os pés de Jéssica deixaram de tocar o chão.

Segunda volta: as correntes das bolas de ferro presas a seus pés se esticaram.

Terceira volta: as bolas de ferro, oferecendo resistência à tensão das correntes acima, nem sequer se moveram. O corpo de Jéssica, mais frágil, esticou-se todo. As articulações começaram a doer. O sangue dos ferimentos nos pulsos escorria pelos braços.

Quarta volta: quando suas articulações estavam no limite de se romper, Jéssica soltou mais um grito de dor, limitado a escapar de sua boca pela minúscula abertura possível sem ter seu pescoço e seu peito perfurados pelo garfo dos hereges. Mais meia volta da manivela e seu corpo todo seria destroçado.

Contente com o sofrimento provocado, Erick travou a manivela e aproximou-se mais uma vez dela. Olhando para o corpo esticado e os dentes cerrados, ele completou seu raciocínio:

— Basta você dizer que quer ser uma de nós, e tudo isso acaba.

— Eu vou matar você! — ela gritou, entre dentes, fazendo, na sequência, uma careta de dor.

— Não era exatamente isso que eu esperava.

Erick retornou à manivela e colocou sua mão sobre ela. De sua posição torturante, Jéssica o acompanhou com o olhar e meneou a cabeça de um lado para o outro, implorando com os olhos para ele não fazer aquilo.

— Erick, por favor... — ela clamou.

De nada adiantou. Erick girou um pouco mais a manivela. Os membros de Jéssica se esticaram ainda mais. Um grito agudo escapou de sua boca. Faltava muito pouco para suas articulações se deslocarem. A dor era tanta que a jovem estava quase perdendo a consciência. Se desmaiasse, o garfo dos hereges iria entrar em sua garganta e em seu peito, acabando com sua vida.

Não era esse o objetivo de Erick. Bufando de decepção, ele rodou a manivela para afrouxar a corrente. Jéssica começou a ser baixada. Suas articulações ainda doíam, mas de forma suportável. Recuperando a consciência plena, ela lançou um olhar agradecido a Erick.

Aquele alívio, porém, fazia parte de mais uma sessão de tortura. Parando a manivela de modo que a ponta dos dedos dos pés de Jéssica pudesse tocar o solo, as pesadas bolas ainda a mantendo esticada e, portanto, causando dor e desconforto nas articulações, Erick pegou mais um objeto na mesa antes de se aproximar. Deslizando pelo chão uma grossa madeira com pregos enferrujados atravessados nela, o lado pontiagudo voltado para cima, o vampiro a posicionou sob os pés suspensos da jovem.

– Agora você pode pisar no chão, se quiser. – Erick a convidou a relaxar, pouco se importando com as consequências.

Percebendo o quanto Jéssica mantinha os joelhos dobrados no ar, suportando com coragem o peso das bolas atadas a seus tornozelos, Erick retornou até a manivela e lhe lançou um olhar. Com um sorriso, disse:

– Você não queria descer?

– Não, Erick, por favor... – ela implorou entre dentes.

Jéssica não tinha muita escolha. Se Erick a descesse, seus pés seriam perfurados pelos inúmeros pregos presos à tábua. Se não descesse, suas articulações continuariam sob tensão dos pesos suspensos, sem contar a musculatura do pescoço, devendo manter-se rígida o suficiente para que o garfo dos hereges não acabasse com sua vida.

– Está bem – Erick respondeu, afastando-se da manivela, deixando-a pendurada a poucos centímetros da tábua de pregos. – A escolha é sua.

Chorando de desespero, ela perguntou:

– Por que está fazendo isso?

– Eu já disse – Erick respondeu com toda a tranquilidade que lhe era conhecida. – Quando você escolher ser uma de nós, tudo isso acaba.

Jéssica não aguentava mais. O sangue escorria dos dedos e dos pulsos feridos. As pontas do garfo dos hereges a pressionavam

Capítulo 27

nas duas extremidades. Além disso, sua musculatura já estava enfraquecendo. Ela não sabia mais quanto tempo iria aguentar. As articulações, doloridas, continuavam esticadas. Ela poderia optar por aliviar aquela dor, a custo de seus pés serem perfurados pelos pregos.

Para Jéssica, havia apenas duas opções: optar por se transformar em um deles ou morrer.

Morrer. Quando entrara naquele quarto, depressiva por ter visto a irmã morrer duas vezes, em uma delas sendo ela a executora, Jéssica desejava a morte. Depois de ter sido torturada, estando tão próxima de seu cruel destino, ela se apegara à vida com todas as forças. Ela queria viver. E faria o que fosse necessário para isso:

– Eu... Eu... – Jéssica começou a falar.

Curioso com o que Jéssica tinha para dizer, Erick se aproximou dela, perguntando:

– O que você quer me dizer, minha querida? – No rosto dele havia um sorriso de triunfo.

– Eu... Eu... – Jéssica repetiu.

Levantando mais o olhar, carregado de desafio e com um esboço de sorriso malicioso em meio ao sofrimento, ela finalizou sua frase:

– Eu prefiro morrer a ser uma de vocês.

Erick urrou de ódio. Foi pela última vez até a mesa, pegou mais um objeto de tortura – conhecido como pera da angústia, uma estrutura metálica com o mesmo formato da fruta, através da qual um comprido parafuso passava por seu centro até terminar em uma argola – e retornou. Parado de frente a ela, Erick esticou-se para o alto e empurrou o objeto para dentro da boca da mulher. Por causa do garfo dos hereges, não houve como ela resistir muito à tentativa do vampiro.

– Você fala demais – Erick disse enquanto empurrava o objeto boca adentro.

– Não, não – Jéssica balbuciou, mexendo a cabeça de um lado para o outro, um movimento prejudicado pelo instrumento de tortura.

Erick ignorou qualquer tentativa da jovem de se livrar daquilo e empurrou toda a pera para dentro de sua boca. Tão logo o objeto se alocou, ele começou a girar a argola da extremidade, fazendo-a se abrir até o garfo dos hereges afundar um pouco mais, tanto em sua garganta quanto em seu peito, aumentando o fluxo de sangue a escorrer dos ferimentos. Um gemido escapou da garganta. Quando Erick terminou, a cavidade oral de Jéssica estava toda preenchida. Sua língua, pressionada contra a mandíbula. Suas bochechas, volumosas, forçadas para o lado, estirando a maioria dos músculos da face. Por causa daquele objeto, apenas sons guturais eram ouvidos em uma vã tentativa de pedir clemência.

– Assim está bem melhor – Erick falou.

Afastando-se dela, Erick passou os olhos de cima a baixo. Sorriu para sua obra de arte e falou:

– Infelizmente, vou ter de deixá-la, minha querida. Tenho um compromisso importantíssimo agora. Mas eu prometo voltar em uma hora. Sugiro que você use esse tempo para pensar em como será a nossa relação daqui para frente. Uma transformação ou um funeral. A escolha é sua.

Abrindo um sorriso malicioso, ele lançou seu desafio:

– Vamos ver o quanto você quer sobreviver.

Erick virou-se de costas e caminhou em direção à porta de madeira de saída do aposento. Os resmungos atrás dele continuaram chegando aos seus ouvidos, mas ele os ignorou. Em vez disso, levantou um de seus braços. Com a mão acima da cabeça, ele estirou o dedo indicador, apontando-o para o alto. Ao mesmo tempo, falou:

– Uma hora, Jéssica. Não me decepcione.

E saiu, deixando-a sozinha com suas dores, dilemas e pensamentos.

28

Ricardo adentrou a cabana com passos rápidos e a expressão séria. Seu superior, sentado à mesa, não demonstrou qualquer motivo de alarme quando levantou os olhos da tela de seu notebook. Nem mesmo quando a informação chegou aos seus ouvidos:

— Senhor, o prazo de Larissa se encerrou. Solicito autorização para a invasão.

— Suponho que não recebemos o sinal — Alexandre afirmou.

Ricardo, aproximando-se da mesa, afirmou com a cabeça ao responder:

— Os postos avançados não detectaram nenhum sinal vindo do castelo.

Sem deixar transparecer qualquer alteração em sua incômoda tranquilidade, Alexandre desviou o olhar para a tela de seu notebook e respondeu:

— Autorização negada.

Tomado primeiro pela surpresa, depois pela irritação, Ricardo dobrou a tela do notebook com violência. Os olhares se encontraram quando o jovem falou com firmeza:

— Toda a equipe sabe que o prazo se encerrou. Eles estão começando a ficar afoitos. A menos que queira lidar com insubordinação e, quem sabe, um motim, acho melhor você dar a autorização.

Alexandre levantou-se com incrível agilidade, derrubando sua cadeira. Bateu as duas mãos espalmadas contra a mesa e foi incisivo em seu questionamento:

— Um motim liderado por você?

Olhando fundo nos olhos de seu superior, Ricardo foi tomado por uma suspeita. Havia um campo a ser explorado. Relaxando seu corpo, ele perguntou:

— Do que tem medo?

Alexandre riu. Havia nervosismo em sua risada, confirmando as suspeitas de Ricardo. Antes mesmo que seu superior respondesse à pergunta, ele continuou:

— Você teme que Larissa esteja morta. Por isso não autoriza o ataque. Você não quer se deparar com a realidade de que a enviou para a morte.

Irritado com as acusações, Alexandre desviou sua mão para o cabo da arma no coldre em sua cintura. Ricardo, em puro reflexo, fez o mesmo. Mas nenhum dos dois sacou. Eles apenas ficaram se encarando, um esperando a reação do outro. Até o líder da equipe de assalto relaxar, soltar o cabo da arma e tentar uma abordagem diferente:

— Eu sei que o senhor está preocupado. Eu também estou.

Gesticulando na direção dos membros ao lado de fora da cabana, Ricardo continuou:

— Eles também estão. Mas ficar aqui parado, sem fazer nada, apenas repensando se a estratégia foi correta, não vai resolver o problema. Nós temos de agir!

Alexandre bufou. Havia sentido nas palavras de seu homem. Todos os eventos daquela noite, desde a sua incursão na cidade de Cafelândia até o aparecimento repentino de Yoto após horas sem dar sinal de vida, o faziam questionar se tomara a decisão correta ao infiltrar Larissa no covil. Sua culpa ainda era maior por ter usado Jéssica para isso.

Ricardo estava certo. Ele precisava tomar a decisão certa. Endireitando seu corpo, ordenou:

— Você tem autorização para invadir.

29

Ricardo adentrou o círculo de homens e mulheres sentados, cada um com suas armas em mãos, e falou:
– Temos autorização para a invasão. Equipe alpha, equipe beta, a seus postos.
– Já não era sem tempo! – Andreas exclamou e se levantou, misturando-se a um dos dois pequenos grupos de agentes que se formavam e iniciavam a incursão pela floresta.

Yoto também se colocou em movimento, dirigindo-se ao grupo designado. Sua marcha, no entanto, foi interrompida pelas palavras de Ricardo:
– Você não, Yoto!

Surpreso com a decisão de ter sido excluído de última hora, o japonês aproximou-se de seu superior e questionou:
– Mas por quê?
– Ordens superiores. Você deve permanecer no acampamento. Qualquer queixa, fale diretamente com Alexandre.

Com um sorriso de escárnio, mas com faíscas escapando dos olhos, Yoto continuou debatendo:
– Mas eu sou seu melhor atirador.

A resposta foi rápida:
– Muito bom, sim, não nego. Mas o melhor? Desculpe, garoto. Ainda não.

Yoto bufou, transparecendo toda sua raiva. Deixando de lado a formalidade exigida com seus superiores, ele se afastou, chutando terra e folhas caídas. Seus caninos começaram a crescer. Sua vontade era a de atacar Ricardo e dilacerar seu pescoço. Não para transformá-lo. Ele queria matá-lo.

Mas nada fez. Controlando-se, apenas se dirigiu à cabana. Não era ali que ele deveria ficar. Ele precisava estar no meio da equipe de invasão. Somente assim poderia impedir que os membros da Ordem de Ettore alcançassem seu objetivo. Yoto precisava entrar no castelo a qualquer custo.

Mas, primeiro, ele precisava cuidar de Alexandre. Se quisesse manter seu objetivo de entrar no castelo, primeiro teria de lidar com seu superior. Custasse o que custasse.

Quando parou a um passo da entrada da cabana, Yoto viu, pelo canto dos olhos, Ricardo mergulhar entre as árvores, lançando ordens pelo rádio para a equipe de atiradores se colocar em posição. Quando o perdeu de vista, mas ainda ouvindo toda a movimentação em seu próprio rádio, ele entrou no centro de comando da operação.

Para sua surpresa, o local estava vazio. Não poderia ser melhor. Com Alexandre fora, ele poderia se esgueirar pelo meio da mata sem ser notado. Caso fosse questionado em ocasiões futuras, poderia dizer que não encontrara ninguém na cabana e que, portanto, decidira aventurar-se pelo meio das árvores para, pelo menos, poder acompanhar mais de perto os primeiros momentos da invasão.

Mas bastou virar-se na direção da saída da cabana para encontrar Alexandre parado à sua frente, bloqueando o caminho. A balestra na mão de seu superior estava apontada para seu peito. Recuperando-se do susto momentâneo de se ver na mira dele, Yoto o desafiou:

– De novo esse blefe? Já não passamos por isso?

– Não, garoto, nós apenas começamos – Alexandre respondeu, sério. – Naquele momento, havia mais gente na sala, e eu fui obrigado a tomar medidas dentro do protocolo da Ordem. Agora, estamos só nós dois. Vamos ver se você realmente nos disse a verdade.

Alexandre acendeu a lanterna de luz UV instalada sob a balestra. Tão logo o feixe circular incidiu sobre o rosto de Yoto, ele gritou de dor e deslocou-se de lado, fugindo dele. Tendo escapado, porém reprovado no teste, ele debruçou-se sobre si mesmo, com as mãos abertas cobrindo seu rosto para se proteger de uma possível segunda investida de seu superior.

Capítulo 29

— Eu sabia! – Alexandre falou.
Adiantando-se, com a balestra apontada, ele continuou:
— Estou curioso para saber tudo o que aconteceu com você depois que perdemos a comunicação.

Deixando a fúria vampiresca tomar conta de seu ser, Yoto, ainda dobrado sobre si mesmo, abaixou as mãos e levantou o olhar até seu superior. Um grito gutural escapou de sua garganta quando abriu a boca, revelando suas presas. Com incrível agilidade, ele saltou para cima de Alexandre.

Quando Yoto ainda estava em pleno ar, Alexandre disparou, acertando-o na barriga. Errou o coração, então não teve tempo de tomar nenhuma atitude defensiva. O vampiro caiu sobre ele, já tentando mordê-lo no pescoço. Lutando com todas as suas forças e fazendo uso de todo o seu conhecimento tático, o líder sacou a pistola do coldre em sua cintura e descarregou o pente à queima-roupa. Todas as balas atravessaram o corpo de seu inimigo, arrancando-lhe gritos de dor. Mas foi tudo. Ele não havia recuado, como era esperado.

Ainda mais furioso, Yoto agarrou seu líder pelo colarinho e o levantou no ar, deixando-o se debater em vãs tentativas de libertar-se. Com toda a sua força, o vampiro jogou a vítima para o outro lado da cabana. Alexandre rolou por cima da mesa, derrubando tudo que estava sobre ela, e caiu de costas do outro lado. Com o impacto, o ar foi arrancado de seus pulmões. Sua cabeça bateu com força no chão. Tudo começou a girar ao redor. Quando tentou se levantar, colocando os dedos sobre a mesa para ter firmeza, tudo se embaçou. Antes mesmo que pudesse tomar qualquer atitude a respeito de seu estado desafortunado, Alexandre apagou. Os dedos se soltaram do tampo da mesa, seu braço caiu ao lado do corpo, e sua cabeça voltou a bater no chão, onde permaneceu inerte.

Yoto virou-se na direção de onde o inimigo caíra e arrancou a seta de seu corpo. O ferimento logo cicatrizou, deixando, em seu lugar, apenas uma perfuração no uniforme. Usando-a como arma, ele correu ao encontro da mesa, saltou por cima dela e já caiu sobre Alexandre, enfincando a flecha nele com toda a ferocidade. Para a sorte do homem desacordado, ela atravessou apenas seu ombro. Não foi suficiente para matar, mas a terra começou a ficar escura com o sangue derramado.

Nenhum grito, porém, escapou dele, revelando a Yoto que o homem debaixo dele estava desacordado. Ou até morto. O vampiro não se preocupou em verificar. Com o ar triunfante estampado em seu rosto, abriu a boca e se dobrou sobre si mesmo, aproximando as presas expostas da jugular de Alexandre.

Seus novos aliados iriam ficar felizes quando contasse que ele, sozinho, havia matado o líder da Ordem de Ettore. Isso, se as mensagens não tivessem chegado pelo seu rádio no momento derradeiro:

– Equipe alpha em posição. Aguardando ordens.

– Equipe beta em posição. Aguardando ordens.

Endireitando o corpo com agilidade, suas presas não mais expostas, Yoto exclamou:

– Merda!

Se ele quisesse alcançar a equipe de invasão a tempo, deveria se apressar. Sem hesitar, Yoto colocou-se em movimento, abandonando o homem desacordado. Saltou por cima da mesa e saiu às pressas da cabana. Tão logo ganhou a noite, ele se moveu para o meio das árvores, encurtando a distância entre ele e as equipes o mais rápido que podia.

Yoto estava ciente da estratégia adotada para a invasão. Após sua chegada ao acampamento, ele havia conversado com vários membros, inteirando-se do plano. O ataque se daria pelos fundos do castelo. Yoto sabia onde estava cada equipe. Sabia onde cada membro de sua própria equipe estaria posicionado. Provavelmente, àquela altura, todos eles já estariam cientes de que o japonês não faria parte da invasão. Misturar-se a eles seria quase impossível. O risco de ser reconhecido era muito grande e colocaria tudo a perder.

Yoto precisava assumir a posição de um dos agentes. Um que estivesse mais afastado. Um homem conhecido por todos como Andreas.

Correndo em meio às árvores em direção à posição ocupada por Andreas, Yoto esperava chegar a tempo. Seus colegas estavam muito adiantados. A probabilidade de não conseguir alcançá-los era grande. Mas ele precisava tentar.

Uma reviravolta, porém, deu-lhe novas esperanças. Segundos depois de ter iniciado a contagem regressiva para os atiradores de elite dispararem contra os vampiros de guarda sobre as muralhas, a palavra que ele mais gostaria de ouvir chegou aos seus ouvidos pelo rádio:

Capítulo 29

– Abortar! – A ordem viera de algum dos atiradores alocados sobre as árvores.
Yoto sorriu com tamanha sorte. De início, ele não soube o motivo. Até a resposta à pergunta de Ricardo chegar a todos:
– Carros se aproximam. Seis no total. Todos eles importados, negros e com película escura nos vidros. Desculpe, senhor, não consigo enxergar dentro deles.
Em sua posição de ataque, Ricardo praguejou. Não pelos carros que se aproximavam, mas porque a desconfiança de Alexandre se confirmava. Algo estava para acontecer. E provavelmente Larissa não dera o sinal para aguardar a chegada daqueles membros. Pela aparência descrita por seu agente, aqueles carros pareciam trazer pessoas influentes. *Talvez...* – pensou – *talvez os anciões estejam neles.*
Até onde Ricardo sabia sobre os anciões, eles comandavam seus negócios a partir de seus esconderijos. Era raro deixarem a segurança das coberturas onde residiam. Se tinham saído, devia haver um motivo muito importante. Mais do que isso: se estavam todos reunidos, algo significativo estava acontecendo. Para eles, provavelmente, sim. Para a Ordem de Ettore, com toda certeza. Havia a chance de liquidar os líderes de uma vez por todas. De colocar fim à longa guerra se fossem eles no interior dos carros.
Havia, por outro lado, a possibilidade de tudo ser armação e os membros da Ordem de Ettore estarem indo direto para uma armadilha, o que também colocaria fim à guerra, mas com outro vencedor. Independentemente, Ricardo não tinha muitas opções. Larissa estava no interior do castelo e, se o plano tivesse dado errado, ela necessitava de resgate.
Ricardo não gostava das opções, mas não havia outra possibilidade. Armadilha ou não, a equipe precisava invadir o castelo. Porém, não naquele momento. Com os portões abertos para a entrada dos carros, os guardas sobre as muralhas e nos dois terraços do castelo estavam em alerta máximo. Autorizar a incursão naquelas condições era o mesmo que perder o elemento surpresa. Se o fizesse, poderia colocar toda a operação em risco.
Sem ter escolha, Ricardo ordenou pelo rádio, quebrando a apreensão de todos os agentes:
– Vamos aguardar os carros entrarem no castelo. Mantenham suas posições e aguardem minhas ordens.

Yoto, ainda se movendo com agilidade pelo meio da floresta, aproximava-se cada vez mais de sua vítima. Quando seu olhar, mesmo sem o auxílio de óculos de visão noturna, enxergou o agente agachado ao lado de uma árvore, a balestra apontada para o chão, apenas aguardando a nova ordem de invasão, o japonês reduziu o ritmo de suas passadas para uma silenciosa caminhada.

Com movimentos lentos e silenciosos, ele se aproximou pelas costas do homem. A vida de Andreas estava nas mãos de Yoto. Ou melhor: nas presas de Yoto. E com prazo determinado para terminar.

30

Os carros estacionaram em frente ao castelo, e seus ilustres membros desembarcaram pelas portas traseiras quando escravos de Erick as abriram, estendendo suas mãos para ajudar as duas únicas mulheres em meio a um grupo de homens. Ao contrário do que se pensaria ao falar de anciões, eles não pareciam velhos, não eram encurvados nem tinham a pele enrugada. Apesar de terem séculos de idade, eles estavam em sua plena forma, não aparentando ter mais de 40 anos. Eles se autodenominavam anciões porque eram os mais experientes e influentes em meio aos vampiros. Pelo menos no Brasil, onde haviam fixado residência, séculos atrás.

Mas nem sempre foram unidos assim. Nem eram os únicos anciões. Havia muitos séculos, existiam outros. Quando estavam em ascensão, em suas vidas vampirescas na Europa, Ásia e África, cada um comandando seus próprios negócios sombrios, várias vezes entraram em conflito entre eles mesmos, a maioria delas por território de atuação comercial. As brigas de interesse, no entanto, sempre terminavam com soluções diplomáticas, capazes de amenizar a situação, mas não traziam paz nem união entre eles. Até um grupo autointitulado "Filhos de Ettore" iniciar uma caçada feroz contra os vampiros. Sem escolha, eles deixaram suas diferenças de lado e se uniram por um bem maior, contra um inimigo comum. Tendo os Filhos de Ettore mais recursos e o apoio secreto da Igreja da época, os então anciões foram derrotados. Muitos vampiros, entre eles, alguns líderes, foram mortos. Os que conseguiram escapar, graças a uma estratégia improvisada de Erick, fugiram para o Brasil, onde se reagruparam e iniciaram um trabalho árduo de estruturação de um novo império.

Mas não com a paz, pelo seu ponto de vista, que desejavam. Os Filhos de Ettore espalharam-se pelo mundo, cada vez tendo mais seguidores treinados para caçar vampiros, até surgir a Ordem de Ettore. Por mais que tivessem escapado, na época, o inimigo os seguira, instalando uma filial no país. Em decorrência disso, a maioria dos membros do Conselho dos Anciões que havia fugido junto de Erick morrera. Havia sobrado apenas sete deles, prestes a se reunir novamente, alheios ao fato de que o inimigo espreitava na segurança das sombras das árvores ao redor do castelo, apenas esperando o melhor momento de atacar.

Apesar de todos terem criado estreitas relações comerciais no Brasil, fazia alguns anos que não se viam pessoalmente, o que tornou o encontro, ainda a céu aberto, agradável. Com abraços apertados e beijos pouco polidos nos rostos, eles se cumprimentaram, alguns até ultrapassando um pouco o limite social, beirando a sedução.

Erick, tendo ordenado a abertura dos portões do castelo, os aguardava sob o pórtico, de braços abertos. A primeira que o alcançou foi Magdalena Caballero, uma bela anciã de jovem aparência, magra, de estatura mediana, cabelos negros e ondulados: a típica espanhola. Trajava um belo vestido longo vermelho, com detalhes amarelos nas barras inferiores, e um fino lenço de seda caindo por cima de seus ombros. Ela abriu um sorriso ao ver o anfitrião:

– Minha querida Magdalena, os séculos fizeram maravilhas com você. Está tão bela!

Depois de um gracioso beijo na mão da donzela, Erick beijou-a de leve na lateral do rosto. Com seus lábios colados ao ouvido dela, ele falou:

– Adoraria ter você na minha cama!

Quando se afastaram, Magdalena abriu um sorriso e, ao passar ao lado de Erick, deu dois tapinhas de leve com a palma de sua mão no rosto dele:

Capítulo 30

— Galanteador como sempre, Erick.
Virando o rosto de lado, vendo-a pelo canto dos olhos, Erick respondeu:
— Essa é a minha natureza.
Magdalena alargou mais o sorriso e respondeu, já adentrando o castelo:
— É a minha também.
Erick voltou a atenção para seu próximo convidado, um italiano trajando um terno todo amarrotado, parecendo estar apertado sobre seu corpo fora de forma. Em outras palavras, ele estava gordo, mas, não aceitando suas condições fisiológicas, gostava de usar trajes menores do que seu corpo permitia.
— Nino Caccini! — Erick o cumprimentou, estendendo a mão e lançando um olhar de cima a baixo. — Os séculos fizeram muito bem a você, pelo que vejo. Sua forma é um exemplo para todos nós.
Nino riu muito alto.
— Continua engraçado como sempre, Erick. Eu gosto disso!
Olhando para a mão estendida por alguns segundos, Nino falou:
— Deixa de formalidades. Vem aqui. Dá um abraço!
Agarrando-o com força, Nino praticamente esmagou o corpo esbelto de Erick em seu abraço. Se ele não fosse um vampiro, teria de interromper a noite gloriosa para ir direto ao hospital.
Endireitando-se e tentando arrumar seu elegante terno depois daquele abraço exagerado, Erick voltou-se para seu próximo convidado:
— Pierre Chaput, é uma honra tê-lo em meu castelo.
O alto e magrelo francês o olhou com desconfiança por debaixo de seus minúsculos óculos, um adorno que gostava de usar apenas para impressionar. Sua visão era perfeita. Com um sutil aceno de cabeça, ele respondeu:
— A honra é minha!
Frio como sempre! — Erick pensou, antes de voltar sua atenção para a próxima convidada: uma bela inglesa, magra e alta, de rosto pálido e cabelos ruivos, soltos sob um elegante chapéu, estendia a mão enluvada na direção de seu anfitrião. Mantendo a cabeça levantada e o ar de arrogância, ela apenas aguardou os lábios do vampiro a tocarem de forma graciosa.
— Scarlett Ward! Sinto-me lisonjeado com sua presença.
— Gostaria de poder dizer o mesmo! — ela respondeu. — Espero que tenha um bom motivo para me tirar de minha acolhedora residência.

Com um sorriso malicioso, Erick pensou: *ah, minha cara, esta noite será inesquecível!*

Seu próximo convidado já estava parado à sua frente. De rosto moreno sob uma grande barba escura, forte como um touro, o turco o olhava de forma ameaçadora. Seu terno era elegante, contrastando com as inúmeras tatuagens que se estendiam para além das extremidades de suas vestes, como pescoço, rosto e as costas de suas enormes mãos.

– Altan Batur, me alegra em ver que o seu gosto por tatuagens não se perdeu ao longo dos séculos.

– Você ainda não viu nada! – ele respondeu, já colocando suas enormes mãos sobre o botão do terno, fazendo menção de tirá-lo para mostrar todos os seus desenhos.

Colocando a mão de leve sobre a dele, Erick respondeu com um sorriso:

– Não precisa, meu amigo. Fico gratificado em saber que tatuar o corpo o deixa contente.

Altan sorriu e o abraçou calorosamente antes de se afastar.

Faltava mais um convidado: o marroquino Khalil Bashar, um homem baixo, de pele morena, sempre sorridente. Apesar do ar sempre feliz do africano, o encontro entre eles parecia estar carregado de inimizade. Olhando com os olhos inexpressivos para seu anfitrião, falou:

– Espero que não esteja planejando nada contra nós.

– Ah, Khalil, onde está toda a sua simpatia? – Erick perguntou, com um falso sorriso no rosto.

– Eu deixei no velho continente, onde eu deveria estar agora. – Lançando um olhar para o imponente castelo, ele continuou: – Não nesta espelunca que você chama de casa.

Erick recolheu seu sorriso. Ele fervilhava por dentro. Sua vontade era a de destruir aquele baixinho. Ao cerrar os dentes, seus punhos se fecharam. Os dedos estalaram. Um golpe. Era o que precisava. E tudo estaria acabado.

Mas não podia fazê-lo. Os outros estavam próximos. Além disso, por mais que não gostasse, Khalil era um membro do Conselho dos Anciões e deveria ser tratado com o mesmo respeito que os outros. Relaxando, Erick abriu o sorriso e, passando o braço sobre os ombros do homem, sabendo que ele não gostaria de ser tocado assim, ainda mais pelo anfitrião, o conduziu para dentro:

Capítulo 30

— Venha, meu caro amigo. Deixe-me ver se consigo mudar a sua forma de pensar sobre a minha residência.

Um grunhido de insatisfação saiu da boca do marroquino, mas ele se deixou levar. Tão logo Erick havia adentrado o hall, o portão se fechou, isolando-os no interior do castelo. Tirando o braço dos ombros de Khalil, o anfitrião os conduziu pelos corredores até a sala de jantar onde, algumas horas antes, estivera jantando com Jéssica.

Não havia, no aposento, nenhum sinal de que uma briga ocorrera ali. Nem mesmo de que um vampiro fora assassinado. As marcas de sangue foram todas removidas. A mesa de jantar estava novamente arrumada conforme as regras de etiqueta exigiam. As luzes do lustre estavam todas acesas, tornando desnecessária a presença dos castiçais com velas iluminando a mesa. Uma leve brisa entrava pelas portas duplas abertas, permitindo acesso ao terraço, caso houvesse o interesse em alguns dos convidados de tomar um ar. No canto, não havia mais apenas uma pessoa tocando piano. Havia, agora, uma orquestra reproduzindo músicas clássicas dos mais famosos compositores.

Os convidados ficaram surpresos com tamanho luxo no ambiente. Até mesmo Khalil expressou certo entusiasmo. Não somente pelo local, mas pela oferta. Vampiros bem-vestidos serviam sangue fresco em belas taças. Mas não parava por aí. Homens e mulheres, em estado deplorável, estavam amarrados contra as paredes laterais e as colunas de sustentação do salão, vestidos apenas com precárias roupas íntimas.

— Isso é para nós? – Magdalena perguntou ao ver as pessoas amarradas.

— Claro, minha querida – Erick respondeu com graciosidade.

Afastando-se do grupo, Erick tomou posição de destaque e virou-se para todos os seus convidados. Levantando a voz para ser ouvido, ele continuou:

— Meus caros convidados, membros do Conselho. É com muito prazer que eu lhes dou a opção de escolha entre beber nossa safra nas taças servidas por nossos garçons e beber direto na fonte.

Com um sorriso sincero, ele liberou a carnificina:

— *Carpe noctem!*[10]

— *Carpe noctem!* – Foi a resposta que recebeu de todos eles, em uníssono.

---

10 Termo em latim: aproveite a noite!

Alguns dos anciões, com ímpetos mais aflorados ou com carência de beber sangue direto na fonte, partiram para o ataque contra os homens e mulheres presos ao redor da sala. Entre eles, estava Magdalena, que havia escolhido um homem musculoso. Ela gostava de fazer vítimas com aquele tipo de porte, estando amarradas ou não. Junto dela, na carnificina, estavam Altan Batur e Nino Caccini. Não tardou para a gritaria começar e o chão se manchar de sangue.

Scarlett Ward, Pierre Chaput e Khalil Bashar decidiram não se misturar. Os dois primeiros porque eram pessoas de classe e gostavam de manter a compostura em eventos sociais. O terceiro, pelo motivo de ainda estar desconfiado de tudo aquilo. Para ele, havia generosidade de mais nos atos de seu anfitrião.

— Realmente, é uma bela safra — Pierre parabenizou o anfitrião após degustar o sangue de uma taça.

— Poderia nos contar qual é o seu segredo? — Scarlett parecia estar interessada em começar a cultivar sua própria safra.

Com um sorriso, Erick respondeu:

— Não vejo por que não — disse, dando início à explicação: — Sangue é quase como vinho. Existem diversas qualidades. Para serem bons, os seus doadores, vamos dizer assim, têm de ser cuidados de acordo com exigências específicas. Se deseja uma safra mais leve, fina e sofisticada, você pode manter suas matérias-primas em confinamento, sendo alimentadas com pratos pouco gordurosos ou até veganos. Porém, se deseja uma safra mais encorpada, consistente, você pode alimentá-los com comida bem gordurosa. Se você juntar a esse método de produção a tipagem sanguínea e o fator Rh, existe uma enorme gama que se pode trabalhar, produzindo várias linhas de produto, cada uma com qualidade própria, mas todas adequadas a paladares apurados e exigentes. Como o de vocês.

Scarlett olhava para Erick com total interesse. Não pelo que ele dizia, mas pela inteligência. Tomando a taça com sangue oferecida por seu anfitrião e olhando-o de cima a baixo enquanto ele explicava, uma chama se acendeu dentro dela, fazendo-a, de certo modo, perder a compostura e praticamente se jogar para cima dele. Colocando o cotovelo dobrado sobre um dos ombros dele e cutucando de leve o lóbulo de sua orelha, enquanto sua cintura era envolvida pelo braço do anfitrião, ela falou:

— Você é tão inteligente.

Capítulo 30

Pierre, mais sério e centrado, questionou-o:
— Você disse *quase como vinho*. — Havia interesse em saber mais. — Qual é a diferença?
— Bem — Erick respondeu —, dizem que quanto mais envelhecido for o vinho, melhor. Para minhas safras, esse ditado não se aplica. Eu não posso deixar minha matéria-prima, vamos dizer assim, envelhecer tanto para coletar. Com a idade, há a tendência de certas alterações patológicas promoverem instabilidades no produto e, assim, diminuírem sua qualidade.

Pierre balançou a cabeça, compreendendo. Mas havia mais um segredo:
— Se bem que tenho clientes que gostam de um produto envelhecido, "contaminado" — e gesticulou o sinal de aspas com uma das mãos — ou até batizado com medicamentos de uso contínuo pelas matérias-primas.

— Agora entendo por que alguns de seus produtos são caríssimos — Pierre observou.

— Mas deliciosos! — Scarlett completou, ainda brincando com o lóbulo da orelha do anfitrião.

— Assim como você!

Tal exclamação pegou todos de surpresa. E não veio de Scarlett. Distante, enquanto se alimentava de sua presa, Magdalena percebera como a inglesa estava tão ligada ao anfitrião e decidira marcar território, aproximando-se dele. E, após deixar seus pensamentos fluírem por seus lábios carnudos, mordiscou o lóbulo da outra orelha de Erick.

Ter aquelas duas anciãs em seus braços e, quem sabe, em sua cama, quando tudo terminasse, estava indo além de seus planos. O seu objetivo, no entanto, não estava abandonado. Aos poucos, ele se concretizava. Pierre demonstrara particular interesse em suas palavras. Bastava mais um ancião ao seu lado para ter a maioria dos votos quando anunciasse sua proposta durante o jantar.

Havia, no entanto, uma relutância em torno dele, com nome e sobrenome: Khalil Bashar. O ancião foi incisivo ao perguntar:
— Você nos havia prometido uma oferenda especial? — Ele olhava ao redor, procurando por algo diferenciado e de extrema importância. — Até o momento, eu não vi nada. Onde está a tal oferenda?

— Meu caro Khalil. — Erick soltou as duas anciãs e envolveu mais uma vez o vampiro pelos ombros, um gesto que ele sabia muito bem desagradar seu convidado. — Não está se divertindo? Olha só o que eu preparei. Isso não é suficiente?

— Isso, meu caro Erick, eu tenho em minha própria casa — Khalil respondeu. — Não precisava ter vindo até aqui para isso.

Erick suspirou. Khalil estava escapando de suas amarras. Se não fizesse algo logo, ele poderia envenenar os outros anciões, e seus planos iriam por água abaixo. Ao buscar uma solução diplomática, respondeu:

— Você tem razão, meu caro amigo. Você tem razão.

Afastando-se de Khalil, Erick dirigiu-se ao centro da sala e elevou a voz para todos ouvirem:

— Caros colegas, membros do Conselho dos Anciões. Um minuto de sua atenção, por favor.

As duas anciãs, Khalil e Pierre já estavam com toda a atenção voltada para o anfitrião. Quando os outros dois membros do Conselho tiraram suas presas das mulheres amarradas pelas paredes do aposento, Altan com sangue escorrendo por sua longa barba, e Nino com a mão espalmada, prestes a bater nas nádegas de sua vítima, Erick continuou:

— Eu prometi a vocês uma oferenda especial. Neste exato momento, ela está sendo preparada em um dos aposentos. Em breve, estará com vocês.

Havia um tom de *mas* embutido em sua fala, que ele em breve esclareceu:

— Mas, primeiro, gostaria que todos se juntassem a mim para uma agradável refeição, quando vou expor minhas ideias a todos. Depois, teremos essa oferenda especial.

Virando-se para encarar Khalil com os olhos incisivos, mas falando alto o suficiente para todos ouvirem, Erick continuou:

— Peço a paciência de todos vocês por mais um pouco de tempo. Primeiro, temos negócios a resolver!

— Que tipo de negócios? — Khalil foi incisivo na pergunta.

Tomando seu lugar à cabeceira da mesa, Erick sentou-se, gesto seguido pelos outros membros do Conselho. Quando todos estavam acomodados, o anfitrião solicitou que fossem servidos. Enquanto os garçons traziam taças com a melhor safra de sangue e serviam aos convidados, o vampiro continuou:

Capítulo 30

– Há muito que travamos essa guerra contra a Ordem de Ettore. Muitas vidas foram perdidas dos dois lados. Nós mesmos estamos refugiados aqui por causa disso. Temos de nos esconder enquanto os humanos andam livremente por um mundo que poderia ser nosso. Os negócios, por mais que prósperos, estão chegando ao seu ápice. Em breve, não teremos mais campo para crescer. O mercado está ficando saturado. Em pouco tempo, se as coisas continuarem seguindo esse rumo, entraremos em fase de regressão. A concorrência, se é que me entendem, está ganhando espaço enquanto nós ficamos limitados. Isso tem de acabar!

Pierre, interessado, perguntou:
– O que você pretender fazer?
– Pretendo destruir nossos inimigos de uma vez por todas – Erick respondeu com seriedade.

Não acreditando no que ouvia, Khalil expôs sua opinião:
– Espero que não esteja falando da Ordem de Ettore.
– É claro que ele está, seu imbecil! – Altan afirmou.

Virando-se para Erick, perguntou:
– Como você pretende fazer isso?
– Sei onde eles se escondem. Sei quantos membros eles possuem. Tenho um plano de ataque estruturado. Mas não sou capaz de fazer isso sozinho. Preciso da ajuda de vocês. – Olhando para Khalil, ele continuou: – Todos vocês.
– Você está louco! – Khalil protestou, começando a se levantar para ir embora. – Eu não vou ficar aqui ouvindo essa besteira!

Erick levantou-se com um salto e, aumentando o tom de voz, apontou o indicador na direção da cadeira de Khalil, respondendo à altura:
– Sente aí! Eu não terminei!

Khalil parou seu movimento no meio. Olhando temeroso para um furioso Erick, ele engoliu em seco. Com todos os olhos dos outros membros do Conselho fixos nele, a maioria demonstrando certa animosidade para com o rebelde, ele encolheu os ombros e voltou a se sentar.

– Está bem. – Khalil pareceu ceder. – Temos pessoas suficientes para tal?

Sorrindo, debruçando-se de leve na mesa e apontando o indicador mais uma vez na direção dele, dessa vez de forma amistosa, com o intuito exclusivo de fortalecer seu ponto de vista, Erick respondeu:

— Não temos. Ainda. Mas podemos ter.
— Como? — Nino estava curioso.
— Transformando humanos em vampiros.
Com um riso sarcástico, Khalil falou:
— Você deve estar de brincadeira!
— Eu pareço estar de brincadeira? — Erick rebateu.
Voltando-se para todos à mesa, Erick explicou:
— Eu percebo, aqui de meu castelo, que muitos humanos têm procurado a vida eterna. Estão vendo os garçons à nossa volta? — Erick gesticulou na direção deles. — Alguns deles são escravos, vamos dizer assim, que decidiram se juntar a mim na esperança de, um dia, serem vampiros. A maioria de vocês não está em contato direto com os humanos e, por causa disso, compreendo o questionamento que possa lhes surgir. Mas eu afirmo: os humanos estão cada vez mais preocupados com a beleza eterna, em prolongar suas vidas e até com a velhice.
Voltando-se para Magdalena, ao seu lado, ele pediu:
— Magdalena, você administra casas noturnas, frequentadas tanto por vampiros quanto por humanos. Diga-nos, por favor, quantos humanos passam pelas portas diariamente, procurando por vampiros que lhes possam dar a vida eterna.
— São muitos! — Magdalena respondeu. — Eles imploram para serem transformados. Obviamente, nós negamos. Mas não sem nos alimentarmos deles. Com autorização de nossos clientes, que muitas vezes se cortam de propósito para alimentar algum ou alguns membros de nossa raça, algumas vezes culminando até em relações sexuais dos mais variados tipos, nós nos alimentamos.
— Mas nunca os transformamos — Erick deu continuidade. — Então, eu pensei: se eles querem tanto ser como nós, por que não satisfazemos suas vontades?
Houve balanços afirmativos de cabeça ao redor da mesa, com raras exceções. A maioria deles não havia sido tão convicta na concordância, mas eles abriram espaço em suas mentes para a possibilidade. Aproveitando a oportunidade, Erick inflamou seu discurso:
— Os dois lados sairiam ganhando. Os humanos teriam sua tão sonhada vida eterna. Nós, o aumento necessário de nossas linhas de frente para encerrar essa guerra de uma vez por todas.

Capítulo 30

Disposto a exemplificar, Erick agarrou um garçom pela nuca e perguntou:
– Quem era você antes de estar aqui?
– Ninguém! – O homem respondeu com convicção.
– E você veio até mim procurando o quê? – Erick fez a pergunta.
– Uma oportunidade de ser como você!
– Por quê? – Foi a terceira e última pergunta de Erick.
– Porque eu quero a vida eterna! – Ele gritou em resposta.

Erick soltou-o, voltou sua atenção para os membros do Conselho dos Anciões e continuou seu discurso:
– Viram, meus prezados colegas, como eles desejam ser como nós? Ao transformá-los, não precisaremos mais nos preocupar com a Ordem de Ettore. Estaremos em maior número.

Levantando a voz, ele continuou:
– Podemos acabar com eles! Podemos tomar o que é nosso por direito! Juntos, vamos à guerra mais uma vez! Uma última vez!

Erguendo a taça com a mão, ele finalizou seu inflamado discurso com um pedido:
– Quem estiver comigo, que levante a taça!

Com um urro de satisfação, impulsionados pela empolgação de Erick, cinco anciões se colocaram em pé e levantaram as taças. Apenas Khalil permaneceu estagnado, olhando desconfiado para o líquido vermelho à sua frente.

Após todos beberem e apoiarem suas respectivas taças sobre a mesa, Erick olhou para Khalil:
– Alguma objeção, Khalil Bashar?

Tendo pensado no assunto, Khalil começou a lançar sua opinião:
– Não é assim que sempre agimos. Nós...
– É assim agora! – Erick o interrompeu.
– Eu acho que o Conselho deveria ouvir o que tenho a dizer – Khalil insistiu.

Erick virou-se para Altan e pediu:
– Altan, você pode, por gentileza, mostrar como o Conselho se pronuncia mediante objeções?

Abrindo um sorriso de satisfação, como que dizendo "achei que nunca fosse pedir", Altan começou a contornar a mesa. Khalil, vendo com os olhos aterrorizados o grandalhão vindo em sua direção, rapidamente tomou a decisão a favor do Conselho, colocou-se em pé, levantou a taça e bebeu todo o conteúdo.

— Acho bom. — O tom de Erick estava sério.

Erick não precisava daquilo, apesar de ter dito que necessitava do apoio de todos eles. Khalil havia sido a minoria. Ele seria obrigado a seguir a decisão do Conselho. Mas o ancião o havia incomodado desde a sua chegada. E o que o anfitrião menos gostava era de ser destratado em sua própria casa. Mas agora tudo havia se ajeitado. Ele já poderia dar a ordem pela qual aguardava ansioso a noite toda.

Obedecendo a um simples gesto de Erick, alguns vampiros, trabalhando como garçons em meio aos escravos, largaram suas bandejas e, expondo seus caninos, morderam todos os homens e mulheres amarrados contra as paredes ao redor. Beberam de seu sangue até o coração deles parar. Se não fossem as amarras em seus braços esticados para cima, eles teriam despencado no chão. Quando acordassem, seriam vampiros. Os primeiros das fileiras revolucionárias do Conselho. Os primeiros de muitos.

Abrindo um sorriso e juntando a palma de suas mãos à frente do corpo enquanto se inclinava na direção dos convidados, Erick fez seu convite:

— Bem, agora que está tudo resolvido, vamos comer?

31

Estar próximo da morte e ver toda a sua vida passar diante de seus olhos é fortalecedor, capaz de florescer a própria vontade de viver, por mais que, em algum momento, tenha-se desejado a morte. Com Jéssica não foi diferente. Porém, toda força de vontade tem um limite: o físico. Por mais que a intenção dê forças, as leis fisiológicas, mais cedo ou mais tarde, prevalecem.

Isso, com Jéssica, também não seria diferente. Ela não sabia quanto tempo fazia que Erick a havia abandonado ali, naquela posição incômoda. Cada segundo parecia uma eternidade. Sua musculatura, cada vez mais fatigada, tremia. A jovem tentava resistir, manter-se consciente mesmo depois de ter perdido bastante sangue, mas suas forças físicas estavam se esgotando. Por mais que tentasse manter-se firme, ela estava perdendo a batalha contra o cansaço.

Mas nem tudo estava perdido. Ao longe, ela ouviu passos. Pareciam se aproximar do aposento onde ela estava. Torcendo para ser Erick, esperando que o tempo já tivesse se esgotado, Jéssica usou de suas últimas energias para se manter consciente. Quando a porta se abriu, a decepção a invadiu. Não era quem ela esperava. Ainda assim, era alguém que poderia salvá-la, se tivesse falado a verdade quando haviam se encontrado. Infelizmente, naquela situação, Jéssica não conseguia mais confiar em ninguém que tivesse presas.

Marcela entrou com passos firmes no aposento. Levantando o olhar até Jéssica, a vampira não acreditava no que via. Para ela, Erick tinha passado dos limites com aquela tortura. Ninguém merecia sofrer o que aquela jovem passava naquele exato momento. Algo precisava ser feito. Ela não deixaria ninguém assim, naquela situação aterrorizante, mesmo que, no lugar de Jéssica, estivesse seu pior inimigo. Aquilo não estava certo.

– Minha filha... – Havia surpresa na voz de Marcela.

Os olhos de Jéssica imploravam por ajuda. Ela tentou pedir, mas tudo o que conseguiu emitir foi um som gutural. Em seu pensamento, porém, estava clara a sua mensagem: *mãe, me ajuda, por favor!*

Marcela aproximou-se o mais rápido possível. Sua primeira ação ao alcançar a filha foi chutar para longe o tapete de pregos. Com passos urgentes, ela se aproximou da manivela na parede e, com muito cuidado, desceu Jéssica. Fatigada, a jovem mal se sustentou em pé. Se não fossem as correntes atadas aos grilhões em seus pulsos, ela teria caído.

Com pressa, Marcela aproximou-se da jovem, fechou a pera e a retirou de sua boca, jogando-a longe. Quando a vampira desafivelou o garfo dos hereges, Jéssica falou:

– Obrigada – sua voz, além de fraca, soou estranha. A musculatura da face e da língua estava adormecida, influenciando sua fala.

Marcela não respondeu e voltou sua atenção para os grilhões. Quando os soltou, um de cada vez, Jéssica gritou de dor. Sangue escorreu pelos braços quando as lanças deixaram buracos nos dois pulsos. Não sustentando o próprio peso do corpo, a jovem caiu nos braços de sua mãe. Com muito cuidado, a vampira a colocou no chão. Mas foi somente isso. Ela não se abaixou. Nem demonstrou qualquer sinal de sentimento. Pelo contrário, apenas permaneceu parada ao lado do enfraquecido corpo caído aos seus pés, olhando-o com firmeza.

Percebendo haver algo errado, Jéssica se esforçou para olhar para cima e, mesmo fraca, falou:

– Mãe...

Não houve resposta. Nem mesmo uma alteração de suas feições. Não entendendo o motivo de sua mãe estar agindo assim, depois

Capítulo 31

de tê-la soltado, Jéssica esforçou-se ao máximo e agarrou uma das pernas dela, na altura do joelho. Com dificuldade, ela fechou os dedos ao redor da calça jeans e, usando-a como sustentação, tentou colocar-se de joelhos.

— Mãe... me ajuda. — O olhar de Jéssica implorava com tanta veemência quanto sua fala.

Para sua surpresa, Marcela agarrou-a pelos cabelos, por trás de sua cabeça, e forçou-a de modo que levantasse mais ainda o olhar. Sem dar oportunidade de sua filha sequer sentir o choque de sua ação, ela logo perguntou, incisiva:

— Foi você quem matou Felipe?

— Mãe... Por que isso? — Jéssica esforçou-se para perguntar.

A resposta foi uma joelhada no rosto. Com o impacto, as mãos de Jéssica escorregaram da calça jeans, e ela caiu de costas no chão. Em seu olhar estava nítida a dúvida do porquê de sua mãe estar fazendo aquilo com ela. Principalmente depois de ter sido tão carinhosa.

Marcela inclinou seu corpo para a frente e repetiu a pergunta:

— Foi você quem matou Felipe? — Seu tom de voz, agora, fervilhava de raiva.

Jéssica desconfiava que sua mãe, ou em quem ela havia se transformado, já sabia da resposta. O que Marcela queria era, na verdade, uma confissão. Confissão essa que a jovem não faria nunca. Ela havia, sim, matado Felipe, mas fora em legítima defesa. Mas isso não importava para a vampira. Tudo o que a incomodava era que seu tão amado marido estava morto. E, para piorar seu estado de humor, pelas mãos da própria filha. Implorar, então, de nada adiantaria. Jéssica precisava agir.

Jéssica, tendo escapado de uma tortura para entrar em outra, não estava disposta a se entregar. Pelo menos agora estava livre e poderia tentar fazer algo para se defender. Buscando energias dentro de um corpo todo dolorido, ela começou a rastejar na direção da mesa. Seu objetivo era conseguir pegar qualquer coisa que pudesse usar como arma.

Marcela, no entanto, caminhava devagar ao seu lado, controlando todos os seus movimentos. Quando Jéssica buscou forças e tentou erguer o corpo, com seus braços enfraquecidos, tremendo com o próprio peso, a vampira debruçou-se mais uma vez na direção dela e lançou uma pergunta diferente:

— Foi você quem matou Janaína? — Sua voz agora beirava o ódio. Antes mesmo que Jéssica conseguisse se levantar, Marcela chutou seu braço, fazendo-a cair de bruços e bater o rosto no chão. Enfraquecida, a jovem reconheceu não haver escapatória de sua mãe. Ela estava ferida. A vampira, além de estar em plenas condições, carregava um ódio mortal em seu coração, o que a fortalecia ainda mais. Não haveria nenhuma chance de Jéssica escapar dela. Talvez nem mesmo se alcançasse a mesa.

Mesmo assim, ela tentou. Com muita dificuldade, Jéssica conseguiu rastejar até a mesa, sempre acompanhada pela vampira. Com a musculatura de seus braços enfraquecida, ela se agarrou a um dos pés de madeira e começou a se puxar para cima. Tudo doía, mas Jéssica não se importava. Seus olhos estavam voltados para uma faca cujo cabo pendia para fora do tampo, equilibrada a poucos metros de sua mão. Se ela conseguisse alcançá-la, haveria uma mínima chance de, pelo menos, ser uma adversária mais eficiente para Marcela.

Jéssica estava ajoelhada no chão, uma das mãos abraçada ao pé da mesa, sustentando todo o seu corpo, enquanto a outra tateava sobre o tampo; a ponta de seus dedos roçavam de leve o cabo da faca. Estava longe para conseguir agarrá-la com firmeza, mas, se conseguisse derrubá-la, haveria uma chance.

Marcela, no entanto, detinha o controle de toda a situação. Até o momento, ela deixara Jéssica se esforçar para alcançar a faca. Agora, com ela quase conseguindo, o jogo estava ficando perigoso. Disposta a não correr riscos, a vampira agarrou a lâmina pelo cabo e a colocou bem à frente dos olhos da jovem ajoelhada:

— É isso o que você quer?

Os olhares se encontraram. Em Jéssica, havia súplica. Em Marcela, ódio mortal.

— Está bem. Eu vou dar a você.

E cumpriu com sua palavra. Mas não da forma como Jéssica esperava. Movimentando-se com rapidez para as costas da jovem ainda ajoelhada, com uma das mãos ainda agarrando um dos pés da mesa enquanto a outra estava sobre o tampo, assim sustentando o seu corpo, Marcela enfincou a faca até o cabo nas costelas da jovem. Um grito de dor escapou dela enquanto jogava a cabeça para trás. Sem forças para se manter ereta, Jéssica escorregou lentamente pelo pé da mesa. Seus dedos enfraquecidos soltaram-se do tampo, e seu braço tombou de lado.

Jéssica caiu de bruços: o rosto virado para os pés da vampira e um dos braços largado ao lado do corpo, com a palma da mão virada para cima, enquanto o outro jazia inerte acima de sua cabeça. Sangue escorreu pelo canto de sua boca e começou a se juntar ao líquido avermelhado que deixava seu corpo pela ferida nas costelas, aumentando a poça no chão. A jovem, no entanto, ainda respirava. Com dificuldade, mas respirava.

– Isso é por ter destruído nossa família! – Marcela gritou.

Marcela sabia que, quando Erick descobrisse o que havia feito, toda sua ira cairia sobre ela. Deixar o castelo não era mais uma questão de conveniência. Era uma questão de sobrevivência. Mas não pelo portão. Além de ele estar abaixado, e de que abri-lo poderia despertar um alarme indesejado à sua pessoa, os seguranças particulares dos anciões estavam do lado de fora, junto aos carros, aguardando seus mestres. Aquele caminho estava fora de cogitação.

Somente havia uma alternativa para Marcela: entrar em um dos quartos vazios, alcançar as sacadas, pular para o gramado, contornar o castelo e correr pelas sombras até o portão externo. Se conseguisse chegar à estrada, ela estaria livre. Erick nunca mais a encontraria.

Decidida, ela saiu do aposento, abandonando Jéssica em uma situação pior que a anterior. A morte espreitava pelo buraco em suas costas. Era apenas uma questão de tempo para alcançá-la.

A jovem, sofrendo em silêncio, nada podia fazer, a não ser esperar pelo fim.

32

Larissa foi muito bem cuidada por Eva. A faixa fora removida da mão. Para a surpresa de sua cuidadora, o corte estava cicatrizado, e o ferimento, cauterizado. Ambos causados pelo sangue que a agente tomara à força. Não fossem por duas marcas vermelhas quase imperceptíveis da nova pele se estabelecendo por cima do tecido, pareceria que ela nunca sofrera aquelas lesões.

Depois de horas de preparo, Larissa ficou pronta, usando um vestido sem alças dourado, extremamente curto, terminando em um babado de renda com fendas laterais, com o objetivo de deixar as grossas coxas expostas, realçando, assim, todos os seus traços femininos. Seus longos cabelos loiros estavam soltos, caindo sobre os bojos, mas deixando à mostra o detalhe do decote. Sandálias de salto, também douradas, ajudavam na exaltação de sua beleza. Suas unhas estavam coloridas com um tom vermelho-vivo, na intenção de torná-la mais atraente aos vampiros. Os olhos estavam pintados de dourado, e o batom era vermelho. O detalhe, no entanto, que seria o de maior agrado estava em sua cabeça: uma exuberante coroa dourada trabalhada à mão, cravejada de inúmeras pedras preciosas de altíssimo valor entre pérolas de diversos tamanhos.

Larissa estava mortalmente linda. Linda até demais para alguém que estava prestes a morrer.

Eva não havia demonstrado toda a animosidade que descarregara em Darius algumas horas antes. Porém, não era a mesma escrava que Larissa havia conhecido quando ainda estava na masmorra. Era sabido que ela não era uma vampira. Mas toda a sua doçura havia desaparecido. Para a agente, ou ela havia mentido muito bem, o que era pouco provável, ou algo havia acontecido entre o seu primeiro encontro e aquele momento. A principal questão, que incomodava Larissa, era o quê.

Independentemente do que fosse, Eva lhe havia pedido confiança de que tudo daria certo, mas, até agora, não fizera nada para passar essa segurança. Para Larissa, a forte dúvida sobre a possibilidade de a escrava ter dito tudo aquilo apenas para não ter resistência crescia em seu íntimo. Estava na hora de ela agir por conta própria.

Larissa fingiu nervosismo, deu os últimos retoques nos seus cabelos e, conferindo mais uma vez a maquiagem, perguntou:

– O que acontece agora?

– Agora, minha querida, você vai conhecer os seres mais ilustres de nossa comunidade – Eva respondeu, parando às suas costas.

Larissa não deixou escapar o termo que ela usara: "nossa comunidade". Apesar de não ser uma vampira, ela já se considerava uma. Fingindo entrar no jogo de seus captores, falou:

– Espero que eu lhes agrade.

Abrindo o sorriso enquanto a pegava de leve pelo cotovelo e a fazia se levantar, Eva respondeu:

– Ah, minha querida! – Ela já estava falando como Erick. – Você é a atração do momento.

Conduzida em direção à sacada, em vez da porta pela qual entrara no quarto, Larissa deixou a expressão de dúvida tomar conta de seu rosto e perguntou:

– Para onde está me levando? Achei que entraríamos pelo corredor.

– Eles esperam que você entre pela porta de acesso do corredor. Mas acredito que, pelo terraço, sua entrada será mais extravagante – Eva respondeu.

Ótimo! – Larissa pensou. Assim seria mais fácil. Tendo arrancado toda a informação necessária de Eva, a agente não precisava mais dela. A escrava já havia dito que o evento tinha acesso pelo terraço. Tudo o que precisava fazer, agora, era agir.

Com um movimento rápido, aproveitando-se da oportunidade em que a mão de Eva estava em suas costas, próxima de sua cintura,

Capítulo 32

Larissa atacou. Com um giro, ela prendeu o braço da mulher contra suas costas. Com o próximo movimento, a escrava desabava no chão. Tonta, mas ainda consciente. Mas por pouco tempo. Com um chute de sua sandália, ela colocou a mulher para dormir.

– Sinto muito – Larissa falou.

Larissa estava perto de entrar no evento como atração principal. Ela sabia que, em um ambiente cheio de vampiros, vestida daquele jeito, não seria coisa boa. Precisava de uma arma. Sem tempo a perder, passou seus olhos treinados pela simples cama de casal. Havia ao lado dela duas mesas de cabeceira, cada uma com três gavetas. Movimentando-se com rapidez, Larissa abriu uma por uma. Encontrou diversos itens desnecessários, como livros, baterias, panfletos, óculos e uma lanterna. Para sua sorte, ou talvez por providência da escrava, uma adaga havia sido colocada ali. Se era para ela ou se era para Eva usar caso Larissa criasse problemas, não dava para saber. Tampouco vinha ao caso.

Larissa escondeu a adaga no vestido, entre os seios, e correu até Eva no momento em que alguém bateu à porta:

– Eva, Erick está esperando pela convidada. Anda logo com isso! Ou vou ter de entrar à força aí!

Era Darius. *Merda!* – Larissa pensou. Ela precisava fazer algo urgente, ou todo o seu plano estaria arruinado. Com um tremendo esforço para fazer sua voz parecer a de Eva, ela respondeu:

– Ela está sem roupa. Nem se atreva a entrar agora!

– Eu te dou cinco minutos! – respondeu ele.

Se a situação já estava complicada, acabara de ficar pior. Correndo contra o tempo, Larissa tateou o corpo de Eva à procura de um telefone celular. Ela precisava enviar uma mensagem para Alexandre. Para sua infelicidade, a escrava não carregava nenhum meio de comunicação em suas roupas.

Larissa escondeu o corpo de Eva debaixo da cama. Depois olhou mais uma vez ao redor, com sua mente treinada já pensando em um plano alternativo de como poderia mandar uma mensagem para os membros da Ordem de Ettore, posicionados fora do castelo. Não havia mais nada ali. O tempo estava se esgotando e, com ele, a esperança de se comunicar com o exterior.

Até ela se lembrar da lanterna na gaveta de uma das mesas de cabeceira. Com pressa, Larissa pegou o objeto e foi para a sacada. A noite estava clara, permitindo-lhe ver a posição de todos os vampiros sobre a muralha. Eles caminhavam pelo setor designado com a atenção voltada para o lado externo, de onde algum ataque poderia surgir. Eles não imaginavam que algo pudesse acontecer vindo de dentro. Um erro estratégico, que, se tudo desse certo, poderia custar muito caro.

Projetando-se por uma das ameias, Larissa ligou e desligou a lanterna uma vez. Não houve resposta. Ou os agentes não estavam em suas posições, com os olhos atentos voltados para o interior do castelo, ou algo de muito ruim havia acontecido. De onde estava, não tinha como saber. Tudo o que poderia fazer era tentar de novo. E de novo. Todas as tentativas sem resposta.

A situação, que já parecia crítica, piorou quando a porta do quarto se abriu com violência e Darius entrou, já esbravejando com Eva:

– Vamos, mulher. Você está muito atrasada!

Sua ira se transformou em dúvida quando ele olhou para todos os lados à procura de Eva e de Larissa. Quando seus olhos alcançaram a jovem no terraço, sozinha, ele acelerou seu passo em direção à parte externa, com o braço esticado na direção dela, o dedo em riste, enquanto gritava:

– Ei, você, o que está fazendo aí? Afaste-se já da beirada! – Para ele, Larissa estava tentando fugir.

Merda! – Larissa pensou. Ela precisava se livrar da lanterna o quanto antes. Se ele visse o objeto nas mãos dela, tudo estaria acabado. Não havia muito mais tempo. Muito menos, opções. As chances estavam contra ela naquele momento.

Mãos fortes a agarraram com força contra o ombro e a fizeram girar. No mesmo instante, ela piscou a lanterna uma última vez e fez a única escolha que lhe restava: deixou-a cair no fosso seco abaixo.

– O que você está fazendo aqui? Onde está Eva? – Darius a fuzilava com o olhar.

Larissa manteve os olhos fixos no vampiro à sua frente, desafiando-o. Sua respiração, no entanto, estava presa. A qualquer momento, o barulho da lanterna batendo contra as pedras da parede do castelo poderiam denunciá-la. Segundos se passaram. Nada aconteceu. O objeto caíra sobre a terra do fosso, para alívio da jovem.

Soltando a respiração e buscando autocontrole em meio à situação, ela abriu um sorriso e respondeu:

– Estou apenas tomando um ar antes de ser levada. Não há mal nisso, há?

Capítulo 32

Pego de surpresa com o tom desafiador dela, Darius baixou a guarda e, com jeito, perguntou:
– E Eva?
– Ela foi na frente, para anunciar minha entrada.
Olhando para o vampiro de cima a baixo, vestido com um elegante fraque escuro sobre uma camisa branca e uma gravata-borboleta negra, Larissa não conseguiu conter um fingido comentário:
– Nossa, quem diria! O velho Darius arrumado para uma noite de gala.
Antes mesmo que Darius pudesse responder, Larissa forçou um convite:
– Acho que você será meu acompanhante, afinal.
Com um rosnado de desagrado, mas não tendo outra opção, Darius estendeu o braço a ela. Com toda gentileza de uma donzela, Larissa aceitou o convite e se deixou conduzir para o derradeiro momento.
Mas não por onde achava que iria. Em vez de o vampiro levá-la pelo terraço em direção ao salão, ele a conduzia de volta para o quarto. Perplexa com a falta de comunicação, ou a batalha por poder, entre Darius e Eva, Larissa afirmou:
– Eu pensei que minha entrada seria pela porta do terraço.
– Não são essas as ordens de Erick – Darius respondeu com firmeza.
– Se em algum momento alguém te disse algo diferente, desconsidere.
Para infelicidade de Larissa, os planos de seus inimigos haviam mudado. Ou melhor, retornaram ao que sempre tinham sido. Se ela fosse pela sacada, seus aliados a estariam observando a todo o momento e seriam capazes de tomar medidas com mais certeza. No entanto, quando retornasse ao quarto e caminhasse pelos corredores internos até o salão, eles a perderiam de vista. Isso, se eles realmente estivessem de olho nela, pois, até o momento, nenhuma resposta fora enviada ao seu sinal.
Dentro das circunstâncias, Larissa teria de lidar com a situação como vinha se delineando. Afastando-se da murada do terraço, a agente pensava estar sozinha contra os vampiros mais poderosos e influentes. Seria um confronto perdido, ela sabia, mas não havia como recuar. De sua posição privilegiada, não lhe restava mais nada além de lutar até a morte.

33

Erick conhecia muito bem os membros do Conselho e sabia quais eram os pratos preferidos de cada um deles. Tendo conquistado sua confiança, atender aos gostos refinados de cada um era uma forma de agradecimento pelo apoio às suas estratégias. Se, no entanto, ainda não os tivesse cativado, usaria daquelas iguarias únicas para selar de vez a união entre eles e obter o apoio necessário para suas ambições. Em outras palavras: desde o início do evento, o vampiro estivera usando iguarias específicas para subornar os membros do Conselho.

Não havia como o excêntrico Pierre recusar uma iguaria como a mão decepada de um homem, servida crua. Nem mesmo o bárbaro Altan deixaria de apreciar um bom joelho. O prato mais exótico, no entanto, era o de Magdalena: um órgão sexual masculino decepado após o doador ter sido seduzido, porém não se envolvido sexualmente, por uma das mais belas vampiras do castelo. Desse modo, além de seu sabor único, ele ainda estava com suas veias recheadas de sangue, tornando-o, para a anciã, uma iguaria imensurável.

– Obrigada, Erick. – Magdalena sorriu ao seu anfitrião quando seu prato foi servido. – Você sabe mesmo agradar uma mulher. Em todos os sentidos.

Durante o jantar, Erick detalhou um pouco mais de seus planos sombrios. Discutiu estratégias superficiais com alguns dos anciões. Riu com outros. Lembranças de glórias passadas tomaram conta da mesa. Entre uma e outra memória de orgulho vampírico, uma promessa de tempos melhores era lançada pelo anfitrião, trabalhando o subconsciente de seus associados, deixando-os ainda mais inflamados para uma ação brutal contra a Ordem de Ettore.

Larissa era um bônus que Erick entregaria de qualquer jeito, apenas para fortalecer a confiança nos anciões de que eles eram capazes de feitos muito maiores do que ficar escondidos. Quando todos haviam encerrado suas iguarias únicas, o anfitrião levantou-se e, com muito orgulho, falou:

— Meus caros colegas, membros do Conselho, é chegada a hora do momento esperado por todos.

Os anciões também se colocaram em pé para receber a surpresa havia tanto prometida por Erick. Vindo dele, somente poderia ser coisa boa, como fora da última vez que estiveram reunidos naquele mesmo salão. Durante semanas, especularam o que poderia ser. Ansiosos, chegaram até a apostar entre eles. Porém, o que seria oferecido de bom grado estava bem acima de suas suposições.

O tempo de espera havia acabado. Era a hora de ver o que o vampiro tinha para oferecer.

— É com muito orgulho que eu lhes entrego Larissa! — Erick falou, contagiando os convidados com seu entusiasmo.

Todos os anciões se espantaram quando a jovem loira entrou no salão, conduzida por Darius. Ela estava deslumbrante. Mais do que isso. Larissa estava apetitosa. Uma sobremesa servida de muito bom grado para todos eles, no intuito não somente de atender aos desejos sanguinolentos dos membros do Conselho, mas também de mostrar que os membros da Ordem de Ettore, apesar de muito bem treinados, não passavam de humanos e, dessa maneira, suscetíveis a falhas e à morte.

Saboreando cada palavra, Erick continuou:

— Larissa é um membro da Ordem de Ettore!

Essas palavras geraram certo desconforto em alguns dos anciões. Mas apenas um deles protestou:

— Você é louco em trazê-la desamarrada até nós! — Khalil vociferou. — Você já imaginou a possibilidade de ela estar infiltrada? Neste exato momento, outros agentes da Ordem de Ettore podem estar preparando um ataque contra nós.

Capítulo 33

Khalil apontou o dedo na direção de Erick e fez sua acusação:
— Sua imprudência vai causar a morte de todos nós!

A tensão entre Erick e Khalil era evidente. Os olhos, fixos uns nos outros, faiscavam. O silêncio tomou conta do lugar. Até o som de uma faca rasgando o ar com ferocidade chegar ao ouvido de todos. Segundos depois, um gemido de dor e surpresa. Sangue escorreu do ferimento no coração, manchando o belo terno de vermelho. Um corpo, enrijecido, dominado pelo descrédito de a situação ter chegado àquele ponto, desabou no chão, sem vida.

— Você fala demais, Khalil! — Altan vociferou, com o braço ainda esticado depois de ter atirado a faca.

Larissa viu tudo de camarote. Havia uma discórdia entre os membros do Conselho que ela poderia explorar. Seu plano, no entanto, caiu morto junto com Khalil. Apesar de um dos anciões ter sido liquidado, facilitando seu trabalho, tal fato tivera uma única consequência: fortalecer os vampiros ao redor da mesa. Se ela quisesse sobreviver, se quisesse completar sua missão, teria de pensar em outros meios. E rápido.

A tensão entre os membros do Conselho foi quebrada por Magdalena:
— Nós podemos fazer o que quisermos com ela?

Erick virou-se para a vampira, abriu um sorriso e respondeu:
— Claro, minha querida! Larissa é de todos vocês. O que vão fazer com ela cabe a vocês decidir.

Merda! — Larissa pensou. Ela levantou uma das mãos até a altura do peito, deixando seus dedos próximos do cabo da adaga escondida entre seus seios. Considerou agir. Darius estava próximo o suficiente para ser aniquilado com um único golpe. Mas e depois? Enfrentá-los em campo aberto estava fora de cogitação. Ela seria obrigada a fugir. Os anciões, com certeza, não a perseguiriam. Pelo contrário, eles bateriam em retirada. Se agisse agora, Larissa denunciaria seu disfarce e seria caçada apenas pelos vampiros da guarda. Ela teria de criar outro plano.

Desistindo do ataque, Larissa abaixou o braço, dando a impressão de que fora um movimento involuntário, normal de qualquer ser humano. Em sua mente, no entanto, ela já formulava outro plano. Deixar os anciões se aproximarem parecia ser a melhor estratégia, por mais perigoso que fosse. Com eles ao alcance de suas mãos, Larissa poderia liquidar dois ou três antes de fugir. Se tivesse sorte, até mais. Não era o ideal, mas, estando sozinha e, em suas crenças, condenada, era o que poderia fazer.

Mas quem se aproximou dela foi Erick, sozinho. O vampiro a contornou e, parado às suas costas, pousou com delicadeza as duas mãos sobre os ombros dela. Por um segundo, Larissa pensou que ele houvesse descoberto sobre a adaga. Apreensiva, ela prendeu a respiração. Se fosse isso, seu plano falharia.

Olhando para os anciões ainda em torno da mesa à sua frente, Erick continuou:

— Temo informar que tenho assuntos urgentes a resolver e serei forçado a me ausentar por um tempo. Espero que não considerem isso um desrespeito de minha parte!

— Claro que não, companheiro! — Nino respondeu. — Nós compreendemos. Fique à vontade.

— Além do mais — Scarlett tomou a palavra, comendo Larissa com os olhos —, você nos deixou uma bela companhia para nos entreter.

Abrindo um sorriso, Erick tirou uma das mãos do ombro de Larissa e a pousou sobre Darius. Se ele havia percebido a adaga escondida, não demonstrou. Aliviada, Larissa soltou todo o ar preso em seus pulmões. O plano continuava em curso.

— Não me recordo se já conheceram meu braço direito, mas este é Darius — Erick o apresentou. — Durante minha ausência, ele será a minha voz neste Conselho. Mas não creio que existam mais assuntos a serem discutidos.

Tirando as mãos dos ombros de Darius e de Larissa, Erick continuou:

— Portanto, meus caros colegas, fiquem à vontade e façam bom proveito dessa oferenda.

Erick olhou para o relógio em seu pulso e saiu às pressas do aposento pela porta de acesso ao corredor do castelo, deixando Larissa à sua própria sorte. O tempo de tortura que ele prometera a Jéssica estava quase acabando. O vampiro não demonstrara, mas estivera apreensivo durante todo o jantar. *Será que ela ainda está viva?* — ele se perguntara algumas vezes. Seu plano de deixá-la naquela posição desagradável tinha um único objetivo: fazê-la perceber como sua vida era frágil e que escolher ser uma vampira era um caminho muito mais certo. Com o apoio conquistado dos membros do Conselho, ela, ao lado de Marcela, uma vez que Felipe e Janaína estavam mortos, seriam as principais chaves para acabar com a guerra contra a Ordem de Ettore.

Capítulo 33

Ao percorrer apressado os corredores do castelo, Erick ouviu passos acelerados ecoando ao seu redor. Desconfiado de ser seguido, ele parou e olhou para trás. Não havia ninguém. O som de porta batendo chegou aos seus ouvidos, vindo de algum dos corredores laterais. Nada significativo para ele. O castelo estava cheio de vampiros e escravos se movimentando para todos os lados. Pensando ser algum descuido casual de um deles, seguiu, apressado, seu caminho até o aposento onde deixara Jéssica.

Para conseguir o apoio do Conselho dos Anciões, Erick havia feito o seu melhor. Até capturara um membro da Ordem de Ettore para lhes agradar. O vampiro, no entanto, se preocupara tanto em surpreender seus convidados que se esquecera de que ele mesmo poderia ser surpreendido.

E a surpresa que o aguardava estava logo adiante, em um aposento onde uma jovem ainda deveria estar sob tortura...

34

Por um tempo longo demais, Ricardo pensou que Larissa estivesse morta. Ou, pior ainda, que havia sido transformada. Isso, porém, era passado. As coisas estavam voltando para o seu devido curso. A jovem tardara, mas dera o seu sinal. Ele tentara emitir um aviso de retorno. Chegara até a pegar a lanterna, mas Larissa já estava de costas. Piscar uma única vez, como fora feito, serviria apenas para denunciar sua posição aos guardas sobre as muralhas. Não lhe restava alternativa além de ordenar à equipe de assalto que fizesse a sua parte.

— Equipe alpha, equipe beta, vocês têm autorização para a invasão — Ricardo comunicou pelo rádio.

Yoto recebeu a comunicação com determinação exagerada e olhou para o agente ajoelhado aos seus pés. O rosto do homem sangrava. O olho estava inchado. Sangue escorria da boca. Alguns dentes jaziam no solo de terra. Tomar o lugar dele não fora fácil. O agente oferecera uma resistência digna de ser comentada. O próprio japonês ainda estava com feridas abertas, em fase de cicatrização acelerada. Mas havia vencido.

Voltando-se para o homem sentado sobre seus calcanhares, cambaleando para a frente e para trás, Yoto falou:

— Bem, Andreas, é aqui que nossos caminhos se separam.

— Eu vou acabar com você! — Andreas ainda tentou lançar seu desafio. Yoto sabia que ele não tinha mais condições de lutar. Muito menos de enviar uma mensagem de alerta aos colegas, pois o japonês, antecipando os movimentos de seu inimigo, havia arrancado o seu rádio. Andreas estava à mercê do vampiro, apenas aguardando o golpe de misericórdia.

Que não tardou a vir. Contornando Andreas, Yoto agarrou-o pelos cabelos e forçou sua cabeça para trás. Com a outra mão, passou a faca na garganta do homem, bem lentamente, fazendo-o sofrer. Ele estrebuchava, todo o seu corpo tremia. Sangue escorria. Quando a lâmina saiu, manchada de vermelho, o japonês o soltou. O agente caiu de bruços, agonizando. O vampiro manteve seu olhar fixo no homem se debatendo no chão, sofrendo enquanto o sangue escorria pelo ferimento aberto em seu pescoço. Por fim, a morte o alcançou.

— Atiradores! — A voz de Ricardo chegou, mais uma vez, pelo rádio.
— Disparar!

Do alto das árvores, em posições estratégicas, os atiradores dispararam as balestras. As setas rasgaram o ar noturno até encontrarem seus alvos: os vampiros de guarda nas muralhas atrás do castelo. Um a um, os poucos guardas foram caindo. Alguns, mortos com disparos certeiros no coração. Outros, com flechas atravessadas em barrigas ou peitos, não letais, tombavam sobre o pavimento ou despencavam pelas ameias, tanto para o interior do terreno quanto para o exterior.

Esses vampiros não poderiam ficar vivos, ou o alerta seria emitido. Foi nesse momento que as equipes alpha e beta saíram do meio das árvores. Enquanto alguns deles eliminavam os guardas que haviam caído para o lado externo, outros, com movimentos rápidos, de anos de treinamento, jogaram ganchos atados a cordas e, tendo-os fixado nas ameias, escalaram as muralhas.

O primeiro objetivo da missão era escalar para o alto da muralha. Uma vez conquistado o espaço, as equipes mais uma vez se dividiriam, cada uma seguindo por um lado enquanto contornavam o castelo, eliminando, no caminho, os vampiros que guardavam o restante do perímetro. Foi um trabalho rápido, limpo e silencioso. A Ordem de Ettore havia tomado o controle sobre as muralhas, por onde espalhou seus agentes.

Apesar de terem conquistado o espaço, ainda não haviam acabado. Sobre o segundo terraço, alguns vampiros guarneciam o local.

Capítulo 34

Olhando-os com atenção através de binóculos equipados com visão noturna, pelo meio das ameias, Ricardo, posicionado na porção de muralha atrás do castelo, não percebeu nenhuma movimentação de alerta dos outros guardas. Lançando um comando pelo rádio, ele ordenou aos atiradores de elite das equipes alpha e beta que abatessem os vampiros do terraço superior.

Os melhores atiradores foram selecionados para aquela etapa da missão, pois não poderia haver erros. Considerando as posições dos vampiros, não haveria como nenhum agente alcançar aqueles guardas para liquidá-los antes que um alerta fosse dado, caso algum dos atiradores errasse seu disparo. Aquele era o momento mais crítico.

Mas foi realizado com destreza absurda. Os disparos foram exatos. Acertaram diretamente o coração dos vampiros da guarda, fazendo os corpos caírem sobre o terraço. Ricardo, olhando a distância por seus binóculos de visão noturna, somente soltou a respiração quando o último de seus inimigos desapareceu de vista, tombando para o interior do terraço com uma seta atravessada no peito.

Lançando a ordem pelo rádio, gesticulando ao mesmo tempo para os agentes ao seu lado, Ricardo ordenou:

– Vão, vão, vão!

Protegidos pelos atiradores espalhados entre as ameias da muralha, os melhores agentes das equipes alpha e beta, entre eles Ricardo, Jennifer e o dissimulado Yoto, trajando o uniforme de Andreas, com o rosto coberto pelo capacete, se dividiram e seguiram apressados até os baluartes nas duas extremidades da muralha, de onde escadas circulares internas os levaram até o gramado. Quando irromperam da escuridão para o espaço aberto, eles correram em direção à porção posterior do castelo, escorregaram pela lateral íngreme do poço e se colocaram de costas contra as pedras frias da construção, mergulhando nas sombras para ficar fora de vista, caso algum vampiro arriscasse um olhar do terraço inferior para o gramado abaixo.

Posicionados próximos uns aos outros, planejando escalar para a sacada e, de lá, tomar um aposento vazio, de onde se dividiriam para uma incursão mais efetiva, eles aguardaram. Yoto, impaciente ao lado de Jennifer, não estava confortável com a situação. Durante a corrida pelo gramado aberto, ele tentara se afastar dos membros da equipe, mas, para sua infelicidade, a mulher ao seu lado o acompanhara, não o deixando livre para alertar os vampiros acima.

Ela era um empecilho desagradável. Eliminá-la, no entanto, estava fora de cogitação. Se fizesse qualquer coisa contra ela, a dupla próxima, aguardando as ordens, assim como ele, seria testemunha e sua posição estratégica seria denunciada. Para sua infelicidade, ele nada poderia fazer naquele momento.

Ricardo, posicionado sob a porção central do terraço, por onde a luz que escapava pelas portas de um aposento iluminava o gramado para além do fosso, não conseguia enxergar nada do que acontecia acima dele. Vozes alegres, no entanto, chegavam aos seus ouvidos. Para ele, era nítido que Erick estava dando uma festa. Não haveria momento melhor para invadirem. Todos eles estariam com a guarda baixa, confiando na segurança ao redor do castelo. Uma segurança que não existia mais, eliminada com facilidade pelos membros da Ordem de Ettore.

Naquele momento, daquela posição, os olhos de Ricardo eram os agentes posicionados acima das muralhas. Era o homem deixado no comando que daria as coordenadas de quando invadir e qual caminho tomar. Porém, ele jamais esperara ouvir o que chegou pelo rádio:

– Meu Deus, não pode ser! – O agente encarregado parecia perplexo.

– O que está havendo? – Ricardo perguntou.

Ricardo, tendo participado de várias missões, estava preparado para muita adversidade. A informação que chegou aos seus ouvidos, em seguida, no entanto, o pegou de surpresa:

– É Marcela! Ela está dentro do castelo.

Ricardo não acreditava no que estava ouvindo. Ele estivera no enterro de Marcela e Felipe. Seu corpo jazia no cemitério da Ordem. Ela não deveria, em nenhum momento, estar ali. Perdido, sem saber o que fazer, ele fez a única pergunta que lhe veio à mente:

– Você tem certeza? Confirme se é Marcela!

– Tenho total certeza, senhor. Não há como confundir – respondeu o agente. – Parece até que ela não envelheceu nada.

Para Ricardo, somente havia uma explicação: Marcela fora transformada em vampiro e estava, agora, ao lado de Erick. Ou seja, ela era inimiga da Ordem de Ettore. Uma questão, no entanto, o incomodava: *será que Alexandre sabe disso?* – pensou. *Se sabe, por que manteve isso em segredo? E Felipe? Será que ele é um vampiro também?*

Aquilo, porém, era uma investigação para depois. Naquele momento, ele precisava tomar uma decisão sobre o que fazer com a suposta

Capítulo 34

Marcela. A principal conduta seria capturá-la para um interrogatório. Para isso, a equipe necessitava invadir. Mas, ao direcionar seus olhos por sobre a muralha, recebeu a ordem de aguardar:
– Ela está indo em sua direção – informou o agente, logo em seguida. – Parece nervosa. Parece... – ele aguardou um pouco pela definição do que Marcela estava realmente fazendo, para continuar – estar fugindo. Parece que vai pular para o fosso.
Tudo aconteceu muito rápido. Agindo por conta própria, o agente sobre a muralha disparou duas vezes. As setas rasgaram o ar com ferocidade e foram certeiras, cada uma delas atravessando um ombro da vampira. A força do impacto jogou Marcela contra a parede externa da sacada, onde os pequenos ganchos na ponta das flechas trespassaram as pedras, prendendo-a.
– Vão, vão, agora! – O agente deu a ordem.
Com incrível agilidade, os agentes jogaram os ganchos atados a cordas contra a balaustrada do terraço e iniciaram sua escalada. Marcela, ao ver as primeiras figuras vestidas de preto surgirem à sua frente, intensificou as tentativas de se livrar das setas que a prendiam. Ela movimentava seu corpo com ferocidade, ignorando a dor e o sangue que escorria pelos ferimentos, manchando tanto suas roupas quanto a parede atrás dela.
Sem sucesso em se livrar, Marcela pensou nas duas possibilidades para aquele momento: continuar tentando fugir ou gritar o alerta, delatando a invasão. Existia, na segunda alternativa, uma chance de redenção, caso Erick descobrisse o que fizera com Jéssica. Tomando sua decisão, ela abriu a boca para gritar. E para levar uma flechada no meio da cavidade bucal.
– Quieta! – Ricardo sussurrou com ferocidade.
Aproximando-se dela enquanto os agentes avançavam, Ricardo falou:
– Temos muito o que conversar.
Com expressão de raiva, Marcela se remexeu mais uma vez, tentando se livrar das setas que a prendiam. Mesmo percebendo que ela não seria capaz, Ricardo não era um homem de correr riscos e disparou duas vezes com sua balestra. As flechas atravessaram ambas as coxas da vampira e se fincaram na parede de pedra, atrás dela, impedindo-a de vez de fugir. Um esboço de grito escapou, abafado pela longa haste atravessada em sua boca.
Com um gesto rápido de suas mãos, Ricardo ordenou que os membros da Ordem de Ettore se dividissem. Enquanto a equipe

alpha seguiria pelo terraço até o local onde as luzes e as vozes animadas ganhavam o ambiente externo, a equipe beta deveria seguir pelos corredores do castelo até a porta do salão. Com um ataque simultâneo pelos dois lados, não haveria como a missão fracassar.

Voltando sua atenção para Marcela enquanto as equipes já avançavam, Ricardo continuou:

– Mas não agora. Temos uma guerra para terminar.

35

—Então, minha querida, já fez...

As palavras morreram na boca de Erick quando ele dirigiu o olhar para onde Jéssica deveria estar pendurada. Para sua irritação, ela não estava mais ali. Alguém a havia libertado. Somente para cravar uma faca nas costas dela. Uma desconfiança de quem seria o responsável por aquilo passou de imediato por sua cabeça, assim como o motivo. Quase no mesmo instante, a lembrança de alguém caminhando a passos rápidos pelos corredores e o bater da porta o invadiu. Por pouco, muito pouco, ele não cruzara em seu caminho com a responsável por aquilo.

Um gemido fraco escapou da boca de Jéssica, capaz de ativar seus sentidos. Erick podia sentir o sangue percorrendo com dificuldade as veias e artérias da jovem, que respondia ao fraco impulso dado por um coração em colapso, prestes a parar de bater. Matar Jéssica nunca estivera em seus planos. A tortura fora um blefe para recrutá-la. Um blefe perigoso, mas, ainda assim, um blefe. Ele sabia da vontade dela em sobreviver. Sabia que ela não se entregaria. Ele somente não esperava a participação de uma terceira pessoa.

Preocupado em fazer seus planos voltarem ao que deveriam ter sido, Erick correu até o corpo caído próximo à mesa e ajoelhou-se ao seu lado, escorregando alguns centímetros até parar. Ele ignorou o sangue que sujava seu terno, arrancou a faca das costas de Jéssica e jogou seu paletó por cima, fazendo pressão para tentar estancar o sangramento. Uma tentativa digna de méritos, mas, ainda assim, ineficiente.

Se ele quisesse salvá-la, não seria fazendo o uso de métodos naturais. Jéssica já havia perdido muito sangue. Também não adiantaria mordê-la. Até a última conversa entre eles, Jéssica estava disposta a continuar humana. Nada deveria ter mudado naquele meio-tempo. Tendo apenas uma tentativa, ele não poderia arriscar uma medida desesperada com incertezas.

Havia somente uma coisa que ele poderia fazer se ainda se importasse com seu plano de recrutar Jéssica. Erick virou o corpo da jovem para cima, colocou a cabeça dela sobre seus joelhos e arrebentou o botão da manga de sua camisa, expondo seu antebraço. Com seus caninos expostos, ele rasgou o próprio pulso, fazendo o sangue jorrar, e o colocou sobre a boca da mulher.

– Vamos, beba! – ordenou ele.

Nada aconteceu. Os lábios dela nem sequer se moveram. Parte do sangue, no entanto, jorrava com ferocidade pelo corte em seu pulso, passava por entre os lábios dela, ganhava a cavidade oral e, depois, descia pela garganta. Jéssica, apesar dos esforços do vampiro, continuava inconsciente. A outra parte escorria pelo queixo e pescoço da jovem desfalecida. Os olhos dela, ainda fechados, após alguns segundos ingerindo o líquido vermelho, traziam a Erick uma profunda sensação de derrota.

Ela não estava retornando à vida.

– Vamos, vamos, vamos... – balbuciava ele.

Erick levantou o olhar para o teto e gritou, alongando inconscientemente as sílabas:

– Va-mos!

36

— Minha querida, aproxime-se — Scarlett pediu, colocando-se em pé. — Quero ver esse belo material de perto.

Larissa hesitou. Aquele não era o plano. A partir do momento em que desse um passo à frente, sua situação ficaria mais desconfortável. Se o fizesse, o violento Darius estaria bem às suas costas. Os anciões, à frente. Sua rota de fuga, após o assassinato de alguns membros, estaria prejudicada. Mas não havia escolha. Respirando fundo, tensa por estar chegando ao seu destino, ela fez menção de dar o primeiro passo.

Mas sua lentidão forçou Darius a tomar uma atitude. Com força controlada, o vampiro a empurrou pelas costas, fazendo-a colocar-se em movimento. Recuperando-se após perder o equilíbrio, Larissa endireitou o corpo e, com passos vagarosos, aproximou-se de Scarlett. Seus olhos, no entanto, variam o local enquanto sua mente trabalhava na alternativa mais eficiente de tentar sair com vida daquela situação.

— Isso, minha jovem, aproxime-se — Scarlett falou, com os olhos fixos nela.

Abrindo um sorriso, expondo seus dois caninos, ela lançou um comentário jocoso:

— Eu não mordo.

Todos os anciões ficaram em pé, ansiosos para provar aquela delícia que, vagarosamente, caminhava na direção deles. Suas presas pontiagudas e afiadas tornaram-se evidentes enquanto riam do comentário de Scarlett. Até mesmo Darius, com seu jeito durão, não conseguiu conter um sorriso de satisfação. Parecia, afinal, que o violento vampiro também era dotado de senso de humor. Um sorriso prestes a ser arrancado dos lábios de todos eles.

Faltavam dois passos. Um passo agora. Até...

Com um rápido movimento, Larissa entrou em ação. Fazendo valer todo o seu treinamento intenso na Ordem de Ettore, ela girou de lado e agarrou Scarlett, passando seu braço por baixo do dela até agarrar os cabelos da vampira, próximos à nuca. Com a mão livre, a agente tirou a adaga da roupa, entre seus seios, e cravou a lâmina com força no peito dela. Um grito agudo escapou da boca de Scarlett, e seus olhos arregalaram-se em surpresa. Sangue escorreu do ferimento. O corpo relaxou, e a cabeça teria tombado para a frente se não estivesse sendo sustentada pelos cabelos.

Scarlett fora a primeira entre os anciões a ser morta por Larissa.

Girando de lado para guarnecer suas costas do iminente ataque de Darius, os olhos treinados de Larissa avaliaram as possibilidades. Ela sabia que ter matado Scarlett somente despertaria a raiva dos anciões e que eles logo partiriam para cima dela. Na verdade, Larissa esperava por isso. Se eles não reagissem aos seus instintos mais puros e avançassem de forma desordenada, a agente estaria condenada.

Para sua sorte, foi o que aconteceu. Por um lado, Darius avançou. Pelo outro, Pierre e Magdalena. Atrás dos dois anciões, Altan corria com ferocidade contra ela. Nino foi o único que ficou na retaguarda, aturdido, sem saber o que fazer. Um alvo fácil, se quatro vampiros não impelissem contra Larissa.

Um alvo que ela teria de se contentar em deixar por último. Larissa arrancou a adaga do coração de Scarlett e empurrou o corpo contra os anciões que vinham por um lado. Ocupando-os com uma distração temporária, Larissa voltou sua atenção para Darius. Com incrível agilidade, ela escapou por baixo do punho cerrado vindo em sua direção, girou para as costas do vampiro e passou a lâmina por sua garganta. Fez um corte tão profundo que o vampiro levaria algumas horas para se recuperar, tirando-o de ação por tempo suficiente para a agente poder cuidar dos vampiros ainda entretidos com o corpo de Scarlett.

Além do mais, Darius seria mais uma excelente distração. Empurrando com o pé o corpo do enorme vampiro contra os

Capítulo 36

anciões atrapalhados pelo cadáver de Scarlett, ela viu de camarote o homenzarrão derrubar Magdalena e Pierre. Considerando o peso de Darius, os dois demorariam um tempo demasiadamente longo para conseguirem se levantar. Pela primeira vez desde o momento em que entrara naquela sala, a confiança a invadiu. Mesmo sozinha, Larissa estava conseguindo dar conta dos vampiros. Dois já estavam mortos: um assassinado pelos próprios colegas e outra, pela agente. Um estava ferido. Outros dois lutavam contra os corpos sobre eles. Um deles continuava tão estarrecido com a situação que não oferecia nenhum risco.

Mas ainda não havia acabado. O mais feroz dos membros do Conselho conseguiu pular a bagunça de corpos à sua frente com incrível agilidade para o seu tamanho e pousou à frente de Larissa, com o braço já fazendo um movimento em arco e o punho fechado. Não havia tempo para a agente desviar. Tudo o que lhe restou fazer foi levantar o braço em posição de defesa, protegendo o rosto. O soco, no entanto, foi tão forte que ela perdeu o equilíbrio para o lado, quase caindo.

Por aquela, Larissa não esperava, mas precisava se recuperar. Lutando para se reequilibrar, Larissa se surpreendeu com a velocidade e a força de Altan. O vampiro era um monstro. A jovem conseguiu esquivar-se da segunda investida, mas a terceira, um gancho de esquerda, passado despercebido enquanto ela se preocupava em desviar do golpe anterior, acertou-a no queixo. Sangue e dente voaram para cima conforme ela cambaleava para trás.

Recuperando o equilíbrio, Larissa olhou para o vampiro à sua frente. Ela já lutara com homens fortes como ele, mas nunca tão ágeis. Altan era a mistura perfeita de força e agilidade. Vencê-lo em batalha seria muito difícil. Mas ela não podia se entregar. Com Magdalena e Pierre ainda presos sob os corpos, um vampiro ferido e um aterrorizado, aquele grandalhão à sua frente era a única barreira entre a vitória e a derrota.

Os olhos de Altan faiscavam de raiva:

– Eu vou acabar com você! – Cuspes saíram de sua boca junto de suas palavras.

Larissa ainda estava em posse da adaga. Usá-la com sabedoria seria seu maior aliado naquele confronto. Ela poderia atacar, mas seria tudo o que o vampiro gostaria. Em vez disso, a agente adotou uma expressão de concentração, respirou fundo e colocou-se em posição de defesa. Ela não avançaria contra ele. Sua estratégia consistia em se desviar das investidas dele e contra-atacar com agilidade superior.

Como um touro, o vampiro correu na direção dela. Larissa esperou, os olhos fixos no corpo em movimento. Quando ele desferiu o previsível soco, ela saiu de lado, passou por baixo do braço, cravando e retirando a lâmina do peito dele com uma velocidade incrível. Com a mesma ferocidade, como se não tivesse sentido o golpe, por mais que o metal estivesse manchado com o sangue de Altan, ele girou seu corpo, o punho cerrado vindo na direção dela com muita violência.

Com agilidade, Larissa encurvou-se até o braço passar por cima dela, sem nada acertar. De frente para o vampiro de guarda aberta, ela desferiu vários golpes certeiros em seu peito. Sangue jorrou dos ferimentos, mas nenhum deles fora letal. Altan era tão grande e forte que a lâmina, mesmo atingindo o peito na região do coração, não fora suficiente para matá-lo.

Rindo, como se a lâmina apenas fizesse cócegas nele, Altan agarrou o pulso dela e o apertou. A adaga caiu no chão. Larissa rangeu os dentes de dor e desferiu vários golpes com a mão livre. O vampiro não sentiu nenhum deles. Ela estava começando a se desesperar com a ineficiência de seus ataques com os punhos, motivo pelo qual apelou para as pernas. Tentou chutar qualquer membro que lhe estivesse ao alcance, sem efeito físico nenhum, mas incomodando o suficiente para deixá-lo irritado. Larissa ainda tentou torções no pulso de Altan, técnicas que, em pessoas mais fracas, teriam resultado, mas nele não surtiram nenhum efeito.

Enfurecendo-se mais a cada investida infrutífera dela, Altan torceu seu pulso, fazendo-a gritar de dor. Depois, lhe desferiu um soco no rosto. Larissa desequilibrou-se para trás, mas não chegou a cair de costas. Tampouco foi tão longe. Segurando-a ainda pelo pulso, o vampiro a puxou de volta, fazendo-a cair de joelhos à sua frente, para desferir mais um soco, que fez a coroa se desprender e rolar pelo chão até descansar no canto, manchada de vermelho. Depois mais um. E outro. E mais outro. A cada golpe, novos ferimentos se abriam no rosto dela enquanto sua cabeça ia para trás e para a frente. Sangue escorria de cada um dos hematomas, deixando-a praticamente irreconhecível. Sua roupa, outrora dourada, estava

Capítulo 36

manchada de vermelho. Seus loiros cabelos, desgrenhados, caíam ao redor da face. Aquilo não era mais uma luta. Era uma execução.

Apesar de seu estado deplorável, Larissa não desabou no chão. Nem mesmo quando Altan soltou seu pulso. Sem forças para revidar, ela sentou-se sobre os calcanhares, determinada a não dar o gostinho de vitória ao vampiro. Cambaleando de um lado para o outro, lutando para se manter consciente, ela levantou a cabeça, mesmo com um dos olhos fechado de tão inchado que estava, e olhou para seu oponente através dos loiros cabelos ensanguentados, que grudavam em seu rosto.

Reconhecendo a força dentro dela, Altan falou:

– Devo admitir: você é corajosa. Qualquer outra pessoa já teria caído, mas você não. Você continua em pé. O que a motiva tanto?

Com dificuldade, sua voz saindo diferente do que ela pretendia, devido ao inchaço em seu rosto depois de tanto apanhar, Larissa respondeu:

– A certeza de ter feito todo o possível pela causa em que acredito.

Altan riu com tamanha besteira que acabara de ouvir. Por outro lado, ele agradecia por Larissa ser tão resistente. O vampiro odiava quando seu oponente tombava logo, o que o deixava ainda mais enfurecido. Mas não com a agente. Com ela, Altan poderia atender aos seus sádicos desejos. Se Larissa queria sofrer, ele não pouparia esforços para tal. Ele atenderia às vontades de sua vítima, sem deixar as suas de lado. E assim o fez. Envolvendo-a pela cintura com seus fortes braços, Altan a levantou no ar, apertando-a contra seu corpo. Larissa gritou de dor. Sua coluna, tensionada, poderia se quebrar a qualquer momento. Se a jovem não fizesse nada, apesar de enfraquecida, ela, no mínimo, ficaria paraplégica. Seria o prato perfeito para os vampiros ainda vivos ao seu redor. Ferida e indefesa.

Juntando suas últimas forças, Larissa atacou com os punhos cerrados contra o rosto de Altan. Foram golpes fracos de uma pessoa quase morta. Mas, ainda assim, suficientes para arrancar um filete de sangue da boca do vampiro.

Enfurecido, seu sadismo se transformando em ódio, pois não gostava que seus oponentes arrancassem sangue dele, o vampiro apertou ainda mais as costas dela. O corpo de Larissa arqueou-se para trás. A dor agora era quase insuportável. A pressão na coluna estava chegando ao limite. Ela estava prestes a se partir. A jovem gritou de dor, a cabeça levantada, olhando para o teto. Uma lágrima escapou pelo canto de seus olhos, misturando-se ao sangue enquanto escorria pelo rosto inchado. Apesar de saber não ser páreo, sozinha, para todos os anciões reunidos, ela fizera sua parte. Lutara até o fim, mesmo sabendo que seu destino seria a morte.

Ainda assim, saber é uma coisa. O momento derradeiro de encontrar a morte é outra, muito diferente. Por mais que Larissa se considerasse preparada para aquilo, ela não conseguiu evitar a sensação de medo pelo desconhecido que viria a seguir.

Uma sensação que logo se extinguiu por completo, quando um som chegou aos seus ouvidos antes de ecoar pela sala: *crack*.

37

A tensão na coluna de Larissa não existia mais. Os fortes braços de Altan relaxaram, deixando-a escorregar lentamente até o chão, onde caiu de costas, assustada. A expressão do vampiro não era mais a mesma de antes. Sangue escorria em abundância pelo canto de sua boca, deixando a jovem perplexa. Em sua vã recordação, não conseguia se lembrar de seus golpes terem sido tão fortes assim, a ponto de causar tal efeito. Algo mais parecia ter acontecido com Altan; ela somente não sabia dizer o quê.

Não tardaria, porém, a descobrir.

Tão logo as costas da agente bateram contra o chão, o vampiro começou a se inclinar para a frente, ameaçando tombar sobre ela. Agindo por instinto, seu cérebro mandou um comando para as pernas a impulsionarem para trás. Para a sua surpresa, o que a deixou ainda mais perplexa, elas responderam ao seu comando, arrastando-a pelo chão, distanciando-a com urgência do enorme corpo em queda.

Sua velocidade de fuga, no entanto, era menor do que o ritmo de queda do vampiro. Se não fizesse algo rápido, teria de suportar o impacto do enorme corpo contra o seu. Apesar dos ferimentos da batalha, sua coluna estava intacta, e Larissa foi capaz de rolar para o lado no momento exato em que Altan desabou de bruços ao seu lado, sem vida.

Suas interrogações sobre o que acontecera, entre ter sido solta do abraço da morte e a queda do vampiro, logo foram esclarecidas. Nas costas de Altan estavam cravadas três flechas. Aquilo explicava o som de ossos se quebrando. Não foram, em nenhum momento, os dela, como acreditara, até perceber que suas pernas respondiam ao seu comando. O ruído que ouvira fora o das costelas do vampiro se quebrando quando as setas o alcançaram, uma delas perfurando o pulmão antes de atingir seu coração.

Mas quem disparou? – ela se perguntou. No momento em que Larissa se engajara na luta com Altan, não havia ninguém ali capaz de salvá-la.

Bastou um olhar para o cadáver ao seu lado para reconhecer o tipo de flecha. Durante todo seu tempo de serviço à Ordem de Ettore, ela vira e disparara setas iguais às cravadas no vampiro. Elas pertenciam aos seus irmãos de causa, o que a deixou surpresa, pois acreditava ter sido abandonada ali. Mas bastou levantar o olho menos inchado para identificar várias figuras com roupas negras segurando balestras apontadas em sua direção. Eles haviam recebido seu sinal. Eles responderam a ele. O jogo virara. Seus aliados da Ordem de Ettore haviam invadido o local. Eles salvaram Larissa.

– Por que demoraram tanto? – Larissa gritou.

– Tivemos umas surpresas pelo caminho! – Jennifer respondeu.

Ricardo emendou:

– Uma surpresa de nome bem específico: Marcela.

Larissa surpreendeu-se ao ouvir aquele nome. Ela se lembrava de ter ido ao enterro de sua mentora, bem como o do marido dela, na época, o líder da Ordem de Ettore. *Como ela pôde ter virado uma vampira?* – Larissa se perguntou. Em sua concepção, Marcela havia traído a própria Ordem.

Não houve tempo, naquele momento, de levantar mais questionamentos. Ainda havia vampiros naquela sala, que precisavam ser neutralizados. A maioria tentava fugir, mas se deparava com agentes fechando as possíveis rotas de fuga. Flechas rasgavam o ar, fazendo vítimas e levando-as à morte antes mesmo de seus corpos baterem no chão. Gritos agudos, a maioria de dor, preenchiam o lugar a intervalos regulares. Sem escapatória, os sobreviventes optaram por revidar. Pierre e Magdalena, tendo se livrado do corpo de Scarlett e de Darius, lutavam por suas vidas. Até mesmo Nino se via forçado a entrar na batalha.

Darius, no entanto, continuava caído, inerte. Sangue ainda jorrava de sua garganta cortada, em lenta regeneração. Para os agentes, entretidos com os vampiros em fuga, ele não passava de um cadáver. Nenhum

Capítulo 37

deles, em meio à ação, iria verificar a extensão de seus ferimentos. Ainda mais porque Scarlett jazia ao seu lado, com parte de seu corpo jogado sobre o homenzarrão. Aqueles eram disfarces perfeitos, criados ao acaso, para mantê-lo vivo enquanto os anciões lutavam por suas vidas.

Nenhum deles, no entanto, foi páreo para os agentes. Eles estavam em menor número. Mas não indefesos. Ágeis e fortes, chegaram a matar alguns deles. Feriram alguns outros, tirando-os da batalha, até espadas atravessarem seus corações, algumas pelas costas, outras pela frente. A morte mais injusta foi, entre todas daquela batalha, a de Magdalena. Ferida por inúmeros cortes e com flechas atravessadas por todo o corpo, a vampira caíra de joelhos. Seus olhos suplicavam para o membro da Ordem de Ettore em pé à sua frente, com a balestra apontada em sua direção.

– Vocês venceram – Magdalena falou, pedindo clemência. – Eu me rendo.

Jennifer, parada a menos de dois metros da vampira, hesitou. Seu dedo, encostado no gatilho, tremia. A dúvida sobre dever disparar ou não pairava no ar, deixando aquele momento ainda mais tenso. Por fim, ela não conseguiu encontrar a coragem para acabar com a vida de Magdalena, independentemente do que ela fosse e de sua influência em seu meio. Não daquele jeito, pelo menos. Para ela, o pedido de rendição deveria ser acatado.

Mas não para um dos membros da Ordem de Ettore. Movida pelo ódio, uma entre eles pegou a balestra de um dos agentes mortos e disparou várias setas. O peito de Magdalena virou uma peneira. Sangue escorreu pelos ferimentos. Seus olhos, incrédulos, levantaram-se até sua executora, uma jovem vestida com roupa dourada manchada de vermelho, nariz quebrado e um dos olhos fechado de tão inchado.

– Por quê? – Ela balbuciou, enquanto tombava para trás.

A expressão de Larissa, segurando a balestra, era de poucos amigos. Toda a raiva pelo que sofrera, não somente naquela noite, mas desde o momento em que entrara na Ordem de Ettore, fora descarregada junto aos inúmeros disparos. Para ela, os anciões eram a causa de todo aquele sofrimento. Mas agora estavam, em sua maioria, exterminados.

Apenas um estava vivo. Seu nome? Erick. E Larissa, apesar de ferida, não estava disposta a deixá-lo escapar. O vampiro, enfraquecido com a morte dos anciões, membros de seu tão precioso Conselho, estava em algum lugar naquele castelo e ainda poderia oferecer perigo. Ele precisava ser encontrado e neutralizado o quanto antes. Se Erick escapasse, todos os esforços daquela noite teriam sido em vão. A morte dos anciões não teria valor nenhum. Para Larissa, a missão somente seria um sucesso se todos eles fossem aniquilados.

Recolhendo algumas flechas dos agentes mortos e encaixando uma delas em sua balestra, Larissa assumiu o comando da missão, passando até por cima de Ricardo, seu superior:

— Jennifer, comigo! O restante, neutralizem este lugar. Se encontrarem Erick, não o matem! Ele é meu!

Larissa estava tão determinada que nenhum dos agentes teve a coragem de desafiá-la quanto a não estar em condições devido aos seus ferimentos. Nem mesmo quando ela saiu da sala cambaleando, tendo, em alguns momentos, de ser escorada por Jennifer, ao seu lado, até recuperar o equilíbrio.

Larissa somente não sabia que um agente infiltrado, usando o uniforme de Andreas, não havia entrado na batalha. Durante todo o tempo, ele ficara parado no vão da porta, sua balestra apontada para o chão, apenas observando o caos e a execução dos vampiros presentes. Varrendo a sala com seus olhos, entre os vivos e os mortos, ele viu Darius. Quem o transformara estava morto. Dele, seus olhos foram para Scarlett, seu corpo inerte no chão. Depois, para os outros membros do Conselho. A derrota dos vampiros era iminente. Ele nada poderia fazer para salvá-los sem, no mínimo, expor seu disfarce. E, se entrasse na batalha contra a Ordem de Ettore, provavelmente morreria também. Não havia nada que pudesse fazer por aqueles vampiros.

Mas nem tudo estava perdido. Um membro do Conselho, o mais influente, não estava na sala. Havia uma chance de resgatá-lo, levá-lo para a segurança, longe do castelo, e, juntos, reerguerem aquele império. Tudo o que precisava fazer era encontrá-lo antes da Ordem de Ettore. Decidido, ele havia se esgueirado para fora do salão antes mesmo de Larissa executar Magdalena.

Enquanto a agente deixava a sala para iniciar sua caçada particular a Erick, Yoto já percorria os corredores do castelo, buscando pelo último membro do Conselho para tirá-lo de lá antes que a Ordem de Ettore o encontrasse. Era uma corrida contra o tempo. A sorte estava lançada em um futuro incerto.

A única certeza, naquele momento, era a de que a guerra ainda não havia terminado!

38

Gritos chegaram aos ouvidos de Erick enquanto ainda tentava reanimar Jéssica com seu sangue.
De início, pareceu ao vampiro que Larissa oferecera certa resistência perante seus colegas anciões. O que já era de se esperar. Mas, em vez desses barulhos diminuírem de intensidade conforme a esperada luta terminasse com vampiros sugando o sangue de um membro da Ordem de Ettore, eles se tornaram mais altos. Apurando ainda mais sua audição na direção do salão não tão distante de onde havia deixado sua vítima sob tortura, ele escutou o ruído de flechas rasgando o ar. Depois, mais gritos, a maioria de dor. Aqueles sonidos, havia muito não ouvidos por ele, eram característicos. Ele mesmo já os ouvira de perto, tanto de suas vítimas quanto de outros vampiros, mortos havia tempos. Eram sonoridades tradicionais de uma batalha.

Desacreditando que seu castelo estava sob ataque, ele abaixou os olhos para a jovem caída à sua frente, o sangue de seu pulso ainda escorrendo sobre sua boca. *Será que ela trouxe os inimigos para os arredores do meu esconderijo?* – Erick indagou-se. Parecia pouco provável. Para ele, isso parecia mais obra de Larissa do que da pobre Jéssica. Aquela jovem aos seus pés não passava de um peão em uma guerra secular.

Se fosse isso mesmo, o inimigo no interior do castelo tinha nome: Ordem de Ettore. Mais um motivo para Erick querer trazer Jéssica de volta. Naquele momento, mais do que nunca, ela poderia ser uma aliada importante, não somente para sua fuga, mas também para reerguer seu império quando conseguissem escapar. Principalmente agora que Felipe e Janaína estavam mortos, e Marcela, de acordo com suas suspeitas, o havia traído ao tentar matar a própria filha. Ainda mais porque ele não sabia ao certo o que estava acontecendo aos seus aliados. Jéssica, porém, recusava-se a abrir os olhos, por mais que o coração batesse com mais vitalidade, as hemorragias tivessem cessado e os ferimentos cicatrizassem com incrível velocidade.

Passos urgentes, como se pessoas, ou um grupo de pessoas, andassem apressadas pelos corredores do castelo, chegaram aos seus ouvidos. O som da batalha havia se extinguido. Parecia que os membros da Ordem de Ettore, o único inimigo capaz de passar pela mente do vampiro naquele momento, haviam neutralizado os anciões e agora se espalhavam pelos corredores, o procurando. Se quisesse sobreviver, teria de se apressar para fora daquela sala e, depois, percorrer os corredores o mais rápido possível até escapar do castelo. Quando alcançasse a floresta ao redor, ele estaria a salvo, mesmo que tivesse de recomeçar seus planos.

Carregar Jéssica, no entanto, poderia dificultar sua fuga. Por mais que a jovem aos seus pés tivesse valor para seus planos futuros, de nada adiantaria levá-la se fosse pego. Primeiro, ele precisava escapar. Depois, pensaria em outro jeito de alcançá-la.

Erick mal havia se levantado quando dois agentes entraram na sala. Deparando-se com o vampiro parado de costas para eles, apontaram as balestras. Um deles alertou pelo rádio:

– Encontramos Erick. – Abaixando o olhar para a jovem caída aos pés do vampiro, ele completou: – E Jéssica. Parece que ela está morta. Ele está no segundo piso, próximo...

O agente não conseguiu terminar sua mensagem pelo rádio. Com um movimento rápido, o vampiro virou-se e atacou. Desviou sem dificuldade de duas setas disparadas antes de alcançá-los. Alimentado pela raiva cada vez maior pela Ordem de Ettore, Erick arrancou a arma da mão do primeiro inimigo, girou para as suas costas e, em questão de segundos, quebrou seu pescoço. O estalo ecoou pelo espaço antes de o corpo despencar ao chão.

O segundo agente conseguiu disparar mais uma vez, porém errou o tiro. Com incrível velocidade, parte dela motivada pela raiva que o consumia naquele momento, Erick alcançou as costas do homem, onde

Capítulo 38

cravou a ponta dos dedos semiflexionados, atravessando todas as roupas de proteção, pele e músculos. Sangue escorria tanto dos ferimentos quanto da boca do moribundo. Com os olhos estreitos de puro ódio, o vampiro tensionou seus dedos ao redor da coluna da vítima e a puxou para fora do corpo com um grito. O fluxo avermelhado escorrendo por entre os lábios do homem aumentou. O cadáver desabou de bruços no chão. Um enorme corte vertical cobria toda as costas do agente, por onde alguns órgãos se espremiam para fora em meio a muito sangue.

Erick havia eliminado dois agentes, mas não podia perder mais tempo. Uma mensagem de reforços a caminho fora transmitida no momento em que o segundo homem tombava. Largando a coluna recém-arrancada no chão, ele correu para a porta sem ao menos olhar para Jéssica. Espiou para o lado de fora e, encontrando-o vazio, aventurou-se para o corredor.

Mas não foi tão longe. Erick mal havia dado dois passos quando duas agentes entraram no corredor, as balestras apontadas em sua direção. Uma delas estava vestida toda de negro, como os mortos na sala de tortura. A outra, no entanto, usava um vestido dourado manchado de sangue.

– Acabou, Erick! – Larissa falou. – Não há para onde fugir. Seu império ruiu. Darius e seus tão preciosos anciões estão mortos. Entregue-se!

Erick encarou o olho bom de Larissa, controlando sua raiva. Não havia como fugir da mira das balestras. O espaço era estreito demais para poder contar com sua agilidade vampiresca. Para fugir daquela situação, ele teria de fazer o que fazia de melhor: usar o dom da palavra.

Ele abriu um sorriso, deu um passo para trás e falou:

– Larissa! Vejo que meus velhos amigos a trataram com carinho.

– Nem todos – respondeu. – Eles eram fracos.

A resposta irritou Erick, mas ele não se deixou levar pela provocação. Dando mais um passo para trás, ele falou:

– Eu sei que eram. Por que você acha que eu coloquei você na mesma sala que eles?

Erick percebeu a interrogação no rosto de Larissa e continuou:

– Eu sabia desde o começo que você estava infiltrada. Você acha que eu te deixei aos cuidados de Eva por mero acaso? Você acha que eu te dei para beber de meu próprio sangue simplesmente porque gosto de você?

A cada pergunta, Erick recuava um passo. Larissa, distraída com a incógnita, lançada no intuito apenas de gerar a dúvida sobre ele haver armado para os anciões usando os membros da Ordem de Ettore, não avançava enquanto o vampiro continuava a recuar. Tampouco percebeu que ele estava cada vez mais próximo das portas de vidro de acesso ao terraço, às suas costas.

— Você acha que eu dei a ordem para ninguém encostar em você somente porque você *tinha* um rosto bonitinho?

Erick deu mais um passo atrás.

— Contente-se, garota, você era uma mera distração...

— O que você pretende, Erick? — Larissa o interrompeu.

Ele não conseguiu responder. Uma flecha voou pelo corredor e atravessou Erick no peito. Com o impacto, o vampiro foi arremessado contra a porta às suas costas. O vidro se rompeu quando ele a atravessou. Não fosse pela balaustrada da sacada, onde bateu as costas com violência, ele teria caído no fosso abaixo.

— É isso que você está sendo agora, Erick! — Jennifer falou, seu dedo ainda pressionando o gatilho depois de ter disparado. — Uma mera distração.

Encostado contra a balaustrada, um dos braços apoiado sobre a superfície de concreto para lhe dar apoio e se levantar, Erick ria entre uma careta de dor e outra. Ele estava exatamente onde queria estar. Graças ao disparo de Jennifer. A flecha atravessada em seu corpo nada significava para ele. Bastava removê-la, e ele estaria regenerado em questão de segundos.

Segundos que ele não possuía. Larissa e Jennifer haviam se aproximado com agilidade surpreendente e, agora, estavam a poucos metros dele, as balestras apontadas para seu coração. Um órgão que fora removido, mas elas não sabiam disso. E o vampiro não estava a fim de revelar seu segredo tão cedo. Não enquanto ainda houvesse uma saída.

Uma saída que nenhuma das duas ainda havia percebido. Uma saída com a forma de um homem trajando o uniforme da Ordem de Ettore, aproximando-se pelas costas delas com passos lentos e silenciosos, um dos braços arqueado e os dedos envolvendo o cabo de uma espada presa à sua cintura. Uma saída sem batimentos cardíacos, infiltrada sem sua anuência em meio ao inimigo, mas incapaz de deixar Erick surpreso.

Uma saída com nome: Andreas.

Ou melhor: Yoto.

39

Erick havia abandonado Jéssica, deixando-a sozinha à própria sorte. Porém, não por muito tempo. Tão logo ele matara os agentes e deixara o local, o ambiente tornou-se frio. Um par de botas negras com cano curto surgiu do canto mais escuro da sala. Os passos daquela pessoa misteriosa, envolta por um sobretudo negro e com o rosto mergulhado nas sombras oriundas do capuz sobre a cabeça, ecoavam pelo local enquanto se aproximava do corpo feminino caído ao lado da mesa repleta de utensílios de tortura.

Agachando-se ao lado de Jéssica, a poderosa voz feminina quebrou o mórbido silêncio do local:

— Hora de despertar, raio de sol!

Jéssica reagiu ao chamado. Seus ouvidos haviam recebido a mensagem. Cada palavra da mulher fez seu corpo inteiro vibrar, como se o poder daquela voz tivesse despertado algo, até o momento, adormecido dentro da jovem. Ela acreditava conhecer a dona daquele timbre único, mas não conseguia se lembrar de onde. Tudo estava muito vago enquanto lutava para recobrar a consciência. Seus olhos tremiam enquanto a batalha interna se desenrolava, a cada segundo mais próxima do fim.

Até que ela os abriu.

Com um olhar intenso refletindo toda a energia que vibrava em seu interior, Jéssica levantou os olhos até o rosto encoberto pelo capuz. Apesar de a imagem à sua frente transmitir uma ameaça, ela não conseguia sentir a maldade dentro daquela mulher. Pelo contrário. A figura encapuzada passava uma profunda sensação de calma e determinação.

A misteriosa mulher levantou as mãos lentamente até o capuz, deixou-o cair sobre suas costas, revelando o rosto, e falou:

– Até que enfim! Eu pensei que havia escolhido a pessoa errada.

Jéssica arregalou os olhos tão logo as lembranças daquela mulher a invadiram com muita ferocidade, uma atrás da outra, não deixando um milésimo de segundo sequer de espaço na mente recém-desperta. A primeira delas foi a mulher à sua frente ganhando forma em meio à névoa, ainda na cidade de Cafelândia, convidando-a a segui-la se quisesse sobreviver. Depois, seu corpo tremeu de medo com a recordação dela vasculhando cada canto de sua mente à procura de uma informação específica. Mas logo relaxou quando sua memória corporal a fez sentir novamente o toque caloroso da mão dela em seu ombro, quando as duas descobriram o cadáver de Janaína. Por fim, mas não menos assustadora, sua despedida, um pouco antes de seu drama particular começar na estrada enquanto dirigia para longe da cidade infernal.

Assustada, Jéssica reagiu, colocando-se sentada com muita energia e arrastando-se para longe, até suas costas baterem contra o pé da mesa atrás dela.

– Raquel... – Jéssica balbuciou, sem acreditar que a jovem estava ali.

Na verdade, Jéssica achava que nunca mais a veria. Mas lá estava ela, parada à sua frente, com a mesma expressão no rosto de quando se separaram.

– Raquel! – Jéssica a chamou novamente pelo nome, com a expressão de medo substituída por feições de dúvida. – O que faz aqui?

Raquel endireitou-se e caminhou na direção dela com passos lentos e controlados, olhando-a com intensidade ao responder:

– Bem, eu não estou exatamente aqui. – Raquel levantou os braços até a altura de seus ombros; a palma das mãos virada para cima, para indicar o ambiente ao seu redor.

Vendo as feições de interrogação se tornarem ainda mais intensas no rosto de Jéssica, ela buscou explicar da maneira mais simples e rápida possível:

– Neste exato momento, estou em um lugar onde você, ou qualquer outra pessoa em seu estado atual, não pode me alcançar.

Capítulo 39

Jéssica piscou repetidas vezes, tentando assimilar o que ela dizia, e então indagou:
– Quer dizer, morta?
– É, creio que vocês chamariam assim – Raquel respondeu com desdém.
Adotando um tom urgente, ela continuou:
– Eu não tenho muito tempo. Essa forma que você vê, um fragmento emancipado de minha alma, não se sustentará por muito mais.
Jéssica a olhou com interesse exagerado enquanto Raquel acelerava as palavras:
– Quando você se afastou, eu coloquei em você uma magia para te proteger de todo o perigo que encontrasse por seu caminho. Por quê? Pelo simples fato de que, mais cedo ou mais tarde, você assumiria a responsabilidade que um dia fora de seu pai, de sua mãe... – Raquel interrompeu-se propositalmente, para causar certo impacto em Jéssica. Mas logo continuou: – De sua irmã!
Jéssica tinha muito o que processar, muitas perguntas para fazer, mas foi impedida quando Raquel deu continuidade aos seus esclarecimentos:
– Talvez você tenha sentido algo a cada vez que sua vida esteve em risco, como uma vibração a percorrer todo o seu corpo. Talvez não. Mas, mesmo assim, essa magia te impulsionou a agir pelo que você chamaria de instinto. Você acha que foi o sangue de Erick que te trouxe de volta?
A pergunta era retórica, e Raquel não deu a oportunidade de Jéssica responder:
– Devo confessar que ele acelerou o seu processo de cura, tornando-a ainda mais forte.
Preocupada com o que acabara de ouvir, mas ao mesmo tempo temendo a resposta, Jéssica tomou coragem e questionou:
– Eu virei vampira?
– Não. Seu desejo de permanecer humana prevaleceu.
Havia subentendido em sua fala um tom de *mas*, que Raquel se apressou em trazer à tona:
– Mas o sangue dele te fortaleceu. Não era a intenção de Erick, mas algumas habilidades vampíricas foram passadas a você.
Raquel viu como Jéssica arregalou os olhos, preocupada com o peso de suas palavras, e logo tratou de acalmá-la:

— Você não precisará se alimentar de sangue para sobreviver. Tampouco será impedida de andar sob o sol. Você continua humana.

Apontando o indicador na direção de Jéssica, Raquel continuou:

— Junto da magia que eu coloquei em você, não há inimigo que poderá te derrotar. Comece a prestar atenção nos seus sentidos. Use esse poder conjugado que lhe foi oferecido! Sinta-o! Controle-o! Assuma o legado de sua família!

Raquel parou na frente da jovem, estendeu a ela a mão aberta, convidando-a a se levantar. Jéssica lhe deu a mão e se deixou erguer. Sua vontade, parada frente a frente com a pessoa que a despertara, era a de abraçá-la. Mas foi surpreendida quando Raquel recuou um passo. Depois outro, seguido de mais um, aumentando a distância entre elas.

— Seja quem você está destinada a ser! — Raquel falou, incisiva, sem reduzir o ritmo de seus passos ou tirar seus olhos de Jéssica.

A cada passo, Raquel ficava mais etérea. Aos poucos, a sala ganhava forma através de seu corpo. Ela estava quase encerrando sua magia e retornando para o mundo que agora chamava de casa. Mas ainda havia uma última mensagem a transmitir a Jéssica, antes de desaparecer:

— Seja uma caçadora!

40

Toda a pompa e circunstância de Erick desmoronavam junto de seu império. Seu belo terno estava rasgado e manchado de vermelho em torno de onde a flecha o acertara. Seus cabelos longos estavam desgrenhados, caindo ao redor do rosto, dando a ele feições de um louco. Seus olhos transpareciam raiva. Mesmo assim, ele ria.

O riso em seu rosto, no entanto, duraria pouco. Não achando nenhuma graça em tudo aquilo, Larissa adiantou-se e colocou a ponta da flecha de sua balestra na boca do homem. Seu dedo tremia sobre o gatilho, ponderando se deveria disparar ou não. Ela sabia muito bem que não seria letal, mas traria um pouco do sofrimento que ela passara por causa das ações de Erick.

– Não é tão fácil rir agora, não é, Erick? – Ela o desafiou, afundando um pouco mais a flecha para dentro de sua boca, a ponto de arrancar um gemido de dor.

– Larissa, não acho que deva... – Jennifer a chamou, mas logo parou.

Não por vontade própria. Tendo ficado na retaguarda quando Larissa avançara um passo à frente, ela se tornara um alvo fácil. As duas agentes somente se deram conta do perigo quando era tarde demais e uma espada atravessava Jennifer pelas costas. Sangue escorreu de sua boca para o queixo e pescoço, logo se misturando ao líquido vermelho que escapava do ferimento em seu peito.

Em resposta inconsciente, Jennifer disparou sua balestra, para azar de Erick. A seta atravessou seu corpo na altura do ombro e se enfincou no concreto da balaustrada atrás dele, deixando-o preso, atrasando, assim, seu plano de fuga.

– Larissa... – Jennifer juntou suas forças e chamou; os olhos arregalados pedindo por ajuda, e seu tom de voz deixando transparecer o medo da morte.

Uma morte que teria sido lenta e sofrida, não fosse pela atitude seguinte de seu assassino. Retirando rápido a espada, acompanhado de um gemido de dor, ele traçou um arco no ar com a lâmina. Segundos depois, a cabeça de Jennifer rolava pelo terraço em direção às fendas da balaustrada, enquanto seu corpo caía de lado, ambas as partes deixando manchas de sangue sobre o piso de pedra.

Larissa nada pôde fazer para salvar sua colega. Ela mesma quase foi pega de surpresa quando Yoto a atacou com um golpe descendente da espada. Agindo por reflexo, ela foi forçada a interromper sua tortura contra Erick e girar o corpo de lado, usando a balestra para evitar que a lâmina a cortasse.

Yoto continuou atacando com vários golpes de espada, ora de direita, ora de esquerda, tanto com estocadas quanto com movimentos em arco. Larissa aparava todas as investidas com a balestra ou girava o corpo de lado, deixando a lâmina rasgar apenas o ar. Nesses momentos, ela até que tentou usar a vantagem do contragolpe para desarmar seu ex-colega, mas ele foi rápido o suficiente para evitar suas técnicas de desarme.

Sobre a muralha, a equipe protegendo o perímetro presenciou a execução de Jennifer e a luta de Larissa contra um oponente vestindo o uniforme da Ordem de Ettore, irreconhecível àquela distância. Após pedir reforços pelo rádio, tentaram fazer a mira no inimigo, mas ele e Larissa estavam muito próximos um do outro, além de se movimentarem com velocidade e agilidade, sendo arriscado demais tentar um disparo. Sem querer, eles poderiam acertar a colega.

Naquele momento, enquanto os reforços não chegavam, Larissa estava sozinha.

Lançando mais um golpe descendente contra a cabeça de seu oponente, a espada de Yoto cravou-se contra a balestra atravessada em seu caminho, destruindo a arma ao ficar presa nela. Pela primeira vez desde o começo da batalha, os ex-parceiros ficaram cara a cara; os olhos raivosos fulminando o oponente à sua frente.

Capítulo 40

– Por quê, Yoto? – Larissa perguntou entre dentes enquanto a balestra resistia à pressão do japonês.

Gritando, ela continuou:

– Eu iniciei você na Ordem! Você era como um irmão para mim!

– Se eu realmente fosse um irmão para você – Yoto respondeu, aumentando a pressão, tentando quebrar a balestra e atravessar a espada no crânio de Larissa –, você não teria me abandonado no campo de batalha!

– Que escolha eu tinha? – Larissa gritou, tentando resistir à pressão da espada. – Você sabia que a missão era me infiltrar. Eu não podia me arriscar a falhar nesse objetivo somente para salvar você!

– Ah, sim, claro! – Yoto respondeu com todo o seu ódio, suas presas aparecendo enquanto a boca se movimentava. – O velho lema da Ordem de que a missão vem em primeiro lugar!

Larissa sabia que aquela discussão não levaria a nada. Ela precisava virar o jogo. Jogar para cima de Yoto a culpa que ele tentava colocar sobre os ombros dela:

– Eu achei que você estava morto! Eu vi Darius morder você! Não havia nada que eu pudesse fazer!

Invadida por um pensamento repentino, ela se deixou encher de esperanças e gritou:

– Você fez um juramento à Ordem! Você prometeu lutar contra os vampiros até a morte. Onde está aquele Yoto que eu conheci? Lute, Yoto! Lute contra esse demônio crescendo dentro de você, tentando tomar o controle.

Desesperada, ela gritou:

– Lute!

– O meu compromisso com a Ordem acabou no momento em que eu fui mordido! – gritou em resposta.

Yoto soltou um grito e aumentou ainda mais a tensão da espada contra a balestra. Sua força, a partir daquele momento, não era mais a de um humano. Não resistindo, Larissa dobrou um dos joelhos, mas manteve os braços levantados, segurando as duas pontas da arma destruída, a única coisa que a protegia da morte. Olhando para o alto, ela percebeu a rachadura se expandindo em sua única defesa. Em breve, a lâmina ensanguentada partiria seu escudo improvisado em dois e desceria contra sua cabeça.

Torcendo para a balestra resistir um pouco mais, Larissa tentou se colocar em pé. Para sua infelicidade, a arma se rompeu e a lâmina desceu contra sua cabeça. Mas acertou apenas o chão. No derradeiro momento, Larissa rolou de lado. Com agilidade, ficou em pé e desferiu um chute em arco contra a mão de seu oponente, forçando-o a largar o cabo da espada, que caiu com o som característico de metal batendo contra pedra. Tão logo ela o desarmou, atacou-o duas vezes com a perna: o primeiro dos golpes o acertando no peito e o segundo sendo certeiro no rosto, quebrando seu nariz com um estalo e fazendo-o rolar para trás.

Yoto rolou de costas e colocou-se em pé com agilidade extrema. Valendo-se da vantagem, Larissa agarrou a espada no chão. O jogo se invertera. Ela agora estava armada e iniciou uma série de ataques contra o vampiro. Ele, tendo sido treinado por seu oponente e fortalecido pelos reflexos de vampiro, conseguiu desviar da maioria das investidas. Mas não foi páreo para quem o treinara. Com um deslize, não percebendo o fingimento da agente em atacar por um lado e virar no último momento a direção do golpe, a lâmina abriu um talho em seu braço e nas duas coxas.

Sangue jorrou. Um grito de agonia escapou de sua boca, conforme seu corpo cambaleava, e Yoto tombou para trás. Se a parede do castelo não estivesse ali, o vampiro teria caído de costas no chão. E, se isso tivesse ocorrido, ele estaria à mercê de Larissa. Não importaria que as feridas se curariam. Seu peito estaria exposto para o golpe fatal. Sua situação atual, no entanto, não era muito menos crítica.

Valendo-se da vantagem, Larissa avançou contra o oponente, que tentava se livrar de sua situação incômoda. Depois de mais alguns golpes, alguns de defesa, outros de ataque, Larissa abriu mais alguns cortes no corpo do vampiro. Ela conseguiu abrir a guarda dele, agarrou-o pelo pescoço e o empurrou de costas contra a parede, prensando-o ao mesmo tempo em que colocava a ponta da lâmina contra seu coração.

Larissa mudou a expressão de batalha para uma de respeito por quem, um dia, fora seu parceiro e discípulo na Ordem de Ettore e falou:

– Eu não quero te matar! Por favor, não resista. Não me force a fazer o que não quero!

Yoto tentou se livrar. Movimentou seu corpo e levantou o braço em um golpe imperfeito e desesperado, mas se interrompeu quando a ponta da lâmina rasgou sua pele e seus músculos, fazendo um filete de sangue escorrer do ferimento.

– A próxima vai perfurar seu coração – Larissa falou.

Capítulo 40

Naquele momento, uma mensagem chegou pelo rádio dos membros da Ordem de Ettore. Estando tão próxima de Yoto, Larissa pôde ouvir:

— Não confiem em Yoto. Ele está comprometido! — Era Alexandre. Tendo recuperado sua consciência depois da batalha contra Yoto, na cabana, ele se apressara em mandar a mensagem para todos os membros da Ordem de Ettore.

— Um pouco tarde, não acha? — Yoto perguntou, sorrindo. — Se essa mensagem tivesse chegado mais cedo, Andreas e Jennifer ainda estariam vivos.

— Pare, Yoto! Eu sei o que está fazendo! — Larissa tentou adverti-lo.

— Vamos lá, Larissa! A Ordem de Ettore não treinou você para ser mole! Cadê sua coragem?! — Yoto desafiou-a.

Não tem jeito! — Larissa pensou. Ainda o segurando pelo pescoço, ela afastou a espada o suficiente para efetuar um rápido ataque letal e o mais indolor possível contra o coração do vampiro. Uma careta atravessou o rosto de Yoto quando a lâmina saiu do corte superficial, por onde o sangue escorreu com mais força.

Ela não esperava, no entanto, que uma espada rasgaria o ar, vindo de algum lugar às suas costas, e passaria de raspão em seu corpo, arrancando um filete de sangue, acompanhado de um leve gemido, antes de acertar Yoto na barriga. Com o golpe inesperado, ele urrou de dor enquanto mais sangue escorria por seu corpo, manchando a lâmina de vermelho.

Logo em seguida, Erick livrou-se da seta que o prendia contra a balaustrada, ajoelhou-se ao lado do corpo sem cabeça de Jennifer, de quem pegara a espada, e falou:

— Considere que estamos quites, garoto!

Dito isso, ele se levantou com extrema agilidade e pulou por cima da balaustrada para o fosso escuro abaixo, desaparecendo do campo de visão de ambos.

— Não, Erick... — Larissa gritou.

Largando Yoto, ela correu na direção da balaustrada, determinada a pular para o fosso e perseguir Erick. Mas não foi muito longe. Dois passos depois, ela sentiu o vento de uma espada descendo em sua direção. Uma espada que havia sido atirada contra o vampiro, não para matá-lo, mas para armá-lo e, assim, igualar as condições de combate.

Assustada, ela virou-se a tempo de ver a lâmina descendo com muita ferocidade contra sua cabeça, empunhada pelo japonês depois de arrancá-la da própria barriga. Agindo por instinto, forçada a abandonar a perseguição para salvar a própria vida, ela conseguiu apenas levantar sua espada para aparar o golpe.

Uma investida rápida e muito forte. Desequilibrada quando as duas espadas se chocaram, Larissa caiu para trás. Viva, porém em desvantagem. Com velocidade surpreendente, Yoto a atacou no chão, forçando-a a rastejar como podia, tentando ganhar espaço para conseguir se levantar, enquanto as lâminas se tocavam mais algumas vezes.

Até o forte ataque de Yoto desarmar Larissa. A espada escapou de sua mão e escorregou para longe, sobre o piso de pedra do terraço. Ela estava vulnerável, mas não indefesa. Conseguiu livrar-se de mais algumas estocadas descendentes do vampiro, girando o corpo para um lado e para o outro, enquanto recuava pelo chão, desesperada, sem tempo para se colocar em pé com segurança entre uma investida e outra.

Da muralha, alguns agentes, tendo pela primeira vez uma linha de tiro limpa, começaram a disparar contra Yoto. Algumas setas passavam ao seu redor sem sequer tocá-lo. Outras, no entanto, encontraram seu alvo, perfurando-o nas pernas, braços, peito, barriga... Aos poucos, o vampiro se transformava em uma peneira. Mesmo ferido e sangrando, não recuou. A determinação para matar Larissa era maior do que seu sofrimento.

Larissa continuou recuando, até que sua rota de fuga se encerrou na balaustrada às suas costas. Cercada, com o vampiro em pé sobre ela, segurando o cabo da espada com as duas mãos enquanto a lâmina apontada para seu peito reluzia à luz do luar, não havia mais para onde fugir. A batalha havia chegado ao fim. Sem ter mais como escapar ou reagir, Larissa apenas fechou os olhos, revoltada consigo mesma por ter cometido um erro tão banal.

Um erro que colocaria um fim em sua vida...

41

No aposento próximo à batalha entre Larissa e Yoto, uma jovem despertou com o som dos gritos característicos do confronto. Assustada, deitada no escuro, tentando sintonizar onde estava, o estrado da cama sobre ela começou a ganhar foco. A sensação do piso frio sob seu corpo lhe causou um estranho tremor. Depois veio a dor dos hematomas em seu rosto e corpo, trazendo-lhe a desconfortável sensação de que falhara em sua missão.

Mas nem tudo estava perdido. Larissa a havia enganado, mas as coisas não ficariam assim. Ainda havia tempo de corrigir seu erro, não havia? Tudo o que precisava fazer era correr até o terraço. Ela acreditava ter ouvido a voz da agente gritando com seu oponente em batalha. Contra quem, ela não sabia. Nunca ouvira a voz daquela pessoa. Podia ser um dos anciões, como podia não ser. De onde estava, não havia como saber.

Mas, com toda certeza, não era a voz de seu mestre.

– Onde ele está, então? – Eva se perguntou.

Dividida entre a missão de encontrar Erick, e quem sabe salvá-lo, e se vingar de Larissa pelo que ela havia feito, Eva não sabia o que deveria fazer. Ir para o terraço ou percorrer os corredores do castelo à procura de seu mestre? Fosse qual fosse a resposta, ficar ali não resolveria nenhuma das duas situações desconfortáveis.

Cerrando os dentes, deixando-se levar pelo ódio, ela saiu de baixo da cama. Determinada, Eva ajoelhou-se enquanto seus olhos varriam o local. As gavetas da mesa de cabeceira ao seu lado estavam abertas. Todas as coisas no interior dela, bagunçadas. Ela já sabia o que aquilo significava, mas precisava ter certeza. A escrava colocou-se em pé e tateou no interior da gaveta, procurando pela adaga que colocara ali caso Larissa causasse algum problema. Não estava mais lá.

— Merda! – xingou.

A voz de Larissa e do homem, mais uma vez, chegaram aos seus ouvidos. Diferentemente da anterior, agora parecia que eles não lutavam mais. Quem estava em vantagem e quem estava em desvantagem naquele confronto, não dava para saber. Tudo o que Eva sabia e se importava, no momento, era que o alvo de sua vingança estava do lado de fora, ao seu alcance. Tudo o que precisava fazer era sair pela porta de vidro e surpreender Larissa. Depois procuraria por Erick.

Mas não precisaria. A voz de Erick a alcançou dentro do aposento: "Considere que estamos quites, garoto!"

Seu mestre ainda estava vivo! E melhor: estava do lado de fora, junto de Larissa e do homem misterioso. Eva poderia cumprir seus dois objetivos de uma vez só.

Mesmo desarmada, decidiu se arriscar e dirigiu-se apressada para a porta de acesso ao terraço.

Ela somente não sabia que seus planos estavam destinados a sofrer uma repentina e forçada alteração, que não iria muito longe quando chegasse ao terraço...

42

Jéssica se viu novamente sozinha na sala onde fora torturada. Mas se sentia diferente. Uma energia vibrava em seu interior, a ponto de explodir. Tendo muito o que processar, a jovem fechou os olhos. As últimas palavras de Raquel não saíam de sua cabeça: *seja uma caçadora!* Respirando fundo, ela buscou controlar suas emoções e, através delas, o poder que fervilhava. A cada inspiração e expiração, sentia a vibração se acalmando em seu íntimo. Aos poucos, Jéssica estava conseguindo contê-la.

Vozes alteradas e gritos alcançaram seus ouvidos. Em resposta, Jéssica abriu os olhos. Pareciam sons de uma batalha em algum lugar não tão distante de onde se encontrava. Considerando o ambiente e a natureza de seus habitantes, dentro das poucas informações que haviam se apresentado a ela até o momento, Jéssica logo deduziu se tratar de uma batalha entre vampiros e Larissa.

Larissa! – pensou. Se realmente fosse ela, Jéssica sentia a obrigação de ajudar aquela mulher que a havia protegido alguns dias antes. Era o mínimo que poderia fazer. Ignorando a profundidade da situação, ela não se deu conta de que estava sendo conduzida por forças do destino a aceitar o legado deixado por sua família.

Mas não poderia fazer isso sem uma arma. Olhando ao redor, seus olhos recaíram sobre os cadáveres. Ela não sabia quem eles eram nem o que estavam fazendo ali, mas as balestras caídas ao chão eram o que ela precisava para seguir. Se não estivessem quebradas.

Jéssica deslocou-se até os agentes mortos, ignorou a coluna separada do cadáver e largou a balestra quebrada no chão. Ela ainda precisava de uma arma. O único lugar onde poderia conseguir uma não estava tão distante. Deveria haver algo letal sobre a mesa repleta de utensílios de tortura, algo que pudesse usar quando se aventurasse pelos corredores do castelo em direção ao som de batalha, cada vez mais alto.

Espalhando todos os itens da mesa com as mãos, alguns deles caindo ao chão, ela procurou por alguma arma. Deparou-se com uma faca, mas logo a descartou quando percebeu que sua lâmina estava enferrujada. Devia fazer muito tempo que estava ali. Decepcionada ao não encontrar nada de útil, sua busca continuou, tornando-se cada vez mais urgente, acompanhando os gritos e sons da batalha que parecia chegar ao seu clímax.

Em meio à busca, deslocando para os lados e para o chão os objetos inúteis para sua causa, seus olhos pousaram sobre um pedaço de madeira flexível, levemente arqueado e com as extremidades presas por uma corda. Não era o que tinha em mente, mas aquilo serviria. Ela somente precisava encontrar o complemento, que se lembrava de ter jogado para o lado, de forma displicente, um pouco antes de encontrar o arco.

Movendo os materiais até encontrar uma única flecha com a ponta triangular enferrujada, Jéssica a pegou. Ela nunca havia usado aquele tipo de arma, mas a memória de Larissa disparando um aparato similar estava viva em sua cabeça e a conduziu a uma lembrança ainda mais antiga, de quando surpreendera sua mãe em um sítio de amigos da família com uma arma daquelas. Tais recordações lhe deram a mínima noção de como manuseá-la.

Jéssica encaixou a seta no arco, segurou-a entre os dedos indicador e médio e apressou-se para fora. Mantendo a corda pouco tensionada enquanto apontava a flecha para o piso à sua frente, pronta para disparar caso fosse necessário, ela percorreu os corredores desertos em direção ao som da batalha. Não parecia ter terminado, mas o ruído do choque de espadas não se ouvia mais.

Jéssica apressou o passo e entrou no corredor iluminado por tochas que conduzia ao terraço. À sua frente, uma porta estava

Capítulo 42

arrebentada e estilhaços de vidro espalhavam-se pelo chão, tanto do corredor quanto do piso da área externa. Um pouco mais além, ela teve a primeira visão do confronto. Um homem, vestido igual aos agentes mortos na sala de tortura, apontava uma espada para a vítima estirada aos seus pés, pronto para dar o golpe final.

Um golpe que ela não poderia deixar acontecer, pois aos seus pés estava Larissa. Porém, o que poderia fazer? O vampiro estava todo perfurado por setas e, mesmo assim, sobrevivia. Jéssica tinha apenas uma flecha, igual às que atravessavam o corpo do homem. Disparar contra ele, mesmo de costas, não faria mais do que cócegas em seu alvo. Ela precisava de outra ideia.

Olhando ao redor, Jéssica viu, a poucos metros dela, o balde com combustível para acender as tochas. Abrindo um sorriso, ela rasgou um pedaço de seu vestido e o enrolou na ponta da flecha. Mergulhou o pano dentro do líquido escuro e encaixou a seta na corda do arco.

Sem tempo a perder, Jéssica colocou o tecido embebido em combustível na chama próxima, acendendo-o. Ela aproximou-se a passos rápidos do terraço e esticou a corda pela primeira vez na vida. Sentiu a tensão em seus dedos e braços. Para sua surpresa, eles não tremiam, apesar da força. Naquele momento, fazendo a mira contra as costas do vampiro, ela se sentia confortável, como se ela e a arma fossem uma só.

E disparou. A flecha ganhou velocidade, rasgando o ar à sua volta e deixando um rastro claro em meio à noite antes de encontrar o alvo, perfurando pulmão e, para surpresa de Jéssica, o coração dele, no momento em que a espada descia para ceifar a vida de Larissa.

Tão logo a flecha encontrou seu alvo, o homem se incendiou, largou a espada sem encontrar a vítima e cambaleou pelo terraço em direção à balaustrada, sacudindo os braços. Larissa, aos seus pés, agiu por instinto e rolou de lado, afastando-se das chamas o máximo possível. Quando Yoto tombou para o fosso abaixo, ele já estava morto. Seu cadáver ficou inerte enquanto era lentamente consumido pelo fogo.

– Larissa! – Jéssica gritou quando largou o arco e aproximou-se com passos urgentes, recolhendo do chão a espada empunhada por Yoto. – Que diabos aconteceu com você?

Colocando-se em pé, Larissa olhou para Jéssica. Aquela jovem sem qualquer preparo havia efetuado um disparo perfeito contra Yoto, salvando-a da morte certa. Como ela conseguira tal proeza era uma incógnita que atiçava sua curiosidade.

– Jéssica, como você...

Mas não havia tempo para esclarecimentos. No gramado mal iluminado abaixo, um vampiro corria em direção a um dos bastiões. Até o momento, sua tentativa de fuga fora livre de percalços, uma vez que os agentes sobre as muralhas focaram seus disparos apenas em Yoto. No entanto, agora que o japonês estava morto, Erick se tornara um alvo. Setas zuniam ao seu redor, algumas passando de raspão, outras o acertando em membros não vitais, capazes apenas de atrasá-lo.

Virando-se para o gramado abaixo assim que Jéssica parou ao seu lado, Larissa continuou:

– Não podemos deixá-lo fugir!

Larissa já firmava suas mãos contra a balaustrada para pular quando um grito feminino a alcançou, carregado de ódio:

– Eu vou matar você!

Junto do grito, uma espada, sua espada, descia contra a lateral de seu corpo, empunhada por Eva. A escrava a havia pegado do chão e investia contra a agente, motivada por um ódio mortal. Tudo o que Larissa conseguiu fazer, em seu reflexo retardado por inúmeros ferimentos, foi virar-se de lado, em uma vã tentativa de escapar do golpe. Mas não foi rápida o suficiente.

Porém, não sentiu a lâmina entrar em seu corpo. No momento derradeiro, Jéssica se colocou entre as duas com incrível velocidade e aparou o forte golpe. Sua lâmina vibrou com o impacto, mas ela conseguiu sustentá-la na mão. Com um movimento rápido, impulsionada por um instinto fervilhando em seu íntimo, a jovem contra-atacou. Bastou um golpe contra a espada empunhada por Eva para conseguir abrir a guarda da escrava. O próximo movimento seria fatal.

Os olhos treinados da experiente Larissa previram qual seria o próximo golpe, e ela gritou, desesperada:

– Não, Jéssica! Ela é humana!

Tarde demais! Seguindo apenas os instintos que fervilhavam em seu interior, Jéssica girou a lâmina em sua mão e a cravou na barriga de Eva antes que ela se recuperasse e conduzisse um segundo ataque. A espada saiu ensanguentada nas costas da escrava,

Capítulo 42

rasgando tudo em seu caminho. Seu corpo encurvou-se para a frente. Suas mãos, imediatamente, largaram a espada e envolveram a lâmina atravessada em seu corpo. Um gemido escapou de sua boca, por onde sangue escorria. Seus olhos não traziam mais a mesma raiva de antes.

Jéssica arrancou a espada da barriga com a mesma ferocidade que a cravara. As pernas de Eva não a sustentaram mais, e ela caiu no chão, com as duas mãos sobrepostas ao ferimento. A dor estava ficando insuportável. Olhando fixamente para o céu estrelado acima dela, a escrava tossiu, engasgada com o próprio sangue.

Larissa empurrou Jéssica de lado e ajoelhou-se, às pressas, ao lado de Eva. Rasgando um pedaço de seu vestido com muita força, a agente colocou o tecido sobre a grave lesão, tentando estancar o sangramento, mesmo sabendo que seria impossível. O pano logo se manchou de vermelho, incapaz de controlar a hemorragia. A sensação que a invadia era a de que falhara com a escrava, mesmo depois de ela ter tentado matá-la.

– Eu só queria ser um deles! – Eva falou, despreocupada em ter mentido para a jovem que a consolava em seu leito de morte.

– Acredite, vai ser melhor assim! – Larissa respondeu, colocando todo o peso de sua experiência naquelas palavras.

Larissa levantou a cabeça, lançando um olhar inquisidor para Jéssica, parada ao seu lado, com a espada ensanguentada ainda na mão, e indagou:

– Por que fez isso?

Ela não respondeu. Não havia o que dizer. Tampouco devia explicações. Nem havia tempo para isso. Gritos de batalha chegaram aos ouvidos das duas jovens quando Erick irrompeu pela porta do bastião[11] e se engajou em uma luta corpórea contra um dos membros da Ordem de Ettore. Desviando das setas, o vampiro desarmou o agente, arrancou sua espada e a cravou nele. Quando o cadáver caiu no chão, outras figuras vestidas de preto logo o cercaram, impedindo sua fuga imediata.

Jéssica viu de longe a batalha e percebeu que aqueles homens não seriam páreo para o vampiro. Aos poucos, os agentes caíam no chão,

---

11 Obra de fortificação constituída de um avançado para artilharia, com dois flancos e duas faces ligadas às cortinas da fortaleza, ou praça, por dois de seus lados.

feridos ou mortos pela espada de Erick. Não faltava muito para ele conseguir escapar.

Jéssica não podia deixá-lo fugir.

Ignorando a insistência de Larissa em querer uma resposta, Jéssica pulou com agilidade por cima da balaustrada, deixando-a sozinha com o corpo agonizante de Eva. Tão logo seus pés tocaram o fundo do fosso, ela tratou de escalar o terreno íngreme, às vezes derrapando sobre a terra. Ao sair do buraco, a jovem correu na direção da escadaria do bastião, com os olhos fixos na batalha que quase terminava.

43

Jéssica alcançou o topo da muralha no momento em que o último agente caía pelas mãos de Erick. Saindo da escuridão com o braço esticado, a espada apontada na direção do vampiro, ela o chamou:

– Erick! – O nome dele saiu de forma bem pausada da boca de Jéssica, um tom de voz que transmitia calma perante a situação que se apresentava.

Virando-se na direção dela, com a espada abaixada ao lado do corpo, Erick respondeu com uma entonação similar:

– Jéssica!

Ele deu um passo à frente e continuou:

– Eu achei que você nunca fosse voltar! – Havia certo brilho de alívio em seus olhos.

Adiantando um passo, Jéssica retrucou:

– Eu voltei por sua causa!

Erick sorriu. *Finalmente ela veio se juntar a mim* – pensou. Dando mais um passo à frente, ele abriu os braços, oferecendo recebê-la sob seu toque acolhedor. Mas foi surpreendido pelas palavras dela:

– Eu voltei para acabar com sua vida!

Jéssica avançou, a espada fazendo um arco na direção do flanco do vampiro. Em resposta, com velocidade superior à dela, Erick aparou o golpe, já abrindo a guarda dela para um contra-ataque mortal em seu peito. Mas não atacou. Ele a deixou se recuperar da investida defensiva e apenas aparou os ataques seguintes, recuando enquanto o tilintar das espadas se chocando quebrava o silêncio da noite.

Quando o trecho de muralha atrás dele ficava escasso, Erick esquivava, passando por baixo do movimento descendente do braço com a espada, abrindo a guarda de sua oponente mais uma vez, mas nem assim a atacando. Ele não queria matá-la. Jéssica ainda era importante para ele e, por mais que tivesse falhado, o vampiro ainda considerava a possibilidade de ela estar ao seu lado.

Seus sentidos, no entanto, não estavam fixos exclusivamente na batalha. Seus ouvidos captaram o fraco ruído de pés se aproximando rapidamente, tanto por cima da muralha quanto pelos gramados abaixo, em direção à escadaria dos bastiões. Pelo canto dos olhos, ele viu mais homens vestidos de preto chegando ao lugar. Se não tomasse uma atitude logo, em pouco tempo Erick estaria cercado e suas opções de fuga seriam mínimas.

Impulsionado pelo desejo de fugir, o vampiro não viu outra possibilidade a não ser revidar os ataques de Jéssica. Ele não queria matá-la, mas poderia se valer de golpes precisos, não letais, apenas para ganhar tempo e escapar. E agiu dessa maneira quando a jovem, ainda com muito a aprender na arte de manusear uma espada, atacou sem a menor preocupação de defender seu flanco. Erick aparou a investida com a espada, abrindo mais uma vez a guarda de sua oponente, e estocou de volta, com a ponta da lâmina avançando contra a lateral da barriga dela.

Foi quando Jéssica sentiu pela primeira vez o que Raquel havia lhe falado: uma vibração interna, intensa e rápida, que a impeliu a um movimento até então desconhecido por ela, e, com isso, conseguiu voltar a espada a tempo de se defender, ao que girava o corpo de lado. O ruído das lâminas se arrastando uma sobre a outra foi ensurdecedor.

Os dois, naquele momento, estavam com a guarda aberta. Erick poderia agarrá-la pelo pescoço e ganhar suas costas sem grandes dificuldades. Jéssica, no entanto, foi mais rápida e subiu o cabo da espada contra o rosto do vampiro, arrancando sangue de sua boca e fazendo-o recuar, cambaleando para trás com a força do golpe dela.

Tão logo Jéssica se afastou apenas o suficiente do oponente para ter a espada apontada em sua direção, ela o olhou. Erick estava en-

Capítulo 43

curvado sobre si mesmo, a mão livre sobre a boca. Endireitando-se, ele limpou o sangue do rosto e olhou para ela.

– Por essa, eu não esperava.

Sentindo-se confiante, Jéssica desafiou-o:

– Tenho muito mais surpresas para você!

Deixando de lado todo o cuidado com Jéssica, Erick avançou contra ela, desferindo golpes com toda sua força e agilidade. A jovem, recuando, defendeu-se como pôde, respondendo de forma instintiva à vibração que cada investida lhe causava. Seus contra-ataques, contudo, não surtiam efeito. O vampiro, preparado para as surpresas que poderiam surgir em seu caminho, conseguia se defender. Algumas vezes com facilidade. Outras, nem tanto assim.

Mas a batalha não passava de troca de golpes e defesas, os corpos ilesos a novos ferimentos. Ao redor deles, os agentes fechavam o cerco, adentrando os bastiões que delimitavam o trecho de muralha. Se Erick quisesse escapar, teria de ser ainda mais feroz em seu ataque contra Jéssica.

Tentando mover-se com uma agilidade ainda maior para surpreender sua adversária, ele investiu contra Jéssica, fazendo-a recuar enquanto se defendia como podia, seguindo seus instintos. Ao longo dos fortes golpes, no entanto, a jovem foi perdendo o equilíbrio. Ela tentava se recuperar, mas conseguia a tempo apenas de se defender, sem firmar uma boa base que lhe desse a sustentação necessária. No quarto golpe de seu oponente, ela não conseguiu reestabelecer a guarda, e a ponta da lâmina passou por suas duas pernas, abrindo talhos em suas coxas, por onde muito sangue jorrou, seguido de um grito agudo de dor.

Com muita dor e a musculatura enfraquecida, tremendo, Jéssica tentou se manter em pé e investiu mais duas vezes com a espada contra o vampiro, defendidas por ele com movimentos simples e despreocupados. Erick contra-atacou, e a jovem, mudando sua postura para se defender, tombou de costas no chão quando as duas lâminas se tocaram no ar. Com sua queda, a espada escapou de sua mão, escorregando por cima da muralha em direção a um dos bastiões, onde os agentes da Ordem de Ettore já se amontoavam.

Com os dentes cerrados de dor, arrastando-se para trás enquanto Erick avançava a passos lentos, a espada apontada para o seu peito, Jéssica gritou para os agentes ao redor:

– Não se aproximem! Ele é meu!

Jéssica não soube dizer se foi a energia autoritária de sua voz ou se foi uma ordem superior que os deteve em suas posições. Fosse qual fosse o motivo, ela ganhou tempo para se recuperar, encontrar a espada, ainda distante, e, mesmo com uma dor lancinante em suas coxas, reerguer-se para uma nova batalha contra o vampiro.

Erick, no entanto, não lhe dava espaço para se levantar. Pelo contrário. Ele avançava por cima da muralha, com a ponta de sua espada cada vez mais perto do peito de Jéssica.

– Eu confiava em você! Eu apostei em você! – Ele gritava, sua voz trazendo uma pequena ponta de decepção e o indicador da mão livre batendo contra o próprio peito. – Eu te tornei quem você é! – Ele gritou mais uma vez.

– Não, Erick! – Jéssica gritou de volta, levantando a cabeça, desafiando-o, mesmo em sua posição desvantajosa. – Você confiou em você! Você apostou somente no seu poder de persuasão!

Jéssica recuava a cada sentença proferida, fazendo o vampiro avançar um passo para manter a espada próximo dela.

– Sim, você me fez ser quem eu sou! – Ela continuou, desafiando. – Não nego! Mas você não pode tirar o meu direito de escolha! Não importa o que faça!

Jéssica recuou mais um pouco. Sua mão tocou em um objeto metálico às suas costas, inerte, seu corpo o escondendo do vampiro. Quando Erick colocou a ponta da espada debaixo do queixo da jovem caída, fazendo-a levantar ainda mais a cabeça, ela gritou:

– Você não pode me manipular!

Ao mesmo tempo, tendo fechado seus dedos ao redor da espada em suas costas, Jéssica inclinou o corpo para trás e atacou, fazendo um arco com a lâmina, pegando seu oponente de surpresa e abrindo um corte profundo nas duas pernas do vampiro. Um grito de dor escapou de Erick, que recuou, cambaleando. Apesar dos ferimentos já estarem em processo de cura, ele caiu de costas no chão, próximo a ela.

Lutando contra a dor de seus cortes nas coxas, Jéssica colocou-se de joelhos; a espada em sua mão apontada para baixo, enquanto ela buscava se aproximar o suficiente do vampiro para dar o golpe de misericórdia.

Um golpe que ela nunca conseguiu dar.

Um ataque que os agentes ao redor dos dois nunca teriam conseguido desferir, mesmo se tivessem tentado.

Capítulo 43

No derradeiro momento, uma energia superior os paralisou. Por mais que tentassem, os agentes, conscientes, não conseguiam atravessar aquela barreira invisível e misteriosa. Jéssica também defrontava a mesma dificuldade. Porém, diferente dos outros, a energia pulsando dentro dela lhe permitia se mover um pouco mais. Lutando contra a ameaça invisível, ela cerrou os dentes. Seus braços tremiam. A ponta da espada descia muito lentamente na direção do peito de Erick.

Mas não chegaria ao seu alvo.

No centro da muralha, um portal se abriu e uma figura feminina, usando um manto negro, com o capuz jogado sobre a cabeça, atravessou por ele, colocando seus pés sobre o piso de pedra. Ela olhou ao redor, primeiro para os agentes imobilizados. Depois, para Jéssica. Por fim, para a espada lentamente descendo contra o peito de Erick. De imediato, reconheceu que havia algo de especial naquela jovem, algo que deveria descobrir e neutralizar, mas não havia tempo. Ela não planejara ter de intervir naquele momento, e sua ausência poderia, em breve, ser descoberta.

Infelizmente, ela teria de deixar a investigação para outra oportunidade. Atendo-se ao que viera fazer, ela se agachou próximo a Erick e, agarrando-o por baixo dos braços, ajudou-o a sair da linha descendente da espada.

– Não... – Jéssica falou entre dentes, lutando contra a força misteriosa que a aprisionava.

A mulher encapuzada ajudou Erick a se levantar e passou o braço dele por cima de seu ombro enquanto o conduzia para o portal aberto, ignorando todos os inimigos ao redor. No caminho, ela repreendia o vampiro:

– Se eu não tivesse aparecido, agora você estaria sob o poder da Ordem de Ettore! Já pensou o que isso significaria?

A pergunta era retórica.

– Se eles descobrissem sobre você, logo chegariam a mim! Eu não podia deixar isso acontecer!

– E aqui está você! – Erick respondeu, divertindo-se, mesmo na situação adversa. – Não podia deixar seu segredo escapar, não é?

Segredo? – Jéssica pensou. Por mais que não conseguisse se mover tanto, sua mente continuava ativa. *Que segredo?*

A mulher misteriosa ficou irritada com tal atrevimento dele. Deixando fluir parte de seu poder em suas palavras, gritou:
— Erick Ardelean!

O vampiro encolheu-se de medo, algo inusitado para Jéssica e os membros da Ordem de Ettore ao redor. Algo que poderia ser explorado no futuro.

— É a última vez que eu resgato você das suas enrascadas! — A mulher continuou, tão incisiva quanto antes: — Da próxima vez, eu mesma vou cuidar para que você não me cause mais problemas!

A mulher encapuzada atravessou o portal com Erick, fechando-o logo em seguida. No momento seguinte, todos recuperaram seus movimentos. A espada de Jéssica acertou o chão vazio à sua frente, onde, havia pouco tempo, Erick estivera à mercê de seu ataque. Ela estivera tão próxima de conseguir matá-lo. Faltara tão pouco. Ela não podia tê-lo deixado fugir. Porém, para sua agonia, não conseguira fazer nada. Presa por uma força maior, ela apenas teria de se contentar com o fato de quase ter matado o vampiro, com o fato de ele ter fugido. Ela teria de se contentar com o fato de ter de persegui-lo. Porque, naquela noite, ele levara a melhor.

Erick conseguira escapar.

44

Por mais que alguns vampiros tivessem conseguido escapar, a maioria deles para a floresta ao redor, a ameaça oriunda do castelo fora neutralizada. Por todos os lados, corpos estavam espalhados, tanto de vampiros quanto de membros da Ordem de Ettore. Para os agentes, parecia que a noite fora um fracasso, tão grande fora o número de vidas extintas na ação. Para os líderes, no entanto, a missão poderia ser considerada como bem-sucedida. Com a exceção de Erick, os anciões estavam mortos. Apesar de o líder ter fugido, ajudado pela misteriosa mulher, cujo envolvimento ainda seria investigado, ele estava enfraquecido.

Mas não derrotado. Ricardo e Alexandre, juntando-se aos seus sobreviventes, aproveitaram-se da situação complicada de Erick para discutir em segredo, afastados de todos, sobre as ações futuras. Faziam isso enquanto seus mortos eram recolhidos e colocados em helicópteros, que decolavam de volta à base da Ordem de Ettore com a promessa de terem um enterro digno de heróis.

– Temos que descobrir quem é essa mulher misteriosa! – Ricardo alertava seu superior. – Quando ela apareceu, do nada, nossos agentes ficaram imobilizados. Somente quando ela deixou o local, conseguimos recuperar nossos movimentos.

Balançando a cabeça de um lado para o outro, ele continuou:

– Eu nunca vi nada igual!

– Eu já! – Alexandre respondeu, misterioso. – Há poucos dias, quando entramos na cidade de Cafelândia para resgatar as garotas.

Ele desviou o olhar para a jovem que trajava um vestido vermelho – seus ferimentos sendo cuidados pela equipe médica da Ordem de Ettore – e continuou:

– Já estou cuidando disso.

Alexandre voltou a olhar para Ricardo e, ansioso por encerrar a conversa, perguntou:

– Mais alguma coisa?

– Sim – Ricardo respondeu, olhando-o de forma incisiva. – Quem está enterrado no túmulo de Marcela?

A pergunta pegou Alexandre de surpresa, mas ele não demonstrou. Buscando recompor-se em seu íntimo, ele indagou:

– Por que pergunta isso?

– Porque temos Marcela sob custódia. Não a Marcela que nós conhecemos, a que supostamente está morta. Mas uma Marcela vampira.

Mais uma vez, Alexandre não transpareceu suas emoções, tentando despistar Ricardo de seus erros do passado. Deveria ter sido verdadeiro com toda a equipe sobre nunca ter encontrado os corpos de Felipe e Marcela, além de ter dito a verdade para Janaína e Jéssica. Mas o fato de ela ter se transformado em vampiro era novidade para ele. Até aquela noite, ele apenas acreditava que ela estava desaparecida.

– Levem-na direto para a sala de interrogatório. Eu quero conversar a sós com ela quando voltar à base.

Ricardo sabia que essa medida não condizia com as normas da Ordem de Ettore. Quando se tratava de interrogatório, este deveria ser realizado por duas pessoas. Ele tentou questionar, mas foi interrompido pelo tom autoritário de seu superior:

– É uma ordem! Vai descumprir?

– Não, senhor! – respondeu Ricardo.

Contrariado, vendo-o afastar-se, Ricardo se deixou levar pelas suspeitas de que talvez seu superior tivesse algum envolvimento naquilo. No que, exatamente, ele não sabia. Mas, com toda certeza, envolvia Marcela. Ele somente precisava descobrir do que se tratava. E, para isso, poderia contar com duas aliadas poderosas: uma vestida de dourado, sua melhor agente; e outra trajando um vestido vermelho, filha de Marcela, a última dos "de Ávila".

Larissa e Jéssica teriam papel fundamental para desvendar os segredos de seu superior.

45

Larissa e Jéssica estavam lado a lado, sendo atendidas pela equipe médica da Ordem de Ettore, enquanto Alexandre e Ricardo conversavam um pouco afastados delas. Elas mesmas não estavam quietas. Muitas dúvidas passavam pela cabeça de Jéssica, o que era normal, pois um novo mundo, sombrio e carregado de sofrimento, apresentava-se diante dela, forçando-a, sem perceber, a cumprir um destino que não escolhera.

— Então você é um membro da Ordem de Ettore? – Jéssica indagou.

Larissa assentiu, fazendo uma careta quando um dos paramédicos colocou uma bandagem sobre um de seus ferimentos.

— Eu fui designada a proteger você.

Larissa desviou o olhar para Alexandre por alguns segundos, antes de voltar a atenção para a jovem ao seu lado, e continuou:

— Alexandre estava muito preocupado com você e sua irmã.

Jéssica apenas assentiu, mirando o chão à sua frente, compreendendo cada palavra. Quando ouviu a irmã ser citada, a imagem dela matando Janaína invadiu sua mente. Seus olhos chegaram a marejar, mas ela se controlou. Depois de tudo o que passara, ela não seria mais aquela mulher fraca e indefesa. Já provara isso ao matar Yoto e Eva. Já provara isso ao enfrentar, praticamente de igual para igual, Erick. Ela não se deixaria levar por sombras do passado.

— Como me encontrou? — Jéssica perguntou, querendo preencher as lacunas daquele quebra-cabeça.

— Um dos nossos agentes a localizou saindo da cidade e a seguiu — Larissa respondeu. — Ele tentou pará-la, mas você ofereceu resistência. Foi quando você bateu a caminhonete em Darius...

Ela se lembrava de todo o terror, por mais que quisesse se esquecer. A recordação de Larissa lutando e sendo derrotada estava vívida em sua memória, bem como o que acontecera depois, o que gerou uma nova dúvida:

— Ser levada por Darius não estava em seus planos, então?

Jéssica levantou o olhar do chão à sua frente para o rosto de Larissa, ao seu lado, e refez a pergunta de outra maneira:

— Você falhou na missão e viemos parar aqui?

Larissa mordeu o lábio, pensativa. Era a vez dela de olhar para o chão. Ela não gostaria de mentir para a jovem, mas ponderou se não seria o melhor a fazer. Agora que parecia ter conquistado a confiança dela perante a Ordem de Ettore, não poderia deixar isso escapar. Jéssica se mostrara ser uma guerreira valente e com aptidões únicas. Ainda tinha muito a aprender, mas suas habilidades poderiam ser usadas naquela guerra contra os vampiros. Perdê-la seria lamentável.

— E então? — Jéssica cobrou a resposta, já desconfiando da demasiada demora.

Sem ter mais tempo, Larissa começou a responder:

— Bem... — Mas se calou, não sabendo o que dizer.

Tampouco precisava. Jéssica já entendera toda a situação. Larissa tinha, sim, a missão de protegê-la. Não na estrada, e sim dentro do castelo. Ela havia sido usada para que a agente pudesse se infiltrar. Jéssica não fora mais do que uma moeda de troca, uma ponte, um elo para as missões obscuras da Ordem de Ettore.

A lembrança de sua mãe lhe dizendo para não confiar em nenhum membro da Ordem de Ettore, principalmente em Alexandre, reacendeu-se em sua memória. Por ironia do destino, ela estava, naquele momento, cercada por seus agentes. Para piorar, o líder caminhava em sua direção com um falso sorriso no rosto, o que a incomodava.

— Jéssica — Alexandre a cumprimentou. — Como você está?

— Eu vou sobreviver — respondeu, seca.

— Não espero nada ao contrário disso.

Capítulo 45

Agachando-se à frente dela e apoiando as mãos sobre as coxas, Alexandre continuou:
– Você passou por muita coisa esta noite. Mas agora está em segurança, com quem sempre deveria ter estado. A Ordem de Ettore é sua família. Seus pais e sua irmã devem sentir orgulho de você.
– Creio que sim – Jéssica respondeu, dando a impressão de que pouco se importava.
Mas ela se importava. Adotando uma expressão de poucos amigos e com um tom ácido, continuou:
– Por que não pergunta para a minha mãe? Se ela ainda estiver viva.
Alexandre ficou sério, desacreditando de que Jéssica encontrara com a mãe. *O que você fez, Erick?* – ele se perguntou. Seu universo mentiroso estava desmoronando. Mal ele sabia que Jéssica já tinha pleno conhecimento de que fora usada como isca, a mando dele, o que complicava ainda mais sua situação. Continuar fomentando mentiras para a jovem não seria inteligente.
Alexandre respirou fundo, sentou-se no chão, à frente dela, deixou de lado todo o seu tom de superioridade e abriu o jogo:
– Sua mãe está viva, sim. Nós a capturamos, e um helicóptero a está levando para nossa base neste exato momento.
Jéssica suspirou. Ela alimentava esperanças de que a mãe, depois de tê-la tentado matar, tivesse encontrado seu fim em algum daqueles corredores enquanto fugia. Ou que realmente tivesse escapado, como Erick, para que ela mesma pudesse iniciar sua caçada particular, motivada pela vingança. Mas não! Marcela fora capturada pelas pessoas em que ela menos confiava naquele momento.
– Nós devemos muitas explicações a você – Alexandre mudou de assunto.
Sim! – Jéssica pensou, fuzilando-o com os olhos. *A começar pela mentira sobre a morte de meus pais!*
– Talvez você até queira estar de novo com sua mãe, não é? – Alexandre indagou.
Sim! – Jéssica pensou. Ela queria. Mas não pelos motivos em que Alexandre acreditava.
– Eu quero vê-la – Jéssica respondeu com autoridade.
– Claro! – Alexandre respondeu. – Não vou impedir. Mas, primeiro, quero ter uma conversa com Marcela. Existem muitas coisas que ela precisa nos explicar.

Com *"nos explicar"* – Jéssica pensou –, *ele está se referindo à Ordem, não a si mesmo. O que será que ele quer descobrir? Ou ele falou assim apenas para me despistar, e o assunto com Marcela é pessoal?* Desconfiando de tudo que vinha dele e de quem representava, todas as possibilidades eram plausíveis.

– O que você fez hoje foi incrível! – Alexandre falou, mudando mais uma vez de assunto. – Você, sozinha, teria derrotado Erick se uma interferência externa não a tivesse impedido. Nós precisamos de alguém como você na Ordem.

Alexandre ficou em pé, encurvou-se de leve e estendeu a mão na direção dela:

– Então, Jéssica de Ávila, você aceita o seu legado de se tornar um membro da Ordem de Ettore?

Não havia escolha. Para sua infelicidade, seus planos estavam conectados com as pessoas ao seu redor. Mais uma vez, seu destino se entrelaçava contra sua vontade com a Ordem de Ettore.

Sem ter como escapar, Jéssica deu a mão para o homem em pé à sua frente e deixou-se levar.

46

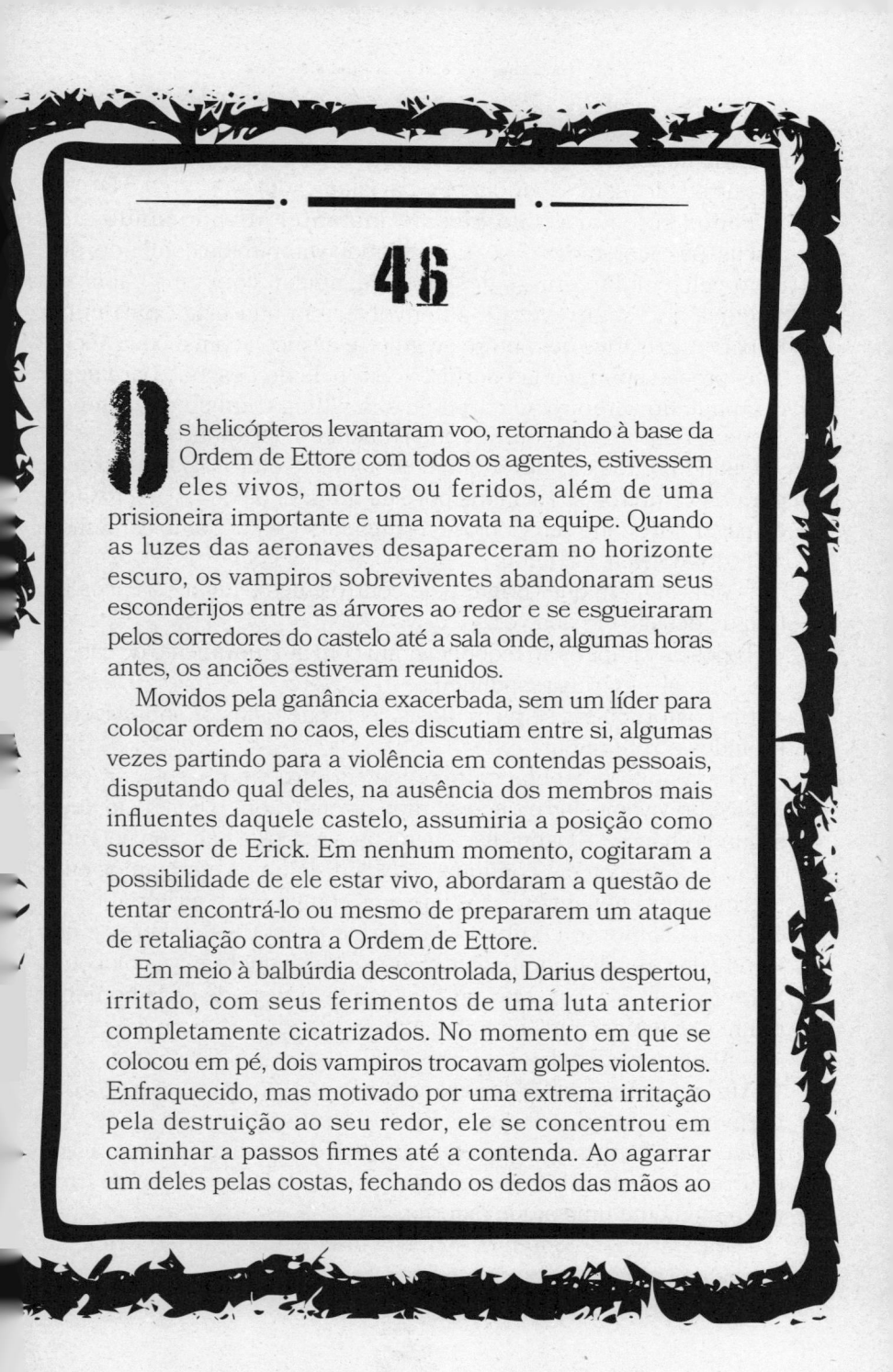

Os helicópteros levantaram voo, retornando à base da Ordem de Ettore com todos os agentes, estivessem eles vivos, mortos ou feridos, além de uma prisioneira importante e uma novata na equipe. Quando as luzes das aeronaves desapareceram no horizonte escuro, os vampiros sobreviventes abandonaram seus esconderijos entre as árvores ao redor e se esgueiraram pelos corredores do castelo até a sala onde, algumas horas antes, os anciões estiveram reunidos.

Movidos pela ganância exacerbada, sem um líder para colocar ordem no caos, eles discutiam entre si, algumas vezes partindo para a violência em contendas pessoais, disputando qual deles, na ausência dos membros mais influentes daquele castelo, assumiria a posição como sucessor de Erick. Em nenhum momento, cogitaram a possibilidade de ele estar vivo, abordaram a questão de tentar encontrá-lo ou mesmo de prepararem um ataque de retaliação contra a Ordem de Ettore.

Em meio à balbúrdia descontrolada, Darius despertou, irritado, com seus ferimentos de uma luta anterior completamente cicatrizados. No momento em que se colocou em pé, dois vampiros trocavam golpes violentos. Enfraquecido, mas motivado por uma extrema irritação pela destruição ao seu redor, ele se concentrou em caminhar a passos firmes até a contenda. Ao agarrar um deles pelas costas, fechando os dedos das mãos ao redor de sua blusa, o arremessou para longe. O vampiro rolou por cima da mesa, derrubando o que sobrara do jantar vampírico, e caiu do outro lado, sem saber quem o havia atacado.

Todos se calaram no mesmo instante, abandonando suas discussões acaloradas. Exceto o segundo vampiro da contenda, que, cego pelo conflito que se desenrolava, atacou com uma cabeçada a figura que se atrevera a se envolver em sua briga particular. Experiente, Darius desviou-se do golpe e avançou com a boca aberta; suas presas pontiagudas perfurando a pele do pescoço para sugar o sangue do vampiro. O corpo de sua vítima tremia conforme era drenado. Darius, em contrapartida, enchia-se de vitalidade.

Quando soltou o cadáver em meio a muitos outros, Darius virou-se para os vampiros silenciados por sua atitude; os olhos arregalados de pavor. Movendo seus lábios ensanguentados enquanto caminhava ao redor da sala, ele falou:

– Mais alguém quer brigar pelo controle deste lugar? – Havia um tom de desafio em sua voz.

Todos os vampiros ao redor negaram com um movimento de cabeça.

– Ótimo! – Darius respondeu.

Ele contornou em semicírculo as costas de todos os sobreviventes reunidos e continuou:

– Esta noite recebemos um golpe certeiro em nossos corações. Mas sobrevivemos! E o que estamos fazendo com o benefício dessa segunda chance? – Darius não queria uma resposta para sua pergunta, então se apressou em continuar: – Nós discutimos e brigamos entre nós mesmos enquanto nossos inimigos comemoram a vitória.

Darius contornou o último vampiro e, pulando cadáveres e desviando das mobílias tombadas, algumas delas quebradas, colocou-se à frente de todos eles. Passou os olhos pelo rosto de cada homem e mulher reunidos antes de indagar:

– Alguém viu Erick?

Alguns vampiros menearam a cabeça em negação. Outros permaneceram quietos, mas a resposta estava em seus olhos. Não havia como Darius não perceber que eles desconheciam o paradeiro de Erick. Mal ele sabia que seu mestre tentara fugir e somente tivera êxito mediante uma ajuda externa.

Para Darius, no entanto, só havia uma explicação: se Erick não estava no castelo, ele fora levado pela Ordem de Ettore. O que o levou

Capítulo 46

a deduzir que isso acontecera porque aqueles vampiros fugiram. Irritado, Darius gritou com eles, não para descontar sua frustração ou para puni-los pelo ocorrido, mas para impor sua autoridade como líder, a qual seria construída com base no medo e em deduções precipitadas e equivocadas:

– É claro que não sabem! – Com o dedo indicador se movendo diante dos vampiros parados à sua frente, Darius continuou gritando: – Vocês fugiram ao primeiro sinal da batalha! – Ele soltou um muxoxo de desdém e continuou a gritar: – Que exemplo de vampiros vocês são! Quando seus aliados, seus mestres, os vampiros que alimentam e protegem vocês, precisaram de ajuda, vocês correram para a primeira saída e se esconderam na floresta ao redor.

Darius recolheu o dedo e abaixou o braço quando alcançou o último vampiro à sua volta, sentindo o medo em seus olhos. Depois abriu os dois braços, com a palma das mãos estendida para cima, e girou o corpo de um lado para o outro, querendo mostrar o cenário de destruição e morte ao redor deles.

– Olhem, agora, ao redor de vocês! Quantos vampiros mortos! Vocês não se envergonham de se chamarem de vampiros?

Darius percebeu que todos eles se empertigaram. *Ótimo!* – pensou. Era o que ele queria. Eles estavam amedrontados. Fáceis de manipular com uma das propostas mais antigas do mundo. Virando-se de costas para eles, o vampiro deixou de lado sua ira e adotou um tom mais acolhedor, porém ainda firme:

– Mas vocês podem se redimir.

– Como? – perguntou um dos vampiros, demonstrando interesse em participar do que quer que passasse pela cabeça de Darius.

Virando-se para encarar cada um dos homens e mulheres à sua volta, com o olhar carregado de ódio, não deles, mas dos responsáveis pelo massacre daquela noite, Darius inflamou seu discurso:

– Retaliando o inimigo junto comigo! Descarregando toda sua ira contra quem nos atacou! Vamos, juntos, destruir a Ordem de Ettore!

47

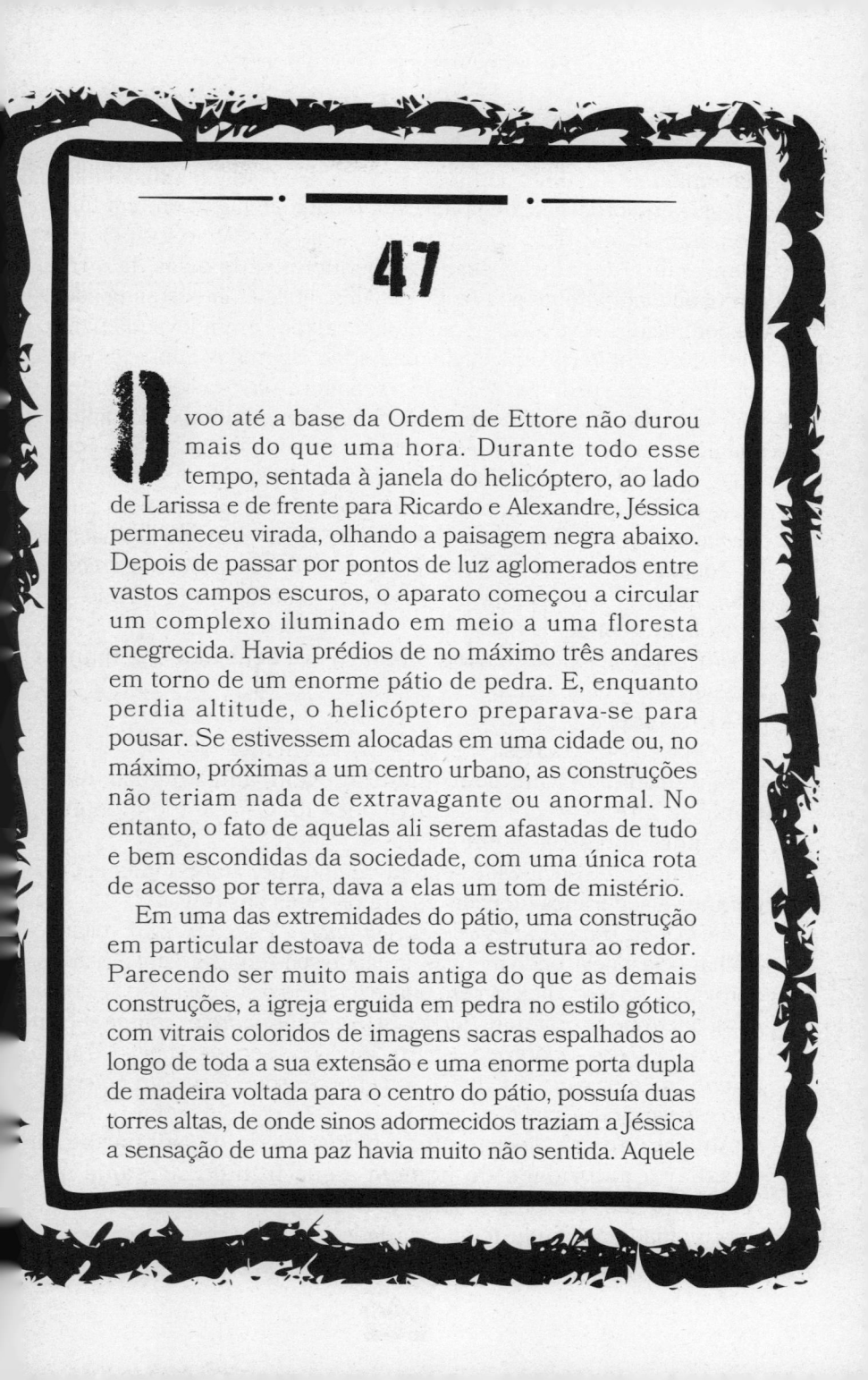

O voo até a base da Ordem de Ettore não durou mais do que uma hora. Durante todo esse tempo, sentada à janela do helicóptero, ao lado de Larissa e de frente para Ricardo e Alexandre, Jéssica permaneceu virada, olhando a paisagem negra abaixo. Depois de passar por pontos de luz aglomerados entre vastos campos escuros, o aparato começou a circular um complexo iluminado em meio a uma floresta enegrecida. Havia prédios de no máximo três andares em torno de um enorme pátio de pedra. E, enquanto perdia altitude, o helicóptero preparava-se para pousar. Se estivessem alocadas em uma cidade ou, no máximo, próximas a um centro urbano, as construções não teriam nada de extravagante ou anormal. No entanto, o fato de aquelas ali serem afastadas de tudo e bem escondidas da sociedade, com uma única rota de acesso por terra, dava a elas um tom de mistério.

Em uma das extremidades do pátio, uma construção em particular destoava de toda a estrutura ao redor. Parecendo ser muito mais antiga do que as demais construções, a igreja erguida em pedra no estilo gótico, com vitrais coloridos de imagens sacras espalhados ao longo de toda a sua extensão e uma enorme porta dupla de madeira voltada para o centro do pátio, possuía duas torres altas, de onde sinos adormecidos traziam a Jéssica a sensação de uma paz havia muito não sentida. Aquele lugar lhe trazia recordações de tempos remotos, quando era mantida na ignorância sobre a existência do sobrenatural e as atividades de sua família.

Jéssica recordava-se de já ter estado naquele lugar, em um único momento de sua vida: no enterro dos seus pais. Veio à sua mente a lembrança dela atravessando o pequeno pátio atrás da igreja. Ela estava ao lado de sua irmã, de Alexandre e de outras pessoas desconhecidas na época, enquanto os caixões eram levados para o interior do cemitério através de um portão de grades duplas, abertas sob um arco de pedra, e, de lá, até a sepultura. Na ocasião, carente de informações, propositalmente mantida na obscuridade, Jéssica apenas imaginara que aquele complexo religioso era igual a qualquer outro.

Na época, Jéssica não havia desconfiado de nada.

Aquele tempo, porém, havia passado. Agora a situação era outra. A relação entre a Ordem de Ettore e um lugar sagrado lhe parecia desconexa. *Como um lugar santo, palco da fé que acalenta o mundo, pode acolher uma organização de assassinos e mentirosos?* – pensou, mordendo o lábio.

Intrigada, Jéssica desviou o olhar para seus acompanhantes indesejados e questionou:

– Uma igreja?

– Quase isso – Larissa respondeu. – É um mosteiro.

Para esclarecer um pouco mais à jovem, antes que ela questionasse a relação entre as atividades da Ordem e o mosteiro, Alexandre apressou-se em dizer:

– Somos uma sociedade secreta mantida por sua Santidade para garantir a segurança dos fiéis contra os seres das trevas.

Até que faz sentido, apesar de ser estranho – Jéssica pensou, voltando a olhar pela janela, onde monges, trajando suas túnicas características, aproximavam-se do helicóptero quase tocando o solo para recepcionar os agentes que retornavam. *Foi por isso que Alexandre se comprometeu a cuidar de todo o velório e o enterro. Meus pais seriam sepultados junto a outros membros da Ordem. Ele somente se esqueceu de dizer que eles não estavam, de verdade, mortos...*

Aquele não era, no entanto, o momento de questionar ou de desafiar a autoridade do homem à sua frente. Ela sabia que Alexandre não era confiável. Isso já fora provado, e, mesmo tendo a oportunidade de contar toda a verdade, ainda no castelo ou mesmo

Capítulo 47

na viagem à base, ele optara por manter silêncio, forçando-a a aceitar o convite se quisesse descobrir toda a realidade por trás daqueles olhos cínicos e frios.

E foi por esse motivo que Jéssica, logo depois de descer do helicóptero pousado no meio do pátio, deixou-se conduzir para a entrada de um dos prédios laterais, em silêncio, fingindo complacência. Até mesmo quando Alexandre, parando-a por um breve momento à porta da construção, lhe falou com seu convencional tom autoritário:

— Larissa vai ajudar você a se assentar nos alojamentos. Conversamos pela manhã.

Jéssica não tinha nada para dizer a Alexandre. Ela preferia agir. Naquele momento, também não teve a oportunidade. Mal Alexandre acabara de cuspir suas palavras, ele se afastou na companhia de Ricardo, atravessando o pátio de onde os últimos helicópteros decolavam. A jovem manteve o olhar curioso para onde ele se dirigia, até Larissa tocar de leve em seu braço e conduzi-la para o interior do alojamento. Mas não antes de obter o máximo possível de informações.

De costas para o pátio, Jéssica virou a cabeça de lado apenas o suficiente para enxergar, pelo canto dos olhos, para onde Alexandre e Ricardo se dirigiam. Foi agraciada com a sorte de vê-los adentrar o prédio na extremidade oposta, uma construção cujo último andar da face voltada para o interior do mosteiro era constituído exclusivamente por vidro. Prestando atenção no que poderiam estar conversando enquanto se afastavam, ela conseguiu captar poucas palavras, porém uma delas com um significado profundo: Marcela.

Jéssica tinha suas desconfianças do que eles iriam fazer. Ou, melhor, com quem iriam conversar. Sem os agentes perceberem, eles haviam denunciado a provável localização do segundo motivo pelo qual ela aceitara o convite para se juntar à Ordem de Ettore: a vampira que, um dia, fora sua mãe.

48

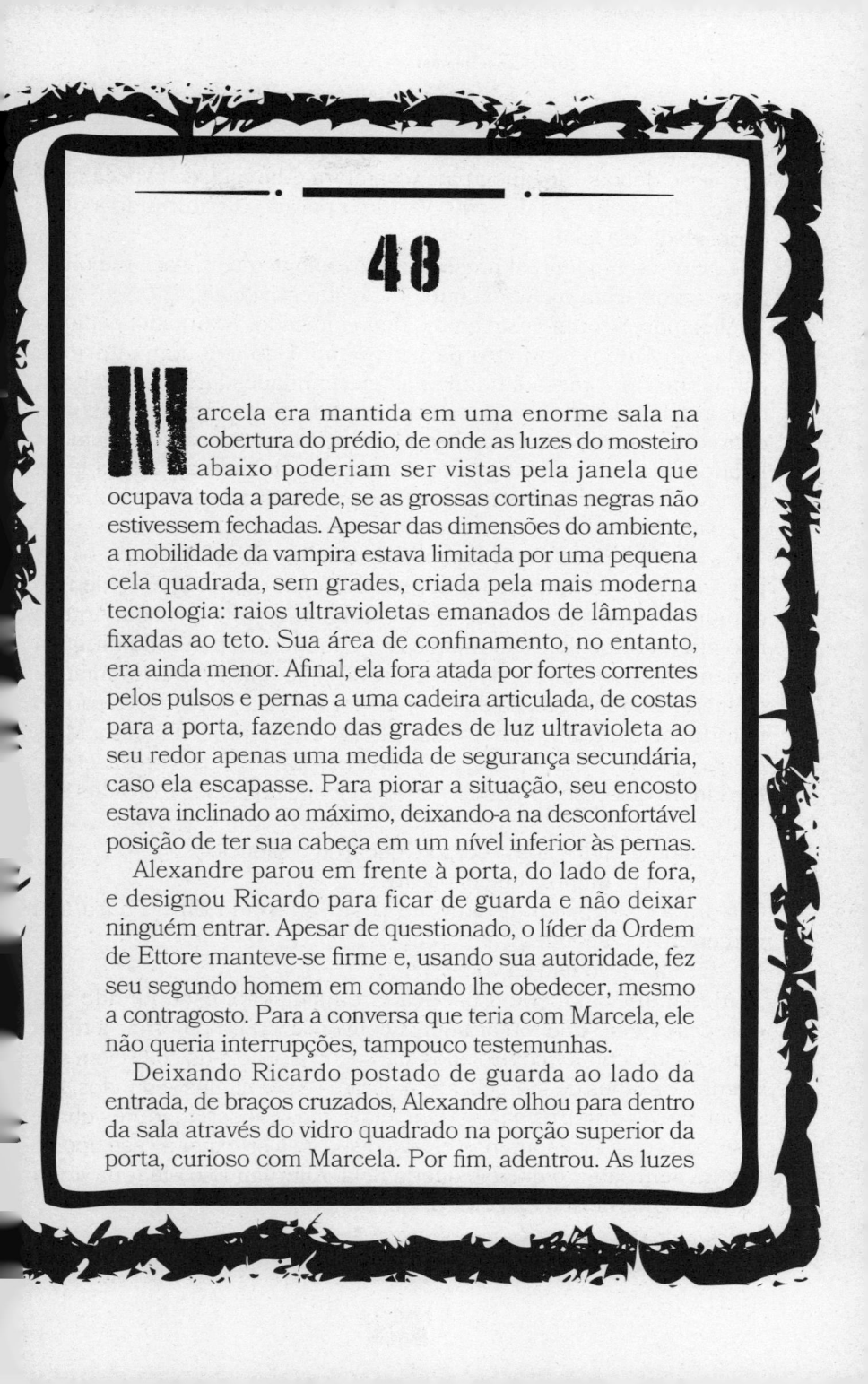

Marcela era mantida em uma enorme sala na cobertura do prédio, de onde as luzes do mosteiro abaixo poderiam ser vistas pela janela que ocupava toda a parede, se as grossas cortinas negras não estivessem fechadas. Apesar das dimensões do ambiente, a mobilidade da vampira estava limitada por uma pequena cela quadrada, sem grades, criada pela mais moderna tecnologia: raios ultravioletas emanados de lâmpadas fixadas ao teto. Sua área de confinamento, no entanto, era ainda menor. Afinal, ela fora atada por fortes correntes pelos pulsos e pernas a uma cadeira articulada, de costas para a porta, fazendo das grades de luz ultravioleta ao seu redor apenas uma medida de segurança secundária, caso ela escapasse. Para piorar a situação, seu encosto estava inclinado ao máximo, deixando-a na desconfortável posição de ter sua cabeça em um nível inferior às pernas.

Alexandre parou em frente à porta, do lado de fora, e designou Ricardo para ficar de guarda e não deixar ninguém entrar. Apesar de questionado, o líder da Ordem de Ettore manteve-se firme e, usando sua autoridade, fez seu segundo homem em comando lhe obedecer, mesmo a contragosto. Para a conversa que teria com Marcela, ele não queria interrupções, tampouco testemunhas.

Deixando Ricardo postado de guarda ao lado da entrada, de braços cruzados, Alexandre olhou para dentro da sala através do vidro quadrado na porção superior da porta, curioso com Marcela. Por fim, adentrou. As luzes imediatamente se acenderam quando os sensores de movimento espalhados ao redor do aposento capturaram a presença dele. Parando um passo depois, ele olhou para a vampira. Marcela, de cabeça para baixo, olhou em sua direção. Vendo-o parado ali, mirando-a com curiosidade, ela falou:

— Não sou um animal preso em um zoológico para você me olhar desse jeito! — Sua voz trazia um tom de agressividade.

Alexandre fez um gesto com o dedo indicador levantado, pedindo a ela somente um minuto para responder ao seu comentário, e caminhou até a mesa em uma das extremidades laterais, alinhada com a cadeira onde a prisioneira era mantida. Empurrando para o lado outra cadeira, essa com rodinhas, ele se debruçou sobre o computador ligado e digitou um texto curto no teclado. Quando apertou a tecla *enter*, as luzes vermelhas das câmeras presas às paredes do ambiente se apagaram.

Os dois agora estavam realmente sozinhos. Ninguém mais os via nem ouvia. A vampira ficou apreensiva com o fato, apesar de não demonstrar fraqueza. *O que ele vai fazer comigo?* — pensou. Aquele não era o protocolo. Pelo menos não enquanto seu marido dirigia a Ordem de Ettore. E parecia pouco provável que Alexandre, levantando o olhar penetrante da tela do computador até ela, com um leve sorriso entortando seus lábios, houvesse alterado esse procedimento. Mais do que qualquer outra coisa, para Marcela, parecia mais provável que Alexandre quisesse ter aquela conversa longe dos olhos e ouvidos dos outros agentes.

Alexandre endireitou o corpo e quebrou o silêncio:

— Você tem muito o que explicar.

Com a expressão de ódio no rosto, Marcela olhou para seu carcereiro e respondeu:

— Eu não devo nada a você!

Alexandre balançou a cabeça em afirmação, escondendo sua decepção de ter que forçar aquela conversa. Após contornar a mesa com passos lentos e controlados, ele sacou a pistola do coldre em sua cintura. Os olhos de Marcela arregalaram-se por alguns segundos. Ela sabia que os disparos não seriam letais, mas causariam dores quase insuportáveis. A vampira não estava disposta a se expor a esse tipo de tortura sem saber o que ele queria dela. Alternando o olhar da arma para os olhos de seu carcereiro, ela mudou o rumo da conversa:

— O que quer saber?

Capítulo 48

Alexandre mudou a direção de seus passos e recostou-se na mesa. Ele colocou a arma ao lado da tela do computador, cruzou os braços, abriu um sorriso e falou:

— Assim é bem melhor, não é?

Alexandre não esperava uma resposta dela e logo entrou no assunto que realmente importava:

— Você não imagina a minha surpresa quando descobri que você estava naquele castelo. Que você era uma vampira.

Gesticulando para enfatizar suas palavras, como se tudo fosse um universo de fantasia, ele continuou seu discurso, seu tom de voz trazendo certa ironia:

— Mas a grande Marcela decidiu mudar de lado e se juntar ao inimigo.

Com o ódio fervilhando dentro de seu corpo imortal, Marcela o desafiou:

— Eu tive meus motivos. Que, por sinal, não lhe dizem respeito.

Alexandre deixou de lado toda a encenação irônica e respondeu à altura:

— Você acha que eu realmente quero saber sobre seus motivos? — Bufou, demonstrando que aquilo pouco lhe importava. — Por causa desses seus motivos, como você diz, eu também tive de tomar as minhas medidas. Fiz o seu funeral e o de seu marido. Suas duas filhas estiveram presentes, acreditando que os pais estavam mortos, quando, na verdade, eles haviam se aliado ao inimigo.

Aquelas palavras deixaram Marcela com mais ódio ainda. Sua vontade era a de se livrar das correntes, atravessar a barreira de luz ultravioleta, por mais que aquilo fosse lhe causar profundas queimaduras dolorosas, e avançar contra o homem que, em tempos longínquos, fora um forte aliado. Seus pulsos e pernas, no entanto, estavam bem presos. Por mais que tentasse, se remexendo na cadeira, tudo o que conseguiu foi abrir ferimentos em seus membros.

Alexandre pulou da mesa e aproximou-se da luz ultravioleta ao redor da cela. Sentando-se sobre os próprios calcanhares, ele praticamente encostou o rosto na barreira de energia para dar ênfase às suas próximas palavras:

— Você não faz ideia de como elas choraram pela morte dos pais. — Fingindo desapontamento, ele completou: — Que egoísmo de sua parte. Deixar duas adolescentes sozinhas neste mundo cruel.

Sem desistir das tentativas de se soltar, Marcela respondeu à provocação:

— Você sempre quis a liderança da Ordem de Ettore. Com o meu desaparecimento e o de Felipe, ela seria sua. Para que se esforçar em nos encontrar? — Marcela percebeu como sua acusação afetava Alexandre e, sem lhe dar tempo para responder, continuou: — Seria muito mais fácil nos declarar mortos, fazer o funeral e deixar a vida seguir como se nada tivesse acontecido.

Inflamado de ódio pelas acusações, Alexandre respondeu à altura, elevando a voz:

— E de que adiantaria? Somente para descobrir que os antigos líderes eram vampiros e residiam no castelo de Erick?

Alexandre levantou-se com um salto e caminhou de um lado para o outro em frente à cela, aplacando sua fúria a cada passo. Marcela remexeu-se ainda mais na cadeira, tentando se livrar, ignorando a dor e os ferimentos abertos em seus pulsos e pernas. Seu ódio era tanto que ela gritou por entre os dentes cerrados:

— Eu vou matar você!

Alexandre ignorou a ameaça à sua vida e parou, mais uma vez, a poucos passos da cela. Tendo alcançado um controle parcial de suas emoções, ele falou:

— Bem, como você mesma disse, você teve seus motivos. Eu tive os meus. Então, vamos deixar isso no passado.

Adotando um tom de seriedade, Alexandre mudou de assunto:

— Onde está Erick?

A pergunta de Alexandre a pegou de surpresa, fazendo-a parar de se remexer na cadeira. Um sorriso surgiu em seu rosto ao mesmo tempo em que um pensamento lhe passava pela cabeça: *Erick escapou*. Agora ela compreendia o porquê de ainda estar viva. A Ordem de Ettore o deixara fugir e precisava de alguém próximo a ele para entregar os principais esconderijos do vampiro.

Enquanto Marcela não revelasse a informação, sua sobrevida estaria garantida:

— Como eu vou saber? — Ela perguntou de volta. — Quando vocês me pegaram, eu estava tentando fugir do castelo. Sozinha.

— Sim, é verdade — respondeu Alexandre. — O que me deixou intrigado. Mas não resolve o meu problema. Preciso saber para onde Erick foi. E tenho plena convicção de que você conhece muito bem os planos de contingência dele e os possíveis locais a que ele possa ter ido.

Aproximando-se ainda mais da luz ultravioleta, com todo o rosto se iluminando, ele ordenou:

— Eu quero saber!

Marcela riu alto, e o som ecoou pela sala. Sua atitude deixou bem claro que ela não contaria nada. Alexandre, esperando que não chegasse àquele ponto, tirou uma faca da bainha em sua cintura e a

Capítulo 48

segurou apontada para baixo, ao lado de seu corpo. Com a expressão séria, indagou:
— Sua risada é sua resposta final?
Marcela continuou rindo, ignorando a pergunta. Alexandre deixou escapar um suspiro e falou:
— Eu não queria que chegasse a esse ponto, mas você não me deixa escolha.
Alexandre atravessou a luz ultravioleta, iluminando-se por um tempo, adentrando a cela. Marcela continuou rindo, desafiando-o ainda mais. Apesar de sua situação desfavorável, ela detinha todo o controle sobre o líder da Ordem de Ettore. Quem estava irritado e desesperado, apesar de não aparentar, era o homem em pé ao seu lado.
Mas seu riso logo foi interrompido quando Alexandre agarrou com violência sua mão direita. Ao perceber o que ele estava decidido a fazer, Marcela cerrou o punho, tentando impedi-lo de alcançar seu objetivo. Tudo o que conseguiu, porém, foi retardá-lo. Por estar com mobilidade total, ele conseguiu vencer aquela pequena batalha e, agarrando o dedo polegar, passou a lâmina afiada por ele, decepando-o. O grito dela ecoou pela sala, e todo o seu corpo se remexeu na cadeira, ao mesmo tempo em que seu torturador deixava o dedo decepado cair ao chão. Sangue escorria da ferida, manchando tanto a mão dela quanto a dele, antes de seguir seu fluxo natural até o piso.
Ainda segurando aberta a mão da vampira, Alexandre olhou para ela e falou:
— Um dedo já foi. Faltam nove. Como vai ser, Marcela?
— Seu covarde! Vai para o inferno! — Marcela respondeu.
Alexandre não se alterou com as palavras da mulher e escolheu o dedo médio. Segurando-o com força, vencendo mais uma vez a batalha contra a vampira presa, ele passou a faca, fazendo-o cair ao chão ao lado do polegar. O grito dela, mais uma vez, ecoou pela sala.
Agora ela compreendia o motivo de ele ter desligado as câmeras. Alexandre planejava torturá-la. Se a Ordem de Ettore soubesse o que ele estava fazendo, o atual líder, no mínimo, seria exonerado de sua posição. Levantando a cabeça para olhar a porta, ela desconfiava de que houvesse um homem de guarda do lado de fora. Provavelmente, ele ouvia seus gritos. Não ouvia? *Por que, então, por mais que o torturador seja o atual líder, ele nada faz para impedir esta barbárie?* — se perguntou.
Ao perceber para onde ela olhava com feições suplicantes, Alexandre destruiu suas esperanças:

– Ele não pode ouvir você. Muita coisa mudou desde a época em que você abandonou a Ordem. As paredes são à prova de som. Ele não pode te ajudar.

Alexandre abriu um sorriso sádico, demonstrando que a tortura ia além do objetivo de obter uma informação, e continuou:

– E, mesmo se pudesse ouvir, sou seu superior e ele não teria a coragem de me desafiar.

Para sua infelicidade, Marcela foi forçada a concordar com Alexandre. Aquele homem parado do lado de fora jamais a ajudaria. Afinal de contas, ela era uma vampira. Por que ele trairia seus princípios e os da Ordem? Presa entre duas possibilidades com finais desagradáveis, somente lhe restava escolher qual dos caminhos iria seguir. Ou contava uma mentira convincente, capaz de aplacar os ânimos do homem ao seu lado, o que poderia levá-la à morte, ou mantinha o desafio, aguentando a tortura, mas prolongando sua vida.

Não tendo ainda alcançado seu objetivo, Alexandre escolheu mais um dedo e encostou o fio da lâmina nele, fazendo um filete de sangue escorrer. Desviou o olhar para o rosto de Marcela e falou:

– Meus homens me disseram que Erick foi levado por uma mulher misteriosa, encapuzada, que surgiu do nada e paralisou todos com uma magia muito poderosa. Essa mesma mulher esteve em Cafelândia para resgatar o cadáver de sua filha, Janaína.

Alexandre percebeu os olhos de Marcela se arregalarem, um indício de surpresa, que denunciava a possibilidade de ela realmente não saber nada sobre aquilo. Mas precisava ter certeza:

– Quem é ela? O que eles queriam com o cadáver de Janaína? Para onde ela levou Erick?

Marcela cerrava os dentes, em uma tentativa de controlar a dor. Tentando ao máximo passar a impressão de estar contando a verdade, ela respondeu:

– Eu não sei! – Havia desespero em seu tom de voz.

Alexandre pensou sobre a resposta, mantendo a pressão da lâmina contra o dedo dela. Experiente como era, ele sabia que, para essa pergunta, ela falara a verdade. Porém, manteve o suspense, aterrorizando-a, ameaçando causar mais dor.

Mas não cortou o dedo. Alexandre afastou a lâmina ensanguentada, guardou a faca de volta na bainha e sorriu para Marcela, antes de dizer:

– Eu acredito em você em relação a não saber sobre essa tal mulher.

Capítulo 48

Marcela respirou aliviada, acreditando que a tortura havia acabado e que Alexandre a deixaria em paz. Porém, o momento durou pouco. Soltando a mão dela, ele a olhou nos olhos antes de falar:

– Mas não a redime de ter mentido sobre os possíveis locais para onde Erick possa ter fugido.

Desesperada, Marcela respondeu à acusação:

– Eu não sei! Eu juro!

Com um passo, Alexandre aproximou-se da cabeça de Marcela, inclinou-se e agarrou-a pelos cabelos, puxando-os para cima com violência e fazendo-a olhar em seus olhos:

– Jurar não é do feitio de um vampiro.

Ele tirou do bolso de seu casaco uma lanterna de luz ultravioleta, a acendeu, direcionou o feixe para o chão e ofereceu à assustada vampira:

– Mas estou disposto a dar a você uma oportunidade de me contar a verdade sobre o paradeiro de Erick.

– Como eu vou dizer algo que eu não sei? – Marcela perguntou, com os olhos arregalados mirando a lanterna.

Desapontado, ele respondeu:

– Resposta errada!

Alexandre direcionou o feixe para o olho esquerdo de Marcela. O grito de dor e agonia, mais uma vez, ecoou pela sala. O cheiro de pele queimada logo impregnou o lugar. O líder da Ordem de Ettore somente desviou o feixe de luz para o chão quando o olho enegrecido de sua vítima saltou da órbita, ficando pendurado ao longo da face pelo nervo óptico.

– Onde está Erick? – Alexandre perguntou com calma, dando ênfase a cada palavra.

– Se eu soubesse... – Marcela tentou responder. Mas não conseguiu finalizar a frase.

Alexandre sabia como ela terminaria e direcionou o feixe de luz ultravioleta para a bochecha esquerda. Mais uma vez, o cheiro de pele queimada irradiou pelo ambiente. O grito estridente dela ecoou novamente pelo lugar, enquanto Marcela tentava mexer, em desespero, a cabeça de um lado para o outro. Suas mãos e pernas se debatiam; as correntes abriam ainda mais os ferimentos nos pulsos e tornozelos. Em sua boca, as presas saltaram.

Quando o feixe de luz ultravioleta abriu um buraco na bochecha esquerda, a cavidade oral se iluminou e a mucosa em sua extremidade oposta começou a queimar. O cheiro agora emanava de sua boca, junto à fumaça da carne queimando, que atravessava por entre seus lábios antes de se dissipar pelo ar.

— Um lado já foi — Alexandre falou. — Se você não me disser onde está Erick, seu sorriso ficará maravilhoso com dois buracos nas bochechas.

Marcela alcançou o olhar de seu torturador e balbuciou algo praticamente incompreensível. Alexandre, percebendo que talvez ela estivesse disposta a falar, desligou a lanterna, trazendo-lhe um alívio imediato. Curioso pelo que Marcela tentava lhe dizer, Alexandre aproximou sua orelha da boca da vampira e perguntou:

— O que você quer me contar?

— Você não é diferente de nós, vampiros! — Marcela esforçou-se para dizer e riu, expondo suas duas presas pontiagudas.

Com raiva, Alexandre deu um grito para o alto, largou a lanterna no chão e pegou um alicate em um dos bolsos de sua calça. Ainda segurando-a pelos cabelos, ele prendeu uma das presas e a arrancou com força. Um grito de dor ressoou pelo local enquanto sangue jorrava, manchando de vermelho a mão de seu carrasco e escorrendo por entre os lábios da vampira em direção ao olho saltado da órbita.

Alexandre deixou o dente cair no chão e disse:

— Você perdeu uma de suas presas, mas ainda pode se alimentar. Então, vou te perguntar pela última vez: onde Erick está?

Marcela cuspiu o sangue no rosto de Alexandre, irritando-o ainda mais. Ela sabia que ele estava blefando, aterrorizando-a. Suas presas, com o tempo, cresceriam de novo, assim como seus ferimentos se regenerariam.

Sem se preocupar em limpar as manchas vermelhas, Alexandre colocou novamente o alicate na boca da vampira e, mesmo com as tentativas dela de girar a cabeça de um lado para o outro, conseguiu prender o dente. Mas, diferentemente da vez anterior, ele o extraiu bem lentamente, fazendo-a sofrer ainda mais. Aquele grito foi o mais agudo de todos os da noite, carregado de desespero.

Quando o dente saiu, banhando tanto a cavidade oral da vampira quanto a mão de seu torturador com mais sangue, ele se levantou. Apesar da tortura imposta, Marcela se mantivera firme. Por mais que Alexandre tivesse se divertido, continuar com a dor física não levaria a nada. Ele precisaria mudar a estratégia caso quisesse arrancar a verdade dela.

Com uma expressão firme, Alexandre tirou a faca da bainha. Olhando nos olhos da vampira, indagou:

— Sabe qual é a parte boa de torturar um vampiro?

Ele não queria a resposta e logo se apressou em responder:

Capítulo 48

— É poder começar tudo de novo quando eles se regenerarem.
Marcela debateu-se na cadeira, o tilintar das correntes ecoando pela sala. Sorrindo com as vãs investidas dela, ele continuou:
— E eu sei muito bem como acelerar esse processo.
Alexandre passou a lâmina pela palma da mão, sem fazer qualquer careta de dor, e cerrou o punho. O sangue começou a escorrer para o chão. Marcela, vendo o líquido vermelho ser desperdiçado, enquanto o delicioso cheiro entrava por suas narinas, ficou ensandecida para bebê-lo. Tensionando seus pulsos e pernas contra as correntes, ignorando a mais leve dor, comparada à de todos os momentos de tortura, ela jogou a cabeça de lado o máximo que pôde e esticou a língua para fora, tentando salvar pelo menos uma gota.
— Acho que chamei sua atenção — Alexandre falou. — Vamos ver o quanto você quer este sangue.
Aproximando seu punho cerrado do rosto dela, Alexandre deixou apenas uma gota pingar na bochecha intacta de Marcela. Com rosnados animalescos, ela tentou resgatar aquele alimento com a língua. Mas não o alcançou a tempo, e o líquido vermelho escorreu por seu rosto até se perder em meio aos seus cabelos.
Desesperada, ela pediu:
— Mais!
— Primeiro, a localização de Erick — Alexandre exigiu, afastando a mão gotejando sangue.
— Eu não sei! — gritou Marcela, sua voz saindo diferente de antes, mais animalesca.
Alexandre balançou a cabeça em compreensão às escolhas dela e respondeu:
— Sem resposta, sem sangue.
Alexandre tirou um lenço de um dos bolsos do casaco e o enrolou na mão, apertando bem para estancar o sangramento. Marcela, em seu estado de frenesi provocado pelo sangue humano, ainda se debatia e esticava a língua para fora, sem sentido algum, mas se enganando ao alimentar uma esperança nula de que conseguiria pelo menos uma gota.
Enquanto aguardava o sangramento estancar, olhando para o lenço em sua mão, Alexandre dirigiu a palavra mais uma vez a Marcela:
— Eu tentei de tudo. Mas não acho que você vai ceder tão fácil. Talvez eu deva tomar medidas um pouco mais drásticas. — Dirigiu o olhar para Marcela e continuou: — Talvez eu deva trazer Jéssica para esta sala.
Alexandre não soube o motivo de Marcela repentinamente sair de seu estado de loucura pelo sangue. Era como se o nome de Jéssica

houvesse despertado nela alguma sanidade, que a fez arregalar o olho intacto, demonstrando uma surpresa incomum. *Não!* – ele pensou. Mais do que surpresa. Era algo como... medo.

Mas medo do quê? – ele se perguntou. Havia ali um ponto a ser explorado para alcançar seus objetivos. De início, a ameaça de trazer Jéssica fora um blefe. Mas, depois de ver aquele olhar, a ideia parecia promissora. Curioso, Alexandre sentou-se sobre os próprios calcanhares e perguntou:

– O que foi? Você não sabia que Jéssica, agora, é um membro da Ordem de Ettore?

Com raiva do homem que a torturara, principalmente depois de trazer a informação de que sua filha estava viva e, para piorar, naquele complexo, Marcela meneou a cabeça para o lado com ferocidade, tentando mordê-lo com o restante dos dentes que lhe sobravam e, assim, eliminar sua suspeita de uma catástrofe ainda maior e mais perigosa do que Alexandre, à espreita, escondida sob um nome: Jéssica. O homem, por sua vez, mantinha uma proposital distância de segurança e saiu ileso da investida.

Endireitando-se, Alexandre lançou o último olhar para a vampira e falou:

– Pense bem em qual resposta vai me dar quando eu retornar para esta sala.

Alexandre, no entanto, não havia acabado. Algo mais precisava ser dito. Um presente necessitava ser dado. Desenrolando de sua mão o lenço manchado de vermelho, ele o jogou de forma displicente sobre o peito de Marcela e falou:

– Para te ajudar a dar a resposta correta.

Marcela voltou a se remexer na cadeira, mas não por raiva ou ódio. Com o odor do sangue mais uma vez alcançando suas narinas, ela queria poder morder aquele pedaço de pano e consumir o pouco do líquido vermelho que o manchava. Para sua infelicidade, ele estava distante e, em seus movimentos bruscos, ela sem querer o derrubou no chão, acabando com as possibilidades de alcançá-lo.

Alexandre afastara-se enquanto a vampira tentava pegar o lenço, mas permanecera parado à porta, acompanhando o desenrolar daquela luta insignificante. Quando o pano caiu no chão, ele falou:

– É uma pena.

E saiu da sala.

49

Durante toda a manhã, os corpos dos agentes mortos na noite anterior foram velados na igreja do complexo. Carros e helicópteros chegavam a todo momento, trazendo os membros mais ilustres da Ordem de Ettore das outras sedes espalhadas pelo país. O motivo, eles diziam, era prestar as últimas homenagens e apoiar a equipe de Alexandre, que perdera muitos de seus agentes. A verdade não dita, no entanto, era que eles estavam ali para parabenizar o líder daquela sede por sua vitória surpreendente contra o Conselho dos Anciões. O fato de Erick ter escapado era compreensível. Porém, o vampiro estaria enfraquecido e apenas aguardando o golpe de misericórdia.

Em nenhum momento, o pátio ficou vazio. Além dos agentes que chegavam, os monges e os próprios membros daquela sede, tanto os sobreviventes da missão da noite anterior quanto os que não participaram dela, o atravessavam a todo momento, ou para prestar suas últimas homenagens, ou para realizar seus afazeres diários. Em meio ao vaivém de pessoas, não havia como Jéssica, usando um vestido negro, escolhido dentre as roupas que Larissa lhe emprestara, esgueirar-se para dentro do prédio aonde Alexandre e Ricardo tinham ido no meio da noite anterior, sem chamar atenção. Para sua infelicidade, se quisesse ter uma conversa particular com

Marcela, sem a anuência ou supervisão do líder daquele lugar, ela teria de se contentar em aguardar pelo melhor momento.

Seu infortúnio foi ainda pior quando o próprio Alexandre se juntou a ela no meio do pátio, sozinho, surgindo do meio da multidão como se fosse um fantasma à espreita.

– Espero que sua noite tenha sido agradável – disse e a cumprimentou com um sorriso.

Ela se sobressaltou ao ser despertada de seus devaneios daquela maneira. Assustada, lançou um olhar para o homem. Em contraste com as vestimentas da noite anterior, Alexandre usava um belo terno cinza-claro com gravata escura. Vendo-o daquele jeito, ele parecia ser outra pessoa. Mas ela não poderia baixar a guarda, não importasse o que ele usasse. Alexandre ainda era o líder da Ordem de Ettore e suas intenções continuavam sombrias.

Sim, foi bem agradável – Jéssica pensou, recuperando-se do susto inicial. *Passei a noite planejando como entrar no prédio onde Marcela é mantida.* Respirando fundo, desconfortável com a companhia, Jéssica forçou um sorriso e respondeu com uma mentira inofensiva, incapaz, para ela, de levantar suspeitas sobre suas intenções:

– Foi bem agradável, sim. Muito obrigada pela hospedagem.

Mas não para um homem experiente como Alexandre. Levantando a sobrancelha, teatralmente demonstrando surpresa, perguntou:

– Hospedagem?

Antes mesmo que ela pudesse buscar uma desculpa para desfazer a própria confusão, levantando suspeita sobre suas intenções, Alexandre comentou:

– Achei que você fosse uma de nós.

Burra! – Jéssica se repreendeu em pensamento. Tentando consertar a situação, ela foi rápida em formular uma resposta:

– Isso tudo é novo para mim. – E gesticulou em volta, mostrando os prédios ao redor. – Ainda não me acostumei com o fato de ter sido acolhida pela Ordem de Ettore.

Houve um momento de tensão em que Alexandre ficou sério, ponderando a resposta dela. Inconscientemente, Jéssica mordeu o lábio, preocupada e pensativa sobre dever dar mais explicações ou não. Ela estava quase abrindo a boca quando um sorriso surgiu no rosto do homem ao seu lado e ele respondeu:

Capítulo 49

– Eu compreendo. Você não é a primeira novata a ter dificuldade em se adaptar à sua nova vida.

Jéssica respirou aliviada. Parecia a ela que suas verdadeiras intenções continuavam bem escondidas. Mas, para sua infelicidade, teve de postergar seus planos quando Alexandre estendeu o braço a ela e a convidou:

– Você me acompanha em minhas obrigações de líder durante o velório e o enterro dos nossos membros?

Não tendo como negar para não levantar suspeitas, Jéssica deu o braço a ele e deixou-se conduzir para o interior da igreja. Havia, porém, uma vantagem em estar tão próxima do homem que mais desprezava no momento. Seria a oportunidade perfeita de descobrir os motivos pelos quais mentira sobre a morte de seus pais. *Mas vá com calma!* – sua própria consciência a alertou. *Ir direto ao ponto o fará se fechar ainda mais.* Ele não podia desconfiar que estava sendo questionado. A conversa teria de ser natural. Alexandre, sem perceber as verdadeiras intenções, deveria contar seus motivos para ter inventado aquela mentira sobre Marcela e Felipe.

O homem, no entanto, era uma cobra experiente. Jéssica, apenas uma aspirante. As coisas poderiam sair bem errado...

50

Alexandre e Jéssica misturaram-se a outras pessoas que entravam e saíam da igreja. À medida que passava pelos membros, o líder daquela sede os cumprimentava com um aceno de cabeça. Às vezes, parava para apertar a mão de um ou outro companheiro, sorridente, recebendo os cumprimentos pelo excelente trabalho na noite anterior com excesso de preciosismo. Aquele homem estava fazendo política dentro da própria Ordem de Ettore, deixando de lado o fato de que, a poucos metros, corpos de agentes eram velados. Membros que deram a vida pela causa. Membros que em breve seriam esquecidos, enquanto Alexandre ascendia ainda mais dentro da Ordem.

Não é o momento de se deixar levar pela raiva! – a consciência de Jéssica a alertava. A contragosto, ela abria sorrisos falsos às pessoas que também a cumprimentavam. Quando perguntavam quem ela era, Alexandre tomava a dianteira da resposta.

– Uma novata. Ela acabou de se juntar às nossas fileiras. Estou mostrando a ela como são as coisas aqui dentro.

– Faz muito bem. – Era a maioria das respostas que ela ouvia.

Uma, em particular, chamou sua atenção, direcionada a ela, não a Alexandre, como acontecera todas as outras vezes.

– Você não poderia ter um professor melhor.

Você que pensa! – Jéssica pensou em resposta, abrindo um sorriso e dizendo apenas um "muito obrigada".

Feito o social, eles entraram na igreja. Ao atravessar o pórtico, Jéssica ficou surpresa com a beleza e a ostentação do local. Praticamente todo o altar, disposto em uma plataforma mais elevada do que o restante do espaço interno, era de ouro. Para impactar ainda mais, holofotes escondidos entre as pilastras reluziam com mais intensidade o dourado do ambiente. O teto abobadado trazia uma única pintura sacra, onde anjos brincavam ou tocavam suas trombetas entre as nuvens de um céu claro. Abaixo, os característicos bancos de igreja estavam alinhados em duas colunas, criando um amplo corredor central. Luminárias douradas, fixadas nas paredes e colunas de sustentação, deixavam o ambiente mergulhado em intensa luminosidade.

Os caixões dos agentes mortos estavam espalhados pelo altar. Junto deles, a tradição era mantida: suas armas os acompanhavam para o túmulo. Ao redor, membros da Ordem de Ettore e monges circulavam, prestando suas últimas homenagens. Apesar das perdas, ninguém chorava. Suas expressões não traziam nenhuma emoção, mostrando que aquilo nada significava a eles ou, pior ainda, que estavam tão acostumados com momentos como aquele que nem mais se deixavam abater. Esse fato deixou Jéssica surpresa. Apesar de terem vencido, vidas foram perdidas. Não deveria ser normal uma pessoa como Alexandre estar se vangloriando à custa daquelas mortes. Ou deveria?

Dirigindo o olhar em direção a Alexandre, Jéssica se perguntou se deveria estar ali. Por mais que sua pretensão fosse a de uma estadia temporária, ela temia que Alexandre tomasse medidas que tirassem seu direito de escolha e atrelassem seu destino à Ordem de Ettore de uma maneira impossível de escapar. Não! Ela não poderia deixar isso acontecer. Por mais que seus planos pudessem, de certa forma, estar alinhados, ela não queria vínculos com aquelas pessoas. Se realmente quisesse tomar suas próprias decisões, precisaria agir com rapidez e destreza. Quanto mais ficasse ali, mais perigoso ficaria.

Para sua sorte, o velório foi rápido. Ou ela havia entrado na igreja bem próximo de seu fim. O motivo, na verdade, Jéssica não soube dizer, mas ficou aliviada quando os caixões foram fechados e

Capítulo 50

levados para fora por uma porta nos fundos, ao lado do altar. Agentes e monges seguiram o cortejo fúnebre pelo espaço aberto, atrás do prédio sagrado, até os portões do cemitério.

Sem ter como escapar, Jéssica refez o caminho percorrido alguns anos antes, quando supostamente os cadáveres de seus pais jaziam nos caixões mantidos lacrados o tempo todo. Agora ela compreendia o motivo. Eles nunca estiveram dentro deles. Marcela e Felipe nunca foram enterrados ali. Mas suas armas deviam estar lá, abandonadas, apenas aguardando para serem resgatadas. Jéssica via-se no direito de tê-las. Além do mais, com todos negando armas a ela, encontrar dois túmulos e abri-los seria mais fácil do que tentar convencer o homem ao seu lado a colocar espadas, arcos e flechas ou balestras em suas mãos. Tudo o que ela precisava fazer era voltar ao local onde seus pais, em teoria, estavam enterrados, abrir os sepulcros e resgatar as armas.

A questão era: como fazer isso? Enquanto seguia pelos corredores de pedra entre túmulos sobre um gramado verde a perder de vista, ela tentava recordar, antes de qualquer coisa, quais daquelas construções guarneciam os supostos caixões de seus pais. Ela estivera ali uma única vez, anos atrás, de modo que mal se lembrava do caminho percorrido. Procurar um a um levaria muito tempo, o que ela também não possuía de sobra. Além do mais, ela precisava se livrar do homem ao seu lado se quisesse ser bem-sucedida em sua missão particular.

Mas, talvez – pensou –, *ele seja de fundamental importância.* Sussurrando no ouvido de Alexandre, ela pediu:

– Quando terminar o enterro, gostaria de visitar o túmulo de meus pais.

Alexandre não respondeu de imediato, pensando no que ela havia pedido. O silêncio dele a deixou apreensiva, duvidando de si mesma, de ter sido persuasiva o suficiente em seu pedido. *Talvez ele esteja desconfiando de mim* – sua consciência a alertou.

Talvez ele... – começou a pensar, mas foi interrompida por Alexandre virando o rosto em sua direção, por alguns segundos, para responder:

– Não vejo por que a privar disso – disse e sorriu.

Terminado o enterro, a multidão começou a se afastar. Os visitantes, tendo cumprido suas atividades, pegaram seus carros ou helicópteros e retornaram para suas bases, onde quer que fossem. Os membros daquela unidade voltaram aos seus afazeres como se nada tivesse acontecido. Alexandre e Jéssica foram os únicos a permanecer dentro do cemitério, percorrendo corredores largos, entre túmulos vistosos, até chegarem ao local onde Marcela e Felipe deveriam estar enterrados.

Ao chegarem, Jéssica olhou para o imponente monumento onde o nome de seus pais estava escrito. Parado ao seu lado, Alexandre desviou sua atenção da jovem para o lugar onde ela olhava e falou:

— Acho que está na hora de contar a verdade a você.

— Eu não esperava menos do que isso — Jéssica respondeu.

— Quando encontramos o carro de seus pais, acidentado na estrada, não havia ninguém dentro dele. Mas havia muito sangue. Não havia como alguém ter sobrevivido àquilo, por mais que a falta dos cadáveres pudesse indicar o contrário. Fizemos uma busca nos arredores, à procura deles, mas não encontramos nada. Eles haviam desaparecido sem deixar rastros.

Mantendo a expressão neutra, por mais que sua vontade fosse a de deixar sua fúria transparecer, Jéssica respondeu:

— E você achou mais fácil encerrar a busca e criar todo um cenário de mentiras para mim e minha irmã?

Somente depois de ter terminado de expressar seus pensamentos, ela percebeu que falhara em esconder suas emoções. Agora não havia mais como voltar atrás. Muito menos tentar consertar. Poderia ficar pior. Seguir em frente seria o mais inteligente a fazer. Ela virou o rosto para olhar Alexandre nos olhos e perguntou:

— Nunca lhe passou pela cabeça que eles poderiam ter virado vampiros?

Alexandre, devolvendo um olhar com intensidade similar ao dela, respondeu:

— Passaria pela sua?

Touché! Jéssica foi pega de surpresa pelo questionamento dele e não soube o que responder. Envergonhada, ela apenas desviou o olhar de volta para o túmulo, escondendo a própria frustação. *Provavelmente eu também não teria desconfiado de nada se estivesse na posição dele* — pensou. *Mas...*

Voltando a olhar para Alexandre, respondeu:

— Eu não teria abandonado as buscas. Por que você desistiu de procurar?

Capítulo 50

Alexandre sorriu. Ele já esperava por aquele questionamento e sua resposta estava pronta:
— Quem disse que eu desisti?
Ao rebater as acusações com perguntas, Alexandre estava, na verdade, jogando toda a responsabilidade para cima de Jéssica, esperando que ela cometesse um deslize em suas indagações. O que não ocorreu, e, por isso, teve de mudar sua estratégia, escolhendo um assunto que a deixaria encurralada:
— Nós encontramos sua mãe. Mas seu pai nunca mais vimos.
Desviando o olhar para o túmulo de Felipe, Alexandre lançou seu veneno:
— Eu me pergunto o que pode ter acontecido com ele.
Jéssica caiu direto na armadilha:
— Eu o matei!
Ou fingiu cair, pois já estava com as próximas palavras na ponta da língua:
— Não tive escolha porque você não fez a sua parte como líder da Ordem de Ettore!
Alexandre voltou o olhar para ela. Sua expressão agora trazia preocupação. De alguma forma, Jéssica virara o jogo. Aquela jovem ao seu lado não era mais a menina ingênua que ele conhecera alguns anos antes. Os últimos dias a haviam moldado em uma nova Jéssica, que não abaixava a cabeça para ninguém e não respeitava nenhuma hierarquia de comando. Ele estava perdendo o controle sobre ela, o que, em sua concepção, era inaceitável. Apelar para o lado emocional não funcionava mais. Muito menos para o destino hereditário como membro da Ordem de Ettore. Algo lhe dizia que ela não estava ali, sob seus cuidados, porque era uma jovem frágil e indefesa. Ela devia estar buscando alguma coisa que, no momento, lhe escapava. Se não descobrisse a tempo, tudo estaria perdido.
— O que você realmente faz aqui? — Alexandre perguntou. — Por que quis tanto ver o túmulo de seus pais, mesmo sabendo que eles não estão aqui?
Jéssica foi rápida na resposta, pouco preocupada em esconder suas intenções:
— Porque eu quero o que está dentro dos caixões.
— As armas de seus pais — Alexandre respondeu.
Jéssica balançou a cabeça, afirmando, e respondeu:

— Elas são minhas por direito.

Alexandre sorriu. Havia ali uma oportunidade de manter o controle sobre ela. Se ela queria algo da Ordem de Ettore, teria de oferecer algo em troca.

— Primeiro você tem de merecer — Alexandre a desafiou.

Sobressaltando-se, Jéssica perguntou:

— O que quer dizer com isso?

Alexandre envolveu os ombros dela com seu braço para levá-la para longe dos túmulos e respondeu à pergunta:

— Você tem de se mostrar merecedora dessas armas.

Merda! — Jéssica pensou. O que ela temia acabara de acontecer. Alexandre encontrara uma forma de atrelar seu destino à Ordem de Ettore. Ela, porém, possuía outros planos e fingia se deixar levar:

— Está bem. Só me diga o que tenho de fazer.

— Na hora certa, você saberá — Alexandre respondeu, deixando de propósito a dúvida no ar.

Jéssica memorizou cada corredor e cada curva do caminho até o portão. Fazer o trajeto de retorno não seria complicado, mesmo que, em seus planos, a incursão acontecesse à noite. Não seria uma simples corrente com cadeado, colocada por Alexandre em torno das grades dos portões do cemitério, que a faria desistir.

Mesmo assim, não seria uma incursão fácil, mas precisava ser feita. Quanto antes, melhor. O próximo cair da noite parecia ser a melhor opção. Jéssica não ficaria esperando seus serviços serem requisitados por Alexandre. Quanto mais rápido roubasse as armas de seus pais, se esgueirasse para dentro do prédio e tivesse sua conversa particular com Marcela, mais rápido estaria longe daquele lugar horroroso. Quando o próximo dia amanhecesse, ela estaria bem longe.

Jéssica somente não imaginava que uma incursão noturna era exatamente o que Alexandre esperava dela...

51

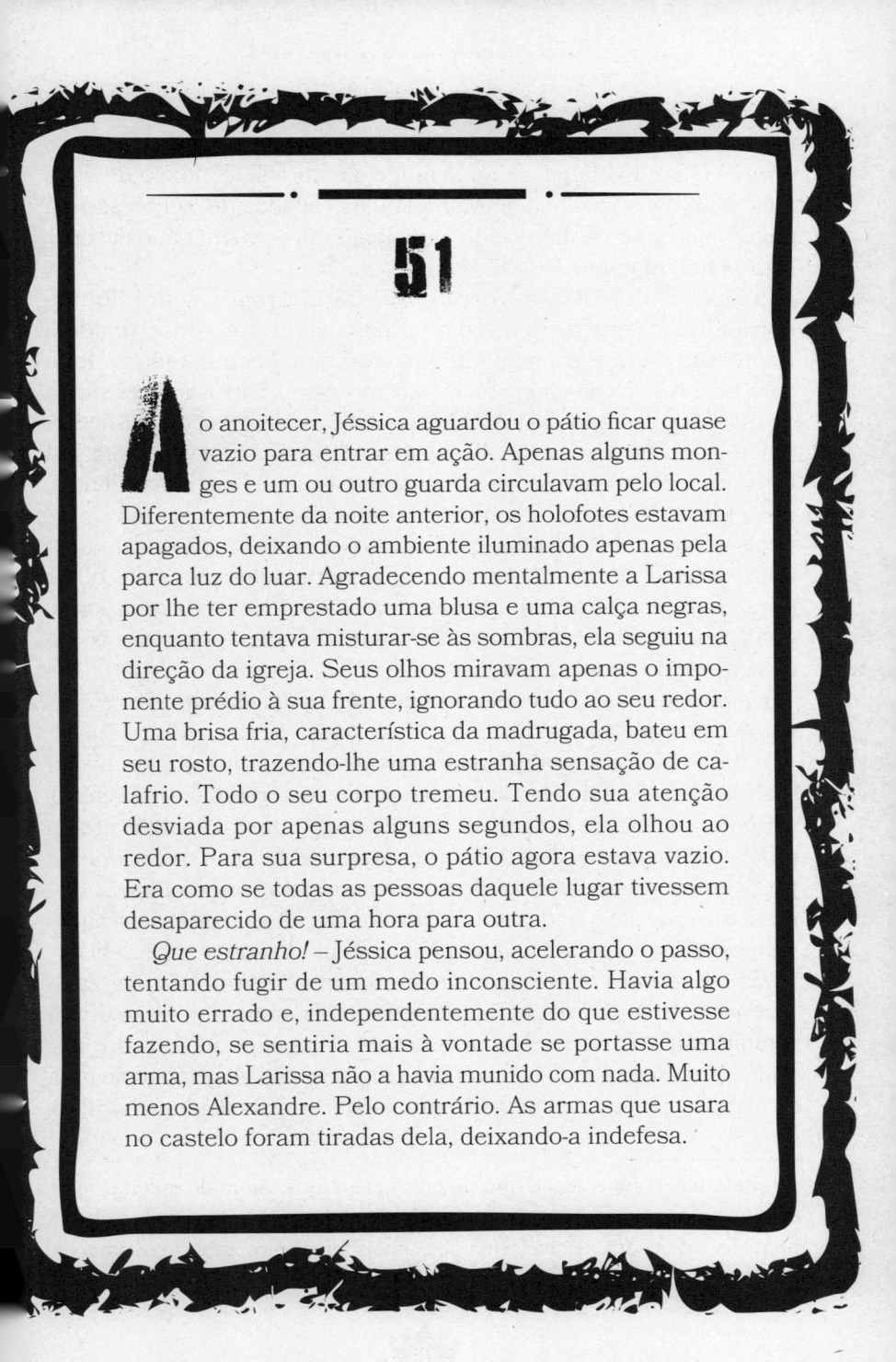

Ao anoitecer, Jéssica aguardou o pátio ficar quase vazio para entrar em ação. Apenas alguns monges e um ou outro guarda circulavam pelo local. Diferentemente da noite anterior, os holofotes estavam apagados, deixando o ambiente iluminado apenas pela parca luz do luar. Agradecendo mentalmente a Larissa por lhe ter emprestado uma blusa e uma calça negras, enquanto tentava misturar-se às sombras, ela seguiu na direção da igreja. Seus olhos miravam apenas o imponente prédio à sua frente, ignorando tudo ao seu redor. Uma brisa fria, característica da madrugada, bateu em seu rosto, trazendo-lhe uma estranha sensação de calafrio. Todo o seu corpo tremeu. Tendo sua atenção desviada por apenas alguns segundos, ela olhou ao redor. Para sua surpresa, o pátio agora estava vazio. Era como se todas as pessoas daquele lugar tivessem desaparecido de uma hora para outra.

Que estranho! – Jéssica pensou, acelerando o passo, tentando fugir de um medo inconsciente. Havia algo muito errado e, independentemente do que estivesse fazendo, se sentiria mais à vontade se portasse uma arma, mas Larissa não a havia munido com nada. Muito menos Alexandre. Pelo contrário. As armas que usara no castelo foram tiradas dela, deixando-a indefesa.

Ou era isso que eles esperavam. Mas Jéssica estava determinada, e estar desarmada não seria um empecilho. Tampouco seria por muito tempo. Quando chegasse ao cemitério e abrisse o caixão de seus pais, o arco e as flechas de Marcela e as espadas de Felipe seriam dela. O que poderia dar errado, principalmente em um pátio deserto, àquela hora da noite?

Jéssica atravessou o corredor entre a igreja e o prédio dos dormitórios. Seus passos ecoaram nas paredes ao redor, dando a impressão de que era seguida. Interrompeu a caminhada e olhou para trás. Não havia ninguém ali. Mesmo assim, a sensação estranha de que estava sendo observada persistia e somente podia vir de um único lugar. Ao levantar o olhar para a construção à sua direita, ela verificou todas as janelas, procurando por alguém. Nenhuma silhueta, no entanto, destacava-se em meio à escuridão dos aposentos.

Os vitrais multicoloridos da igreja, no entanto, lhe passavam uma impressão diferente. Os santos trabalhados neles pareciam olhar para ela de maneira inquisidora, como se estivesse fazendo algo muito errado. Ela realmente estava, mas não era para tanto, a ponto de sentir todo aquele medo. Ou era?

Calma, Jéssica! – ela se repreendeu em pensamento. *Você está imaginando coisas.*

A sensação, no entanto, não somente persistiu como se tornou mais intensa quando ela alcançou o pórtico de entrada do cemitério. Parecia que as três gárgulas[12] esculpidas em pedra sobre o arco a olhavam com particular interesse. Mas não foi isso que a deixou preocupada, e sim a corrente ter escorregado com facilidade das grades do portão; o ruído de metal raspando contra metal se esvaindo pelo espaço aberto, até cair no chão com um baque característico.

Eu me lembro muito bem de que Alexandre trancou o cadeado – pensou. Havia, sim, algo muito errado. Temerosa, Jéssica olhou rapidamente para trás. Nada. Não havia ninguém no corredor por onde viera. Retornando sua atenção para o portão, ela empurrou uma das grades com muito cuidado, para não fazer mais nenhum barulho,

---

12 Estátuas colocadas no alto de prédios antigos. Além de enfeitar, elas servem para escoar a água da chuva. As gárgulas geralmente são esculpidas num bloco de pedra. Têm a forma de animais fantásticos, monstros, dragões, demônios ou figuras humanas grotescas.

Capítulo 51

abrindo espaço suficiente apenas para seu corpo esgueirar-se para dentro do cemitério.

A sensação de ser observada intensificou-se à medida que percorria o caminho memorizado até o túmulo dos pais. As árvores ao seu redor encobriram a fraca claridade da lua durante parte do percurso, criando sombras fantasmagóricas, que pareciam se estender em sua direção. Os galhos pareciam se dobrar sobre ela, como garras preparadas para prendê-la. Com o medo saindo de seu controle, ela acelerou o passo, caminhando apressada por túmulos de desconhecidos sem ao menos olhar para trás.

Quando chegou ao túmulo de seus pais, respirou um pouco mais aliviada. Não havia enormes árvores próximas para lhe trazer aquela sensação horrível. Porém, a impressão de ser observada permanecia. Um ruído de passos apressados chegou aos seus ouvidos e fez Jéssica virar o rosto na direção de sua possível origem. Por um rápido momento, ela pensou ter visto um vulto correndo para trás de um dos túmulos, mas não soube dizer se era reflexo de uma mente assustada ou se realmente havia alguém a espreitando na escuridão.

Se suas suspeitas se confirmassem e houvesse alguém, ela teria de ser rápida para cumprir sua missão particular. Abandoná-la estava fora de cogitação. Não depois de ter chegado tão longe.

Apressando-se, Jéssica deslizou a tampa de correr que cobria o túmulo de seu pai. O ruído foi estridente demais para seu gosto, mas não havia o que fazer além de olhar para o lado, onde vira o vulto, para checar se quem quer que estivesse à espreita se revelaria. Nada aconteceu e ela retornou sua atenção para o interior da cova.

O caixão era do jeito que ela se lembrava. Sem tempo a perder, Jéssica pulou para o fundo e o abriu. Como era de se esperar, não havia um cadáver ali. Mas os seus objetos de busca, sim. Dentro do sepulcro vazio, estavam as duas pistolas nos coldres do colete e as espadas que outrora pertenceram ao seu pai; as lâminas descansando em suas bainhas de couro enegrecido, com alças que permitiam prendê-las às costas.

Jéssica sentiu-se hipnotizada por um estranho poder que parecia emanar daquelas espadas, convidando-a a segurá-las pela primeira vez. Debruçou-se para dentro do caixão, com os braços esticados na direção das lâminas. Quando seus dedos envolveram os cabos, ela sentiu uma vibração diferente percorrer seu corpo. A sensação era a de que, com aquelas armas, ela seria imbatível.

E realmente poderia ser. Porém, não por causa das armas em sua mão, e sim pela magia colocada por Raquel sobre a jovem. A vibração que sentia fez seus músculos retesarem e agirem por instinto, cruzando as espadas, mesmo dentro das bainhas, acima de sua cabeça, no momento em que alguém, ou alguma coisa, deslizou o tampo do túmulo de volta ao seu lugar, disposto a trancá-la ali dentro. Se as lâminas encapadas não tivessem bloqueado o avanço, ela teria ficado presa.

Empurrando o tampo com as lâminas dentro das bainhas, apenas o suficiente para colocar os dedos, Jéssica abriu espaço para seu corpo passar. Agarrando-se à beirada da cova, ela se puxou para cima, retornando à superfície, com todo seu íntimo vibrando de maneira similar a quando lutara contra Erick. Ela agora compreendia o significado daquilo e até passara a respeitá-lo. Mas, olhando ao redor, não viu ninguém. Fosse quem fosse, deveria estar bem escondido, apenas a esperando entrar no próximo túmulo para, dessa vez, conseguir prendê-la.

Para Jéssica, não restavam dúvidas de que havia sido descoberta. Porém, algo estava desconexo. *Se Alexandre sabe que estou aqui, por que não me aborda de uma vez?* – pensou. Apesar da dúvida, Jéssica estava agradecida por isso ainda não ter acontecido. Ainda havia tempo para recuperar o arco e as flechas que pertenceram a Marcela, a arma com a qual ela se sentia mais à vontade. No entanto, deveria fazer a incursão ao segundo túmulo com muito mais cuidado.

Apoiando as espadas nas bainhas em pé, contra a lateral do túmulo, ao alcance de suas mãos, caso necessitasse sacar com urgência, Jéssica abriu o tampo, revelando o caixão de Marcela. Não havendo alternativa por conta da profundidade da cova, Jéssica teve de pular para o seu interior. Porém, diferentemente de antes, ela colocou as duas lâminas encapadas no trilho, o que impediria o tampo de se fechar, caso alguém tentasse trancá-la ali dentro.

Debruçando-se sobre o caixão, Jéssica o abriu. Como era esperado, também não havia nenhum corpo. Mas as armas estavam ali. Ela esticou-se para dentro e fechou os dedos ao redor do centro do arco dobrado. No momento em que o agarrou com firmeza, suas extremidades abriram-se, esticando a corda entre elas. A estranha vibração mais uma vez tomou conta de seu corpo. Era como se, da mesma maneira que acontecera com as espadas, aquela arma a tivesse escolhido. A sensação era a de que não erraria nenhum disparo.

Nada mais, porém, aconteceu. Não houve nenhuma ameaça, nenhuma reação instintiva de seu corpo. Nada. Apenas a vibração, deixando-a em dúvida sobre aquela sensação ser um alerta de perigo iminente, um presente de Raquel, ou estar relacionada às armas em sua posse.

A dúvida permaneceu até ela sair do túmulo com o arco em uma das mãos e as tiras da aljava cheia de flechas passando por cima de um dos ombros, deixando-a pendurada ao lado de seu corpo. No exato momento em que pisou o gramado e se endireitou, seu corpo reagiu a um estímulo instintivo e arqueou-se para trás, a tempo de desviar de uma seta disparada contra ela, passando a centímetros de seu rosto; sua ponta triangular quase abria um corte em seu nariz.

Antes mesmo de a flecha cravar em uma árvore não tão próxima, uma espada desceu contra Jéssica. Por instinto, ela desviou de lado, a tempo de escapar do ataque. Pelo outro lado, uma segunda lâmina veio de encontro ao seu corpo. Jéssica conseguiu desviar, mas não foi tão rápida a ponto de evitar que as tiras que seguravam a aljava fossem cortadas, derrubando-a no chão e espalhando as flechas. A ponta da espada fez um corte em seu ombro, por onde sangue começou a escorrer para seu peito e braço.

Enquanto desviava dos ataques, seus olhos recaíram sobre as pessoas que empunhavam as espadas: pareciam ser homens e vestiam o uniforme negro caraterístico da Ordem de Ettore. Seus rostos, no entanto, estavam cobertos por balaclavas pretas, deixando apenas os olhos de fora, tornando impossível reconhecer quem estava por baixo daqueles trajes.

Mas por que querem me matar se, até algumas horas atrás, Alexandre estava tentando me recrutar? – ela se perguntou, mas não teve muito tempo de pensar a respeito. Mais um ataque veio do agente à sua direita. Sem ter para onde escapar, Jéssica dobrou um dos joelhos para amortecer o golpe da espada com o arco atravessado em suas mãos. Com incrível agilidade, ela se colocou em pé e, girando o arco ao mesmo tempo, fez a lâmina de seu oponente escapar de seus dedos. Tão rápida quanto no movimento anterior, ela deu meia-volta. Ficou de costas para seu agressor, ao mesmo tempo em que girava mais uma vez o arco nas mãos, e atacou o agente com uma de suas pontas, fazendo-o recuar alguns passos, tropeçar de costas na lateral do túmulo aberto e cair dentro dele com um grito abafado.

Mal ela havia se livrado do primeiro agressor, o segundo agente a atacou pelo flanco esquerdo. Jéssica rolou pelo chão, passando ao lado do homem; a espada zunia enquanto cortava apenas o ar. Quando ela se colocou em posição, às costas dele, o pé direito firme contra o gramado enquanto o joelho esquerdo mantinha-se flexionado, deixando a canela e o peito de seu pé apoiados contra o chão, dando-lhe o equilíbrio necessário, a flecha caída da aljava, que ela pegara durante seu rolamento, já estava encaixada e a corda, tensionada. Sem hesitar, ela disparou à queima-roupa.

A seta rasgou o ar, encurtando em alta velocidade o espaço até sua vítima. O agente, assustado, apenas arregalou os olhos e tentou arquear o corpo para trás. Tarde demais. A flecha estava muito próxima de seu coração para que ele conseguisse desviar ou se defender.

A flecha, porém, nunca chegou ao seu alvo. Uma espada desceu em arco no momento derradeiro e desviou a trajetória da seta, salvando o agente. Ao lado, empunhando uma lâmina longa e fina, estava Alexandre, vestido de negro, mas sem balaclava. Sua voz foi ouvida de longe quando ele gritou com autoridade:

– Já chega!

Guardando a espada na bainha em suas costas, Alexandre caminhou na direção de Jéssica, batendo palmas:

– Estou impressionado com sua performance – ele a elogiou.

Ao chegar perto dela, Alexandre lhe estendeu a mão para ajudá-la a se levantar. Jéssica recusou e deu um tapa nas costas da mão dele, colocando-se em pé sozinha. Com a expressão de muita raiva, perguntou:

– O que está acontecendo aqui?

Alexandre abriu um sorriso e respondeu:

– Você se provou digna de possuir essas armas. Mais do que isso. Você se provou digna de ser um membro da Ordem de Ettore.

Piscando os olhos algumas vezes, tentando entender o panorama ao seu redor, Jéssica perguntou:

– Tudo isso foi um teste?

– Pode-se dizer que sim – Alexandre respondeu, evasivo.

Capítulo 51

A raiva de Jéssica fervilhou em seu íntimo. Para um teste, tudo parecera muito real. O corte em seu ombro era um sinal mais do que nítido. Se ela não tivesse desviado da flecha e das espadas, agora estaria morta. Diferentemente de como agira com o agente, não parecera que Alexandre estava disposto a impedir qualquer ameaça à vida dela. Em nenhum momento ele se colocara no meio ou interrompera a batalha quando ela estivera em risco. Somente quando seu precioso agente estivera na linha de morte, ele aparecera. Parecia a Jéssica que eles estavam tentando matá-la.

– Você chama isto aqui de teste? – Jéssica apontou para o corte em seu ombro, furiosa.

Alexandre apenas a ignorou. Ele não sabia o que dizer em sua defesa. Jéssica estava furiosa e nada do que ele dissesse sobre aquele assunto iria aplacar sua ira.

– Para mim, chega! – Jéssica explodiu, caminhando pelo gramado e recolhendo as armas que agora eram dela por direito. – Sem mais joguinhos, Alexandre. Eu quero falar com Marcela! Agora! E sozinha!

– Está bem – Alexandre respondeu depois de pensar um pouco.

Jéssica surpreendeu-se com a concordância dele. Depois de, em seu próprio conceito, Alexandre ter tentado matá-la, agora ele estava sendo bonzinho com ela. Havia algo muito errado naquela história, mas a jovem não poderia se dar ao luxo de se apegar a essa questão, pelo menos não naquele momento, se quisesse o tão esperado encontro com Marcela.

Seus pensamentos foram desviados quando Alexandre lhe chamou a atenção, perguntando:

– E depois? O que vai fazer?

Jéssica respondeu com o mesmo tom explosivo de antes:

– Depois eu vou sair daqui! Não pertenço à Ordem de Ettore! Aliás, não pertenço a Ordem nenhuma. Vou seguir meus próprios passos.

– Como desejar – Alexandre respondeu, surpreendendo-a mais uma vez.

Girando o corpo de lado e indicando com a mão o caminho para fora do cemitério, Alexandre a convidou:

– Vamos encontrar Marcela?

Jéssica surpreendeu-se com a facilidade em deixá-la ir. Pelo pouco que conhecia dele, sabia que não era confiável e devia estar armando alguma coisa para prendê-la à Ordem de Ettore. O que era, ela não sabia, mas tampouco perderia tempo tentando descobrir. Se Alexandre havia lhe dado um salvo-conduto para fora daquele lugar, por mais que duvidoso, ela o aceitaria e o assunto estaria encerrado.

Segurando o arco e as tiras rompidas da aljava em uma das mãos e as espadas na outra, Jéssica caminhou ao lado de Alexandre. Nenhuma palavra foi trocada entre eles enquanto percorriam os primeiros corredores do cemitério em direção à saída. Cada um deles organizava seus próprios planos em suas mentes. Havia tensão no ar. Às vezes, seus olhares se encontravam, um tentando decifrar o outro, aumentando ainda mais a intriga silenciosa.

Os agentes que haviam participado do ataque a Jéssica os seguiam, com suas armas guardadas. Com passos silenciosos e quietos, eles estavam atentos à tensão entre as duas figuras, pouco à frente. A qualquer sinal de ameaça da convidada, eles estariam prontos para defender o mestre da Ordem de Ettore. Como se Alexandre precisasse disso.

O clima entre as figuras no cemitério permaneceu tenso até os sinos da igreja começarem a badalar; o som chegando a todos, já próximos da entrada do cemitério. No mesmo momento, Alexandre se empertigou. Sua expressão, até então neutra, estrategista, alterou-se para uma feição de preocupação nunca vista antes por Jéssica, tirando-a também de seus pensamentos. Pela reação dele, não parecia que aquelas badaladas faziam parte de algum plano sinistro do líder da Ordem de Ettore. Elas pareciam trazer más notícias.

Os agentes atrás deles sacaram suas espadas, passaram correndo pelas duas figuras paradas e deixaram o cemitério. Quando Alexandre gritou sua ordem para defenderem o local, eles já atravessavam o portão aberto, mergulhando pelo pátio atrás da igreja e, logo em seguida, pelo corredor lateral.

Sem compreender o que acontecia, Jéssica estava prestes a perguntar quando Alexandre tomou a iniciativa. Ele virou-se de lado com incrível velocidade, ficou de frente para ela, colocando-se em seu caminho para fazê-la parar, e a agarrou pelos dois braços, próximo aos ombros. Olhando-a com uma expressão de profunda sinceridade, falou rápido, deixando as palavras escaparem com um preocupante tom de urgência:

— Estamos sob ataque! — Não havia tempo para explicar que os sinos somente badalavam quando a presença de um inimigo era identificada no perímetro da Ordem de Ettore.

Capítulo 51

Tampouco precisava. A reação dele, somada à ação dos agentes de abandonarem o cemitério, correndo com armas em punho, além do badalar dos sinos, já indicava tudo. Jéssica, porém, deu de ombros, com a expressão neutra. Aquilo não era problema dela.

– Sei que você não quer mais vínculo com a Ordem de Ettore, apesar de ser um desperdício de seus talentos emergentes – Alexandre continuou, urgente: – Mas eu preciso pedir um último favor a você.

– Ajudar a defender a Ordem – Jéssica antecipou-se, desconfiando do que ele iria lhe pedir.

Mais uma vez, o destino a colocava ao lado daqueles que ela desprezava.

Alexandre permaneceu misterioso, fazendo Jéssica interpretar a ausência de confirmação como bem quisesse. Sem dizer nada, o líder da Ordem de Ettore a havia induzido aos próprios pensamentos. Alexandre, mais uma vez, jogava Jéssica contra ela mesma, fazendo-a, sem perceber, inclinar-se para decisões que eram favoráveis a ele.

– Eu tenho escolha? – Jéssica perguntou.

Alexandre abriu um sorriso enigmático e respondeu:

– Eu sei que você fará a escolha certa.

Ainda com o tom misterioso, tendo tempo de usar seus dons manipuladores, mesmo em meio à urgência do momento, Alexandre continuou:

– Por mim. Pelo legado que seus pais deixaram para você. – Após uma curta pausa proposital, ele completou: – Por Marcela.

Não podendo mais esperar, uma vez que os sons de batalha se sobressaíam sobre as fortes badaladas, Alexandre sacou sua espada e se pôs a correr para fora do cemitério a fim de se juntar aos seus comandados e liderá-los na batalha contra um inimigo ainda desconhecido para ele. Jéssica ficou sozinha, viu o homem desaparecer depois do portão e ponderou suas possibilidades. Poderia tanto ajudá-lo e, de certa maneira, continuar nas mãos dele, ou poderia usar a oportunidade para ter a tão desejada conversa com Marcela, sem interrupções ou supervisão.

Aquele era o momento certo de agir em prol de suas próprias necessidades. Mas será que eram suas mesmo, ou ela fora induzida a tomar aquele rumo?

Jéssica tomou uma decisão. Passou as alças das duas bainhas por cima da cabeça, deixando-as cruzadas em suas costas, com o cabo das espadas virado para baixo, permitindo-lhe sacá-las com rapidez pela base da coluna e já promover um ataque feroz, ascendente, caso fosse necessário. Com as lâminas posicionadas onde gostaria, Jéssica ajoelhou-se, deu um rápido, porém firme, nó nas tiras rasgadas da aljava e as passou por seus braços, deixando-a pendurada em suas costas, por cima das bainhas das espadas, com fácil acesso para sacar as setas. Tirando uma flecha e a prendendo no arco, ela correu para fora do cemitério, pronta para disparar caso algum inimigo avançasse contra ela em seu percurso.

Estava na hora do acerto de contas com Marcela.

52

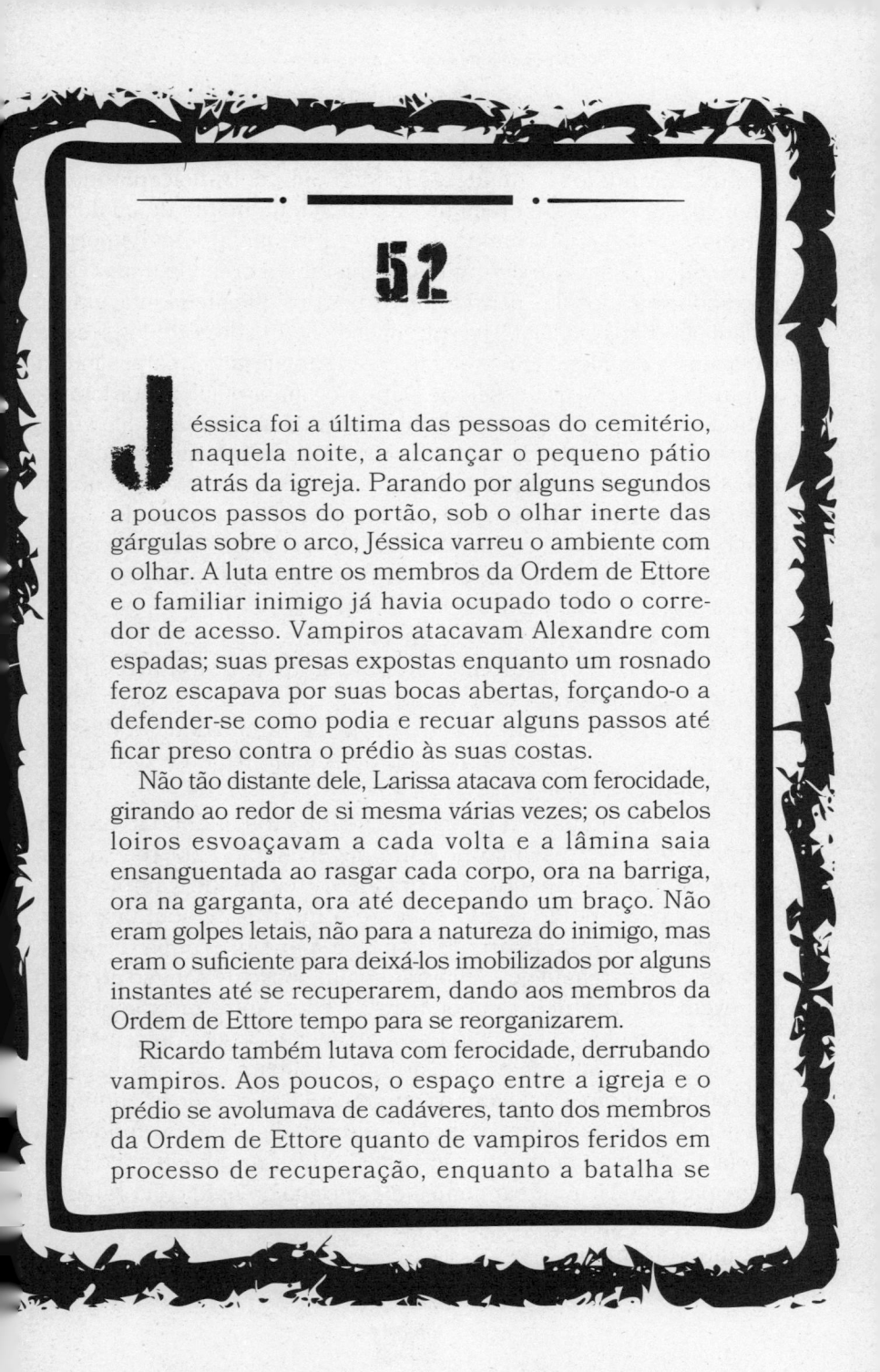

Jéssica foi a última das pessoas do cemitério, naquela noite, a alcançar o pequeno pátio atrás da igreja. Parando por alguns segundos a poucos passos do portão, sob o olhar inerte das gárgulas sobre o arco, Jéssica varreu o ambiente com o olhar. A luta entre os membros da Ordem de Ettore e o familiar inimigo já havia ocupado todo o corredor de acesso. Vampiros atacavam Alexandre com espadas; suas presas expostas enquanto um rosnado feroz escapava por suas bocas abertas, forçando-o a defender-se como podia e recuar alguns passos até ficar preso contra o prédio às suas costas.

Não tão distante dele, Larissa atacava com ferocidade, girando ao redor de si mesma várias vezes; os cabelos loiros esvoaçavam a cada volta e a lâmina saia ensanguentada ao rasgar cada corpo, ora na barriga, ora na garganta, ora até decepando um braço. Não eram golpes letais, não para a natureza do inimigo, mas eram o suficiente para deixá-los imobilizados por alguns instantes até se recuperarem, dando aos membros da Ordem de Ettore tempo para se reorganizarem.

Ricardo também lutava com ferocidade, derrubando vampiros. Aos poucos, o espaço entre a igreja e o prédio se avolumava de cadáveres, tanto dos membros da Ordem de Ettore quanto de vampiros feridos em processo de recuperação, enquanto a batalha se intensificava. Alguns deles eram pisoteados sem querer. Outros, no entanto, eram definidores de conflitos, derrubando ou, no mínimo, desequilibrando os combatentes ainda em pé, transformando-os em alvos fáceis para o oponente, independentemente de qual lado estivesse, e, assim, tornando-os mais um naquela pilha de corpos espalhados. O sangue de muitos se misturava no chão, quase não deixando vestígios das pedras sob os pés dos que ainda lutavam.

Um pouco mais adiante, na extremidade oposta do corredor, Jéssica viu quem era o líder daquele ataque e seu sangue gelou, paralisando-a por mais tempo do que desejava. Darius, o vampiro que a mordera na estrada, nem sequer tomava conhecimento dos agentes à sua volta. Atacando com ferocidade, os dentes cerrados e as presas expostas, ele derrubava um agente atrás do outro. Sua boca e seu queixo estavam manchados de vermelho. Algumas gotas eram arremessadas no ar conforme ele girava a cabeça ou o tronco na direção dos defensores daquele lugar, indicando que já havia mordido alguns membros, ou até monges, em seu caminho até o corredor.

Logo, Darius e Alexandre se encontrariam.

O caminho estava bloqueado por agentes e vampiros. Para piorar, Darius estava nesse meio. Se Jéssica quisesse chegar até Marcela, teria de passar por ali. Para sua infelicidade, o destino mais uma vez a colocava ao lado de Alexandre e da Ordem de Ettore. A não ser que...

Jéssica foi arrebatada de seus pensamentos quando a familiar vibração fez todo o seu corpo estremecer. Agindo por reflexo, ela girou de lado, escapando dos braços fortes de um vampiro que se aproximara dela. Tendo exposto a guarda de seu agressor, ela retesou a corda do arco e disparou à queima-roupa. A flecha atravessou a garganta dele, espirrando um pouco de sangue no rosto da jovem. O corpo dele tombou para a frente. Antes mesmo que ele alcançasse o chão, Jéssica já havia arrancado a seta de seu alvo e a encaixado novamente em seu arco, pronta para mais um disparo.

Outros vampiros estavam próximos dela, cercando-a, enquanto Jéssica dava mais alguns passos na direção da porta dos fundos da igreja. Considerando a situação atual, atravessar por ela até o pátio principal e, de lá, abrir caminho até a entrada do prédio lateral era a única opção para alguém como ela, que não queria se envolver nos assuntos da Ordem.

Capítulo 52

Mas, primeiro, ela teria de se livrar dos vampiros que se aproximavam, raivosos, alguns deles segurando espadas. Agindo por instinto, Jéssica disparou a flecha, que atravessou o olho de um inimigo e o derrubou de costas no chão. Rapidamente, ela levantou o braço para pegar mais uma seta da aljava, mas não teve tempo. A espada de outro dos vampiros desceu contra ela, forçando-a a interromper seu movimento para se desvencilhar do golpe. Somente para cair nas mãos de outro vampiro, de frente para ela, que a agarrou pelos ombros e abriu a boca, revelando seus caninos afiados enquanto mirava o pescoço de sua vítima.

Jéssica mais uma vez agiu por instinto, largou o arco e girou os próprios braços por dentro dos membros que a seguravam, empurrando-os para fora, tentando abrir a guarda do vampiro, ao mesmo tempo em que jogava a cabeça para trás, mantendo-a o mais longe possível da mordida iminente. Com um forte empurrão no peito, ela conseguiu afastá-lo, mas não o suficiente. Ainda próxima do inimigo, a jovem levou as mãos às costas, fechou os dedos ao redor dos cabos da espada e as sacou das bainhas, já fazendo um arco ascendente com as lâminas e cortando os dois braços esticados em seu caminho, que tentavam mais uma vez agarrá-la.

O vampiro soltou um urro de dor quando seus braços caíram no chão. Sangue jorrou dos cotos, manchando mais ainda de vermelho o rosto e as roupas negras de Jéssica. Logo em seguida, foi o corpo dele que desabou de bruços. Mesmo assim, o inimigo derrotado continuou suas investidas, rastejando em sua direção, soltando rosnados guturais na tentativa de morder o membro que entrasse ao alcance de sua boca. Um alvo fácil de ser derrotado, mas que foi deixado de lado por causa da presença de mais um vampiro próximo de Jéssica.

Um vampiro que estava armado. Quando Jéssica pressentiu a espada do inimigo vindo de encontro ao seu rosto, ela girou de lado, cruzando suas duas lâminas para amortecer o impacto. No intuito de se equilibrar, ela recuou um passo, reposicionando seus pés. Para seu azar, havia um corpo caído atrás dela, no qual tropeçou e tombou de costas. Em queda, mas com as espadas ainda cruzadas à sua frente, ela conseguiu se proteger de ser cortada ao meio. O som dos metais tilintou alto ao redor dela e de seu oponente ao se encontrarem.

Porém, ela perdera a vantagem do contra-ataque e, caída, estava à mercê do vampiro, que apontava a lâmina na direção de seu peito.

O vampiro era experiente com a espada. Não recuou um passo sequer para dar a estocada que arrancaria a vida da jovem caída. Tampouco afastou o braço para ganhar mais velocidade. Com um sorriso no rosto, ele apenas avançou a ponta da lâmina contra o peito dela. Jéssica sentiu a vibração estremecer todo seu corpo com uma intensidade que ela jamais havia sentido. Suas mãos postadas ao lado de seu corpo, ainda segurando as espadas, estavam distantes para serem erguidas a tempo de defender o ataque. Por mais que a magia estivesse dentro dela, a protegendo e a alertando do perigo, aquela energia não era milagrosa. Não havia como se defender daquela investida.

Para Jéssica, restava apenas fechar os olhos e aguardar pela dor da espada rasgando seu corpo enquanto a atravessava. Aquele golpe seria fatal.

E realmente seria, se não houvesse a intervenção de uma terceira pessoa naquele conflito particular. Tão rápido quanto o ataque do vampiro, uma lâmina passou por seu punho, de forma ascendente, decepando-o. A mão e a espada mudaram de direção, fazendo um arco no ar e caindo atrás da cabeça de Jéssica; a lâmina tilintou contra o chão de pedra. Mais sangue jorrou para cima da jovem caída.

Tão rápido quanto cortara o pulso, a espada girou no ar antes mesmo que o vampiro pudesse recuar, segurando seu braço decepado. No segundo seguinte, uma cabeça era separada de um corpo. As duas partes caíram no chão com um baque surdo, dando lugar para a agente que salvara Jéssica parar de frente a ela e lhe estender a mão.

Quando Jéssica abriu os olhos, acreditando ter demorado muito para o golpe fatal a acertar, ela viu a mão estendida à sua frente. Levantando mais o olhar, viu Larissa. Além dos hematomas de uma batalha antiga, a agente estava coberta de sangue.

Jéssica abriu um sorriso, estendeu o braço e aceitou a ajuda para se levantar.

– Obrigada. – Jéssica demonstrava gratidão em seu olhar.

– Era o mínimo que eu podia fazer – Larissa respondeu.

As duas formavam uma boa dupla, mas isso não era um diferencial para Jéssica. Ela já havia tomado suas decisões e não voltaria atrás. Nem mesmo por Larissa.

Capítulo 52

O momento de paz, no entanto, durou pouco. Mais vampiros aproximavam-se das duas. Tomando a dianteira, a espada em riste e o olhar nos inimigos que se aproximavam, Larissa falou para a jovem às suas costas:

– Esta não é sua luta. Vá! Chegue até Marcela! Resolva o que veio fazer aqui!

Tomada pela surpresa, Jéssica começou a formular sua pergunta:

– Mas como...

Larissa, porém, a interrompeu. Aquele não era o momento de discutirem formalidades de como ela poderia saber sobre o objetivo de Jéssica ao ter aceitado o convite de Alexandre para viajar até a base da Ordem de Ettore.

– Marcela está nas salas envidraçadas! Apresse-se!

Jéssica guardou as espadas nas bainhas às suas costas e recolheu o arco no chão. Engatando uma flecha na corda, ela correu até a porta no fundo da igreja. Ao parar em frente a ela com a mão sobre a maçaneta, a jovem lançou um último olhar para Larissa, por cima de seu ombro, e pediu:

– Não morra!

Larissa desviou o olhar na direção dela e abriu um sorriso. No segundo seguinte, ela soltou um grito e avançou contra os vampiros que se aproximavam.

No mesmo momento, Jéssica entrou na igreja.

53

Os sons da batalha próxima chegavam aos ouvidos de Jéssica dentro da igreja. O tilintar das lâminas se encontrando no ar, o ruído característico de aço rasgando carne, gritos de dor em meio a vozes alteradas dando ordens e o som de corpos batendo contra o piso de pedra invadiam o ambiente sacro, deixando-a ainda mais assustada, levando-a inconscientemente a trancar a porta. Com a respiração curta e rápida, ela virou-se; a corda de seu arco tensionada, a flecha pronta para disparar ao mínimo indício de movimento. Pela primeira vez desde quando adentrara o local, Jéssica percebeu como a igreja estava mais escura. O sol que outrora iluminara toda a cúpula ainda não nascera. As luzes estavam todas apagadas. A única iluminação vinha das inúmeras velas acesas diante do altar, deixadas ali pelos monges em homenagem aos mortos da última missão. As chamas bruxuleantes criavam sombras fantasmagóricas nos cantos, dando à jovem assustada uma impressão de que vampiros sairiam delas e a atacariam com toda a sua ferocidade animalesca.

Com o braço tremendo pelo esforço de sustentar a corda do arco esticada, Jéssica avançou para o interior da igreja. Caminhou pelo corredor central formado pelos longos bancos, deixando o altar iluminado às suas costas. O som de seus passos ecoava pelo espaço deserto, e seus olhos varriam todo o ambiente à sua frente – da esquerda até a direita e depois da direita até a esquerda – à procura de algum inimigo que pudesse surgir da escuridão ao redor. A intervalos regulares, ela levantava o olhar para os vitrais. As imagens dos santos trabalhadas neles pareciam se dobrar para o interior, curiosas, alguns deles com feições ameaçadoras e os braços esticados na direção dela, como se fossem pular de suas posições e atacá-la.

Acelerando o passo para deixar aquele ambiente mergulhado em sombras ameaçadoras, Jéssica baixou a guarda, tornando-se desatenta. Ela mal havia chegado à metade do corredor entre o altar e as pesadas portas duplas de madeira, à sua frente, quando um dos vitrais se estilhaçou. O eco no espaço confinado foi ensurdecedor. Os pedaços de vidro se espalharam pelo interior, a maioria deles desaparecendo ao serem engolidos pela escuridão.

Assustada, Jéssica virou o corpo na direção dos vitrais; a corda do arco tensionada, a flecha apontada para o alto, seus dedos quase a soltando. Onde antes havia a bela imagem de um santo, jazia agora um agente da Ordem de Ettore: a metade inferior pendurada para o lado de fora da igreja enquanto seus braços pendiam para o interior, balançando no ar. Do seu rosto todo retalhado, uma cachoeira vermelha descia pela parede de pedra e começava a formar uma poça no piso.

Com o olhar fixo no cadáver pendurado e a flecha apontada para os vitrais, Jéssica caminhou de lado o restante que faltava da igreja. Ao chegar próximo à saída do outro lado, a porta pela qual entrara estremeceu, o som ecoando pelo interior, como se alguém batesse com muita força contra ela, como se tivesse sido jogado ao seu encontro. Assustando-se mais uma vez, Jéssica girou o corpo na direção do ruído, com o arco apontado para a passagem ainda trancada na outra extremidade. O pensamento da jovem voltou-se para Larissa. Bem no fundo, ela esperava que a agente estivesse bem.

Recuando os últimos metros, seus olhos e o arco virando da porta para os vitrais e dos vitrais para a porta, Jéssica esqueceu-se de que atrás dela havia outra entrada para a igreja, muito maior do que a passagem da extremidade oposta. Um erro que poderia ter sido fatal. Ela somente se deu conta disso quando as pesadas portas de madeira, já próximas das suas costas, abriram-se com violência; o

Capítulo 53

som mais uma vez ecoando pelo ambiente fechado. Através delas, agentes da Ordem de Ettore e vampiros adentraram o espaço, lutando, passando ao redor de Jéssica como se ela não estivesse lá.

Vendo-se novamente no meio da batalha, Jéssica não perdeu tempo. Aliviou um pouco a tensão na corda de seu arco, mas com a seta ainda engatada, e correu por entre corpos engajados em lutas corporais e espadas se encontrando no ar. Em seu trajeto perigoso até o acesso ao prédio lateral, onde Marcela era mantida refém, Jéssica desviou-se de alguns golpes após ser alertada pela tão familiar vibração em seu íntimo. Viu membros conhecidos da Ordem de Ettore em suas batalhas; entre eles, Alexandre engajado na luta contra Darius. Os dois se digladiavam no meio do pátio, em meio a outros confrontos.

Aquela não era, no entanto, a batalha dela, e Jéssica apenas correu até a entrada do prédio lateral. Alcançou-a sem grandes dificuldades e sem disparar uma única flecha desde quando saíra da igreja. A jovem atravessou a porta do prédio e desapareceu em seu interior iluminado. Distante do confronto, ela relaxou o braço um pouco dolorido e deixou a corda afrouxar, mantendo a flecha ainda apontada para o chão – uma precaução, caso precisasse disparar com urgência.

De onde adentrara o prédio, não havia muito para onde ir. O largo corredor central, muito bem iluminado, atravessava toda a construção com aparência mais moderna, cortando-a ao meio. Dele, no entanto, havia vários outros corredores, tanto para a direita quanto para a esquerda. Naquele exato momento, Jéssica sentiu-se perdida. Larissa havia lhe dito para ir até as salas envidraçadas. Sabendo que o objeto de sua busca estava no último andar, pois já olhara para aquelas janelas algumas vezes quando atravessara o pátio em outras ocasiões, tudo o que ela precisava fazer era encontrar uma escadaria que a levasse até lá. O tempo era escasso e, se quisesse ser bem-sucedida, seria melhor entrar logo em movimento.

Conforme caminhava pelo corredor, com passos cautelosos e olhares atentos para todos os lados, adentrando ainda mais o coração do prédio, o som da batalha foi ficando distante. Apesar do que acontecia do lado de fora, ali dentro estava deserto demais. Calmo demais. Silencioso demais. *Algo está errado!* – Jéssica não conseguiu evitar o pensamento perturbador.

– Muito errado! – As palavras saíram da boca de Jéssica com preocupada lentidão.

A sensação de que mais uma vez ela fora manipulada a incomodava. Jéssica não sabia, no entanto, aonde Alexandre queria chegar com todo aquele jogo. Imediatamente, uma breve desconfiança recaiu também sobre Larissa. *Até que ponto ela está envolvida nas manipulações de Alexandre?* – Jéssica se perguntou. *Ou ela é mais um peão nessa história e foi manipulada para me indicar o lugar onde Marcela é mantida? O que eles querem de mim, afinal?* Esse era o pensamento mais perturbador, que mais a incomodava. Parecia haver algo mais do que simplesmente tê-la em suas linhas de frente. Não havia, porém, naquele momento, como responder às indagações. Tudo o que podia fazer era jogar o jogo e ver no que iria dar.

Sem ter escolha além de seguir o caminho, Jéssica alcançou o primeiro cruzamento, onde largos corredores iluminados se estendiam para a direita e para a esquerda. Lançando um rápido olhar para os dois lados, ela se perguntou por qual caminho deveria seguir. Não havia, a princípio, nenhum indício de escadaria, muito menos de que aquelas duas possibilidades a serem seguidas a levariam até a sala onde Marcela era mantida.

Mas uma decisão precisava ser tomada.

Quando se decidiu, apesar das incertezas, Jéssica seguiu pelo corredor da direita, também deserto. Preocupando-se mais ainda com como tudo ali dentro estava estranho demais, ela se perguntou, intrigada:

– Onde estão os monges?

Jéssica não havia se afastado muito da intersecção às suas costas quando seus olhos pousaram sobre uma placa colada na porta à sua esquerda, com um desenho simples de uma pessoa subindo degraus. Ela havia encontrado a escadaria que a levaria para perto de Marcela, deixando-a mais próxima de concretizar sua vingança.

Cautelosa, Jéssica abriu a porta com os ombros e apontou a flecha para o caminho à sua frente, com a corda do arco mais uma vez tensionada. Vazio, como ela já desconfiava que encontraria. Mantendo-se atenta, ela adentrou a área da escadaria e deixou a porta se fechar às suas costas, cortando de vez todo o som de batalha que vinha do exterior. Subindo os lances de escada com cautela

Capítulo 53

extrema, a jovem chegou ao último andar e, com o mesmo cuidado, entrou no corredor.

De costas para a porta por onde deixara a escadaria, Jéssica olhou para os dois lados. Aquele piso era muito parecido com o corredor abaixo. Processando algumas informações, com base no pouco que já conhecera do prédio, todas as salas na parede à sua frente deviam ter a extremidade oposta voltada para o vidro. Faltava apenas descobrir em qual sala Marcela era mantida. Lançando um olhar de um lado ao outro, eram muitas possibilidades a serem checadas.

Caso estivesse certa.

Com o tempo cada vez mais escasso, Jéssica logo se colocou em movimento, olhando para o interior de cada uma das salas pelo vidro quadrado na metade superior das portas. Apesar de todas elas estarem mergulhadas na escuridão, a luz do corredor lhe permitia enxergar o suficiente para perceber que estavam vazias. Isso até chegar a uma sala onde parecia ter alguém preso a uma cadeira, de costas para a porta.

Apesar de o outro lado estar mergulhado na penumbra, impossibilitando a identificação de detalhes da pessoa ou a visão das condições em que se encontrava, Jéssica conseguiu reconhecer, apenas pela silhueta, quem era mantida prisioneira ali. Ela a conhecia muito mais do que o suficiente para tal.

Jéssica finalmente encontrara quem procurava. Guardou a flecha na aljava e pendurou o arco em seu ombro. Com o olhar fixo na silhueta do outro lado, abaixou a mão até a maçaneta, esperando encontrar a porta trancada. Para sua surpresa, houve um estalo e a passagem se abriu.

Fácil demais! – Jéssica pensou, indagando-se se Alexandre não teria deixado a porta destrancada de propósito, sabendo quais seriam os planos dela. A possibilidade de mais uma vez ser manipulada pelo líder da Ordem de Ettore lhe passou pela cabeça. Isso explicava o fato de todo o prédio estar deserto e iluminado. Mesmo assim, não se deteve. Ela havia chegado até ali e, manipulada ou não, não perderia a oportunidade de concretizar sua vingança pelo que Marcela havia lhe feito. Ainda mais quando a voz da vampira atravessou pelo vão da porta, parecendo, ao mesmo tempo, assustada e temerosa:

– Quem está aí?

Jéssica entrou na sala e fechou a porta às suas costas. As luzes imediatamente se acenderam. Sem se virar, ela tateou até encontrar

o trinco e o girou, trancando-a por dentro. Ninguém mais poderia impedi-la de se vingar da vampira que a tentara matar.
— Olá, mãe! — Jéssica falou, abrindo um sorriso.

54

— Surpresa em me ver? – Jéssica perguntou. Marcela remexeu-se na cadeira, mais uma vez lutando contra as correntes que a prendiam; os ferimentos nos pulsos e pernas recomeçavam a sangrar. Seu olho, o único que lhe restara, uma vez que o processo de regeneração dependia de muito sangue e de tempo, parecia estar carregado de medo.

Jéssica contornou a cela, com expressão neutra e o olhar fixo em Marcela, e falou:

— Você realmente achou que ser presa pela Ordem de Ettore era a solução para escapar de mim?

Remexendo-se na cadeira com mais violência à medida que os lentos passos de Jéssica a levavam para mais perto, Marcela gritou a resposta:

— Eu não estava fugindo de você! Era para você estar morta!

Deixando seu rosto se iluminar pelos raios ultravioletas da cela, Jéssica abriu um sorriso e respondeu:

— E estaria, não fosse por Erick. Mas acredito que você não sabia do quão importante eu era para ele, não é mesmo? Ou sabia?

Ao ouvir que Erick a salvara, Marcela parou de se mexer na cadeira. Ela não acreditava que o vampiro havia transformado sua filha. Se isso fosse verdade, Jéssica não estaria ali para matá-la, como acreditara desde o momento em que ela passara pela porta. Talvez ela estivesse ali para salvá-la.

Marcela deixou-se dominar por essa esperança e logo perguntou:
– Erick a transformou?

Jéssica apenas deu um passo à frente, atravessando a luz ultravioleta da cela sem se queimar. Imediatamente, o olho bom de Marcela arregalou-se, voltando a demonstrar o medo de alguns minutos antes.

– Não, Marcela. Em vampira, não – Jéssica respondeu. – Mas, de certa maneira, Erick alcançou seu objetivo ao me transformar em outra pessoa. – Jéssica deu mais um passo à frente e continuou: – Mas não em quem ele queria que eu fosse. – Agachou-se ao lado de Marcela e disse: – Graças às suas atitudes e às de Erick, vocês despertaram em mim um lado que você e Felipe lutaram a vida toda para manter adormecido.

– Não acredito que você se juntou...

Marcela tentou expressar seu sentimento, mas foi interrompida por Jéssica passando as mãos pelos cabelos ensanguentados da vampira, respondendo ao mesmo tempo:

– *Shhh, shhh, shhh.* – Seu tom de voz era calmo, controlado, frio, quase como uma vampira. – Eu nunca me juntaria a quem fez isso com você.

Jéssica ficou em pé novamente, olhou firme para Marcela e falou:
– O que me deixa em um dilema. Se não fosse por você, eu não seria capaz de resistir à dialética de Alexandre. Por outro lado, você tentou me matar.

Jéssica levou a mão às costas, sacou a espada com lentidão, o som do metal raspando contra a bainha ecoando pela sala, e perguntou:
– O que você acha que devo fazer com você?

O único olho de Marcela se arregalou, assustando-se ao ver a espada. Sua filha estava diferente. Em ocasiões pretéritas, teria sido capaz de decifrar as emoções dela e saber qual seria sua próxima ação. Naquele momento, tudo o que conseguia ver era uma pessoa fria, movida por um ódio controlado, cujos atos eram imprevisíveis.

Ao encostar a ponta da espada na corrente que prendia um dos pulsos de Marcela, Jéssica perguntou:
– Devo soltar você?

Capítulo 54

Jéssica levantou a espada, perfurando de leve o peito de Marcela na altura do coração, fazendo-a estremecer de dor.
– Ou devo acabar com seu sofrimento? – perguntou.
Marcela não sabia o que responder. Não reconhecendo mais a própria filha, a resposta errada causaria sua morte. Ela precisava de tempo para pensar, mas não conseguia imaginar uma maneira de se livrar daquela fúria controlada de Jéssica. Ela ansiava por vingança. O que a vampira não conseguia compreender era por que ela ainda não a matara.
O motivo logo veio à tona.
– Se você me contar onde está Erick, talvez eu deixe você viver.
Então era isso! – Marcela pensou. Sua filha aprendera a mentir. Não havia dúvida, para a vampira, de que Jéssica estava do lado de Alexandre. Só podia estar. Ele mesmo a torturara para descobrir o paradeiro de Erick. Ele mesmo havia ameaçado trazer a jovem para ter uma conversinha com sua mãe. E agora ela queria saber do paradeiro de Erick. Tudo aquilo não podia ser coincidência.
Marcela endureceu suas feições, sabendo o que a esperava, e respondeu:
– Outros já tentaram me torturar, mas não conseguiram arrancar uma palavra de mim. Por que você acha que vai conseguir?
– Porque eles não estavam motivados pelo desejo de vingança, como eu estou. – A resposta de Jéssica foi rápida.
Marcela foi forçada a aceitar que o argumento dela fazia sentido. Uma pessoa movida pelo ódio e pela vingança não descansaria até sua fúria ser aplacada. Aquele perfil era o mais perigoso de todos. Para sua infelicidade, era o que definia Jéssica naquele momento. E ela estava bem ao seu lado, disposta a fazer tudo para arrancar aquela informação. Uma informação que ela definitivamente não sabia.
– Eu gostaria de saber, mas, infelizmente, não posso dizer o que não sei.
Jéssica balançou a cabeça em compreensão à resposta e guardou a espada. Marcela, percebendo que o perigo passara, que ela havia acreditado em suas palavras, respirou mais aliviada.
Sem dizer uma palavra, Jéssica agachou-se mais uma vez e começou a levantar a cadeira de Marcela até a vampira ficar na posição vertical, de costas para a porta e de frente para as cortinas

fechadas. Colocando-se diante da vampira e olhando-a com firmeza, a jovem respondeu:

— Eu não acredito em você.

Jéssica atravessou mais uma vez os raios ultravioletas da cela e aproximou-se da mesa. Havia uma arma ali em cima. Alguém a havia deixado. Provavelmente Alexandre, fazendo-a se perguntar se não fora proposital. Ao pegá-la, mais uma vez, ela se sentia manipulada pelo líder da Ordem de Ettore. A jovem somente não conseguia imaginar qual era o propósito dele.

Mas isso, no momento, não importava. Virando-se, Jéssica tirou o pente da arma e olhou para a quantidade de balas. A coincidência era incrível demais. Colocando-a de volta e engatilhando, Jéssica levantou o olhar até Marcela:

— Dezoito tiros. Um para cada ano que você me fez sofrer.

Jéssica atravessou mais uma vez os raios ultravioletas e perguntou:

— Devo começar ou você vai me dizer onde Erick está?

Marcela mirou a filha com firmeza e a enfrentou:

— De que adianta? Você está disposta a descontar todo o seu sofrimento em mim. A resposta não vai fazer você parar.

— Você vai ter de descobrir — Jéssica respondeu, sorrindo.

E deu o primeiro disparo. O som ecoou pela sala. A bala entrou no tornozelo de Marcela, um pouco acima das correntes, fazendo-a gritar de dor. Sangue escorreu do ferimento.

— Acredito que essa dor seja pior do que a facada que me deu — Jéssica falou. — Ainda faltam dezessete tiros. Devo continuar ou vai me dizer a localização?

— Você não é mais minha filha! Vai para o inferno! — Marcela respondeu entre dentes.

O próximo tiro foi no outro tornozelo. Marcela gritou de dor, mas não se entregou. Então veio mais um disparo. Depois outro. E mais um. A cada buraco aberto no corpo da vampira, sangue escorria. Quinze tiros depois, ela parecia uma peneira, toda ensanguentada. Seu rosto transpirava. A cabeça estava caída de lado; o olho bom, quase fechado, tamanha a dor que sentia, mas ainda consciente. Fraca, porém consciente.

— Devo admitir que você é persistente — Jéssica disse. — Mas olhe para você. Não está aguentando o peso do próprio corpo. E eu estou apenas começando. Até quando vamos continuar esse jogo? Fale logo o que eu quero saber, e eu deixo você em paz!

Capítulo 54

Naquela situação, a proposta dela parecia muito boa. A vampira estava disposta a fazer qualquer coisa para acabar com aquele sofrimento. Até mesmo entregar Erick. Ou, pelo menos, contar o que sabia.

Endireitando a cabeça com muito esforço, Marcela respondeu:
— Está bem. Eu vou dizer.

Jéssica, ainda com a arma na mão, cruzou os braços e falou:
— Estou ouvindo.
— Eu não sei bem para onde ele pode...

A raiva tomou conta de Jéssica, e ela apontou a arma para o peito de Marcela. Ela se sufocaria no próprio sangue quando a bala perfurasse o pulmão e o órgão se inundasse. O tiro, no entanto, não iria matá-la, mas seria muito doloroso e desconfortável. O dedo estava no gatilho, pronto para disparar, quando Marcela gritou:
— Mas eu desconfio onde ele possa estar.

Jéssica abaixou a arma e ouviu o que Marcela tinha para dizer:
— Ele tem outro castelo no meio das montanhas. Fica bem na encosta, de modo que o único acesso é pela frente da construção. Tentar escalar é suicídio. Somente há uma entrada e o lugar está cheio de vampiros. Você não vai durar um minuto se atacar pela frente. Sinto muito, mas o lugar é intransponível. Até mesmo para a Ordem de Ettore.

— Eu dou um jeito — Jéssica respondeu.

Prendendo a arma por dentro da calça e jogando a blusa por cima, ela continuou:
— Considere esses três tiros que sobraram um bônus pelos anos que você esteve fora da minha vida.

Jéssica aproximou-se da janela e abriu as cortinas apenas o suficiente para olhar do lado de fora. O sol já começava a despontar, sua luz riscando o horizonte com um tom amarelado característico. Abaixo, a batalha continuava. A maioria dos membros da Ordem de Ettore estava morta ou ferida. Poucos ainda lutavam; entre eles, Larissa, Ricardo e Alexandre. Seus rostos estavam manchados de sangue. Suor escorria por suas faces. Os cabelos loiros da agente ainda esvoaçavam de um lado para o outro enquanto ela girava, atacando com sua lâmina tingida de vermelho.

Aquela batalha não duraria muito mais. Não por causa do sol que começava a despontar no horizonte. O conflito acabaria antes disso. Mas, sim, pelos vampiros. Em maior número, eles detinham a vantagem. Não haveria outro resultado para aquele combate, a não ser que Jéssica entrasse na batalha.

— Não é a sua luta! — Jéssica falou para si mesma, mas não confiou nas próprias palavras.

Por mais que não concordasse com os dogmas da Ordem de Ettore, havia entre eles um inimigo comum. Jéssica precisava ajudar. E mais uma vez o destino a colocaria em um campo de batalha ao lado daqueles de quem ela sempre tentava escapar, mas nunca conseguia.

— Você vai me deixar viver? — Marcela a tirou de seus pensamentos.

Jéssica virou-se na direção dela e olhou-a com firmeza, pensando. Depois abriu as cortinas, revelando à vampira o sol despontando no horizonte, vencendo a escuridão sobre a copa das árvores ao redor. Jéssica retornou para perto de Marcela, parou ao seu lado, as cabeças quase coladas enquanto olhava para os primeiros raios surgindo, e falou ao ouvido da vampira:

— Faz tanto tempo que você não vê o sol nascer. Não sente falta disso?

Marcela já sabia aonde Jéssica queria chegar e começou a se remexer na cadeira, gritando:

— Eu confiei em você! Eu falei o que você queria saber! Não pode fazer isso comigo!

Ao olhar para o rosto destruído de Marcela, a poucos centímetros do seu, Jéssica respondeu:

— Assim como você não precisava ter tentado me matar.

Jéssica afastou-se da vampira, tirou a arma da cintura e disparou as últimas três vezes contra a janela. O vidro se quebrou, fazendo os estilhaços pontiagudos de vários tamanhos mergulharem para o pátio, três andares abaixo, como uma chuva transparente refletindo por um curto momento os primeiros raios do sol surgindo no horizonte. O som das espadas se chocando e os gritos dos poucos sobreviventes da Ordem de Ettore invadiram a sala. A jovem largou o revólver com desprezo, fazendo-o deslizar alguns metros pelo piso, e se aproximou da beirada. A situação com os agentes estava mais crítica do que a última vez que olhara. Alexandre estava de joelhos, e Darius preparava o golpe de misericórdia com sua espada ensanguentada.

Forçada a pensar rápido, Jéssica tirou o arco de seu ombro, sacou uma flecha da aljava e, em questão de segundos, o projétil rasgava o ar na direção de Darius. O vampiro teve de interromper seu golpe

Capítulo 54

fatal em Alexandre para se defender, desviando a seta com um único movimento, fazendo suas duas metades deslizarem pelo chão, inofensivas. Por um breve momento, o olhar do líder da Ordem de Ettore e o da jovem no alto do prédio se encontraram. De lá, ela pensou ter visto a cabeça dele se mexer para baixo e para cima, como que agradecendo por ela ter salvado sua vida. No momento seguinte, o agente recuperava sua espada e, aproveitando-se da momentânea distração do oponente, desferia um golpe fatal em direção ao coração do vampiro. Para sua infelicidade, Darius recuperou-se a tempo, desviou a lâmina, e a batalha entre os dois recomeçou.

Uma batalha de que Jéssica não queria ficar de fora. No momento em que torturava Marcela, ela havia tomado uma decisão, dado um rumo à sua vida. Abandonar o confronto abaixo não fazia parte desse seu novo ser.

No momento que virou o rosto para trás, ela olhou pela última vez para Marcela.

– Adeus, mãe! – Jéssica falou.

– Não, você não pode me deixar aqui! – Marcela suplicava por sua vida, desesperada. – Não desse jeito!

Uma lágrima escorreu por seu olho intacto, convicta de que Jéssica a abandonaria naquele estado, deixando-a ali para morrer.

Com a voz carregada de súplica, ela pediu:

– Por favor.

De costas para a vampira que um dia fora sua mãe, Jéssica a ignorou. Em meio aos gritos suplicantes de Marcela, remexendo-se com violência exacerbada, tentando se soltar, Jéssica passou o arco por cima da cabeça e de um dos braços, prendendo-o bem sob a aljava, sacou as espadas e saltou pela janela.

55

Foi um salto de muita fé, próximo do irracional. Qualquer pessoa, até mesmo um membro da Ordem de Ettore, não teria tomado aquela decisão aparentemente suicida. Mas era essa determinação, essa coragem inconsequente, que conduzia Jéssica, a cada ato, a estar mais próxima de quem ela mesma já começava a acreditar que estava destinada a ser. Chegar lá era apenas uma questão de tempo.

Seu pouso, porém, não foi dos melhores. Tampouco indolor. Afinal, ela havia saltado do terceiro andar de um prédio. Quando seus pés tocaram o chão, os tornozelos sentiram o impacto. Ela rolou por sobre um dos ombros; os cacos de vidro espalhados sobre o piso de pedra estalavam sob seu corpo em movimento, alguns deles tirando um pouco de sangue da jovem. Quando se colocou em pé, os braços um pouco abertos e as duas espadas nas mãos refletindo os fracos raios solares que venciam a batalha no horizonte, sua expressão era de fúria. Quase não sentindo, naquele momento, as dores do salto, Jéssica avançou contra os vampiros.

Jéssica não poupou nenhum deles. Para ela, não havia ataque para tirá-los da batalha ou feri-los. Ela queria sangue. Ela queria morte. Queria descontar toda a fúria naqueles seres que destruíram sua vida e a forçaram a matar o último de seus entes queridos. Jéssica queria vingança. Não importava se sua vítima fosse vampira por apenas algumas horas ou houvesse séculos. Tampouco importava se confabulava ou não com os planos de Erick ou de Darius. Para ela, em seu julgamento particular, bastava ser vampiro para ser culpado.

Com golpes rápidos, Jéssica enfincava as espadas em seus corações. Quando as puxava de volta, as tirava pela lateral do corpo de suas vítimas, manchadas de vermelho-vivo, rasgando mais do que o coração e quebrando costelas; o sangue espirrava na direção dela. Não precisou abater muitos dos inimigos para o rosto de Jéssica ficar irreconhecível e o tom de sua pele se perder em meio aos riscos avermelhados e gosmentos do líquido que saía com pressão de seus oponentes. Seus cabelos logo se soltaram do laço e algumas mechas caíram por cima de suas orelhas e da face, deixando-a com uma aparência ainda mais ameaçadora.

Havia, porém, algo mais em seu rosto. Dos olhos semicerrados, lágrimas escorriam pelos cantos, misturando-se ao sangue em sua face, como se a fúria e o desejo de vingança não fossem nada mais do que o reflexo doentio de seu sofrimento. Independentemente de qual fosse o estopim daquele sentimento destrutivo, estava surtindo efeito. A determinação de Jéssica contagiou os membros da Ordem de Ettore. Os que ainda lutavam se encheram de força e equilibraram o conflito contra seus oponentes. Os que estavam caídos, feridos, inflamaram-se com aquela visão da jovem louca deixando uma trilha de sangue e corpos atrás dela. Eles se levantaram, pegaram suas espadas e retornaram para o combate.

No corredor de acesso ao cemitério, Ricardo lutava sozinho contra alguns vampiros. A situação não estava fácil e não tardou a se complicar quando, recuando enquanto se defendia como podia com a espada, tropeçou em um cadáver às suas costas e caiu sentado no chão sobre outros corpos. Mesmo ainda segurando a lâmina, as chances de se levantar eram pequenas. Ele tentou recuar, arrastando o corpo para trás o mais rápido possível. Sua rota de fuga foi interrompida pela parede de pedra da igreja. Com seus inimigos o cercando, não havia mais para onde se esgueirar. Ao brandir a espada de um lado para o outro a fim de mantê-los afastados e conseguir espaço, ele tentou se colocar em pé, mas uma estocada pelo flanco o acertou de raspão na perna, abrindo um talho superficial, que o fez cair novamente.

Naquele momento, a mais dura verdade o invadiu. Os vampiros se debruçavam sobre ele, as bocas abertas expondo os caninos

Capítulo 55

ensanguentados. Ricardo perdera a batalha. A morte se aproximava. A Ordem de Ettore estava condenada. Aquele era o fim.

Pelo menos era o que Ricardo acreditava. Mas Jéssica havia inflamado os outros membros da Ordem de Ettore ainda em condições de lutar, e foram eles que salvaram o agente, atravessando as espadas pelas costas até perfurar o coração das criaturas, acabando com suas vidas. Os vampiros sobreviventes àquele ataque esqueceram-se do homem caído e viraram-se contra os agressores, dando o espaço necessário para Ricardo levantar-se e atacá-los.

O jogo virara. Eram os vampiros que agora estavam cercados. Sem dó nem piedade, os agentes atacavam para matar, fazendo a pilha de corpos crescer no corredor entre a igreja e o dormitório. Quando o último deles caiu, Ricardo levantou o olhar para o pátio. Jéssica e Larissa estavam em apuros. Um pouco mais adiante, Alexandre e Darius lutavam, com ligeira vantagem do vampiro.

Colocando-se à frente dos homens que o haviam salvado, Ricardo os incitou à batalha:

— Venham! — Ele avançou contra a horda distante. — Vamos colocar um fim nisso!

Não muito distante, Jéssica e Larissa se encontravam no centro do pátio. O rosto da agente estava manchado de sangue e seus revoltos cabelos loiros pareciam ter sido tingidos de vermelho. O olhar experiente de Larissa tentava encontrar uma saída daquela situação, porém estavam cercadas, separadas da luta principal, entre Alexandre e Darius, pelos inimigos ao redor. Para se defenderem, elas viraram de costas uma para a outra, com suas roupas quase se tocando enquanto giravam no próprio eixo, com os braços levantados e as espadas ensanguentadas apontadas para a massa de vampiros ao redor.

— São muitos! — Larissa gritou.

Jéssica levantou o olhar e viu os raios solares da manhã se tornando um pouco mais intensos.

— Temos de resistir mais um pouco — Jéssica gritou de volta.

— Ou morrer tentando — Larissa devolveu.

O cerco fechou-se em volta delas. Ainda de costas uma para a outra, elas aparavam golpes e contra-atacavam. Suas investidas, no entanto, eram ineficientes. Quando um vampiro caía por suas espadas, morto ou ferido, outro tomava o lugar e a horda continuava se fechando em torno das duas, tirando o espaço delas. Em pouco tempo, estariam no meio deles e, quando isso acontecesse, seria impossível manter a posição.

A morte seria certa.
Falta tão pouco para o sol despontar de vez no céu azul! – Jéssica pensou, entregando-se pela primeira vez desde o momento em que entrara na batalha. A determinação parecia estar abandonando-a. Ela sentia medo.
— Seu sangue parece delicioso! – falou um vampiro com uma ação fingida de sentir o odor no ar.
Jéssica e Larissa olhavam para todos os lados, procurando uma brecha por onde escapar. Para a infelicidade de ambas, não havia rota de fuga. Os vampiros estavam muito próximos uns dos outros. A única forma de escapar seria abrir caminho lutando, o que seria suicídio. Ficarem paradas, esperando-os caírem sobre elas, também seria. Naquela situação alarmante, somente havia uma alternativa: investir contra as fileiras. As chances de sobreviverem eram pequenas, mas, ainda assim, muito maiores do que se ficassem paradas, sem fazer nada.
Com um grito, Larissa avançou contra as fileiras à sua frente. Jéssica não hesitou e virou-se, praticamente grudando seu ombro ao dela quando seus corpos se chocaram contra a barreira de vampiros, as espadas encontrando o primeiro dos alvos. Atrás delas, os inimigos que as cercavam avançaram com ferocidade, extinguindo, de vez, o espaço que ambas ocupavam segundos antes.
Elas tentavam atacar no meio da aglomeração, mas o espaço era curto para girar a espada. Tudo o que conseguiram fazer foi matar um ou dois vampiros até serem golpeadas no rosto pelo cabo da espada do inimigo. Ao se desequilibrarem, elas caíram de costas no chão, entre pernas e pés dos que se aproximavam delas por trás. Tão logo seus corpos bateram contra o piso de pedra, arrancando o ar de seus pulmões, os vampiros caíram sobre elas; os dedos com unhas compridas tentando agarrá-las, arranhando seus membros enquanto elas se debatiam inutilmente em tentativas desesperadas de escapar.
Tendo-as segurado, os vampiros abriram as bocas, expondo seus caninos manchados de vermelho, e caíram sobre elas.
Mas não chegaram a mordê-las. No momento crucial, um som de metal rolando pelo chão de pedra chegou aos ouvidos das duas, sobressaindo à gritaria dos vampiros. Larissa lançou um rápido olhar para uma granada e gritou:
— Cubra os olhos!
Larissa desvencilhou-se das mãos que a agarravam e virou-se de bruços, mergulhando o rosto entre seus dois braços cruzados

Capítulo 55

contra o piso de pedra, protegendo os olhos. Jéssica chutou um vampiro, agitou os braços e virou-se de lado no exato momento em que a granada explodiu e a luz solar artificial iluminou as duas jovens caídas, enquanto vampiros se desintegravam ao redor delas.

Quando tudo voltou a ficar escuro, elas estavam cobertas de fuligem negra. Ao redor, agentes da Ordem de Ettore lutavam contra os vampiros que haviam escapado da granada de luz solar. À frente de ambas, Ricardo debruçava-se de leve, com as mãos estendidas em sua direção.

– Vocês estão bem?

Larissa agarrou a mão dele e deixou-se levantar, segurando a espada. Jéssica também ficou em pé, mas cambaleou um pouco, respirando fundo e tentando clarear sua visão. Quando a bomba de luz solar artificial explodira, ela ainda não havia coberto o rosto totalmente e, em decorrência disso, sua visão fora afetada. Ela enxergava apenas vultos negros em meio a um cenário claro como o dia.

Sem soltar as espadas, Jéssica debruçou-se sobre si mesma e apoiou os punhos cerrados contra os joelhos. Piscou algumas vezes, tentando reestabelecer sua visão. Percebendo o que havia acontecido com ela, Ricardo a orientou:

– Você vai ficar bem. Leva um tempo, mas você vai ficar bem.

Naquele momento, um grito chegou aos ouvidos dos três, fazendo-os virarem na direção do som. Para a surpresa de todos, Darius havia atravessado sua espada na barriga de Alexandre. O líder da Ordem, ferido, caiu de joelhos; a mão em torno da espada enfincada em seu corpo. Seu braço estava caído de lado, e sua lâmina jazia sobre o chão de pedra.

Darius e Alexandre se encaravam. No rosto do vampiro, havia ódio. No do líder da Ordem de Ettore, nada. Seus olhos estavam semicerrados, como se ele estivesse perdendo a consciência. Sangue escorria pelo canto de sua boca. Seu corpo cambaleava de leve, de um lado para o outro, ameaçando despencar a qualquer momento.

Larissa pensou em correr na direção dos dois e salvar Alexandre. Mas ela estava muito distante. Nunca chegaria a tempo, por mais que tentasse. Somente uma flecha poderia alcançá-lo antes do golpe de misericórdia. A jovem chegou a olhar em volta, à procura de uma balestra, mas não havia nenhuma por perto. Infelizmente, não havia nada que ela pudesse fazer.

Mas Jéssica podia. Largando as espadas no chão, ela pegou o arco, engatou uma flecha e tensionou a corda. Apesar de não conseguir identificar detalhes, ela reconhecia Darius pelo tamanho de seu corpo. Era impossível não saber onde ele estava. Mesmo assim, ela não conseguiu disparar. Seus braços tremiam. O medo de errar e matar o líder da Ordem de Ettore era evidente. A sensação de invencibilidade e de que não erraria nenhum disparo a havia abandonado. Ela não conseguia mais confiar em si mesma.

Enquanto Jéssica tentava mirar, Alexandre, fazendo um esforço indescritível, levantou o olhar para Darius e sussurrou:

— Acabe logo com isso.

Darius arrancou a espada com ferocidade, fazendo-o gemer. Sangue manchou suas roupas. Seu corpo cambaleou para um lado e para o outro com mais intensidade, mas ele não tombou de lado. Não era de seu feitio entregar-se assim. Se fosse para morrer, que fosse com dignidade, encarando seu assassino.

Darius levantou a espada no alto da cabeça, alheio ao que acontecia em volta. Para o vampiro, ele pouco se importava com os agentes ao redor. Tudo o que lhe interessava estava bem à sua frente: Alexandre e sua vida prestes a terminar.

Se tivesse ao menos olhado para o lado, teria visto Jéssica com o arco apontado em sua direção. Não conseguindo uma mira perfeita, a jovem aliviou um pouco a tensão sobre a corda, deixando a flecha pender para baixo. Incomodada pela baixa autoestima, ela fechou os olhos e virou a cabeça de lado, escondendo parte do rosto no ombro.

— Eu não consigo — sussurrou.

— Você consegue, sim. — A voz de Larissa a alcançou, sussurrando em seu ouvido. — Eu confio em você.

Jéssica sentiu alguém colocar a mão em seu ombro:

— Vamos lá, garota! — Ricardo a encorajou. — Mostre do que é capaz.

Ainda desconfiando de si mesma, Jéssica tensionou a corda e virou o rosto na direção de seu oponente. Mas não abriu os olhos. Tampouco precisou. Ela conseguia enxergar claramente o vampiro com a espada levantada e o homem ajoelhado à frente dele, cambaleando de um lado para o outro. Ela não sabia como aquilo era possível. Era como se... enxergasse com sua alma!

A tão conhecida e amiga vibração começou a ganhar força, não o suficiente para preenchê-la com a convicção de antes, mas o suficiente para...

De olhos fechados, Jéssica disparou.

A seta rasgou o ar no momento em que Darius descia a espada com ferocidade contra a cabeça de sua vítima. Com a lâmina a

Capítulo 55

poucos centímetros do crânio do homem, a flecha atravessou o pulso do vampiro. Um urro de dor lhe escapou. O braço desviou para o lado apenas o suficiente para evitar o golpe mortal, mas não tanto quanto Jéssica esperava, fazendo a orelha de Alexandre cair no chão.

Levando a mão por instinto ao local e soltando um grito de dor, Alexandre caiu de lado, ferido e sangrando. Ele estava vivo, mas fora de combate. À frente dele, Darius rosnou de ódio, quebrou a flecha em seu pulso e a arrancou. Jogando-a no chão furiosamente, ele viu pelo canto dos olhos Larissa correndo em sua direção, a espada em punho, disposta a entrar na batalha e salvar o líder. Havia, para o vampiro, duas opções: se defender do ataque dela ou tirar a vida de Alexandre.

Tomando uma decisão estratégica, Darius recuou um passo e investiu a ponta de sua lâmina contra o peito de Alexandre. Ele já sentia o gosto do triunfo, certo de que aquele golpe seria fatal. Não havia como o líder escapar.

Realmente não haveria como, não fosse por Larissa. No momento em que a espada descia contra o peito de Alexandre, ela deslizou de joelhos pelo chão, por entre os dois, com a lâmina levantada acima de sua cabeça. As espadas se encontraram em pleno ar; o som estridente de metal raspando contra metal chegando aos ouvidos dos sobreviventes. Seu braço tremeu com a força do impacto, mas ela resistiu o suficiente para evitar a morte de seu líder.

Tão rapidamente quanto defendera, Larissa atacou. Colocando-se em pé para o flanco do vampiro, ela passou a lâmina por sua barriga, abrindo um talho, por onde sangue escorreu, manchando sua blusa. Sem dar a chance do transtornado Darius investir mais uma vez contra Alexandre ou se posicionar para atacá-la, a agente avançou, forçando-o a se defender. As espadas encontraram-se no ar. A cada choque, ele recuava um passo, afastando-se, pouco a pouco, do homem ferido.

No centro do pátio, Jéssica via tudo em cores amarelas em torno de vultos negros. Sua visão estava, aos poucos, voltando ao normal, mas ainda não o suficiente para entrar na batalha. Por mais que estivesse determinada, ela deu um passo à frente, cambaleou, enfraquecida, e caiu sentada. O arco escapou por entre seus dedos, pousando ao seu lado. Desesperada, ela esticou a mão em direção a Larissa e Darius e falou:

– Ele é meu! – Sua voz estava fraca.

Agachando-se ao seu lado, Ricardo colocou a mão em seu ombro e a consolou:

– Confie em Larissa. Ela é capaz.

Virando-se na direção dele, enxergando apenas um rosto enegrecido com alguns poucos detalhes específicos, em meio ao fundo amarelo, ela sussurrou:

– A vingança é minha.

Ricardo apertou um pouco mais o ombro, voltou sua atenção para a batalha adiante e respondeu:

– Larissa também tem seus motivos para querer essa vingança.

Voltando-se para Jéssica, ele continuou:

– Você fez a sua parte. Deixe a Ordem de Ettore cuidar do que falta.

Jéssica soltou um grito e socou o chão com o punho cerrado. Ela queria participar daquela batalha. Queria a vingança contra Darius. Ela precisava disso. Mas fora forçada a se entregar aos argumentos de Ricardo. Ela sabia, bem no fundo, que ele tinha razão. Ela não estava em condições de entrar naquele combate.

Um combate que continuava apenas com os ataques de Larissa e as defesas cada vez mais desequilibradas de Darius. A ferida em regeneração o incomodava, sim. Mas não era esse o motivo de ele estar em desvantagem no combate. A fúria da agente era tamanha que sobrepujava qualquer tentativa de defesa do vampiro.

Havia, porém, uma estratégia traçada na mente de Larissa. Ela reconhecia a capacidade de Darius como espadachim, mesmo ferido, e, por mais que tivesse passado sua guarda uma vez, seria difícil conseguir fazer sua espada atravessar o corpo dele em uma segunda oportunidade. Havia, no entanto, um fator natural que faria a diferença e poderia desequilibrar o combate a seu favor: o sol começava a iluminar uma pequena porção do pátio. Se ela o levasse até lá, as possibilidades de vencê-lo seriam maiores.

Cada ataque, cada investida, cada chute contra o vampiro o deixavam mais perto da luz às suas costas. Darius percebeu a estratégia dela e tentou mudar a direção, trocar de lugar com Larissa e se manter nas sombras, mas ela previu esse movimento e, com golpes ferozes, o impediu de ter sucesso.

– O sol já está nascendo. Não tem como você escapar – ela o desafiou.

Ele sabia disso. Gotas de suor escorriam pela testa de Darius, deixando marcas em meio ao sangue em seu rosto. O desconforto era enorme. Sua pele começava a queimar. Pequenas nuvens de fumaça esvaíam de seu corpo. Logo ele estaria em chamas. Ele precisava fazer algo com urgência. Seu tempo estava acabando. Para piorar, conforme o sol subia no céu, a área sombreada no piso de pedra dava espaço à claridade, deixando-o com poucas possibilidades de fuga.

Capítulo 55

Desesperado e dolorido por causa das queimaduras, ele investiu sem técnica nenhuma contra Larissa. Ela aparou o golpe com facilidade e passou a ponta da lâmina por uma de suas pernas. Sangue jorrou. Ele cambaleou mais um pouco para trás, com seus membros inferiores tremendo, quase não sustentando mais o peso. Se ele tombasse, o sol às suas costas encerraria a batalha.

– Você não pode me vencer, Darius! – Larissa falou, cheia de convicção.

Cerrando os dentes, Darius atacou com toda a determinação e força que lhe restavam. Aquilo, porém, foi brincadeira para Larissa. Ela defendeu-se facilmente antes de contra-atacar. Primeiro, passou a ponta da lâmina pelo antebraço dele, abrindo um rasgo, por onde sangue escorreu. Depois, com a mesma agilidade, Larissa investiu contra a espada de seu oponente, fazendo-a escorregar por seus dedos e cair no chão de pedra, longe de seu alcance.

Com a espada apoiada sobre o antebraço cruzado à frente do corpo e a ponta da lâmina apontada para o coração de Darius, Larissa falou:

– Acabou, Darius.

Ele sabia que sim. Darius falhara. Olhando ao redor, todos os vampiros que ele levara para a batalha estavam mortos; alguns deles já se transformavam em poeira negra conforme o sol os iluminava. Tudo o que lhe restava era morrer com dignidade. Em meio a caretas de dor de um corpo em chamas, ele pediu:

– Acabe logo com isso.

Larissa recuou um passo para desferir um golpe final. Mas não o fez. Naquele momento, ela sentiu uma dor no ombro, onde um corte superficial se abriu e um pouco de sangue escorreu do ferimento. No segundo seguinte, uma flecha cravava no coração de Darius. O impacto do disparo o empurrou para trás, fazendo-o mergulhar de vez na luz solar. Com seus braços se agitando a esmo, enquanto corria sem direção pelo pátio, o vampiro gritou em agonia até mergulhar de bruços no chão, quase sem vida. Os ferimentos em carne viva começaram a incandescer. Em pouco tempo, todo o seu corpo pegava fogo. Quando as chamas se extinguiram e a fuligem se dispersou no ar, levada pelo vento matinal, tudo o que restou foi a flecha que atravessara seu coração.

Atrás da pasma Larissa, de joelho esquerdo dobrado e a perna apoiada totalmente no chão, enquanto a direita, flexionada, dava a base com seu pé firme contra o piso, Jéssica segurava o arco

apontado na direção de onde o vampiro estivera, sem flecha presa em sua corda.
– Está feito! – Jéssica falou e caiu sentada, pousando o arco ao seu lado.
Encerrada a batalha, Ricardo correu até Alexandre, ainda caído, sem se mexer. Sua preocupação, assim como a dos poucos sobreviventes ao redor, era com o líder. Percebendo que ele ainda estava vivo, porém ferido, ele o ajudou a se levantar. Passou um dos braços por cima de seus ombros e o agarrou pela cintura.
Ao mesmo tempo, Larissa aproximou-se com passos lentos de Jéssica e estendeu a mão na direção dela. A jovem aceitou a ajuda para se levantar e, quando menos esperava, foi agraciada com um longo e apertado abraço da agente. De início, ela não soube como agir. Depois, acabou se deixando levar e retribuiu.
Quando as duas se afastaram do abraço de amizade, Larissa falou:
– Pelo visto, sua visão já está perfeita – ela abriu um sorriso. – Arrisco até dizer que nunca te afetou tanto assim. Seus disparos foram perfeitos.
Jéssica foi evasiva ao dizer:
– A visão está melhorando, obrigada.
Ricardo aproximou-se delas com Alexandre ao seu lado. O homem estava com a mão livre sobre a ferida na barriga e inclinado para a frente, sustentado por seu amigo. Apesar dos ferimentos, ele estava consciente. O líder levantou o olhar até Jéssica e falou:
– Acabou. – Sua voz estava fraca.
Um grito feminino de dor chegou aos ouvidos dos poucos sobreviventes no pátio. Todos se viraram e levantaram o olhar para o último andar do prédio lateral, focando a visão na sala iluminada com a vidraça quebrada. Quando o silêncio voltou a reinar e uma fumaça negra escapou para a atmosfera exterior, perdendo-se no ar matinal, Jéssica respondeu:
– Agora acabou!
Quando os agentes se afastaram, todos eles tomando a dianteira em direção à enfermaria, onde os monges cuidariam de suas feridas, Jéssica sussurrou para si mesma:
– Pelo menos por hoje.

56

Jéssica estava decidida a ir embora daquele lugar. Depois de um dia entediante no quarto da enfermaria enquanto se recuperava dos ferimentos da última batalha, ela teve muito tempo para pensar em seu futuro. O sangue de toda a sua família estava em suas mãos. Ela acreditava que todo o seu sofrimento seria extinto quando tirasse a vida da vampira Marcela, que um dia fora sua mãe. Mas não. Ela ainda estava presa a sentimentos incômodos e aquele lugar lhe parecia o responsável por isso. Era sufocante a sensação de que seu pai, sua mãe e até sua irmã andaram por aqueles corredores, atravessaram o pátio inúmeras vezes e, quem sabe, estiveram algum dia naquele mesmo quarto de enfermaria. Jéssica, a última dos "de Ávila", a garota exemplar, que sempre fora mantida na obscuridade acerca dos negócios familiares, via-se mergulhada até o pescoço em tudo aquilo do que seus pais um dia a mantiveram de fora. E, por incrível que pudesse parecer, ela estava gostando. O desejo de vingança fervilhava dentro dela. Para a garota, caçar e eliminar o vampiro que trouxera todo o tipo de infortúnio para sua vida era a única maneira de apaziguar a ira incandescente.

— É uma pena que, antes de morrer, Marcela não tenha lhe falado nada sobre o paradeiro de Erick — Alexandre comentou quando se reencontraram no pátio, próximo ao cair da noite. — A informação nos pouparia um enorme trabalho.

Jéssica apenas balançou a cabeça de um lado para o outro, uma única vez, a expressão neutra não entregando o segredo que arrancara de Marcela.

— Você tem certeza de que não quer mesmo ficar? — Mudando de assunto, Alexandre lhe perguntou. — A Ordem de Ettore precisa de pessoas como você.

Apesar de seus ferimentos, o líder da Ordem iria sobreviver. *Como é que as pessoas costumam dizer?* — Jéssica se perguntou. *Vaso ruim não quebra!*

— Não, obrigada. — Jéssica tentou demonstrar a maior simpatia possível, esboçando até um falso sorriso, disfarçando o ódio que sentia pelo homem à sua frente. Mas não deixou de ser direta: — Eu não simpatizo muito com as suas normas e condutas.

Alexandre deixou escapar um sorriso falso, engolindo aquela provocação da melhor maneira possível. Ele não conseguia se lembrar de quando aquela garota se tornara tão petulante. Talvez a noite anterior a tivesse ajudado a ficar assim. No fundo, todas as atitudes do líder da Ordem tinham um único objetivo: fazer de Jéssica quem ela estava demonstrando ser. E, pelo jeito, obtivera o efeito desejado.

— É uma pena que não queira ficar. Não vou mais lhe impedir, tampouco ficar em seu caminho — Alexandre começou um discurso.

Abrindo ainda mais seu sorriso, deixando de lado toda a aparente falsidade anterior, ele mudou o apoio da bengala que o ajudava a se manter em pé e estendeu o braço para o lado.

— Depois de tudo o que você fez para defender este local, não há mais motivo para lhe privar disso.

Larissa, parada em silêncio ao lado dele todo o tempo, colocou em sua mão uma sacola. Sem rodeios, ele estendeu o braço na direção de Jéssica:

— Pegue. É seu por direito. Você mereceu.

Perplexa, Jéssica hesitou por um momento, mordendo o lábio inferior. Ele estava bonzinho demais para ser verdade. Devia estar planejando alguma coisa. Ela, porém, não conseguia decifrar o quê.

— Isso é o que estou pensando que é? — Jéssica perguntou, temerosa.

Capítulo 56

— Sim — Alexandre respondeu com um sorriso de aparência sincera. — As espadas, o arco e a aljava com as flechas de sua mãe. Como eu havia prometido, as armas são suas. Mas tomei a liberdade de ir mais além. Eu mandei colocar algumas setas especiais.

Adotando um tom misterioso, ele continuou:

— Algo me diz que você vai precisar.

Eu realmente vou! — Jéssica pensou ao pegar a sacola. Antes que ela pudesse dizer alguma coisa, Alexandre tirou do bolso um chaveiro com apenas uma chave e o estendeu na direção dela:

— Talvez você não tenha pensado em como vai se deslocar nessa busca pelo seu próprio destino. Mas eu pensei. Leve um dos nossos carros. Ele está estacionado do lado de fora.

Generosidade de mais, Jéssica pensou, desconfiada ainda mais de que ele tinha algum plano. Mas um carro, afinal das contas, não era má ideia. Com uma expressão cautelosa, ela estendeu o braço, pegou a chave e a guardou no bolso de sua jaqueta negra, doada por Larissa. Por educação, apenas balbuciou um agradecimento, mesmo contra sua vontade. Para ela, Alexandre não estava fazendo mais do que a obrigação, depois de tudo o que ela fizera para salvar tanto a vida dele quanto a Ordem de Ettore.

Ao adotar um tom mais sério, digno de líder, ele estendeu o braço em direção a ela ao dizer:

— A Ordem de Ettore lhe agradece pelos serviços prestados. Se um dia precisar de nós, sabe onde nos encontrar.

Jéssica balançou a cabeça em confirmação, mantendo os olhos fixos em Alexandre. Quando as mãos se soltaram, o líder da Ordem de Ettore falou algo no ouvido de Larissa, baixo o suficiente para que apenas ela pudesse ouvir, e se afastou, com o corpo amparado pela muleta sob um dos braços. O som repetitivo do apoio batendo contra o chão foi o único ruído no pátio enquanto as duas jovens aguardavam o homem se afastar.

Quando ele estava longe o suficiente para não serem ouvidas, Larissa falou:

— Eu gostaria de ir com você, mas tenho de ajudar Alexandre a reorganizar a Ordem.

— Eu compreendo — Jéssica respondeu, um pouco mais à vontade, porém não muito.

Parte de Jéssica considerava Larissa como uma boa parceira de batalha. Talvez até uma amiga, ela não sabia dizer ao certo. Bem no fundo, ainda se ressentia por ter sido usada por ela como isca para a Ordem de Ettore poder infiltrá-la no castelo. Porém, no fim das contas, ela a surpreendera ao se mostrar diferente de Alexandre e, aparentemente, dos outros membros.

Um pouco sem jeito, desviando algumas vezes o olhar para o chão para tentar esconder os próprios sentimentos, Larissa estendeu o braço na direção dela:

— Bem, é aqui que os nossos caminhos se separam.

Jéssica apertou a mão estendida e se surpreendeu quando se ouviu falar:

— Obrigada por me ajudar.

— Foi uma honra.

As duas permaneceram um tempo considerável olhando uma para o rosto da outra, tentando esconder as próprias emoções. Quando ambas não sabiam como quebrar aquele estranho clima, Larissa tomou uma atitude um tanto inusitada para um membro da Ordem de Ettore: soltou a mão de Jéssica e a puxou para um abraço apertado.

De início, Jéssica não soube como reagir. A ambiguidade em sua forma de pensar sobre Larissa a incomodava. Mas, por fim, decidiu deixar de lado o ressentimento pela jovem e, soltando a sacola no chão, abraçou-a também. Depois de tudo o que passara, era reconfortante encontrar uma amiga. Quando tudo acabasse, quando Erick estivesse morto, talvez ela pudesse voltar e, quem sabe, fazer parte da Ordem de Ettore. Afinal das contas, apesar do estranho comportamento de Alexandre, eles eram o mais próximo do conceito de família que Jéssica possuía naquele momento.

— Espero que um dia possamos nos encontrar de novo — Jéssica falou.

— Nós vamos — Larissa respondeu. — Mais cedo do que você imagina.

Estava na hora de partir. Mesmo se sentindo estranha por deixar a única amiga para trás, depois de tudo o que passara, Jéssica se soltou do abraço. Pegando a sacola no chão, virou-se de costas e afastou-se de Larissa sem sequer girar o rosto para lançar um olhar para a jovem parada. Seu foco estava em Erick e o local onde ele se escondia. Chegara o momento de encontrar o vampiro e de acabar com tudo aquilo de uma vez por todas.

— Erick, me aguarde. Estou indo até você — Jéssica falou entre dentes.

57

Encontrar o local indicado por Marcela não foi difícil. A estreita e sinuosa estrada asfaltada cortando a montanha, com o despenhadeiro à direita e o morro elevado à esquerda, passava, próxima ao cume, em frente a um complexo muito bem protegido por grades altas, com exceção de uma estreita abertura para entrada e saída de carros, onde uma cancela bloqueava a passagem e um segurança armado decidia quem entrava e quem era obrigado a retornar. Dirigindo devagar em frente ao complexo, à beira do penhasco, Jéssica se surpreendeu. Ela esperava encontrar um castelo cercado por muralhas. O lugar, porém, mais parecia um hotel, com sua imponente arquitetura no estilo europeu cercada por mata nativa. Havia duas torres ganhando os céus nas faces norte e sul, conectadas uma à outra pela cumeeira[13] entre as duas metades de um telhado íngreme. A construção pendurada na montanha usava o relevo natural como uma guarnição mais do que segura contra qualquer invasão pelos fundos, como a vampira havia dito. Motivo pelo qual a porção posterior do hotel não era protegida por seguranças armados, cercas ou grades. Ninguém

---

13 Telha que cobre o vão de encontro das extremidades de um telhado.

seria louco de uma caminhada ascendente em terreno íngreme, em meio à mata nativa, e uma posterior escalada arriscada.

Jéssica, no entanto, não teria escolha caso a informação de Marcela fosse correta e Erick estivesse naquele hotel. Apesar de não ser o castelo que ela esperava encontrar, a segurança do local condizia muito com as características das residências escolhidas pelo vampiro.

Embrenhada no mato do outro lado da estrada, fora das vistas dos seguranças do complexo, ela fez campana, em busca da confirmação da presença de seu inimigo, que não tardou a dar as caras no pátio logo ao cair da primeira noite. Ele trajava seu robe tradicional e os cabelos bem penteados estavam presos por um elástico nas costas. Na mão, trazia uma taça de ouro. Jéssica sabia o que ele estava bebendo: sangue.

A sorte mudara a seu favor. Jéssica não precisaria invadir o complexo. Levantando-se com um pulo, ela pegou seu arco, engatou uma flecha e esticou a corda. A distância era enorme, mas a jovem estava dotada da confiança de que não erraria. Aquela conhecida e já amiga vibração, um presentinho de Raquel, tomou conta de seu corpo. Estreitando um dos olhos, ela se concentrou no alvo. Seria mais fácil do que ela pensara.

Mas não conseguiu disparar. No último momento, um caminhão-baú adentrou o complexo e parou bem na entrada do hotel, escondendo Erick.

– Merda! – reclamou, aliviando a tensão na corda do arco.

Adotando uma posição de vigia, mas pronta para um rápido disparo caso uma nova oportunidade surgisse, Jéssica observou o motorista do caminhão descer e abraçar Erick como se fossem amigos houvesse muito tempo. *Provavelmente mais um vampiro*, Jéssica pensou. Ela não conseguia acreditar em como aquele ser era tão desapegado às emoções. Não havia muito, ele perdera uma batalha contra a Ordem de Ettore e a maioria de seus aliados fora morta. Tampouco participara do ataque ao lado de Darius. *Como ele pode deixar tudo para trás e simplesmente tocar novos projetos como se nada tivesse acontecido?* Ela não conseguia acreditar. Era desumano demais. Mas o que esperar dele? Afinal, Erick era um vampiro.

Desumano era, na verdade, o que Erick estava planejando. Quando as portas da carroceria do caminhão-baú foram abertas, pessoas maltrapilhas, homens e mulheres, acorrentadas umas às outras,

Capítulo 57

foram puxadas pelo motorista violentamente para fora; algumas delas caíram sobre os pedregulhos, ralando pernas, braços, costelas e até rostos, enquanto outras caíam por cima. Não havia dúvida de que eram a nova safra de Erick. Conhecendo-o do jeito que conhecia, Jéssica poderia desconfiar que o vampiro estivesse organizando mais uma de suas festas.

E mais uma vez o evento teria uma guinada inesperada. Dessa vez, não pela Ordem de Ettore. Mas por uma cria do próprio Erick.

Quando Jéssica menos esperava, Erick desviou o olhar do seu parceiro, conduzindo as pessoas acorrentadas para dentro do hotel, para a mata nativa à sua frente. Sua expressão era neutra, sem demonstrar o que estava pensando ou se havia percebido algo de estranho, como o fato de ser observado. Assustada, Jéssica se encolheu, acreditando se esconder dos olhos do vampiro quando, na verdade, ela buscava abrigo do seu próprio medo inconsciente de ter sido descoberta. Mas não deixou de manter os olhos fixos em seu inimigo. Parecia, naquele momento, que eles se encaravam a distância. Uma fixação que levou a jovem a perder a noção do tempo.

Então, um som na mata, em algum lugar atrás dela, a fez voltar a si e virar-se com agilidade, retesando a corda do arco; a flecha pronta para disparar contra os fantasmas que a observavam em meio às sombras das enormes árvores. Seus batimentos cardíacos aceleraram. A visão estreitou, procurando pelo alvo em movimento. Mas fantasmas não podem ser mortos. Principalmente os que estão dentro da cabeça, como reflexos imaginários de uma pessoa assustada.

– Calma, Jéssica – ela sussurrou para si mesma e aliviou a tensão na corda, abaixando o arco. – Não há ninguém aqui.

Voltando-se para a frente do hotel, tanto Erick quanto o condutor carregando a próxima safra do vampiro haviam desaparecido, provavelmente para dentro da imponente construção. Apenas o caminhão permanecia ali, no mesmo lugar, com o motor ainda ligado e os faróis acesos. O desapontamento tomou conta de Jéssica. A chance de eliminar seu inimigo com um único disparo desapareceu. Naquele momento, somente havia um jeito de colocar um fim àquela contenda: invadindo o complexo. Não, porém, pela frente, muito guarnecida. Seria suicídio. Infelizmente, ela teria de fazer o que ninguém esperava: escalar a construção.

Sem tempo a perder, Jéssica colocou a flecha na aljava às suas costas, pendurou o arco em seu ombro direito e colocou-se em movimento, abandonando o lugar escolhido para a campana. Ela não podia mais ficar observando. Se quisesse estar dentro do hotel antes de o sol nascer, teria de se apressar. Estava na hora de colocar seu plano em prática. Chegara o momento de encarar seus medos e iniciar uma complicada escalada.

Um plano que poderia não sair conforme o esperado. Tão logo Jéssica se embrenhou pela mata nativa, uma figura trajando um manto negro e rosto coberto por capuz deixou a segurança das sombras, saindo de trás de um grosso tronco de árvore, e passou a segui-la com passos rápidos e silenciosos, como se tivesse sido treinada a perseguir seus alvos em completo silêncio, sem chamar atenção para si mesma.

Seu alvo, no entanto, não era qualquer pessoa. Caminhando pelo meio da mata nativa, com os fundos iluminados do hotel começando a aparecer entre a copa das árvores, Jéssica não demonstrou ter notado ser seguida. Mas algo em seu íntimo a alertava da possibilidade. Em resposta, acelerou o passo, primeiro com um andar mais rápido; depois, com uma leve corrida. Por fim... ela havia desaparecido. A figura encapuzada parou em meio às árvores, no local onde a havia visto pela última vez, e girou ao redor, olhando para a escuridão à sua volta, procurando-a. Ela não conseguia acreditar que havia perdido o rastro.

Fechando os olhos sob o capuz, a figura misteriosa tentou apurar seus ouvidos. O som das folhas balançando à mercê de uma fraca brisa a alcançou. Outro ruído, rápido e sinistro, chegou a ela e a fez abrir os olhos, assustada. Mas sem tempo de ter qualquer outra reação. Duas flechas rasgaram o ar e acertaram a figura entre o tronco e os braços, uma de cada lado, perfurando a túnica e abrindo apenas um corte superficial nas costelas, por onde sangue começou a escorrer e a deixar manchas quase imperceptíveis nas roupas negras. Com o impacto, o leve corpo por baixo da túnica foi arremessado contra a árvore às suas costas – um fraco gemido de dor fugindo por entre os lábios quando o ar escapou de uma vez só de seus pulmões –, onde ficou preso pelas pontas triangulares das setas cravadas no grosso tronco.

Seu capuz havia caído para trás, mas seu rosto se manteve obscurecido pelas copas das árvores, bloqueando a maioria dos

Capítulo 57

fracos raios lunares. Os cabelos longos caíram por sobre os ombros, um pouco desgrenhados, suas pontas se iluminando pelos parcos pontos de luz que conseguiam vencer a batalha contra a densa mata nativa. Os fios dourados se tornaram um contraste mais do que evidente contra a roupa negra.

– Larissa! – A voz de Jéssica chegou aos seus ouvidos, o nome dito com um tom sério, parecendo alcançá-la por todos os lados. – Quando você disse "mais cedo do que imagina", não imaginei que fosse tão cedo assim.

A imagem, obscurecida pelas sombras, de uma mulher se aproximando com os braços afastados do corpo e uma espada em cada mão fez Larissa arregalar os olhos. *Ela não está de brincadeira!* – pensou, já tentando escapar das frágeis flechas que a prendiam contra a árvore. Mas reagiu tarde demais e, antes mesmo que conseguisse tal feito, sentiu a lâmina gelada contra seu pescoço exposto, pressionando-o com força controlada.

O rosto de Jéssica tornou-se visível em meio à escuridão ao redor quando se aproximou de Larissa. Poucos centímetros separavam as duas. Seus dentes estavam cerrados de raiva e sua voz saiu estranha quando perguntou:

– O que está fazendo aqui?

– Eu achei que talvez você precisasse de ajuda – Larissa respondeu, sentindo a dor nos músculos de seu pescoço conforme pressionavam de leve a lâmina afiada.

– Foi Alexandre quem a mandou? – A espada pressionou um pouco mais o pescoço de Larissa, arrancando um filete de sangue e fazendo-a soltar um gemido de dor. Uma careta passou por seu rosto por um breve segundo.

– Não! – Larissa respondeu. – Estou aqui por conta própria!

Jéssica virou o rosto de lado, pensativa. Ela não esperava aquela resposta, tampouco podia acreditar nela. Por mais que quisesse, Larissa já mentira uma vez, usando-a como isca para a Ordem de Ettore invadir o castelo de Erick. Não lhe importava se, naquele momento, ela estava seguindo ordens. De fato, era uma mentira e ponto-final. Além do mais, encontrá-la tão cedo, principalmente quando Jéssica estava no encalço de Erick, não parecia ser coincidência. A lembrança de Larissa a salvando no pátio entre a porta do cemitério e os fundos da igreja, bem como lhe revelando com precisão onde Marcela era mantida, instigando-a a ir ao encontro dela, a fazia se sentir como se, mais uma vez, tivesse sido manipulada. E a presença da agente ali somente fortalecia suas suspeitas de ter sido usada para descobrir o paradeiro de Erick com a vampira e, assim, ser seguida. Agora ela compreendia o porquê de Alexandre não fazer nenhum esforço para segurá-la no mosteiro. E, para piorar, tudo isso acontecera pelas ações da única pessoa dentro da Ordem de Ettore que chegava o mais próximo possível de poder chamar de amiga.

Voltando a encarar a jovem presa à árvore, falou:

— De todos os membros da Ordem de Ettore, você era a única pessoa em quem um dia eu talvez pudesse confiar.

— Era? — Larissa indagou, esperando poder corrigir a situação.

— Você não acha muita coincidência de repente você aparecer aqui, sendo que eu nunca contei para onde ia, nem a localização de Erick?

Jéssica respondeu à própria pergunta, não dando a oportunidade de Larissa se manifestar:

— Imagino que vocês, no mínimo, estivessem me monitorando o tempo todo. Onde está o resto da equipe?

— Vocês, não — Larissa a corrigiu. — Apenas eu. Talvez você precisasse de uma parceira e...

— Eu não quero nada com a Ordem de Ettore! — Jéssica a interrompeu, exaltando-se. — Ainda não deu para perceber que Erick é meu? Você não deveria estar aqui!

Larissa adotou um olhar desafiador e perguntou:

— Mas estou aqui. O que você vai, então, fazer comigo? Cortar a minha garganta?

Jéssica afundou um pouco mais a lâmina contra o pescoço dela, fazendo escorrer mais sangue.

— É a minha vontade — Jéssica verbalizou o ódio fervilhando em seu interior.

— Você passou por coisas que despertaram o seu lado mais sombrio! — Larissa gritou, sua voz saindo como se implorasse por sua vida. — Essa não é você!

— Talvez seja — Jéssica respondeu. — Você pouco me conhece para saber como realmente sou ou do que sou capaz.

Dito isso, Jéssica tirou a lâmina do pescoço dela, poupando sua vida. Mas não para deixá-la ir. A espada em sua outra mão passou pelas coxas de Larissa, abrindo um corte profundo, por onde

Capítulo 57

muito sangue começou a escorrer pela perna antes de molhar a terra aos seus pés. Com um forte gemido de dor e sua sustentação enfraquecida, Larissa caiu sentada, recostada contra a árvore; as duas flechas cravadas no tronco se quebraram sob as axilas. Em resposta, ela colocou as mãos nas lesões e debruçou-se sobre si mesma, tentando, em vão, estancar o sangramento.

– Os cortes não são profundos – Jéssica falou. – Você vai sobreviver.

– Por que você fez isso? – Larissa perguntou, com os cabelos loiros caídos ao redor de seu rosto.

Agachando-se para olhar mais de perto Larissa nos olhos, respondeu:

– Porque eu não quero ninguém me dizendo o que eu devo fazer. Muito menos a Ordem de Ettore.

Levantando-se, Jéssica se virou e, caminhando para longe, guardou as duas espadas ensanguentadas nas bainhas em suas costas.

– Faça um favor a você mesma e fique longe de mim – Jéssica falou, séria, sem ao menos se virar. – Se você cruzar o meu caminho mais uma vez, eu serei obrigada a te matar.

– Jéssica – Larissa a chamou.

Ignorada, Larissa gritou, desesperada:

– Jéssica!

Mas Jéssica já havia desaparecido na escuridão, deixando-a sozinha e ferida em meio à mata nativa. Larissa estava por conta própria em um ambiente hostil, onde vampiros sedentos por sangue ocupavam todo o hotel próximo a ela.

Ficar ali era um luxo que Larissa não poderia se dar. Agarrando-se contra o tronco, ela tentou se levantar. Mais sangue jorrou dos ferimentos nas pernas enfraquecidas e, mais uma vez não sustentando o seu peso, a agente desabou, agora de costas contra o chão.

– Jéssica! – gritou com todas as forças para a noite. Sua voz se perdeu na mata deserta ao redor, não mais transparecendo o desespero de antes, mas uma mistura de raiva e frustração.

58

Enquanto Jéssica caminhava pela mata com passos acelerados, seus pensamentos apenas voltados para Erick e seu desejo de vingança, o fundo do hotel se tornava visível e crescia por entre a copa das árvores. Quando deixou de vez a cobertura verde, quase na base da construção, ela se deu conta pela primeira vez da altura e da dificuldade que teria na escalada. As inúmeras sacadas distribuídas regularmente ao longo dos fundos da estrutura, pequenas e pouco extravagantes, apesar da bela visão do vale florestado, não pareciam atender ao perfil luxuoso do vampiro. Conhecendo seus gostos vaidosos, o local mais provável seria a aparente suíte presidencial, representada pela maior sacada de todo o hotel, ocupando uma parte considerável de sua fachada. Acima dela, viam-se apenas o telhado íngreme e as duas torres, uma em cada extremidade.

A escalada até a sacada da suíte presidencial estava fora de cogitação. Para sua infelicidade, Jéssica teria de se contentar em entrar pela estrutura externa inferior e se aventurar por dentro do hotel, usando todas as suas habilidades recém-adquiridas para alcançar a suíte sem ser descoberta. Se isso acontecesse, ela estaria vulnerável em um covil de vampiros.

Mas esse seria um problema futuro.

Foco, Jéssica, foco! Ela afastou os pensamentos da mente, concentrando-se apenas na enorme parede lisa, sem pontos de fixação para mãos e pés, que a levaria até a primeira das sacadas.

A escalada parecia ser impossível.

Mas, talvez, não para Jéssica. Ela não estava despreparada. Pegando o arco de dentro da aljava, depois de tê-lo usado contra Larissa, ela o abriu. A outra mão já trazia uma flecha apropriada para atender à sua necessidade. Encaixando-a na corda e a tensionando o máximo que seus braços cada vez mais fortes conseguiam, ela fez a mira e disparou. Uma corda seguiu a trajetória da seta até a ponta em estrela encontrar seu alvo no concreto abaixo da sacada inferior, onde se enfincou com um estalo quase inaudível. A jovem, calçando luvas negras de dedos cortados, que encontrara na sacola junto às armas doadas pela Ordem de Ettore, sentiu a fricção contra o couro na palma de sua mão conforme a corda passava em velocidade. Apesar da proteção para não se cortar, a luva não apaziguou o calor do atrito, arrancando dela breves e quase imperceptíveis espasmos faciais, como caretas de desconforto e dor. Depois de uma noite lutando no pátio da Ordem de Ettore, disparando flecha atrás de flecha sem uma luva de proteção, Jéssica agradecia mentalmente a Larissa, ou quem quer que tivesse preparado a bolsa, pelo presente mais do que útil naquele momento.

Aliviada quando a seta alcançou seu alvo, Jéssica balançou algumas vezes a mão no ar, tentando aliviar aquele desconforto. Dobrou o arco, guardou-o na aljava e agarrou a corda. Antes de se pendurar nela, puxou algumas vezes, testando se estava bem presa. Descobrir que a fixação não era suficiente quando estivesse longe do chão seria um mergulho direto para a morte.

Segura de que sustentaria seu peso, Jéssica iniciou a escalada. Cada vez que se puxava para cima, a dor em sua mão se tornava quase insuportável. Não eram, no entanto, apenas as suas mãos que a incomodavam. Quando havia passado da metade da escalada, seus braços e ombros começaram a reclamar. Primeiro veio a dor. Depois, na insistência dos movimentos repetidos para puxar seu leve corpo para cima, veio a tremedeira; seus músculos beiravam a fadiga. Faltava pouco para ela não resistir e cair. Mas também faltava pouco para alcançar a sacada. Jéssica estava tão próxima...

Para sua infelicidade, os hóspedes daquele quarto saíram para a sacada. Buscando controle mental para combater a dor e a fadiga muscular, cerrando os dentes, Jéssica parou sua escalada, mantendo-se escondida abaixo da estrutura, pendurada a muitos metros do solo. Em sua batalha particular contra as limitações de seu corpo, ela ouviu vozes felizes, uma masculina e outra feminina, chegarem aos seus ouvidos:

— Aqui, minha querida, o vinho que você pediu. — Um belo homem, magro e de estatura mediana, trajando apenas uma sunga curta, aproximou-se da mulher e entregou-lhe a taça. A maquiagem negra ao redor dos olhos intensificava aquele olhar ao mesmo tempo misterioso e sedutor. Uma enorme cruz negra no estilo gótico, com dois dragões enrolados a ela, escalando em direção ao ápice, estava tatuada em suas costas, parte dela coberta pelos longos cabelos escuros, lisos e soltos.

— Obrigada, meu querido. — A mulher magra e de estatura mediana, vestida apenas com roupas íntimas, soltou uma risada sensual quando as mãos fortes tocaram seu quadril esbelto. Seus olhos castanhos estavam ressaltados pela maquiagem negra ao redor deles. Ela jogou seu corpo contra o dele, levantando a cabeça para beber do vinho enquanto lábios tocavam de leve seu pescoço, fazendo-a soltar um gemido de prazer ao mesmo tempo em que o líquido avermelhado descia por sua garganta. Os dedos de seu amante mergulharam entre mechas de cabelos escuros como a noite; as unhas negras bem aparadas se perdiam em meio aos cabelos para puxá-los com delicadeza para o lado, revelando em sua nuca uma tatuagem de coração vermelho, adornado por arabescos muito bem trabalhados, onde tocou seus lábios em beijos carinhosos, fazendo-a deixar escapar mais gemidos de prazer.

Abaixo da sacada, segurando-se com todas as forças e com os pés apoiados contra a parede à sua frente, Jéssica sussurrou entre dentes:

— Vamos logo! Leve-a para dentro!

— Venha, minha querida. Eu sinto seu sangue fervendo dentro de você, ansiando por realizar os seus desejos mais sombrios.

Ela soltou uma risada sensual, seguida de um gritinho de pura satisfação e prazer quando o homem a puxou pela cintura para dentro do quarto. A taça, marcada com os detalhes quase precisos de seus lábios quando o batom negro deixou sua impressão no vidro fino, caiu de suas mãos com unhas pintadas de um tom preto, quebrando com um estalo ao bater contra a ardósia branca e espalhando o líquido avermelhado pela sacada.

– Finalmente – Jéssica sussurrou entre dentes e se empurrou para trás com os pés.

Jéssica fez um arco em pleno ar e soltou a corda, agarrando-se na beirada da sacada, entre as hastes de concreto trabalhado que sustentavam o parapeito. Fazendo um enorme esforço, ela se ergueu o suficiente apenas para conseguir enxergar dentro. A área externa do pequeno apartamento estava vazia. Esforçando-se ainda mais, Jéssica se puxou para cima, com os músculos tremendo com intensidade. Aquele era o momento derradeiro de sua escalada: chegar em segurança ou mergulhar para a morte.

Seu esforço teve resultado. Jéssica passou por cima do parapeito e caiu de costas na segurança da sacada. O som da queda de seu corpo e os estalos que os pequenos cacos de vidro fizeram com aquele peso extra foram um pouco mais altos do que ela desejava, capazes de alertar os hóspedes, mas os gemidos de prazer da mulher se transformando em gritos um pouco mais escandalosos os abafaram. O casal estava tão envolvido em sua relação íntima que não daria atenção a um barulho próximo. Isso, claro, se chegassem a ouvir alguma coisa, tamanho o êxtase que compartilhavam.

Apesar de todos os seus músculos estarem doloridos, Jéssica não podia se dar ao luxo de ficar ali, deitada, aguardando a recuperação enquanto sua roupa negra absorvia o doce vinho derramado, deixando uma mancha ainda mais escura, quase imperceptível. Ela entrara no hotel. Erick estava em algum lugar, apenas aguardando para se encontrar com sua espada.

Não foi isso, no entanto, que a fez se levantar de imediato. Sacou uma de suas espadas e agachou-se, o braço atravessado à frente de seu rosto, com a lâmina pronta para arrancar sangue, enquanto seus olhos atentos vasculhavam para além das portas de vidro da sacada. Elas foram deixadas abertas, por onde as cortinas brancas, fechadas, balançavam com a leve brisa logo após terem acariciado o rosto de Jéssica. O que a fez se levantar instantaneamente foi um gemido de dor e prazer, seguido de um extravasamento natural da mulher, com sua voz trazendo também uma mistura de prazer e susto:

– Por que você fez isso?

Capítulo 58

— Vampiro! — Jéssica sussurrou, já se colocando em movimento. Ela não poderia deixá-lo morder aquela mulher.

Jéssica atravessou as cortinas fechadas sem saber o que encontraria do outro lado. Para sua surpresa, ela se viu dentro de uma pequena sala, vazia. A televisão à sua direita, apoiada sobre um baixo móvel de madeira, estava desligada. Em frente a ela, roupas masculinas e femininas, de modelos extravagantes e cores negras, entre elas uma longa capa escura, estavam jogadas de qualquer jeito, algumas delas amassadas. Um pouco mais adiante, para além da passagem para o quarto, as roupas íntimas do casal estavam abandonadas no chão, quase debaixo do balcão da cozinha americana, onde uma garrafa de vinho tinto jazia, deitada, ao lado de dois pratos com restos de comida e uma taça com apenas um fundinho de líquido vermelho. Aquilo não passava de resquícios de uma comemoração a dois.

Comida? — Jéssica pensou, com a expressão de dúvida evidente em seu rosto. Ela participara de um jantar na presença de um vampiro e ele não comera nada. Para ela, vampiros não se alimentavam como os humanos, o que a deixava em dúvida sobre a natureza dos hóspedes. Ela estava disposta a matar os vampiros que encontrasse pelo caminho, mas precisava ter certeza, para não cometer o mesmo erro que cometera no castelo de Erick algumas noites antes. E, em relação àquele casal feliz, as dúvidas martelavam em sua cabeça.

Sua confusão sobre o que eles eram logo surgiria diante de seus olhos. Quando os gemidos da morena, misturados aos do homem, voltaram a ser prazerosos, não demonstrando mais nenhum indício de dor, Jéssica adiantou alguns passos e, mantendo-se escondida na escuridão da sala, olhou para dentro do quarto. Ele estava deitado na cama, a mulher sobre ele. Os movimentos ritmados dos dois, ela balançando o quadril para a frente e para trás, ele a segurando pela cintura, já mostravam tudo o que Jéssica precisava saber: eles estavam apenas se entregando ao amor.

A prova incontestável, no entanto, estava sobre o pequeno móvel encostado na lateral da cama, ao lado do abajur apagado: presas vampíricas postiças. Levantando o olhar para o quadro de arte moderna sobre a cabeceira da cama, Jéssica prendeu sua atenção às largas tiras de papel laminado que faziam parte da feia decoração, onde os corpos em movimento ritmado do homem e da mulher refletiam à fraca luz do luar, que entrava pela janela aberta.

— Simpatizantes — Jéssica sussurrou, abaixando a espada. — Aproveitem a vida, jovens, antes que a sua tão desejada imortalidade os banhe com seu sangue.

Jéssica passou despercebida em frente à porta do quarto e seguiu para a saída. Ao alcançar o longo corredor com pé-direito alto e piso de madeira, ela olhou para os dois lados. Apesar de os fracos *spots* de luz, atados a intervalos regulares no alto das paredes, não serem suficientes para iluminar o corredor a ponto de não fazer nenhuma sombra, ela percebeu que tanto para a direita quanto para a esquerda o caminho se bifurcava, levando para os aposentos da frente e os dos fundos — os mais valorizados pela bela visão do vale. Não tão distante de onde estava, ela encontrou o que procurava: as escadas de emergência. Seria por meio delas que Jéssica chegaria em segurança ao possível andar do aposento de Erick.

Jéssica seguiu pelo corredor com passos rápidos e silenciosos em direção à porta de emergência. Quando estava a meio caminho, vozes alegres chegaram aos seus ouvidos, vindas de algum lugar para além da bifurcação. Se ela fosse descoberta, seria o fim de sua jornada. Preocupada, Jéssica acelerou ainda mais, quase correndo, usando o vozerio que ecoava pelo espaço fechado para abafar o som de seus passos. Quando alcançou a maçaneta, a porta do quarto bem em frente de onde estava se abriu, como se alguém a estivesse espiando pelo olho-mágico, apenas aguardando o momento de surpreendê-la. Jéssica virou-se, assustada, para a porta, onde um homem apareceu. Ele vestia trajes de gala. Para sua sorte, ele estava virado para o interior do aposento, gritando algo para alguém que parecia estar no banho, o que deu a ela tempo necessário para atravessar a porta da escadaria e fechá-la. Quando o homem se voltou para o corredor, Jéssica já havia adentrado a passagem e, por mais que a porta estivesse quase fechada, o som alegre das vozes encobriu o barulho de seu encontro com o batente.

Jéssica respirou aliviada por alguns segundos, com as costas apoiadas na porta. A escadaria estava mergulhada na escuridão, mas bastou um passo dela ao seu interior para o sensor estalar e as luzes se acenderem. Sentindo-se segura, ela guardou a espada na bainha e começou a correr escada acima, pulando dois degraus por

Capítulo 58

vez. As plataformas dos andares passavam rapidamente sob seus pés enquanto Jéssica contava os pisos. Quando estivera do lado de fora, olhando as sacadas, contara os níveis de terraços até o maior deles, o que lhe dava a vantagem de saber exatamente para onde ir.

Alcançando o último andar do hotel, Jéssica sacou a espada e abriu a porta com cautela, fornecendo espaço suficiente apenas para olhar para os dois lados do corredor. Sua estrutura era igual à dos níveis inferiores, com exceção de aquele estar completamente vazio, encorajando-a a se aventurar. Sabendo, por senso de direção, onde deveria estar a porta da suíte presidencial, a jovem tomou o seu rumo, cautelosa, com a espada em mãos e os olhos varrendo todo o corredor à procura de ameaça ou surpresas.

O corredor estava tranquilo demais. Aquilo não condizia com os cuidados excessivos de Erick. Era usual que ele estivesse sempre cercado por lacaios vampíricos para garantir sua segurança. Mas estava deserto demais. Algo poderia estar muito errado, mas nada disso incomodava Jéssica. Pelo contrário. A cada passo em direção à porta da suíte, uma preocupação ficava para trás, largada em algum ponto daquele corredor.

Quando ela chegou à porta e empurrou a maçaneta para baixo, abrindo-a com facilidade excessiva, as últimas preocupações a abandonaram. Jéssica chegara ao possível quarto de Erick. Por mais que o aposento estivesse apenas iluminado pela luz do luar, que adentrava pelas portas abertas da sacada, junto a uma leve brisa capaz de mexer suavemente seus cabelos, ela se sentia confiante. Ainda mais porque havia alguém ali dentro, de costas para ela. O perfil corporal da silhueta parecia muito com o do vampiro a quem buscava.

Levantando a espada, pronta para o golpe de misericórdia, Jéssica aproximou-se em silêncio pelas costas dele; o som de seus passos amortecido pelo grosso tapete sob seus pés.

No entanto, o senso comum diz: "Não faça surpresas, pois o surpreendido pode ser você."

No momento em que Jéssica preparou o golpe final no coração de seu inimigo, as luzes do abajur sobre a longa mesa de escritório ao lado da silhueta se acenderam. No mesmo instante, Erick virou-se, seu rosto se iluminando. Um sorriso ardiloso tomava conta de toda a sua face. Sua mão, tão acostumada a segurar uma taça de sangue, dessa vez descansava sobre o cabo de uma espada ainda adormecida na bainha por baixo de seu robe aberto:

– Seja bem-vinda, Jéssica. – Sua voz era fria e perigosa. – Eu aguardava a sua chegada.

59

— Eu sabia que você estava chegando – Erick falou. Abrindo um sorriso ardiloso, continuou: – Creio que você deva estar grata por eu ter deixado o caminho livre para chegar até aqui.

Jéssica estava em estado de choque. Sua determinação para alcançar o vampiro era tão grande que ela não pensara, em nenhum momento, que tudo aquilo poderia ser uma armadilha. Seu ego a derrubara. Será que ela nunca conseguiria se livrar daqueles que a manipulavam por diversão ou por desejos sombrios de tê-la ao seu lado? Tudo o que tentava fazer acabava se mostrando ser apenas mais uma parte de um jogo muito complexo, no qual ela mais uma vez fora usada.

Seus dedos apertavam tanto o cabo de sua espada que já estavam ficando brancos. Sua mão transpirava pela tensão do momento. Jéssica queria atacar, mas não conseguia. Imóvel, foi forçada apenas a balbuciar as poucas palavras que lhe vinham à mente:

– Mas... Mas... Como?

Erick aproximou-se de Jéssica com passos controlados, lentos. Tensa, ela apertou ainda mais o cabo de sua espada, se é que isso era possível. Mas não conseguiu mexer um músculo sequer, nem mesmo quando aquela tão conhecida vibração lhe dominou o corpo, alertando para o perigo iminente. Seu estado de torpor era tão grande que ela estava paralisada. Com os olhos arregalados, Jéssica apenas presenciou seu inimigo sacar a lâmina de sua bainha com incrível velocidade – a barra de seu robe lançada ao ar por causa do movimento abrupto – e colocar a ponta dela contra o lado esquerdo de seu peito. Um filete de sangue escorreu da pequena ferida aberta. Uma careta de dor atravessou o rosto da jovem, não levando mais do que uma fração de segundo.

– Por causa do seu coração – Erick respondeu, sem demonstrar qualquer abalo às suas emoções. – Eu escuto as batidas de longe. Sinto o sangue correndo rápido por suas veias.

Abrindo um sorriso vitorioso, ele continuou:

– Eu sabia o tempo todo que você estava na mata. Você e sua amiguinha da Ordem de Ettore. – Ao levantar a cabeça para o ar, como se estivesse pensando, ele perguntou: – Como é mesmo o nome dela?

Erick abaixou o olhar de volta para Jéssica, com a expressão de diversão ainda estampada em seu rosto, e continuou:

– Ah, lembrei! Larissa. Estou certo?

Jéssica cerrou os dentes de raiva ao ouvir aquele nome. Mas não reagiu. Foi Erick quem tomou a medida seguinte. Adotando uma expressão séria, seu olhar penetrante fuzilando Jéssica, afundou um pouco mais a espada contra sua pele, fazendo sangue escorrer com mais ferocidade do ferimento aberto e obrigando-a a mudar suas feições de ódio para mais uma careta de dor.

– Onde ela está agora?

– Longe do meu caminho! – Jéssica respondeu, não controlando sua raiva.

Tal fato não passou despercebido pelo vampiro:

– Vejo uma animosidade entre vocês... – Ele estava pensativo. Em seguida, sua voz adotou um tom misterioso: – Que talvez possa ser explorada.

– O que você quer dizer com isso? – Jéssica indagou, quase gritando.

Afastando a espada, mas ainda não totalmente relaxado a ponto de baixar a guarda, Erick respondeu à pergunta com tranquilidade controlada:

– Que talvez você possa ser salva.

Antes que ela pudesse dizer qualquer coisa, Erick continuou:

Capítulo 59

— Vamos, agora, à sua próxima lição. — Ele parecia estar se divertindo com aquele momento. — Ter controle sobre esse coração quase explodindo em seu peito.

Sem querer escutar nenhuma palavra que saía daquela boca vampírica, Jéssica deixou-se levar por seu ódio contra o vampiro, substituindo seu estado de estagnação por ter sido surpreendida, e avançou contra o oponente. Erick se defendeu, colocando a lâmina à frente de seu corpo a tempo. A cada choque de espadas, ela atacando, ele somente se protegendo, as palavras escapavam da boca da jovem:

— Eu... não... preciso... ser... salva.

Não tendo escolha, Erick enrijeceu a defesa. Deixando de se controlar, abriu a guarda de Jéssica e a chutou no peito, forçando-a a recuar. Com a força do golpe, ela cambaleou alguns passos e tropeçou em uma das dobras recém-surgidas no tapete sob seus pés, desequilibrando-se. Para não cair, dobrou um dos joelhos, apoiando-o contra o chão enquanto esticava a outra perna para o lado, refazendo sua base. A mão com a espada sustentava o equilíbrio, apoiada contra o tapete. A outra foi levada ao peito, onde recebera o chute. Sua cabeça estava baixa, seus olhos voltados para os arabescos da tapeçaria abaixo dela. Seus cabelos, parcialmente soltos do elástico que os prendia na parte de trás da cabeça, caíram em torno de sua face. Suas costas subiam e desciam conforme ela respirava com ferocidade.

Tum, tum, tum, tum, tum... Seu coração batia acelerado.

Erick olhou para o estado da jovem à sua frente, a espada apontada na direção dela:

— Eu tentei! — gritava Erick, perdendo pela primeira vez a frieza emocional naquela noite. — Eu fiz de tudo para você estar do meu lado! Eu treinei você! Eu criei você!

Tum, tum, tum, tum, tum... Seu coração continuava acelerado.

Erick adiantou-se, com a espada ainda apontada em sua direção:

— Mas, se não consegue ser uma de nós, cabe a mim, como seu mestre, acabar com seu sofrimento.

Jéssica apertou os olhos. Lágrimas escorreram pelo canto de um deles e mergulharam em direção ao tapete, sendo absorvidas pelo tecido. Suas costas, subindo e descendo com ferocidade, começaram a diminuir o ritmo extravagante dos movimentos até ficarem quase imperceptíveis. Mas ela ainda respirava. Por quanto tempo, ninguém sabia.

Tum... Tum... Tum...

A cada passo em direção ao golpe de misericórdia contra aquela que ele, exclusivamente, considerava ser sua pupila, os batimentos cardíacos dela diminuíam.

Tum... Tum...

O pescoço estava exposto. Seria um golpe limpo e indolor. Logo, tudo estaria acabado.

Tum...

Depois disso... silêncio.

E a espada desceu violentamente.

60

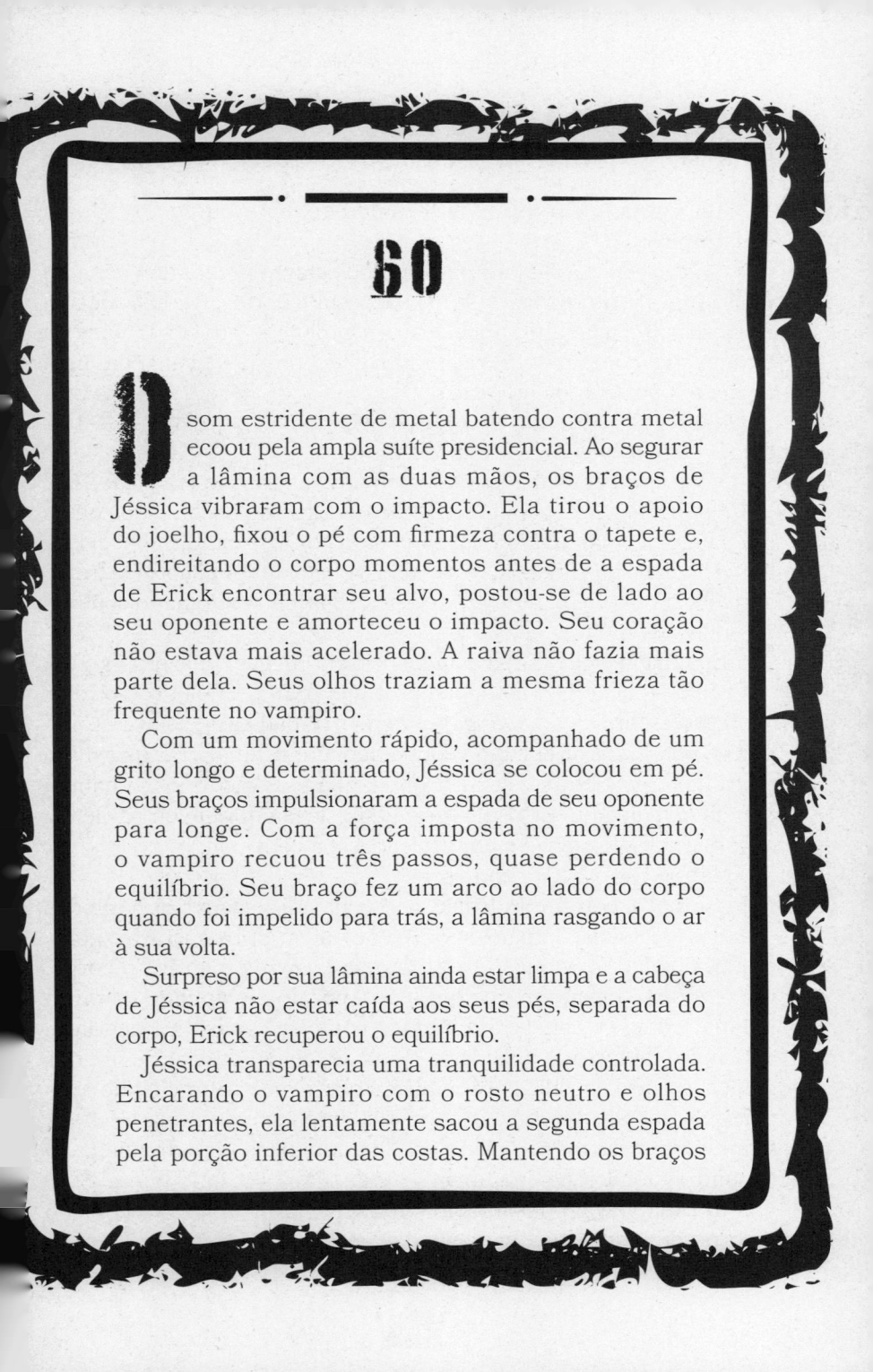

O som estridente de metal batendo contra metal ecoou pela ampla suíte presidencial. Ao segurar a lâmina com as duas mãos, os braços de Jéssica vibraram com o impacto. Ela tirou o apoio do joelho, fixou o pé com firmeza contra o tapete e, endireitando o corpo momentos antes de a espada de Erick encontrar seu alvo, postou-se de lado ao seu oponente e amorteceu o impacto. Seu coração não estava mais acelerado. A raiva não fazia mais parte dela. Seus olhos traziam a mesma frieza tão frequente no vampiro.

Com um movimento rápido, acompanhado de um grito longo e determinado, Jéssica se colocou em pé. Seus braços impulsionaram a espada de seu oponente para longe. Com a força imposta no movimento, o vampiro recuou três passos, quase perdendo o equilíbrio. Seu braço fez um arco ao lado do corpo quando foi impelido para trás, a lâmina rasgando o ar à sua volta.

Surpreso por sua lâmina ainda estar limpa e a cabeça de Jéssica não estar caída aos seus pés, separada do corpo, Erick recuperou o equilíbrio.

Jéssica transparecia uma tranquilidade controlada. Encarando o vampiro com o rosto neutro e olhos penetrantes, ela lentamente sacou a segunda espada pela porção inferior das costas. Mantendo os braços a uma certa distância de seu tronco, segurando as lâminas com firmeza pelos cabos, as pontas quase tocando o chão, ela perguntou:

— Sabe o que eu acho?

A pergunta era retórica, e Jéssica não esperou pela resposta do vampiro:

— Que você está blefando. O caminho estava livre porque não tem mais ninguém do seu lado. Os anciões estão mortos. Darius, coitado, orquestrou sozinho um ataque contra a Ordem de Ettore — o nome da Ordem saiu com um tom exagerado de desprezo — e caiu com uma flecha minha cravada no peito.

Dando um passo à frente, Jéssica gesticulou para enfatizar uma falsa indignação com a atitude do vampiro:

— Você é um covarde, Erick. — Seu tom acusatório era firme.

Pela primeira vez, um lampejo de desespero passou pelos olhos dele. Fato que não passou despercebido por Jéssica. Ela conseguira atingi-lo com suas frias palavras. Mas o efeito durou pouco. De frente para ela, o vampiro endireitou o corpo e, buscando retomar o controle da situação, falou:

— Eu imaginei que nossa batalha poderia chegar a tais proporções.

Com a atenção fixa na oponente à sua frente, Erick tirou o robe, jogando-o sobre a cama *king size* bem-arrumada. Ele estava pronto para a batalha. Por baixo da roupa aconchegante, Erick usava um peitoril e braçadeiras de couro, que iam até os cotovelos. A bainha pendia de sua cintura, vazia. A espada estava em riste entre ele e a adversária. Colocando-se em posição, ele a convidou:

— Vamos acabar logo com isso.

Jéssica avançou contra Erick, as espadas rasgavam o ar por todos os lados em ataques rápidos. Para se defender, Erick aparava o golpe de um dos lados, o mais feroz, com sua espada e girava o corpo, recuando ao mesmo tempo, para escapar do movimento da outra lâmina. Com seu espaço diminuindo conforme aparava e desviava, o vampiro foi forçado a subir na cama depois de desviar de um dos golpes. A outra espada, porém, varreu o ar à meia altura, tendo suas pernas como alvo. Para escapar, Erick impulsionou-se para o lado, virando uma estrela em pleno ar. A lâmina passou perto, mas não encontrou aquilo que procurava.

Mal Erick havia pousado em parcial segurança, Jéssica colocou o corpo de lado, e as duas espadas, paralelas, rasgaram o ar em

Capítulo 60

direção ao vampiro. Acuado e um pouco desequilibrado, ele teve tempo apenas de jogar o corpo para trás e levantar a espada transversalmente às lâminas adversárias. O choque foi forte e os braços de ambos tremeram com o impacto.

Jéssica, tendo-o acuado contra a parede, não recuou. Pressionando suas espadas contra a dele, ela o empurrou ainda mais. Ambos agora estavam com os dentes cerrados pela guerra de força. Os olhos mais uma vez se encontraram. Jéssica continuava com a expressão neutra, apesar do esforço. O vampiro, porém, demonstrava preocupação pela primeira vez desde o início da batalha.

– Isso é tudo o que pode fazer? – Jéssica o provocou. – Malabarismo não vai salvar a sua vida.

Erick soltou um grito, reflexo da força que impelia contra as espadas que o prendiam contra a parede, empurrando sua oponente para trás. Jéssica, não tendo como resistir, recuou. Mas já estava com o contragolpe planejado. Flexionando os joelhos, ela girou no eixo enquanto o vampiro endireitava seu próprio corpo, pegando-o desprevenido e conseguindo, pela primeira vez, vencer a guarda de seu oponente quando uma de suas lâminas passou pela coxa dele, abrindo um talho superficial, por onde sangue começou a escorrer. Depois, recuou, afastando-se o suficiente para refazer a própria guarda para o próximo ataque.

Um gemido de dor escapou da boca de Erick e, por mais que tivesse se mantido em pé, a mão livre pressionava o corte, seu corpo encurvado para poder enxergar o ferimento. Sangue escorria por entre os dedos do vampiro.

Ao endireitar-se, ele primeiro lançou um olhar para a lâmina ensanguentada de sua oponente. Depois, para Jéssica:

– Você vai se arrepender por isso!

Erick ficara irritado. Jéssica conseguia perceber isso. E esse era o objetivo. Quanto mais nervoso Erick ficasse, mais descuidado ele seria. E ela poderia usar isso como vantagem para colocar um fim àquela luta.

– Vamos ver do que você é capaz – ela o desafiou novamente.

Porém, ela não conhecia o vampiro. Não o suficiente. Quando irritado, Erick era uma máquina mortífera. Poucas pessoas, em sua longa vida, chegaram àquele ponto. E todas elas agora estavam mortas, vítimas de um vampiro movido pela vaidade extrema.

Erick avançou com ferocidade. Dessa vez, foi Jéssica quem teve de recuar. Por mais que tentasse avançar, contra-atacando o vampiro, ele vinha com mais um golpe rápido. Com isso, ela foi se aproximando cada vez mais da porta da suíte presidencial. O senso de perigo, aquela vibração com a qual Jéssica já estava acostumada, não a ajudava em nada naquele momento. Ela aprendera a lutar, sabia se defender, tinha técnica para atacar, fazendo aquele dom ser mais um sexto sentido premonitório do que eficiente em uma batalha em que ela era capaz de ver o oponente e prever seus movimentos. O objetivo dele, pelo que ela percebera, era deixá-la encurralada no canto do aposento, onde poderia tanto bloquear a sua rota de fuga quanto limitar o movimento de suas duas espadas. Jéssica precisava fazer algo logo ou estaria em sérios apuros.

Jéssica foi eficiente em proteger a sua retaguarda, mas não esperava a mudança de estratégia de Erick. Nem mesmo quando seu corpo vibrou, alertando-a do perigo, ela foi capaz de se defender. Tendo aberto sua guarda com um golpe feroz, o vampiro colocou todas as suas forças em um chute frontal, mais uma vez a acertando no peito. Dessa vez, muito mais forte do que a anterior, arremessando o corpo dela para trás. Jéssica atravessou o batente da porta da suíte presidencial em pleno ar, cruzou o corredor e bateu as costas contra a parede do outro lado. De imediato, o ar escapou de seus pulmões. As espadas escorregaram de suas mãos, uma delas caindo ao seu lado enquanto a outra deslizava para longe, antes de ela cair de bruços no chão.

Virando-se de lado, tossindo para recuperar o ar que fora arrancado de seus pulmões, Jéssica viu pelo canto dos olhos o vampiro atravessando a passos rápidos o batente da porta. Com os braços trêmulos, ela agarrou a espada caída ao lado. Todo o seu corpo doía, mas a batalha estava longe de terminar. Jéssica precisava se manter firme se quisesse vencer.

Esforçando-se para ficar em pé, a terrível realidade abateu-se sobre ela: não haveria tempo, ainda mais porque o vampiro já trazia a espada pronta para desferir o golpe final. A expressão de Erick havia mudado. Ele não parecia mais aquele vampiro que um dia ela conhecera, nem mesmo nas vezes que o vira enfurecido. Naquele momento, Erick estava mais endemoniado do que nunca. Tudo por causa de um talho aberto em sua coxa.

Capítulo 60

Quando a espada de Erick desceu com incrível velocidade sobre ela, Jéssica rolou de lado. O ataque de seu inimigo encontrou apenas o chão onde ela estivera. Valendo-se da vantagem, Jéssica girou o corpo e acertou o inimigo na parte de trás do joelho com seu pé. Esperava derrubá-lo com isso. Para sua surpresa, apesar de ter sentido o golpe, Erick manteve-se firme e, para piorar a situação, virou-se na direção dela, com a espada mais uma vez descendo contra sua cabeça. Reagindo por instinto, Jéssica virou uma cambalhota de costas, agarrando a outra espada no meio do movimento. A lâmina do vampiro bateu mais uma vez contra o chão, deixando uma marca no piso de madeira.

Jéssica estava decidida a partir para o ataque. Quando terminou sua cambalhota, no entanto, a espada de seu oponente mais uma vez descia contra a sua cabeça. Com pouco tempo de reação, tudo o que conseguiu fazer foi firmar sua base, com um joelho dobrado de modo a fazer sua perna ter contato direto com o chão enquanto mantinha o equilíbrio com o outro pé plantado contra o piso. Levantando os braços a tempo, cruzando as espadas no alto, Jéssica aparou o golpe. Por pouco, muito pouco, a lâmina inimiga não cortou o seu rosto ao meio.

Tanto Jéssica quanto o vampiro agora estavam com os dentes cerrados. Erick a pressionava cada vez com mais força. Jéssica tentava resistir e sair daquela posição muito incômoda. Com um grito de fúria, ela conseguiu elevar a espada inimiga para um pouco mais longe do rosto. De imediato, com incrível velocidade, Jéssica conseguiu girar uma das espadas que faziam sua defesa, apenas o suficiente para atravessar a proteção de couro e fazer um corte no pulso do vampiro. Tão logo sua lâmina provou mais uma vez do sangue dele, Erick recuou alguns passos. Sua mão livre foi dirigida ao local enquanto ele dobrava o corpo. Seu rosto trazia uma mistura de dor e fúria implacável.

Jéssica teve tempo de se colocar em pé. Ofegante, ela não o atacou, esperando para ver qual seria a reação do vampiro. Para ela, os dois cortes que fizera nele eram mais que suficientes para pôr um fim ao conflito. A fúria de Erick, no entanto, o impedia de se dar por vencido e equilibrava a batalha, fazendo daquela contenda um confronto que seria encerrado com um detalhe, ou, melhor, com a falha de um dos oponentes. O desfecho e a definição de um vencedor estavam longe de ser conhecidos.

Endireitando o corpo ao mesmo tempo em que lançava na direção dela um olhar ainda mais furioso, Erick trocou a espada de mão e atacou, encurtando o espaço com uma velocidade admirável. Jéssica defendeu-se das investidas iniciais dele, recuando. A dificuldade, no entanto, estava evidente em seus olhos. Ela nunca lutara contra um canhoto e, para sua surpresa, ele era tão bom com a mão esquerda quanto com a direita. A jovem chegou a tentar alguns ataques quando pensou ter encontrado uma brecha, mas foi forçada a segurar o seu golpe e refazer suas defesas quando ele, com agilidade, girou a espada na mão e a atacou por um lado que ela não esperava.

Apesar de estar com duas espadas, Jéssica não conseguia ser superior ao vampiro. Para ela, naquele momento, restava-lhe apenas uma opção enquanto se defendia das inúmeras investidas ferozes: recuar, recuar, recuar...

Sem ter como avançar contra seu inimigo, Jéssica passou em frente à porta do último quarto do andar. Quatro passos a separavam da parede no final da estrutura. Se continuasse recuando, ela ficaria acuada e, considerando a ferocidade do vampiro, sua morte estaria decretada. Alguma coisa precisava ser feita com urgência. Fazê-lo retroceder era a melhor opção. A questão era como.

Partindo para uma ação desesperada, Jéssica amorteceu o impacto sem recuar e contra-atacou com a outra espada. Parecia que a guarda do vampiro estava aberta e ela abriria mais um corte nele, agora na lateral de seu tronco. Erick, porém, girou o corpo com agilidade, postando-se de lado para sua oponente. Inclinando o corpo para trás, ele desviou do ataque dela, a lâmina passando à sua frente sem encontrar o alvo. Com um giro de sua própria espada, Erick desferiu contra Jéssica um golpe ascendente. O choque entre os metais ecoou pelo corredor. A espada de Jéssica escapou de sua mão e perfurou o teto, onde ficou presa.

Ela não teve tempo nem de pensar – *Merda!* – quando o cotovelo de Erick a acertou no rosto, fazendo-a perder o equilíbrio e cambalear para trás até suas costas baterem contra a parede. Ela chegara ao final do corredor. O que temia aconteceu. Jéssica estava encurralada e, para piorar, apenas com uma espada. Se já estivera difícil vencê-lo com as duas lâminas, quem diria com apenas uma e cercada? Ela não desistiria, mas aquele lhe parecia o fim de sua jornada.

Capítulo 60

Diferentemente dos andares inferiores, no entanto, as duas extremidades opostas daquele corredor possuíam uma passagem estreita, de onde escadas irregulares de pedra subiam em forma de caracol na direção das duas torres do complexo, conservadas em sua originalidade. O teto abobadado não era tão alto, mas comportava pessoas do porte de Jéssica e Erick. Uma corrente estava atravessada de um lado ao outro do batente da passagem, presa às pedras ao redor por ganchos. Em seu centro, uma placa velha e desgastada trazia os dizeres: PROIBIDA A ENTRADA! Aquela barreira estava ali apenas como um alerta insignificante. Para quem quisesse subir a um lugar proibido, por diversão ou por medidas desesperadas para salvar a própria vida, uma frágil corrente ou uma placa não seriam impedimento.

Sem ter muita escolha, Jéssica escapou de um feroz ataque, não amortecendo com sua espada, mas dobrando seu corpo e girando de lado. Tendo se aproximado da escada, ela recuou. Sem tirar os olhos do vampiro, Jéssica pulou a corrente e começou a subir, tomando muito cuidado para não tropeçar nos degraus irregulares. O vampiro a seguiu. A fúria de Erick era tão intensa ao brandir a espada contra ela – acertando mais as paredes ao redor da estreita escadaria circular do que a lâmina em riste de Jéssica, os estalos de metal batendo contra as pedras ecoando pelo interior da torre –, que ela não poderia se dar ao luxo de perder o equilíbrio ou cair de costas. Se errasse um passo e perdesse a postura, a morte chegaria em um piscar de olhos.

Virar de costas e correr escada acima estava fora de cogitação. Erick estava tão próximo que Jéssica não poderia tirar sua espada da linha de frente do corpo. Por mais que os golpes dele acertassem quase sempre as paredes ao redor, algumas vezes as lâminas se encontravam. Se ela tirasse a única defesa contra aquela fúria agressiva para tentar correr, a probabilidade de a escadaria circular se transformar em uma cachoeira vermelha era grande.

– Morra, Jéssica! – Erick gritava.

Seu olhar estreito e avermelhado refletia o ódio de uma alma que ele há tempos havia perdido.

– Morra! Morra! Morra! – A cada desejo ensandecido de morte extravasado, um choque entre duas lâminas.

Desviando o olhar por uma fração de segundo, Jéssica olhou para cima. Porém, tudo o que viu foi a porção inferior da escadaria acima dela. Não tinha como saber quantas voltas ainda teria de percorrer de costas, defendendo-se. Não lhe restava alternativa a não ser continuar subindo, uma vez que seus contra-ataques eram ineficientes perante os rápidos e agressivos golpes de seu oponente, mesmo estando em terreno um pouco mais elevado. Tudo o que lhe restava era ter esperanças de que a plataforma no alto da torre, se é que havia alguma, não estivesse tão distante assim.

Depois de voltas e mais voltas de uma luta de ataque contra defesa, Jéssica alcançou a plataforma. A madeira rangeu sob seus pés. A escadaria havia acabado em um amplo espaço empoeirado e com incontáveis pequenas esferas escuras espalhadas pelo meio da enorme circunferência e pelos cantos. Mobílias antigas, que um dia pertenceram a uma era de ouro, estavam jogadas. Algumas delas cobertas com plástico rasgado pelo tempo. Outras, no entanto, estavam expostas, apodrecendo. Não muito acima de sua cabeça, aberturas equidistantes ao longo da parede circular da torre, praticamente retangulares, com exceção da superfície superior, abobadada, deixavam a parca luz do luar entrar e cair sobre aqueles dois corpos em batalha.

A torre, porém, ainda se erguia por muitos metros acima, antes de encontrar seu final em um telhado cônico, sustentado por uma grossa viga onde muitos morcegos repousavam, agarrados com suas unhas afiadas e com as asas enroladas em torno do corpo. Apenas alguns sobrevoavam em círculo na extremidade da coluna, guinchando.

As espadas se encontraram pela primeira vez naquele espaço oco e alto. O eco reverberou pelo local e os morcegos mergulharam em direção às janelas. Enquanto as espadas continuavam se encontrando em uma luta sem fim, os mamíferos voavam em círculos ao redor deles:

– Meus filhos! – Erick gritou para eles. – Já não era sem tempo de entrarem nesta batalha.

Jéssica estava incomodada com os inúmeros morcegos revoando ao seu redor. Eram tantos pequenos corpos negros desviando sua atenção que era quase impossível manter o foco na espada de Erick. O resultado não poderia ser outro. Primeiro, ela ganhou um corte na parte interna do braço que segurava a espada, próximo de sua axila. Sangue quente escorreu por todo o seu membro e mergulhou em seu punho cerrado em torno do cabo da espada, deixando-o escorregadio. Agora ela compreendia por que o vampiro havia mudado de mão

Capítulo 60

para continuar a luta, depois de ela ter aberto um corte em seu pulso. Jéssica já não conseguia mais segurar sua lâmina com a mesma firmeza de antes. O que resultou em mais um corte superficial, dessa vez em seu pescoço. Filetes de sangue escorreram e se aventuraram por baixo da gola de suas roupas negras. Se Jéssica não tivesse sido rápida o suficiente para inclinar o corpo para o lado, a ponta da lâmina de seu oponente teria encontrado, na melhor das hipóteses, sua jugular. Na pior, sua cabeça estaria pendendo de lado, a meio caminho de ser degolada.

Jéssica dobrou-se sobre si mesma. A mão segurava a espada apoiada sobre um dos joelhos flexionados enquanto a outra pressionava a ferida em seu pescoço. Os morcegos mais famintos voavam com mais intensidade ao redor da jovem ferida, sentindo o doce odor do sangue. O olhar dela trazia uma mistura de surpresa e medo em meio a inúmeros corpos negros. A dor e o cansaço minavam suas forças. Pela primeira vez desde o início da batalha, Jéssica temia pela vida. A desesperança começava a dominar seu estado de espírito.

Erick, tendo virado o jogo, confiando na vitória que se aproximava, abriu os braços em meio aos mamíferos voando ao redor e girou no eixo. A ponta da espada em sua mão esquerda estava voltada para o chão. Seus olhos estavam fechados. Suas feições haviam mudado. Um sorriso dominava seu rosto. Em meio aos morcegos, ele se sentia em casa. Erick parecia estar na companhia de sua família. Ele se considerava o vampiro mais poderoso.

– Vamos, meus filhos, alimentem-se daquela que quer acabar com o nosso reinado – ele gritava em puro deleite.

Apesar da dor e do cansaço, Jéssica não estava disposta a se entregar. Aproveitando a oportunidade insana que o vampiro lhe dera, ela olhou ao redor, buscando alguma rota de fuga. Correr até o buraco na plataforma e descer as escadas estava fora de cogitação. Erick estava próximo demais e bastaria um movimento de espada para ceifar a sua vida. Atacá-lo também não era a melhor escolha. Erick estava fortalecido pelos morcegos à sua volta, e as investidas dela já haviam se mostrado ineficientes contra ele. O que Jéssica precisava era escapar daquele ambiente, sobreviver àquela noite para lutar outro dia. Mas o que ela poderia fazer, estando cercada?

Jéssica endireitou o corpo, resistindo à dor e ao cansaço, e guardou a espada na bainha às suas costas. Para o que planejava fazer, não iria precisar dela. Se sua tentativa desesperada não fosse eficiente, ela nunca mais iria sacar a arma. Se tivesse sucesso, sobreviveria para ver mais um dia nascer.

Tudo, porém, dependia de sua coragem e, quem sabe, de um pouco de sorte. Aproveitando a distração do vampiro, Jéssica correu até uma das aberturas na torre circular. Com saltos controlados, subiu em alguns móveis até seus pés pousarem em segurança sobre o parapeito de pedra. Atravessando o corpo pela janela, com os braços abertos encostados contra a fria parede externa, para manter o equilíbrio, Jéssica olhou para baixo. Uma brisa fria passou por ela naquele momento, balançando seus cabelos e fazendo-a estremecer.

Dentro da torre, Erick abriu os olhos. Com o ódio por Jéssica o dominando e ditando suas ações, ele correu em direção à janela. A espada em suas mãos estava levantada acima de sua cabeça, pronta para descer com violência e rasgar as costas da jovem que tentava fugir desesperadamente.

– Você é minha, Jéssica! – Ele gritou, aproximando-se dela com passos rápidos.

Jéssica olhou por cima de um dos ombros e arregalou os olhos. O vampiro estava mais próximo do que ela imaginava. Não podia mais hesitar. Chegara o momento de tomar uma decisão: morrer na espada do vampiro ou tentar a sorte em um salto de fé.

Fechando os olhos, Jéssica saltou para a noite.

61

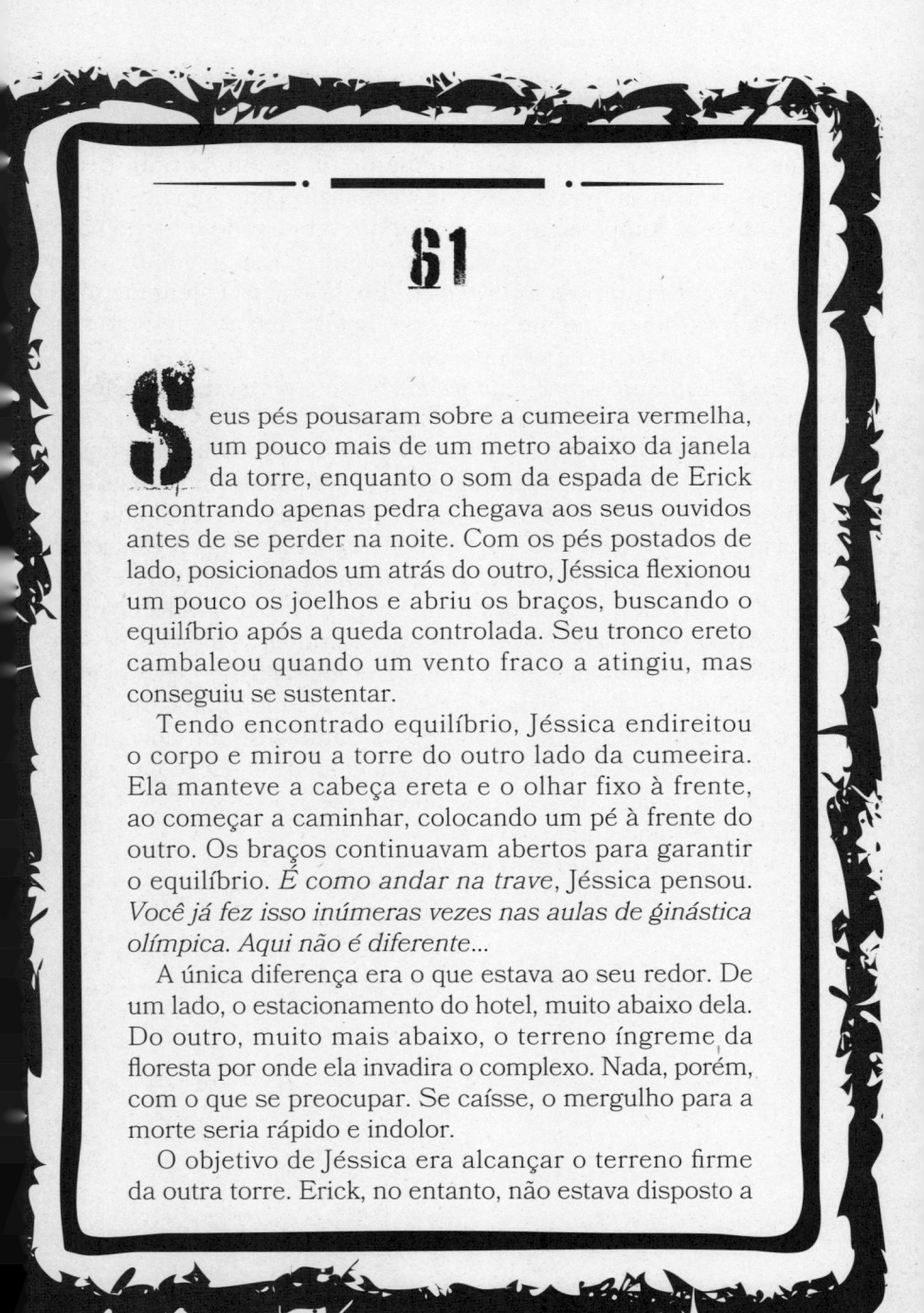

Seus pés pousaram sobre a cumeeira vermelha, um pouco mais de um metro abaixo da janela da torre, enquanto o som da espada de Erick encontrando apenas pedra chegava aos seus ouvidos antes de se perder na noite. Com os pés postados de lado, posicionados um atrás do outro, Jéssica flexionou um pouco os joelhos e abriu os braços, buscando o equilíbrio após a queda controlada. Seu tronco ereto cambaleou quando um vento fraco a atingiu, mas conseguiu se sustentar.

Tendo encontrado equilíbrio, Jéssica endireitou o corpo e mirou a torre do outro lado da cumeeira. Ela manteve a cabeça ereta e o olhar fixo à frente, ao começar a caminhar, colocando um pé à frente do outro. Os braços continuavam abertos para garantir o equilíbrio. *É como andar na trave*, Jéssica pensou. *Você já fez isso inúmeras vezes nas aulas de ginástica olímpica. Aqui não é diferente...*

A única diferença era o que estava ao seu redor. De um lado, o estacionamento do hotel, muito abaixo dela. Do outro, muito mais abaixo, o terreno íngreme da floresta por onde ela invadira o complexo. Nada, porém, com o que se preocupar. Se caísse, o mergulho para a morte seria rápido e indolor.

O objetivo de Jéssica era alcançar o terreno firme da outra torre. Erick, no entanto, não estava disposto a deixá-la escapar. Pulando para a cumeeira, ele repetiu os movimentos dela, buscando primeiro se equilibrar para depois caminhar ao encontro de sua presa. Diferentemente da jovem, porém, Erick trazia a espada na mão, o que o desestabilizava para um dos lados, forçando-o a compensar esse peso extra inclinando o corpo para o outro.

– Eu vou acabar com a sua vida! – Ele gritou, transmitindo toda a raiva que, depois de momentos de deleite insano em meio aos morcegos, voltava a tomar conta dele.

Um sentimento a ser explorado, Jéssica pensou, parando de caminhar sobre a cumeeira, onde manteve o equilíbrio. O lugar onde estavam exigia controle emocional e frieza, tudo o que o vampiro, diferentemente dela, não conseguia mais demonstrar. Por mais que estivesse a meio caminho da segurança da outra torre, aquela era uma oportunidade que Jéssica não poderia perder. Aquele ambiente no mínimo inconveniente para uma batalha era, por incrível que pudesse parecer, a sua maior vantagem. Além disso, havia algo mais a seu favor: no horizonte, o sol já dava os primeiros indícios de sua vitória em uma batalha eterna contra a noite.

Fechando os olhos, Jéssica concentrou-se ainda mais. Respirou fundo algumas vezes, controlando as batidas de um coração já pulsando devagar no peito. Com muita calma, ela sacou a espada. Mudando a posição de seus pés, ela virou-se.

Somente então abriu os olhos:

– Vamos acabar logo com isso!

62

Erick avançou, os pés afastados e o corpo de lado para manter o equilíbrio; a espada mantida à sua frente. Jéssica, por instinto, imitou a posição do vampiro a tempo de amortecer o ataque com sua lâmina e contra-atacou. Ele recuou um passo para se defender, mas não conseguiu desferir uma investida contra Jéssica. A jovem foi mais rápida em seu segundo ataque, forçando-o a retroceder mais um passo para manter seu equilíbrio na defesa.

A dança entre os dois, por mais mortal que fosse, era linda de se ver. Ora um avançava, as espadas tilintavam. Ora, o oponente contra-atacava. Por mais que, de início, Jéssica tivesse considerado o terreno propício para finalizar o combate – que, na sua concepção, estava sendo mais longo do que esperava –, Erick se mostrava ser um temível oponente, conseguindo equilibrar a luta, como se já tivesse feito algo parecido antes.

Mas, para Jéssica, não havia problema. Ela precisava sustentar aquela dança, superando as dores no corpo e o cansaço, até o sol despontar no horizonte. O que não tardaria a acontecer. Conforme os primeiros raios passavam por cima das montanhas ao longe, a pele de Erick começou a soltar uma suave fumaça acinzentada. A dor das queimaduras estava evidente tanto pelos dentes cerrados do vampiro quanto em seus olhos.

Mas ele não se entregou. Com um ataque feroz contra Jéssica, Erick ameaçou golpear pelo lado direito dela. Quando ela preparou a defesa e já pensava no contra-ataque, a velha e conhecida vibração a invadiu, alertando-a para um perigo que ela não previra. E nem tinha como prever, pois o verdadeiro ataque do vampiro fora desonroso.

Medidas desesperadas fazem isso com as pessoas.

Mudando de última hora a direção de seu ataque, Erick girou a espada para golpear a perna avançada de Jéssica. O que aconteceu na sequência, como ela escapou daquela ameaça desonrosa, ela nunca saberia explicar. No primeiro momento, Jéssica viu-se surpreendida pela mudança de direção do ataque. No momento seguinte, ela estava de frente para um vampiro desarmado e caído de costas sobre a cumeeira; seu braço esquerdo pendia sobre o telhado inclinado enquanto o outro estava inerte sobre a barriga. A espada de seu oponente deslizava pelo telhado para longe de seu alcance. Jéssica não se lembrava de ter levantado a perna, fazendo a espada passar por baixo dela. Também não se recordava de ter inclinado o corpo para trás, ter apoiado as mãos contra a cumeeira e levantado a outra perna em um chute que acertara Erick abaixo do queixo enquanto virava esse mortal de costas.

Recuperando-se da surpresa, Jéssica apontou a espada para o corpo caído à sua frente:

– Acabou, Erick. Aceite a sua derrota!

Com o corpo cheio de manchas vermelhas e ainda esfumaçando, Erick colocou-se de joelhos, a cumeeira passando livremente pelo meio de suas pernas. Erguendo a cabeça na direção dela, ele não se dava por vencido, por mais que a situação fosse desfavorável. Seus lábios se abriram em um sorriso de satisfação antes de toda a sua face exprimir uma careta de dor.

– O que me deixa em um dilema – Jéssica continuou. – Acabar com a sua vida ou apenas esperar o sol consumir seu corpo.

Avançando um passo e colocando a espada contra o peito dele, sua vontade era de apenas mantê-lo sob a mira da lâmina até o sol consumir todo o seu corpo, como fizera com Marcela. Mas ela não era mais aquela pessoa. Não era como Erick. Tampouco era como Larissa, Alexandre ou os outros membros da Ordem de Ettore.

Ela era Jéssica e fazia as suas próprias escolhas.

Jéssica tomou uma decisão: atravessou a espada contra o peito de Erick, rasgando o couro de sua armadura até a lâmina

Capítulo 62

ensanguentada sair por suas costas. Uma expressão de dor tomou conta do rosto do vampiro antes de seus braços caírem de lado e sua cabeça tombar para a frente. Seus cabelos desarrumados pelo longo confronto caíram ao redor de sua face, escondendo-a.

Estava terminado. A espada atravessada sustentava o corpo ajoelhado. Para Jéssica, bastava esperar o sol nascente terminar seu trabalho de queimar o cadáver do vampiro. O coração de Erick, perfurado, não poderia sustentar aquela vida, e o telhado do hotel seria o seu túmulo.

Se Erick tivesse um coração.

Para a surpresa de Jéssica, ele ergueu os braços e fechou os dedos em torno da lâmina cravada no peito. Sangue escorreu por suas mãos quando o vampiro, lentamente, arrastou a lâmina para fora de seu corpo. A jovem, sem reação, não conseguiu encontrar forças para manter a espada no lugar. Ela não conseguia acreditar que Erick ainda pudesse estar vivo.

– Mas... como? – Ela se perguntou, recuando um passo quando a lâmina ensanguentada deixou o corpo de sua vítima.

Erick não lhe respondeu. Mesmo com a carne queimando ao sol, ele levantou a cabeça. Lançando um olhar de desafio a ela, o vampiro levou uma das mãos ao rosto e, calmamente, lambeu seus dedos, um a um, bebendo de seu próprio sangue.

Abrindo um sorriso, ele respondeu, misterioso:

– Tem muita coisa que você ainda desconhece sobre este mundo, minha querida Jéssica.

Ela estava em estado de choque e não conseguiu tomar nenhuma atitude. Nem mesmo atacá-lo de novo. Mais uma vez, encontrava-se à mercê do vampiro. A jovem teve apenas que se contentar com os acontecimentos seguintes.

– Vamos nos encontrar mais uma vez, Jéssica – Erick falou. – Nossa luta ainda não terminou.

Com os olhos arregalados, Jéssica viu Erick tombar de lado; seu corpo todo ferido e ainda queimando quando deslizou pelo telhado e mergulhou em direção à floresta, nos fundos do hotel. Caindo de costas para o chão, seu corpo estava arqueado; seus braços e pernas jogados para o alto. Acima dele, apenas um rastro de fumaça. Por fim, desapareceu em meio à copa das árvores, onde estaria protegido contra a exposição aos raios solares.

A surpresa transformou-se em preocupação quando o corpo do vampiro sumiu na floresta. Larissa estava naquele pedaço de terra, ferida, à mercê de um vampiro também ferido.

Ou era Erick quem estaria à mercê dela?

Isso, no fundo, não lhe importava. *Larissa pode se cuidar sozinha* – Jéssica pensou, tentando afastar aquela fagulha de preocupação. Mas aquele sentimento, quase um sexto sentido, não queria abandoná-la com tanta facilidade. *Não pode?* A pergunta lhe veio à mente contra a sua vontade.

– Isso não é problema meu – Jéssica falou para si mesma, afastando de vez esse sentimento ruim.

Com a preocupação deixada de lado, a determinação tomou conta dela. Virando-se para os fundos do hotel, com a ponta da espada em sua mão quase tocando a cumeeira, ela olhou para o sol nascente. Sua pele se aqueceu quando foi tocada pelos primeiros raios. Uma leve brisa matinal passou por seu rosto e balançou seus cabelos parcialmente soltos. Um sorriso se abriu ao sentir o toque acalorado. Ela se sentia à vontade e confortável com quem se tornara, por mais que seu inimigo tivesse escapado.

Naquele telhado, olhando para a enorme bola alaranjada despontando no horizonte, Jéssica sentia a determinação fervilhando em seu sangue para erradicar da Terra todo o mal conhecido como vampiro. Erick seria apenas mais um deles a ser eliminado.

Naquele momento, Jéssica fez um juramento silencioso: ela se tornaria uma caçadora.

Jéssica seria a rainha da noite!

EPÍLOGO

**Algumas noites depois do confronto
no telhado do hotel...**

Líderes de diversas organizações reuniam-se na penumbra ao redor de uma mesa retangular onde os grimórios[14], desaparecidos dos campos em torno da cidade de Cafelândia, depois de uma locomotiva descarrilhar quase ao alvorecer, estavam espalhados sob pontos de luz emanados do teto, direcionados a eles. Com as mãos apoiadas na borda da mesa, Rodrigo debruçou-se até seu rosto se iluminar pela lâmpada mais próxima e perguntou:

– Conto com o apoio de vocês? – Ele trazia um sorriso malicioso no rosto.

Na primeira cadeira à sua esquerda, um vulto se remexeu, pensativo. Seus longos cabelos lisos, presos por um elástico nas costas, acompanharam o movimento de sua cabeça enquanto ponderava as possibilidades. Depois da última aventura, quando saíra derrotado, vítima de seu próprio orgulho, ele aprendera a não se deixar levar tanto pelo impulso. Mas, no fim desse curto prazo de introspecção, cedeu à ganância.

---

14 Coleções medievais de feitiços, rituais e encantamentos mágicos.

Trajando um belo terno azul-escuro, Erick levou o corpo para a frente e deixou seu rosto se iluminar pela luz emanada do teto sobre o grimório ao alcance de suas mãos. Seu olhar estava fixo no livro dos mortos, bem à sua frente, apenas aguardando para ser aberto pelo vampiro. O sorriso em seu rosto transmitia um prazer ganancioso, que havia muito ele não sentia. Se é que um dia sentira algo parecido. A Ordem de Ettore podia ter sido um desconforto ao longo de toda a sua vida, mas, com aquele grimório, ele poderia trazer de volta do abraço da morte tanto os anciões que foram exterminados algumas noites atrás quanto todos os outros, mortos havia mais de um século – entre eles, o seu mestre, que o transformara em quem ele era. Com aquele livro, ele poderia montar um exército de vampiros e finalmente conquistar seu mais velho desejo de sobrepujar a sociedade humana. Com o grimório, ele não precisaria mais se esconder nas sombras de uma sociedade, a seu modo de ver, decadente. Com o livro, seriam os humanos que se curvariam à vontade dos vampiros. E, no topo dessa pirâmide social, estaria Erick, governando a tudo e a todos.

Com o grimório, Erick não seria capaz apenas de reconstruir o que perdera. Ele poderia criar um império ainda maior.

Sem perceber, perdido em seus próprios desejos, seu braço lentamente se estendia na direção do poderoso livro. Era como se o grimório implorasse para ser tocado por ele. Seus dedos estavam quase sobre a capa de couro quando uma adaga desceu com violência e se cravou sobre a mesa de madeira, a poucos centímetros do livro, entre o dedo indicador e o anelar do vampiro. Um filete de sangue escorreu quando a lâmina raspou de leve em um deles.

Cerrando os dentes de ódio, com suas presas expostas, ele virou o rosto para o homem parado ao seu lado, segurando o cabo da adaga cravejado com pedras preciosas.

– Eu não o convoquei para te entregar este livro sem ter algo em troca – Rodrigo falou, calmo.

Erick estava perdendo o controle da situação. Para quem sempre manipulara as outras pessoas, aquela posição era desconfortável demais. Sua vontade era a de partir para cima de Rodrigo, rasgar sua garganta e pegar o grimório. O vampiro chegou a empurrar a cadeira para trás, ameaçando se levantar, mas foi impedido por uma figura mergulhada nas sombras, que trajava um manto escuro; o

Epílogo

rosto escondido pelo capuz sobre a cabeça. Estava sentada a duas cadeiras de distância, à sua esquerda, deixando o vulto entre eles nervoso com o impasse:

— Chega, Erick! — A voz feminina era firme. — Você já fez besteira de mais!

Erick virou-se para ela, rosnando de raiva, com as presas à mostra. O vampiro era grato por tudo o que ela havia feito por ele até o momento, mas, se os seus caminhos começassem a tomar rumos diferentes, ele não hesitaria em declará-la sua oponente. Todo o clã a que ela pertencia já era seu inimigo, apesar de objetivos diferentes os terem levado para uma trégua natural, em que um não se preocupava com o outro.

— Estou surpreso! O grande Erick Ardelean está se perdendo nas próprias emoções! Não é todo dia que vemos isso! — A provocação veio de uma voz rouca e extremamente grave da figura sentada na penumbra, do outro lado da sala, como se, por si só, estivesse rosnando. Mas não estava. Diferentemente do que poderia parecer pelo seu tom de voz agressivo, aquela figura de característica impulsiva estava calma e controlada. — Considerando a minha natureza e a sua, essa sua atitude era de se esperar de alguém como eu, mas não de você.

Para provocá-lo ainda mais, ele continuou:

— Caramba, você mudou muito. Estou curioso para saber tudo o que aconteceu com você.

Em sua explosão de fúria, Erick levantou-se com um salto, já fazendo menção de pular por cima da mesa e atacar aquele homem que o provocara. A cadeira arrastou para trás e por pouco não tombou. A mulher encapuzada fez alguns gestos rápidos com a mão enquanto sussurrava palavras em uma língua estranha. No mesmo instante, o vampiro sentiu uma energia muito poderosa o impedindo de avançar contra as provocações, prendendo-o antes que subisse à mesa. Suas mãos espalmadas ficaram atadas sobre o tampo de madeira.

Virando-se como pôde, a tensão evidente nos olhos de ambos, ele perguntou:

— Por que fez isso?

— Para você poder me ouvir sem piorar ainda mais as coisas.

Ao levantar-se, com o manto deslizando pela lateral do corpo até quase tocar o chão, a poderosa mulher continuou:

— Você teve a sua chance, mas, sob sua liderança, todos os seus aliados foram derrotados.

Contornando a cadeira da figura na penumbra entre os dois, para se aproximar de Erick, ela continuou:

— Você precisa de novos parceiros. A proposta do sr. Rodrigo é muito interessante. Você deveria ouvir o que ele tem a dizer.

Erick ficava desconfortável em não ter o controle da situação, ainda mais por parecer que sua aparente aliada já sabia do que se tratava e ele não. Sua ira ainda o conduzia a tentar tomar medidas violentas contra aqueles que o cercavam. A magia colocada sobre ele o impedia de se mexer muito. Aquele era um impasse que estaria longe de ser resolvido se a figura sentada ao lado esquerdo de Erick, entre ele e a poderosa mulher, não tivesse se levantado com calma e deslizado a mão com excesso de carinho pelo fino tecido de linho ao redor do braço do vampiro, até conseguir entrelaçar seus dedos aos dele. De imediato, ele virou o rosto na direção dela. Conforme se encaravam, os olhos de Erick aos poucos deixavam escapar toda aquela fúria doentia. Suas presas desapareceram no interior da boca. Suas feições se amenizaram. Com todo o seu charme, aquela mulher, ainda na penumbra, conseguira domar um vampiro furioso.

Tendo o controle da situação, a mulher olhou para a figura encapuzada à sua esquerda e fez um breve gesto afirmativo com a cabeça.

— Está tudo bem! — Ela falou para a mulher encapuzada com um tranquilo e melódico tom de voz. — Eu tomo conta da situação, daqui para a frente.

O capuz acompanhou o movimento afirmativo da cabeça antes de ela responder:

— Não posso me ausentar por muito tempo do templo. Se eles perceberem que não estou lá, essa reunião terá perdido seu sentido.

— Eu concordo. — Rodrigo arrancou a adaga dentre os dedos de Erick e a guardou em sua bainha na cintura, por baixo do terno. Levantando o olhar até a mulher encapuzada, continuou: — Manteremos contato.

A figura encapuzada apenas meneou a cabeça. Com um movimento de mãos, ela abriu um portal às suas costas. Parte do ambiente iluminou-se e uma leve brisa tomou conta da sala de reuniões. Os cabelos da mulher ao lado de Erick, ainda segurando sua mão, esvoaçaram. Por alguns segundos, o brilho dourado de seus finos e

Epílogo

longos fios reluziram ao redor, voltando a pousar sobre seus ombros quando a passagem se fechou, levando consigo a misteriosa aliada.

Livre da magia que o prendia e um pouco mais calmo, Erick puxou a cadeira e sentou-se. Trazendo-a para mais perto da mesa, ele apoiou os antebraços sobre o tampo de madeira, ignorando o sangue escorrendo da pequena ferida em seu dedo. Por mais que não gostasse da situação, ele era forçado a admitir que sua aliada de longa data tinha razão. Se quisesse, um dia, ter seus desejos autoritários e sombrios realizados, ele teria de se submeter à vontade daquele humano ao seu lado. Pelo menos por um tempo.

Não tendo outra escolha no momento, Erick levantou o olhar para o anfitrião e perguntou:

– Qual é a sua proposta?

grupo novo século

Compartilhando propósitos e conectando pessoas
Visite nosso site e fique por dentro dos nossos lançamentos:
www.gruponovoseculo.com.br

TALENTOS DA LITERATURA BRASILEIRA

- Talentos da Literatura Brasileira
- @talentoslitbr
- @talentoslitbr

gruponovoseculo.com.br

Edição: 1ª
Fonte: Bookmania